REDÉCOUVERTE

ŒUVRES DE MARION ZIMMER BRADLEY
CHEZ POCKET

LA ROMANCE DE TÉNÉBREUSE

L'Atterrissage
1. La Planète aux vents de folie

Les Âges du Chaos
2. Reine des orages !
3. La Belle Fauconnière

Les Cent Royaumes
4. Le Loup des Kilghard
5. Les Héritiers d'Hammerfell

Le Temps des Comyn
6. Redécouverte (avec Mercedes Lackey)

Les Amazones Libres
7. La Chaîne brisée
8. La Maison des Amazones
9. La Cité miracle

L'Âge de Damon Ridenow
10. L'Épée enchantée
11. La Tour interdite
12. L'Étoile du danger
13. La Captive aux cheveux de feu

L'Âge de Regis Hastur
14. Soleil sanglant
15. L'Héritage d'Hastur
16. Projet Jason
17. L'Exil de Sharra
18. Les Casseurs de Mondes

CHRONIQUES DE TÉNÉBREUSE

1. Le Cycle des légendes (1998)
2. Les Âges du Chaos (1996)
3. Les Cent Royaumes (1997)
4. Les Amazones Libres
5. Le Temps des Comyn (1999)
6. L'Alliance (2000)

UNITÉ

1. Chasses sur la lune rouge
2. Les Survivants (1996)
3. Les Ruines d'Isis (1997)

LE GRAND TEMPLE DE LA S-F.

Les Voix de l'Espace
Les Trois Amazones (avec André Norton & Julian May)

SUR TÉNÉBREUSE

ASIMOV PRÉSENTE
2. Futurs en délire :
« La Reine de jaune vêtue » par Jacques Goimard.

SCIENCE-FICTION

Collection dirigée par Jacques Goimard

MARION ZIMMER BRADLEY
ET MERCEDES LACKEY

LA ROMANCE DE TÉNÉBREUSE

REDÉCOUVERTE

Traduit de l'américain
par Simone Hilling

POCKET

Titre original :

REDISCOVERY

ISBN 2-266-00013-6

CHAPITRE PREMIER

— Ysaye, tu es là ?

Elizabeth Mackintosh passa prudemment la tête dans la cheminée contenant l'unité centrale de l'ordinateur. C'était une petite femme menue, pas exactement jolie, mais si gentille et vivante que ça ne se remarquait pas. Elle avait une épaisse chevelure auburn, de grands yeux bleus, et une voix qui résonna comme une musique dans la cheminée. Au mieux, elle n'avait que peu d'attirance pour les ordinateurs, et l'étroit conduit contenant leurs composants la rendait positivement claustrophobe. Un jour, elle avait dit à Ysaye que cette chaude pénombre éclairée de clignotants lui donnait l'impression d'être entourée de démons aux yeux rouges. Ysaye avait ri, pensant qu'elle plaisantait, mais c'était vrai.

— J'en ai pour une minute, lui cria Ysaye Barnett. J'arrive.

Elle posa le tableau sur lequel elle travaillait, et appuya le bout de ses doigts sur le panneau pour amorcer sa descente dans le tube. La gravité et la vitesse augmentèrent à mesure qu'elle approchait du bout de la cheminée, et elle atterrit légèrement, genoux fléchis, près d'Elizabeth. Dans la salle de l'ordinateur central, la gravité était de 0,8 standard ; et, comme d'habitude, Elizabeth était cramponnée à la rampe courant au milieu de la pièce. Les variations de gravité lui donnaient mal au cœur ; elle rêvait du jour où l'astronef découvrirait une planète sur laquelle elle pourrait s'installer à demeure. Parfois, elle se demandait pourquoi elle était partie dans l'espace — puis elle repensait à Terra, bruyante, surpeuplée, obsédée par la technologie, et elle savait qu'elle n'y retournerait jamais. Sur Terra, seuls les gens très riches pouvaient jouir à la fois d'espace et d'intimité. Là-bas, à des années-lumière derrière elle, elle n'aurait jamais eu les moyens de payer le loyer de sa petite cabine sur son minuscule salaire d'anthropologue culturelle.

Ysaye, en revanche, semblait faite pour la vie à bord. Les changements de gravité ne la gênaient pas — c'était un peu, pour elle, comme un jeu de marelle pour adultes. Ses cheveux raides et noirs étaient nattés, ce qui les empêchait de s'envoler sur son visage, sur ses appareils et dans les conduits de ventilation. Sa cabine était si bien rangée que la gravité aurait pu tomber au-dessous de zéro, et rien n'y aurait bougé ; elle connaissait les horaires, procédures et exercices de sauvetage de l'astronef à l'endroit et à l'envers. Les jeunes enseignes prétendaient que toutes les données des mémoires de l'ordinateur étaient sauvegardées dans la tête d'Ysaye, et que leur acquisition était aussi rapide à partir de l'une que des autres.

Un enseigne qui assurait le troisième quart affirmait même que l'ordinateur se réveillait la nuit et l'appelait en pleurant. Avec une lueur malicieuse dans ses yeux noirs, Ysaye l'avait mis en garde contre sa tendance à l'anthropomorphisme. Non qu'elle ne parlât jamais à l'ordinateur, bien sûr, mais elle s'efforçait de ne pas le faire à portée d'oreilles indiscrètes. Après tout, elle avait sa réputation de scientifique à défendre !

— Eh bien, notre petit problème devrait être réglé, dit Ysaye avec satisfaction.

Rien ne l'enchantait plus que de résoudre un mystère, et celui-là — un signal « LOST » envoyé par la sonde précédant le vaisseau d'environ vingt-quatre heures — tourmentait les techniciens depuis des jours.

— Je leur avais dit que ça venait de notre matériel, et pas de la sonde. Et je vais avoir la peau de *quelqu'un* pour n'avoir pas fait les vérifications réglementaires.

— Quels renseignements sur notre nouvelle planète ?

David Lorne, le fiancé d'Elizabeth, entra dans la salle de l'ordinateur, et, se tenant prudemment à la rampe, rejoignit les deux femmes. Elizabeth lui tendit automatiquement la main, qu'il prit tout aussi automatiquement. On dirait une réaction phototropique, se dit Ysaye. David était le soleil d'Elizabeth, et parfois, il semblait que sans lui, elle allait s'étioler et périr.

— Pas encore de nom, dit Ysaye, tapant des commandes sur sa console. Même l'étoile n'est pas encore baptisée. Pour le moment, c'est l'Étoile de Cottman. Six planètes, d'après la sonde, mais, ajouta-t-elle, appelant un diagramme sur son écran, notre dernière reconnaissance en compte sept. Trois petites boules de roc, quatre grosses boules de gaz. La quatrième à partir du soleil est habitable, ou au moins, à la limite de l'habitabilité. Elle est pauvre en minerais, mais ce ne serait pas la première planète colonisée qui manquerait de métaux. En revanche, il y a de l'oxygène en abondance.

— C'est la planète aux quatre lunes ? C'est tellement exotique que ça devrait fournir beaucoup de thèmes pour des ballades, dit Elizabeth.

— Mais avec toi, tout est prétexte à ballades, remarqua affectueusement Ysaye.

— Pourquoi pas ? répliqua Elizabeth avec le plus grand sérieux.

Ysaye branla du chef. Elizabeth avait la manie de toujours tout rapporter à une ballade ou à une autre. D'accord, la musique folklorique était sa spécialité secondaire, et l'anthropologie sa spécialité principale ; et d'accord aussi pour reconnaître que les chansons et ballades des primitifs contenaient quantité de faits historiques, mais quand même... il y avait des limites. La fois où Elizabeth avait comparé les disparitions d'Ysaye des jours d'affilée quand elle recherchait un pépin dans son ordinateur, avec l'enlèvement de Thomas-le-Rimeur par la Reine des Elfes... Ysaye avait dû supporter pendant des semaines les plaisanteries de l'équipage.

— Est-ce qu'elle est habitée ? demanda David. Ou plutôt, y a-t-on détecté des signes de vie intelligente ?

Car pour Elizabeth et David, c'était la grande question. Peu importait à Ysaye, car elle appartenait à l'équipage et ne s'y fixerait pas de toute façon. Mais Elizabeth et David voulaient se marier et fonder une famille, ce qu'ils ne pouvaient pas faire à bord. Les enfants ne pouvaient même pas être admis comme passagers sur un astronef — pas s'ils voulaient grandir avec quelque chose ressemblant à un squelette humain. Les corps immatures étaient beaucoup plus fragiles et vulnérables que ne l'imaginaient les rampants. Mais ils avaient le temps ; ils s'étaient tous les trois engagés dans le Service Spatial dès leur sortie de l'université, et n'avaient pas encore trente ans. Théoriquement, ils devraient trouver tôt ou tard une planète propre à la colonisation, ou à l'établissement de contacts avec l'Empire, sur laquelle des équipes d'exploration pourraient se fixer pour vingt ans ou plus. Mais après trois ans sans découverte, à part quelques boules de roc, Elizabeth commençait à s'impatienter.

— Vous êtes tous les deux télépathes, plaisanta Ysaye. C'est à vous de me le dire.

C'est ainsi qu'ils avaient fait connaissance, tous trois sujets d'expériences au labo de parapsychologie de l'université. Malheureusement, les appareils n'étaient pas réglés pour détecter le coup de foudre, sinon, ils auraient enregistré des réactions intéressantes entre David et Elizabeth. Ce jour-là, Ysaye était la technicienne de service, et elle avait dûment noté tout le reste. Mais elle n'avait jamais parlé à personne des autres phénomènes qu'elle avait vus — ou cru voir. Après tout, « voir des auras » était une expérience trop subjective.

Elizabeth ne cachait pas son don, sans toutefois le mettre en avant. David l'acceptait avec un haussement d'épaules ; si les gens ne le croyaient pas, c'était leur problème, pas le sien. Poussée dans ses derniers retranchements, Ysaye avouait qu'elle avait de l'intuition, et parfois même, du flair. A part ça, elle restait discrète. Elle se servait des « choses invisibles » et des connaissances qu'elle tirait de sources inconnues, mais elle ne s'en vantait pas.

Elle avait toujours été solitaire, et son « don » avait encore renforcé cette tendance naturelle. Enfant, elle avait appris à communiquer ce qu'elle « savait » aux adultes sous forme de questions ; dans sa famille un enfant n'était pas censé corriger les « grands », sans doute partant du principe qu'un enfant en savait toujours moins qu'une grande personne. Mais il était très difficile pour Ysaye de dissimuler ce qu'elle savait, alors elle avait choisi la solitude qui était sa meilleure cachette.

Elle avait également soigneusement caché son intelligence sous un masque d'innocence enfantine, et elle passait autant de temps qu'elle le pouvait avec son ordinateur, chose plus facile pour elle que pour une autre, car, au lieu de l'envoyer dans un établissement public, ses parents l'avaient inscrite à « l'école à la maison », où l'enseignement était dispensé par ordinateur. Ils trouvaient que les valeurs enseignées dans les écoles de la Terre étaient irreligieuses et tristement déficientes du côté de la morale — de la distinction entre le bien et le mal, domaine auquel la mère d'Ysaye attachait une importance particulière. Parfois, les paroles de sa mère lui revenaient encore, quand quelqu'un de son entourage faisait des entorses à la logique ou à l'éthique.

— Je ne suis pas une télépathe très puissante, répondit Elizabeth avec sérieux, bien qu'Ysaye ait dit cela en plaisantant. Et de plus, je *désire* qu'elle soit habitée, alors, je ne suis pas impartiale. Mais toi, pour qui c'est émotionnellement indifférent, qu'est-ce que tu en penses, Ysaye ? Est-ce qu'elle est habitée ?

Ni ses parents ni les ordinateurs avec lesquels elle travaillait n'avaient jamais considéré « je ne sais pas » comme une réponse acceptable. Si on ne savait pas spontanément, il fallait trouver d'autres données. Presque machinalement, Ysaye projeta son esprit vers la planète et reçut une réponse, sans l'avoir cherchée consciemment.

La planète était habitée ; elle le sut soudain sans le moindre doute ; mais elle ne pouvait pas expliquer comment elle le savait, ni le prouver, alors, elle temporisa.

— Nous le saurons bien assez tôt, dit-elle. J'espère pour toi qu'elle l'est, mais tu me manqueras si tu quittes le vaisseau. Il nous faut quelque chose de plus qu'une boule de roc et de poussière ; l'équipage commence à se sentir des fourmis dans les jambes.

Les petites bizarreries de comportements menaçaient de se transformer en véritables névroses depuis deux mois. Vivant presque constamment avec ses ordinateurs bien-aimés, Ysaye n'avait pas souffert de cette situation, mais elle ne lui avait pas échappé. Tout le monde cherchait à s'isoler des autres membres de l'équipage. Même des amis de toujours — ou des amants — commençaient à se taper mutuellement sur les nerfs.

— De toute façon, même si elle n'est pas habitée, nous y resterons sans doute quelques mois, dit joyeusement David. Nous aurons du travail à revendre, Elizabeth, sinon dans notre spécialité principale, du moins dans la secondaire.

David Lorne était linguiste *et* xénocartographe, Elizabeth était anthropologue *et* météorologue. A bord, tout le monde était capable de remplir deux ou trois postes, sauf Ysaye qui savait un peu de tout.

— Je suis prête, dit Elizabeth. Prête à *avoir de la place*, prête à vivre quelque part où je ne me cognerai pas tout le temps dans quelqu'un. Tout ce voyage ne nous mène nulle part.

— Remarque bizarre, la taquina David, surtout si l'on pense à toutes les années-lumière que nous avons mises derrière nous.

— Je ne dis pas ça littéralement, dit-elle en lui faisant la grimace, et tu le sais très bien. *Métaphoriquement* parlant, nous ne bougeons pas, même si nous avons parcouru des années-lumière. En ce qui me concerne, on aurait aussi bien pu rester enfermés dans un immeuble de Los Angeles ou Chicago depuis trois ans. J'en ai *assez* d'étudier des manuels et des simulations informatiques. J'ai envie d'étudier quelque chose de réel.

— C'est vrai, ça ne me ferait pas de mal de travailler, reconnut-il avec un sourire ironique. Ce voyage spatial me donne l'impression d'être un paquet. Ça semblera bon d'avoir enfin quelque chose à faire.

David Lorne n'avait rien d'exceptionnel, à part ses yeux étonnamment clairs, et sa façon de toujours regarder son interlocuteur bien en face. C'était un jeune homme remarquablement sérieux, qui commençait à se dégarnir et faisait plus vieux que ses vingt-sept ans, mais qui possédait un sens de l'humour subtil et unique qu'il partageait avec Elizabeth plus qu'avec quiconque.

— Qu'est-ce que tu voudrais vraiment trouver en bas, David ? demanda-t-elle, soudain très grave.

— Une planète où je pourrai travailler toute ma vie ; des

problèmes intéressants à résoudre, répondit-il avec une égale gravité. Un endroit où l'on pourra s'établir. Ce n'est pas ça que nous désirons tous les deux ? Nous établir, et avoir des enfants qui seront des indigènes de ce monde — quel qu'il soit.

— Je dois dire que je serais bien contente de débarquer sur une planète, n'importe quelle planète, acquiesça-t-elle. Je suis fatiguée de me sentir inutile. Nous n'avons pas grand-chose à faire dans l'espace, toi et moi, à part donner des concerts pour l'équipage.

Elizabeth ne se contentait pas de recueillir et d'étudier des ballades, elle les interprétait également. Elle avait un répertoire étendu, était bonne chanteuse et instrumentiste, et elle était très demandée aussi bien pour les récitals impromptus de la Salle des Loisirs, que pour les concerts régulièrement programmés.

— Et tu ne manques pas d'auditeurs pour les apprécier, dit Ysaye en riant. Il paraît que nous sommes le seul astronef de la flotte où le Capitaine a choisi son second parce qu'il savait jouer du hautbois.

Elizabeth gloussa. Les excentricités du Capitaine Gibbons étaient célèbres dans toute la flotte de l'Empire. Sur *son* vaisseau, tous les membres de l'équipage et des équipes scientifiques étaient, naturellement, sélectionnés pour leurs compétences professionnelles, mais le Capitaine Gibbons semblait avoir le chic pour toujours trouver des astronautes compétents qui, comme par hasard, avaient une passion pour la musique. A quelqu'un qui le plaisantait sur le choix de son second, il aurait répliqué que les académies militaires produisaient les bons seconds à la douzaine, mais que les bons hautboïstes étaient rares — la gouaille populaire ayant défini le hautbois comme « le pervers instrument à vent où personne ne sait souffler le bon vent ». Le Capitaine Gibbons était aussi un passionné d'opéras, et si quelqu'un à bord n'avait pas de solides notions d'italien, allemand et français, ce n'était pas faute de les entendre chanter. Finalement, ce n'était pas si mal, s'était dit Ysaye les mois succédant les uns aux autres sans atterrissage. C'était mieux qu'un vaisseau plein d'athlètes amateurs tous dingues de leur forme — ou de joueurs invétérés susceptibles de transformer le moindre différend en bagarre. Au moins, sur l'astronef de Gibbons, l'équipage pouvait trouver dans la musique une harmonie qui n'aurait peut-être pas existé, étant donné le stress qui s'accroissait avec la longueur du voyage.

— Il n'y a pas de mal à donner des concerts, lui dit David. Tu es bonne chanteuse, et tu fais bien ta part pour nous empêcher de nous ronger les ongles d'ennui.

— Assez bonne, dit timidement Elizabeth. Mais je n'ai pas une voix d'opéra.

— Comme je n'aime pas tellement l'opéra, ça m'est égal, dit-il. Et il y en a beaucoup comme moi, à part le Capitaine. Mais je reconnais que quelqu'un qui ne supporte pas l'opéra ne peut pas faire de vieux os sur ce vaisseau.

— Comme ton copain, le Lieutenant Evans ? dit Elizabeth, fronçant le nez.

Elle n'aimait pas Evans, dont les manières la rebutaient, même s'il était assez lié avec David. Il y avait quelque chose de vaguement dérangeant chez le Lieutenant, même si Ysaye avait ironiquement remarqué un jour : « Oh, ne t'en fais pas pour lui ; il a une grande carrière de vendeur de voitures d'occasion devant lui. » Malgré son aversion, Elizabeth ne le considérait pas de façon si cavalière.

— Je ne sais pas, protesta David. Oui, il fait des commentaires sarcastiques sur l'opéra, mais c'est son style. Il parle comme ça d'à peu près tout.

Il branla du chef.

— Mais pourquoi parler musique alors que nous avons une nouvelle planète à explorer dans quelques jours ?

— Parce que ta nouvelle planète n'est encore qu'une hypothèse, et qu'on n'y arrivera pas avant des jours, tandis qu'un concert est une certitude, je suppose, dit Elizabeth en soupirant. Il est difficile de penser à autre chose qu'à la routine quand on sait qu'il se passera des jours avant qu'on en ait seulement des photos acceptables. J'avais promis à mon département de leur faire un topo sur la nouvelle planète dès qu'on saurait quelque chose ; mais si nous ne savons rien, je ferais mieux de m'en aller. Je suis de service.

— Très bien, ma chérie, dit-il en l'embrassant. A tout à l'heure.

David et Elizabeth partirent prendre leurs postes respectifs, et Ysaye revint à sa console.

Comment seraient ces habitants ? Ce serait peut-être un peuple indigène pré-spacial, auquel cas aucun signe de civilisation ne serait visible de l'espace, du moins pas sans un ciel très dégagé pour permettre à leur télescope optique d'y jeter un coup d'œil.

Ce pouvait être aussi une colonie perdue, de celles fondées par l'un des Vaisseaux Perdus, avant la constitution de l'Empire. Ce serait fascinant, même si Ysaye n'avait jamais entendu dire qu'on en eût retrouvé une si loin.

Pour le moment, se dit-elle. Ce n'était pas parce qu'on n'en avait encore jamais trouvé... c'était peut-être parce qu'on n'avait pas cherché où il fallait.

On en avait retrouvé une l'année dernière, et certains de ces très anciens Vaisseaux Perdus semblaient quand même être allés étonnamment loin, ceux qui avaient été lancés il y avait environ deux mille ans, avant que les Terriens n'aient appris à garder le contact avec eux. Après l'avènement de ce suivi spatial, tout vaisseau perdu était retrouvé dans les deux ans. Ainsi, s'il y avait sur cette planète une colonie fondée par un Vaisseau Perdu, ce serait l'une des plus anciennes, isolée et livrée à elle-même depuis bien avant l'Empire.

D'autre part, même si son intuition la trompait et que la planète fût inhabitée — elle ne le pensait pas, mais jusqu'à preuve du contraire, il valait mieux considérer toutes les éventualités — elle était bien placée pour un astroport de transfert, juste à la jonction des bras spiraux galactiques, à un milliard de milles en plus ou en moins. Dans la mesure où elle était habitable, et si David et Elizabeth acceptaient d'exercer leur métier secondaire au lieu du principal, ils auraient du travail jusqu'à la fin de leurs jours, sous réserve que les Autorités y décident la construction d'un astroport

La sonnerie annonçant le changement d'équipe retentit à l'instant où le technicien assurant la relève entrait nonchalamment et s'approchait du terminal. Ysaye signala son départ à l'ordinateur, il signala son arrivée, et elle sortit.

Enfilant la coursive, elle se surprit à s'étirer, et s'aperçut qu'elle avait des crampes dans les épaules, les bras et les mains. A l'évidence, elle avait passé plus de temps qu'elle ne l'avait réalisé dans la cheminée de l'ordinateur, à effectuer ses petits bricolages. Elle décida de se promener un peu avant de retourner à sa cabine.

Passant devant une porte marquée « Hublot d'Observation », elle entra.

— Tu viens jeter un coup d'œil sur notre nouveau système ? demanda le jeune technicien en la voyant.

Il faisait partie de l'équipe scientifique du vaisseau, et ne resterait donc pas sur la planète, à moins qu'on y construisît un astroport. Sa tâche actuelle consistait à recueillir autant d'informations que possible sur la planète avant l'atterrissage — et pour le moment, elles étaient toutes transmises par la sonde.

— Merci d'avoir localisé le pépin, Ysaye ; ça nous rendait tous dingues — je devrais plutôt dire, encore plus dingues.

Elle secoua modestement la tête.

— Rien d'extraordinaire, dit-elle. Si je n'avais pas trouvé, un autre aurait trouvé à ma place.

Il lui lança un coup d'œil sceptique, mais s'abstint de tout commentaire.

— Tu sais qu'il y en a au moins une d'habitable, je suppose, reprit-il. La quatrième. La cinquième aussi, peut-être, mais ce serait pousser le bouchon un peu loin — elle est presque entièrement gelée, avec calottes glaciaires permanentes, et une année qui dure cinq années standard. La quatrième est habitable, mais c'est limite ; le climat est très rude, mais des êtres métabolisant le carbone pourraient y vivre. Pas de mers importantes non gelées, un seul continent. Je n'aimerais pas m'y établir, et toi non plus, je suppose. Il y fait froid comme dans l'enfer de Dante. Mais la vie y est possible.

— Pas mal, Haldane, dit Ysaye, ajoutant avec un grand sourire : Tu répètes ton rapport pour le Capitaine ?

— Tu as tout compris, dit joyeusement Haldane. Ah, est-ce que je t'ai dit qu'elle avait quatre lunes ? De quatre couleurs différentes ?

Elle fit « tsitt-tsitt » en branlant du chef.

— Non, tu les as oubliées ; il faut que tu organises mieux tes matériaux ! Mais quatre lunes, ce n'est pas un record pour une si petite planète ?

Il hocha la tête, concentré sur sa console.

— Tu as raison. Si une planète en a davantage, c'est

généralement une géante gazeuse. Comme Jupiter dans le vieux système solaire. J'ai oublié combien de lunes elle avait, celle-là ; on avait l'impression qu'elle capturait toutes les épaves passant à proximité... mais elle en avait au moins onze grosses.

Ysaye baissa les yeux sur l'écran. L'objet de leur intérêt avait un aspect singulièrement peu engageant à cette distance.

— Quatre lunes ? Hum, je me demande comment elle a fait ?

John Haldane haussa les épaules.

— Qui sait ? Ce n'est pas ma spécialité. Je crois que le monde de Bettmar en a cinq, mais il y a une limite. La masse combinée des lunes doit être inférieure à celle de la planète pour un monde habitable. Généralement, moins d'un cinquième pour la masse combinée. Et il y a aussi une limite de taille : trop petites, les lunes échappent à l'attraction du primaire et deviennent des astéroïdes.

Il lui montra l'écran et ajouta :

— La blanche, là, est juste à la limite pour la taille.

— Elizabeth nous parlait justement de tous les sujets de ballades qu'il y aurait sur une planète à quatre lunes.

Haldane ajusta la mise au point, et la lune blanche faillit crever l'écran.

— A vue de nez, je dirais que quatre lunes doivent avoir une étrange influence sur la mythologie des indigènes — enfin, s'il y en a ! Et je dirais aussi que le concept du monothéisme aurait peu de chance d'y voir le jour ! Ces lunes doivent ressembler à quelque chose d'issu de la surface de la planète — avec leurs quatre couleurs différentes. C'est la première fois que je vois ça. C'est vraiment anormal.

Ysaye étrécit les yeux, s'efforçant de distinguer quelque chose à la surface de la planète, qui resta pourtant une énigme enveloppée de nuages impénétrables.

— Elles sont vraiment de couleurs différentes, ou c'est un effet de lumière qui donne cette impression ?

Haldane haussa les épaules.

— Ton avis vaut le mien. C'est la première fois que je vois ça — pardon, je me répète. Je peux quand même te dire une chose : je parie que, quel que soit le niveau de civilisation des indigènes, les lunes jouent un grand rôle dans leurs religions. C'est toujours le cas pour les lunes.

— Tu sais si nous allons atterrir sur l'une ou l'autre ? demanda Ysaye.

— On établira sans doute une station météo sur l'une d'elles, dit-il. C'est toujours la première étape. Et s'il s'agit d'une culture aborigène pré-spatiale, ce sera aussi la dernière. Nous ne pourrons faire que des observations climatiques. Nous ne serons pas autorisés à perturber leur vie, car les peuples primitifs doivent évoluer à leur rythme.

— En effet, s'il existe une culture quelconque, le simple fait d'atterrir sur la planète l'affecterait, approuva-t-elle.

— C'est vrai, mais tout ce que nous ferons avant l'évaluation officielle ne comptera pas. Bon Dieu ! Regarde-moi ça !

Il se tut brusquement et se mit à tripoter ses instruments.

— Zut, je n'arrive pas à agrandir davantage, et les nuages sont impénétrables.

— Qu'est-ce qu'il y a ? demanda Ysaye, se penchant par-dessus son épaule pour mieux voir. Des signes de vie ? Une lumière nous disant : « Nous sommes là, venez nous chercher ! »

Comme il ne répondait pas, elle ajouta par plaisanterie :

— Un panneau publicitaire géant ?

— Rien de si précis, répondit Haldane. Quelque chose du genre Grande Muraille de Chine — mais en Chine, elle a été créée par la main de l'homme, tandis qu'ici, je crois qu'il s'agit d'une formation naturelle.

— Comme quoi ? Quel genre de formation naturelle serait assez grande pour être visible de si loin ? La sonde n'est même pas encore en orbite !

— Un glacier, dit-il. Un glacier plus grand qu'aucun glacier d'aucune période glaciaire de la Terre. Un glacier qui fait le tour de la moitié de la planète. Un mur autour du monde.

Un mur autour du monde ? Il y avait de quoi enflammer l'imagination.

— Mais qui aurait pu le construire ?

— Personne ; c'est un phénomène naturel, dit-il avec assurance.

— Une formation naturelle ? répéta-t-elle, sceptique.

— Pourquoi pas ? rétorqua-t-il. Sous agrandissement adéquat, la Grande Muraille de Chine se voit de la lune. On s'est même demandé si elle n'avait pas été construite dans ce but avant que la société qui l'avait édifiée ne dégénère et ne retourne à l'ère pré-technologique — ou devrais-je dire, post-technologique ?

— Dis ce que tu voudras, répliqua-t-elle. Mais je ne te conseille pas d'exposer cette théorie au Capitaine. Tu n'as pas entendu son laïus rituel sur la « pseudo-science de la psychocéramique » ?

— Plusieurs fois, dit Haldane en faisant la grimace. Disons donc plutôt : tout *en supposant* que ce glacier est naturel, étant donné le climat épouvantable régnant sur cette planète, je ne peux pas être *certain* qu'il est soit naturel, soit l'œuvre d'Êtres Intelligents, soit un vestige de la présence d'une société antérieure d'E.I. Pour ce que j'en sais, ce pourrait aussi bien être l'équivalent de travaux pratiques scolaires assignés au monstre aux yeux pédonculés de la légende. Ou même une tentative artistique.

— D'accord, assez de théories, dit Ysaye en riant. On a relevé des signes de présence sur l'une ou l'autre des lunes ?

Il secoua la tête.

— Rien. Rien que la sonde ait relevé, en tout cas. Nous avons laissé des empreintes de pieds et des détritus divers sur la nôtre, mais il est encore trop tôt pour nous prononcer sur celles-là. En cherchant bien, on trouvera peut-être une ou deux canettes vides, et ce serait une preuve, si on veut. Ah, regarde ! Les nuages se dissipent !

Il tripota ses instruments pour bien centrer le glacier sur l'écran.

— Au moins, ce glacier nous servira de repère pour un atterrissage, bien que le terrain ait l'air assez accidenté et montagneux. Le taux d'oxygène de l'air est supérieur à la normale, de sorte que ce super Himalaya devrait être escaladable, que tu le croies ou non. Pour qui aime ce genre de sport. Personnellement, je pense que si Dieu avait voulu qu'on escalade les montagnes, il nous aurait donné des sabots et des pitons à la place des mains et des pieds.

— Escaladable par qui ? demanda Ysaye, dubitative. Tu crois que la planète est habitée ?

Haldane haussa les épaules.

— Impossible à dire d'ici. A moins qu'elle ne soit très industrialisée, et ça n'a pas l'air d'être le cas. Si nous découvrons qu'elle est habitée, nous devrons peut-être nous contenter d'installer une station météo sur une lune, et ensuite rentrer chez nous sans déranger les indigènes.

— Et s'il s'agit d'une Colonie Perdue ?

Pourquoi ai-je posé cette question ? se demanda-t-elle. Elle avait déjà écarté cette idée, et voilà qu'elle refaisait surface, ce qui la troubla.

— Je ne sais pas, dit-il avec hésitation. Il n'y a pas de règles établies pour traiter avec les Colonies Perdues. Chaque fois que nous en avons retrouvé une, la situation était différente. Ils sont nous, et pourtant, ils ne sont pas nous, si tu vois ce que je veux dire.

— Pas vraiment, répliqua Ysaye. Quand même, quelles sont les probabilités ?

Haldane secoua la tête.

— C'est vraiment improbable ; mais il paraît qu'il y a encore deux vaisseaux qui n'ont pas été retrouvés. C'est drôle de penser que, si c'est le cas, nous ne serons pour eux que des légendes. Ou peut-être des divinités — et je me demande comment ça s'accorderait avec quatre lunes ! Serions-nous des dieux revenant vers eux, ou des êtres horribles sortant de la Nuit Éternelle ?

— Sans doute des dieux. Si, contre toute attente, il s'agissait d'une Colonie Perdue, c'est Elizabeth qui serait contente ! Les légendes, c'est son domaine, et, en un sens, la religion aussi.

John Haldane éclata de rire.

— Je vois le tableau : toi et elle, vous seriez les déesses, l'une blanche, l'autre noire.

Il s'inclina devant elle, joignant les mains sur sa poitrine.

— Oh, grande Déesse de la Nuit, écoute les prières de ton humble serviteur ! Tu ne voudrais jamais revenir à bord ; tu aurais des centaines d'adorateurs nubiles littéralement à tes pieds !

Ysaye se mit à rire en secouant la tête.

— Tu es incorrigible, Haldane. Je t'assure que la seule divinité qui m'intéresse, c'est une divinité en sucre nappée de chocolat !

CHAPITRE II

Le porte-bannière fut le premier à apercevoir la Tour, structure de pierre qui se dressait, solitaire, au milieu de la plaine, un petit village niché à ses pieds comme pour se placer sous sa protection. La nuit approchait, et le grand soleil rouge était bas sur l'horizon. Déjà, trois des quatre lunes étaient levées, tout juste visibles derrière les nuages de cette fin de printemps, simples taches floues à peine plus claires que les nuages dans la pénombre. Le brouillard commençait à se condenser en gouttelettes, mais en cette saison, au moins, la pluie ne tournait pas à la neige.

Il y avait huit gardes, en comptant le porte-drapeau, tous montés sur des chevaux magnifiques, et la bannière allait devant, bleu et argent, brodée du noble emblème des Hastur, le sapin d'argent, et de leur devise. *Permanedal* — « Je resterai ». Derrière eux venaient Lorill Hastur, sa sœur, Dame Léonie Hastur, et Melissa Di Asturien, compagne et chaperon de Dame Léonie — quoique, à l'âge respectable de seize ans, Melissa fût un piètre chaperon. Et comme Léonie la trouvait ennuyeuse, c'était aussi une piètre compagne. Les deux jeunes filles étaient enveloppées de longs voiles de voyage. Les chevaux étaient magnifiques, mais ils avançaient lentement, très fatigués, car la caravane s'était mise en route à l'aube.

Lorill donna le signal de la halte. La Tour maintenant en vue, il était difficile de s'arrêter, même s'ils savaient tous que leur but était encore à plusieurs jours de cheval. Dans cette plaine, les distances étaient souvent trompeuses.

Se pliant à une vieille habitude, Lorill Hastur laissa sa sœur décider s'ils camperaient ou non.

— Nous pourrions camper ici, dit-il, montrant de la main une clairière proche de la route, et ignorant les gouttelettes qui commençaient à s'accumuler sur ses cils. Si la pluie forcit, nous devrons nous arrêter de toute façon ; je ne vois aucune raison de continuer en plein orage, au risque d'estropier nos bêtes.

— Moi, je pourrais chevaucher toute la nuit, protesta Léonie, et ça m'ennuie de m'arrêter en vue de la Tour. Pourtant...

Elle se tut pour réfléchir. S'ils continuaient sous la pluie, ils arriveraient à la Tour trempés, épuisés et transis. C'était une nuit à quatre lunes — et sa dernière nuit de liberté. Peut-être que ce serait une bonne idée de la passer à la belle étoile...

— Et où coucherons-nous ? demanda Melissa, avec une grimace annonçant le rejet immédiat de l'idée de Léonie. Dans des tentes ?

— Derik me dit qu'il y a une bonne auberge au prochain village, dit Lorill. Mais je suppose qu'il pense plus à sa bière qu'aux aménagements.

Léonie gloussa, car la capacité de Derik était devenue un sujet de plaisanterie au cours de ce voyage.

— Il boit comme un moine au Solstice d'Hiver, dit-elle en riant. Mais il est assez sobre sur la route. Nous ne devrions pas le priver de sa bière, je suppose...

— Au moins, je ne veux pas chevaucher toute la nuit, intervint Melissa d'un ton querelleur, à la fois contestataire et geignarde.

Léonie se raidit d'irritation, et ravala une remarque acerbe, mais Lorill dit avec bonhomie :

— Toi, tu ne penses pas à la bière, je suppose !

— Pas du tout, répliqua Melissa, boudeuse. Seulement à un bon feu. Aucune raison de souffrir dans une tente quand nous pouvons avoir ce bon feu un peu plus loin.

Souffrir dans une tente ? Dans le genre de tente qu'emportaient les Hastur, toute souffrance était improbable, même s'il y ferait sans doute un peu plus froid que ne l'aurait voulu Melissa — mais Melissa adorait se plaindre et les accabler d'allusions à sa santé délicate. Et, sans doute aucun, une fois que Melissa serait au chaud, elle se plaindrait du repas, de la chambre pleine de fumée, et pousserait des cris d'orfraie à la vue du moindre insecte. Léonie préférait de beaucoup une nuit sous la tente, même un peu froide et humide, à une nuit dans une auberge infestée de vermine. Au moins, la tente offrait un abri sûr, tandis que celui de l'auberge restait hypothétique.

Et il y avait cette autre considération...

Le cheval de Léonie piaffa nerveusement, et elle dit avec un soupir mélancolique destiné à faire céder son frère à son caprice :

— Ce sera une nuit à quatre lunes...

— Mais tu ne pourras pas les voir, remarqua Lorill avec une logique implacable. Elles sont cachées par les nuages. Autant profiter d'un bon feu. Au moins, l'auberge sera chaude et sèche.

— Peut-être que l'auberge prendra autant l'eau qu'une promesse de Séchéen, avec une légion de souris et de puces, en plus. J'aurai tout le reste de ma vie pour me chauffer aux feux de bois, protesta Léonie. J'aurai tout le reste de ma vie pour voir le monde entre quatre murs ! Et les nuits à quatre lunes ne sont pas si fréquentes que je veuille manquer celle-ci !

Elle regarda Melissa avec dédain, regrettant qu'elle ne soit pas n'importe où, sauf près d'elle en qualité de chaperon. D'ailleurs, elle aurait pu aussi bien se passer de gardes et de porte-bannière. A la vérité, elle aurait préféré partir seule avec Lorill. Les jumeaux Hastur avaient toujours été très proches, et elle ne prévoyait aucun danger dans un si court voyage — après tout, c'était son jumeau, ce n'était pas lui qui risquait de l'insulter !

Mais à cause de son haut rang et de la mode actuelle, les jeunes nobles ne pouvaient pas voyager seules même en compagnie de leurs frères, sans escorte appropriée, avec gardes et chaperon. Selon la coutume ténébrane, Lorill avait été déclaré majeur lors de son quinzième anniversaire ; et Léonie était maintenant considérée comme une adulte, elle aussi. Elle était toujours un peu garçon manqué et très entêtée, mais d'une réputation absolument sans tache...

Qu'une longue chevauchée sans chaperon aurait pu ternir.

Au diable la coutume, pensa-t-elle, insoumise. Si on croyait Lorill incapable de la protéger, elle était très capable de se protéger elle-même ! Lorill était de taille moyenne pour un homme, mais Léonie, qui avait à peu près la même taille, était exceptionnellement grande pour une femme. Et cette taille devait donner à réfléchir à deux fois à un assaillant éventuel.

Elle était exceptionnelle à bien d'autres égards. Comme toutes les femmes Hastur, et la plupart des hommes, elle avait le teint clair et une magnifique chevelure d'un roux flamboyant, pour l'heure tressée en couronne autour de sa tête. Plus encore que Lorill, elle était marquée du sceau des Hastur. *Comyn*, elle l'était jusqu'au bout des ongles. Comyn et Hastur — cela devait donner à réfléchir au plus audacieux des hors-la-loi. Et s'il devait lui arriver quelque chose, la recherche des coupables serait impitoyable, et la vengeance terrible.

Léonie était aussi remarquablement belle — chose qu'elle savait très bien — et elle était depuis trois ans la coqueluche de la cour. Entre les courtisans et ses soupirants, Léonie avait été incroyablement choyée et chouchoutée. Leur père était l'un des principaux conseillers du Roi Stefan, et on savait qu'une fois devenu veuf, le Roi Stefan Elhalyn lui-même l'avait demandée en mariage. Ce qui l'aurait encore rendue plus populaire si cela avait été possible, car même ceux qui n'appartenaient pas à son groupe d'âge recherchaient son attention, pensant au jour où elle serait peut-être reine.

Mais Léonie n'avait nulle intention de se marier. Elle avait une autre idée en tête, dont même la perspective d'une couronne ne l'avait pas détournée, car le pouvoir d'une reine se limitait à ce que son seigneur et roi voulait bien lui abandonner. Léonie ne voulait pas de telles limitations. Elles n'étaient pas imposées à Lorill, alors, pourquoi à elle ? N'étaient-ils pas jumeaux et nés égaux, ne différant que par le sexe ?

Depuis son enfance, Léonie désirait avoir une place dans une Tour, où elle consacrerait sa vie à sa vocation de *leronis*. Politiquement et socialement, cela la mettrait très au-dessus de toutes les autres femmes de l'aristocratie, avec des pouvoirs égaux à ceux de Lorill.

Et si elle réalisait son rêve secret, et devenait la Gardienne de la Tour d'Arilinn, elle aurait un pouvoir plus grand que celui de son jumeau, du moins tant que vivrait leur père. Car la Gardienne d'Arilinn avait un siège au Conseil de plein droit, et ne recevait d'ordres d'aucun homme sauf du Roi lui-même.

Trouver une Tour qui l'accepterait ne posait aucune difficulté ; tout le monde savait que la nature avait généreusement pourvu Dame Léonie du *laran* des Hastur. Pourtant, maintenant que le moment était arrivé, Léonie avait douloureusement conscience que cette voie qu'elle avait elle-même choisie allait la séparer de tous ceux qu'elle aimait, car elle serait isolée pendant toute sa période d'entraînement à la Tour. Pour le moment, et quoi qu'elle devînt plus tard, elle n'était qu'une très jeune fille sur le point d'être séparée de son frère et de toute sa parenté, perspective angoissante, même pour Léonie.

— J'aurai tout le reste de ma vie pour me chauffer devant la cheminée, répéta-t-elle, levant les yeux vers le ciel qui s'assombrissait. Une nuit à quatre lunes...

— Que, malheureusement, ou peut-être heureusement, tu ne peux pas voir, la taquina Lorill. Tu sais ce qu'on dit des nuits à quatre lunes.

Elle l'ignora.

— Je ne veux pas être claquemurée à l'intérieur cette nuit ! dit-elle avec entêtement. Crois-tu qu'un *chieri* puisse venir m'enlever dans ma tente sans que vous vous en aperceviez, toi et les gardes ? Ou que des Séchéens puissent surgir brusquement de la plaine pour m'enlever ?

— Oh, Léonie, tu n'as pas honte ? la réprimanda Dame Melissa, couvrant sa bouche de sa main, comme scandalisée à cette idée.

Ou peut-être était-elle simplement scandalisée que Léonie osât plaisanter sur un sujet aussi grave que l'enlèvement.

Léonie subissait depuis longtemps les indignations et les vapeurs de Melissa, et elle en avait assez.

— Oh, tais-toi, Melissa, dit-elle sèchement. A seize ans, tu parles déjà comme une vieille fille. Et une vieille fille maniaque, en plus !

Lorill se contenta de sourire.

— Ça veut dire que tu n'as pas envie d'aller à l'auberge, je suppose ? Très bien. Pour une fois, Derik se passera de bière !

Il branla du chef.

— Au moins, nous avons le temps de monter les tentes avant qu'il ne pleuve à seaux. Tu es la fille la plus étrange que je connaisse, la taquina-t-il. Préférer coucher sous la tente au lieu d'aller à l'auberge.

— Je veux coucher à la belle étoile, répéta-t-elle. C'est ma dernière nuit avant d'entrer à la Tour, et je veux la passer sous le ciel.

— Sous la pluie, oui ! dit-il en riant. Et les étoiles ? Pour ce que tu les verras, tu pourrais aussi bien avoir un toit sur la tête.

— Il ne pleuvra pas toute la nuit, dit-elle avec assurance.

— Pourtant, on ne dirait pas que la pluie va cesser avant le matin, rétorqua-t-il.

Lorill haussa les épaules mais céda.

— Bon, nous ferons ce que tu veux, Léonie. Après tout, c'est ta dernière nuit avant d'entrer à la Tour.

Léonie attendit calmement en selle que Lorill ait pris toutes les dispositions pour le campement ; elle était bonne cavalière, et son cheval était beaucoup trop fatigué pour s'agiter.

Il donna l'ordre de monter les tentes, et Léonie ignora les grommellements et les regards rancuniers des hommes. Les gardes auraient dû être contents de s'arrêter, et une nuit passée à l'écurie — car ils ne trouveraient pas d'autre abri dans une auberge de village — ne valait pas mieux qu'une nuit sous la tente. En fait, il y ferait même plus froid, sans doute, car ils ne seraient jamais autorisés à faire du feu dans une écurie. Ils feraient bien d'y penser une fois au chaud sous leur tente.

Tandis que les gardes dépliaient les toiles, Lorill démonta, aida Léonie à mettre pied à terre, et la conduisit sous l'abri précaire d'un arbre. Melissa les suivit, reniflant bruyamment et affectant des frissons dont Léonie mit l'authenticité en doute. Melissa voulait simplement qu'on la plaigne — comme toujours. Pourquoi son père lui avait-il choisi

Melissa comme compagne, Léonie n'en avait aucune idée. Peut-être parce que Melissa était tellement comme il faut que Léonie devait être moins tentée de faire des bêtises qu'avec une amie pleine d'entrain.

La pluie s'intensifia, tandis que les gardes bataillaient toujours avec les lourdes toiles, et la cape d'équitation de Léonie la protégea de moins en moins. La pluie commença à la traverser aux épaules, l'ourlet était trempé — et les reniflements de Melissa étaient non plus affectés mais authentiques. Un instant, elle regretta son entêtement — mais seulement un instant. C'était sa dernière nuit de liberté relative ; elle n'aurait plus jamais autant de liberté jusqu'à ce qu'elle revête les robes pourpres de Gardienne. Elle était bien décidée à la savourer jusqu'au bout.

Dès que les tentes furent montées, le jeune Seigneur Hastur ordonna qu'on allume du feu et qu'on apporte des braseros dans les tentes. Dans le crépuscule finissant, il conduisit Léonie à la sienne, lui tenant la main pour l'empêcher de trébucher dans l'ourlet trempé de sa cape.

— Nous y voilà. Je pense toujours que tu aurais été mieux à l'auberge, et je sais parfaitement que Melissa pense comme moi, soupira-t-il d'un air patient. Mais tu as ton lit sous les étoiles — même si tu ne vois ni étoiles ni lunes cette nuit. Je ne sais pas où tu vas chercher ces idées, Léonie. Naissent-elles de quelque logique que tu es la seule à comprendre, ou est-ce simplement le désir de nous voir plier devant ta volonté ?

Léonie se débarrassa de sa cape, se jeta sur une pile de coussins et regarda languissamment son frère. La lumière de la lanterne accrochée au piquet central de la tente éclairait son beau visage, et Léonie eut l'impression dérangeante de se voir elle-même en train de se regarder.

— Je pense souvent aux lunes, dit-elle sans préambule. Qu'est-ce qu'elles peuvent bien être, à ton avis ?

Si ce brusque changement de sujet l'étonna, il n'en montra rien.

— Mes professeurs me disent que, malgré les vieilles légendes de *chieris* s'alliant à des filles des Domaines, les lunes ne sont que d'immenses blocs de roc tournant autour de notre monde, dit Lorill. Mortes, désertes, froides, sans air et sans vie.

Elle réfléchit quelques instants à cette réponse, qui ne concordait pas avec la vague appréhension qu'elle ressentait depuis quelque temps.

— Et tu crois cela, Lorill ?

— Je ne sais pas.

Lorill haussa les épaules, comme si la question était sans importance. Et peut-être n'en avait-elle pas pour lui.

— Je ne suis pas romanesque comme toi, *chiya*. Je ne vois aucune raison d'en douter ; et je ne me soucie pas vraiment de ce qu'elles sont. Après tout, elles ne peuvent pas plus nous influencer que nous ne pouvons les affecter.

— Moi, je m'y intéresse.

Léonie fronça brusquement les sourcils. C'était peut-être la seule fois où elle aurait l'occasion de parler de ses prémonitions avec son frère. Ce n'était peut-être pas le meilleur moment — mais il ne s'en présenterait plus aucun autre, une fois qu'elle serait entrée à la Tour de Daleteuth.

— Je sens que quelque chose vient sur nous des lunes — et que notre vie ne sera plus jamais comme avant.

Elle se retourna sur le dos et fixa le plafond de la tente, comme si elle pouvait voir les lunes à travers la toile et les nuages.

— Franchement, Lorill, tu ne sens pas que quelque chose d'important est sur le point de se passer ?

— Pas vraiment, dit-il en bâillant. Je ne ressens que le sommeil. Tu es femme, Léonie ; tu ressens plus fortement l'influence des lunes, c'est sans doute ça. Bien qu'il pleuve et que tu ne puisses pas la voir, Liriel exerce son attraction sur toi — et tu sais que cela peut être spectaculaire.

Léonie reconnut la justesse de ces paroles.

— Et avec la conjonction actuelle, elles exercent toutes leur attraction sur moi. Je voudrais que le ciel soit dégagé ce soir. Mais à part ça, je sens...

— Allons, Léonie, pas de mysticisme avec moi, dit-il, l'air légèrement inquiet. Si tu continues, je vais avoir l'impression de parler à Melissa, toute inepties et vapeurs, et tu me décriras tes visions d'Evanda et d'Avarra !

— Non, dit-elle. Tu peux me taquiner tant que tu voudras, Lorill. Mais je te dis que quelque chose vient sur nous — un grand changement dans nos vies — et que rien ne sera plus jamais comme avant. Je parle pour tout notre monde, pas seulement pour toi et moi.

Elle parlait avec tant de conviction que Lorill cessa de plaisanter, et hocha gravement la tête.

— Tu es une *leronis*, sœurette, avec ou sans entraînement dans une Tour. Si tu dis que quelque chose va se passer, c'est sans doute que tu as reçu le don de prémonition. Tu as idée de ce que sera ce grand événement ?

L'imprécision de son intuition la rendait malade.

— Je le voudrais bien, Lorill, répondit-elle, hésitante et malheureuse. Mais je sais seulement que cela a quelque chose à voir avec les lunes. Je le sens ; j'en jurerais. Parfois, je ne suis même plus sûre de vouloir aller à Dalereuth, avec ce qui va survenir.

— Que veux-tu dire ? demanda-t-il, stupéfait.

Et sa stupéfaction était compréhensible. Léonie n'avait jamais laissé aucune considération s'interposer entre elle et son désir d'aller dans une Tour. Elle avait foulé aux pieds quiconque lui avait suggéré un autre avenir. Dans son désir de devenir une *leronis*, elle avait même refusé la main d'un roi.

— Je voudrais pouvoir te le dire, dit-elle, fronçant les sourcils pour se concentrer. Si j'étais une *leronis* parfaitement entraînée au lieu d'une simple novice...

Elle se tut, comme incapable de trouver les paroles pouvant exprimer ce qu'elle ressentait. Mais ce n'étaient pas seulement les mots qui lui manquaient, c'était la capacité de préciser ce qui n'était qu'une intuition, aussi évanescente que la brume du matin, et aussi difficile à saisir.

Lorill resta immobile un moment, pensif.

— Quoi que ce soit, je voudrais pouvoir partager ta prémonition. Mais tu sais ce qu'on m'a dit quand on m'a donné ma matrice, dit-il, portant machinalement la main au sachet de cuir suspendu à son cou. Que chez les jumeaux, l'un a généralement plus, et l'autre moins, que sa part de *laran*. Inutile de te dire comment le partage s'est fait entre nous. Tu utiliseras le tien mieux que moi, sans aucun doute.

Léonie comprit ce qu'il voulait dire. C'était tout aussi bien que Lorill eût le *laran* le plus faible, car à leur époque, et bien que la paix régnât dans les campagnes, une profession imposant un mode de vie si cloîtré n'aurait jamais été autorisée à un Hastur — à moins qu'il ne fût un septième fils. Il était inéluctable que Lorill prît sa place à la cour auprès de leur père, et que cela lui plût ou non importait peu. A sa façon, Léonie aurait beaucoup plus de liberté que lui, dès qu'elle serait entraînée. Elle pourrait choisir où elle irait, et seule la puissance de son *laran* la limiterait dans sa quête de l'ultime récompense — devenir Gardienne.

— Qu'est-ce que tu *vois*, sœurette ? demanda-t-il d'une voix étranglée d'appréhension.

— Uniquement ce que je t'ai dit, soupira Léonie en se tournant vers lui. Danger, changement, et occasions venant sur nous — des lunes. Ça ne suffit pas ?

— Pas pour notre père ou le Conseil, dit Lorill, branlant du chef. Si je n'ai rien de plus à leur communiquer que de vagues prémonitions sur les lunes, ils vont penser que j'ai bu — qu'est-ce que tu disais de Derik, déjà ? — comme un moine au Solstice d'Hiver.

— C'est vrai, soupira-t-elle. Mais qu'est-ce que je peux faire ?

— Si tu avais plus d'informations pour moi... suggéra-t-il discrètement.

Il n'aurait pas dû encourager une jeune télépathe sans entraînement à rechercher des informations sans supervision. Et surtout pas une Hastur, le don des Hastur étant ce qu'il était — le pouvoir de la matrice vivante. Si Léonie le possédait dans toute sa force, elle n'aurait pas besoin d'une pierre-étoile pour se mettre dans des situations dangereuses dont seule une Gardienne pourrait la tirer. Mais Léonie avait l'habitude d'en faire à sa tête — et Lorill était accoutumé à sa capacité de faire pratiquement tout ce qu'elle voulait.

Léonie fronça les sourcils, plus désemparée que réprobatrice.

— J'essaierai, dit-elle au bout d'un moment. Je ferai de mon mieux. Peut-être que j'arriverai à *voir* quelque chose de plus précis — quelque chose qui pourrait convaincre notre père.

Lorill la laissa à ses méditations solitaires. Léonie éteignit la lampe, mais ne se déshabilla pas, prêtant l'oreille aux bruits du campement, et attendant patiemment que le dernier garde s'enroule dans sa couverture.

Elle n'eut pas longtemps à attendre. Tous en avaient tellement assez du froid et de la pluie qu'ils recherchèrent bientôt la chaleur de leurs tentes. Dès qu'elle eut l'impression qu'ils étaient tous couchés, sauf une sentinelle arpentant le camp dans sa cape trempée, Léonie se leva et alla à l'entrée de sa tente.

Elle jeta prudemment un coup d'œil dehors, puis braqua son attention sur le ciel. Les nuages épais déversaient une pluie drue sur la terre, et ne semblaient pas disposés à se disperser avant de s'être vidés de toute leur eau. Mais Léonie savait par expérience que les nuages étaient toujours en mouvement ; simple question de direction et de vitesse pour s'en débarrasser. Il y avait un an environ que Léonie avait appris à mettre ses observations à profit.

Elle les observa attentivement, pour déterminer la direction du mouvement, la direction d'où soufflait le vent au sommet des nuages. Son expérience lui avait appris qu'il ne soufflait pas toujours dans la même direction qu'au sol. Une fois qu'elle l'eut déterminée, elle projeta son esprit et poussa doucement les nuages dans le même sens, comme un berger accélère l'allure de ses moutons trop placides, et bientôt, ils se dispersèrent et le ciel se dégagea. Les quatre lunes flottaient très haut au-dessus des tentes, chacune d'une couleur différente. Elles étaient magnifiques — mais aussi silencieuses et énigmatiques que jamais.

Léonie attacha la portière de la tente en position ouverte, et s'assit sur un coussin, s'efforçant de toucher en elle quelque chose qui donnerait forme et substance à ses vagues prémonitions.

Sans résultat, à part une insomnie persistante.

Assise à l'entrée de sa tente, elle fixa les lunes pendant des heures, s'efforçant de concentrer son *laran* sur ce qu'elle voyait avec ses yeux de chair, les formes rondes des quatre lunes — s'efforçant de concentrer son esprit sur la certitude de ce qui les attendait, s'efforçant de se concentrer sur ses terribles appréhensions.

S'efforçant de trouver les réponses dont elle sentait qu'elles lui seraient nécessaires — bientôt.

CHAPITRE III

Des petits dômes avaient poussé comme des champignons à la surface de la plus grande des lunes. Tout autour, machines et hommes en combinaisons spatiales travaillaient à rendre les installations autosuffisantes.

Dans le plus grand dôme, Ysaye, assise devant son terminal, regardait le premier satellite mettre sa dernière rétrofusée à feu et se placer élégamment en orbite.

— Et d'un, dit joyeusement David, regardant par-dessus son épaule. C'est le premier satellite de cartographie et météo. Maintenant, on peut vraiment se mettre au travail, Elizabeth et moi. D'après elle, c'est une machine remarquablement sophistiquée.

— Sophistiquée, en quel sens ? demanda Ysaye. Les ordinateurs embarqués n'ont rien d'extraordinaire.

Elle voulait qu'il continue à parler ; elle entendait le sifflement de l'air dans le système de ventilation, comme elle ne l'avait jamais entendu sur le vaisseau. Elle n'était pas trop rassurée, avec une simple membrane flexible entre elle et le vide.

David semblait tout prêt à l'obliger.

— C'est l'équipement d'observation et l'optique qui sont extraordinaires. Il paraît que ce Terra Mark XXIV a une résolution suffisante pour voir une allumette allumée sur la face nuit. On m'a dit que ceux en orbite géosynchrone à cinquante mille mètres d'altitude pouvaient lire les plaques d'immatriculation d'une voiture parquée devant l'Ambassade du Nigeria. Je suppose que celui-là peut faire la même chose.

— Enfin, s'ils ont des voitures et des parkings, dit Elizabeth entrant derrière lui. Et des ambassades. Naturellement, s'ils n'en ont pas, on pourra les aider à en construire, je suppose.

Il se retourna en souriant et répondit :

— Et il paraît qu'il voit aussi les numéros des rues. Ou ce qui en tient lieu ici. Bienvenue, ma chérie ! Tu viens pour commencer les observations météo ?

— Tu as tout compris, dit-elle. Si tu es de premier quart pour la Cartographie et Exploration, nous pourrons travailler ensemble.

Elle regarda autour d'elle les rangées de moniteurs montrant les équipes travaillant au-dehors.

— Tu crois que ces gens ne sont jamais venus sur leurs lunes ?

— Dans ce cas, ils n'ont pas laissé un papier ou un tube de mayonnaise, dit-il, pour autant qu'on en puisse juger jusqu'à présent. Personnellement, j'en doute. Nous n'avons encore repéré aucun indice de technologie avancée — pas de grande aire éclairée la nuit et qui pourrait être une ville, et pas un seul signal radio.

Ysaye secoua la tête.

— Comme les techniciens n'arrêtent pas de me le rappeler, nous ne savons même pas encore s'il y a des formes de vie intelligente sur cette planète, et nous ne le saurons pas tant que les caméras du satellite ne commenceront pas à nous envoyer des images.

Elizabeth, fronça les sourcils en considérant les moniteurs où devaient s'inscrire ces images.

— Et je ne suis pas sûre que nous le saurons alors, Ysaye. Les nuages sont épais, en bas. S'il y a des êtres intelligents mais pas très avancés technologiquement, nous pourrions facilement les manquer.

— Je ne vois pas comment, dit David. Avec une résolution pareille, tout ce qu'il nous faut, c'est un trou dans les nuages et nous verrons le moindre singe — ou ce qui le remplace ici — sauter de branche en branche dans les arbres de ces forêts.

— Seulement s'il saute dans les branches supérieures, remarqua Elizabeth. Et seulement si les nuages se dissipent et si la caméra est pointée dans la bonne direction !

— Ça arrivera tôt ou tard, dit David, écartant l'argument d'un haussement d'épaules. Et tôt ou tard, les nuages se dissiperont. Mais même s'il y a des E.I. en bas, nous ne pourrons guère repérer quoi que ce soit de plus petit qu'une ville éclairée tant que le réseau de satellites météo ne sera pas opérationnel. Combien de temps ça va prendre, Ysaye ?

— Des heures, dit Ysaye avec lassitude. Heureusement qu'il est presque entièrement automatisé. Je n'aurai qu'à le surveiller.

— Tu as l'air terriblement fatiguée, Ysaye, dit Elizabeth, ses yeux bleus pleins d'inquiétude. Depuis quand tu travailles ? Ou plutôt, depuis quand tu te surmènes ?

Ysaye haussa les épaules, évasive.

— Je ne sais pas. J'ai perdu la notion du temps.

— Faut-il traduire : « Je me suis branchée sur l'ordinateur il y a trois jours et je n'ai pas fait une pause depuis » ? la taquina David.

— Quelque chose comme ça, avoua Ysaye avec un rire las. Ça, et... vous savez tous les deux que je n'arrive pas à dormir quand je change de lit. Je ne parvenais pas à m'endormir, alors, j'ai continué à travailler.

— Tu devrais t'allonger ici et refaire une tentative, dit Elizabeth, lui montrant la pile de housses d'ordinateurs capitonnées entassées dans un coin. Tu reconnais toi-même que tout le processus est automatique. Et nous sommes là, David et moi, pour te prévenir si quelque chose se détraque. Personne ne viendra ici pendant des heures ; tout le monde est encore sur le vaisseau, à part nous et l'équipe de construction. Tu ne devrais pas être dérangée.

— Ça ne durera pas longtemps, remarqua David. Ce sera la ruée vers la sortie dès que la sécurité donnera le feu vert. Et tout le monde débarquera ici dès que la sécurité sera satisfaite de l'étanchéité des dômes. Non qu'on respire de l'air pur sous les dômes, mais au moins, ça change un peu du vaisseau.

— Oui, murmura Ysaye. La gravité est plus basse.

Elle s'approcha de la pile de housses et s'y laissa tomber avec lassitude.

— Je vais suivre ton conseil, Elizabeth ; en ce moment, je crois que je pourrais dormir n'importe où — et pendant n'importe quelle catastrophe. Réveille-moi s'il se passe quelque chose d'intéressant.

— D'accord, dit joyeusement Elizabeth. Tu as vraiment besoin de te reposer avant qu'on te mette au travail sur la bibliothèque, pour rechercher d'obscurs articles sur la formation des lunes à l'intention du Capitaine. Un technicien m'a dit que ce système à quatre lunes le rendait dingue.

David, qui regardait les moniteurs affichant l'avancement des travaux dehors, dit soudain :

— Regardez ! On dirait qu'ils montent le Dôme des Loisirs — à moins que ce soit celui des Quartiers du Personnel. En tout cas, c'est un grand.

— Je suis sûre que ce n'est pas celui du Personnel, dit Elizabeth. Avant de le monter, le Second veut attendre le retour de la première équipe de reconnaissance envoyée sur la planète. Nous pourrons peut-être nous y installer directement, surtout s'il n'y a pas d'E.I. Pourquoi monter un autre dôme et le remplir d'air artificiel alors qu'il y a tout l'air naturel qu'on veut en bas ?

— Bonne idée — mais je ne parierai pas contre la présence d'E.I., argua-t-il.

Ysaye, les yeux clos sur son lit de housses, entendit une chaise racler le sol. Elle n'eut pas besoin de regarder pour savoir que David venait de s'approprier et son siège et son terminal. Son hypothèse fut confirmée quand David poursuivit, un peu sur sa droite :

— Une chose dont cette planète ne sera jamais à court, c'est d'air naturel — et même s'il y a des E.I., aucun gouvernement n'a encore trouvé le moyen de vendre l'air. On le fait payer sur les colonies orbitales ou établies sur des mondes sans air, mais l'air naturel est encore une chose qui est gratuite partout.

— Attention que les autorités de t'entendent pas, le taquina Elizabeth. Ils trouveraient le moyen de le mesurer et de nous faire payer pour respirer.

— Qu'est-ce que c'est, d'après toi, qu'une taxe par tête ? demanda-t-il en riant.

Elle rit avec lui. Puis suivit un long silence, pendant lequel Ysaye somnola, puis Elizabeth, remarquant un changement sur l'écran, demanda :

— Tiens, qu'est-ce qui se passe ?

— Le système active les appareils des satellites, répondit-il. Tout devrait être prêt sous peu, et alors, nous commencerons à recevoir des données météo. Ysaye avait raison sur un point : qu'est-ce qu'il y a comme nuages, en bas ! Il va falloir travailler dur pour obtenir quelques cartes présentables.

— Au moins, j'aurai de quoi m'occuper un moment s'exclama-t-elle en riant. Je suis une dingue de météo, je l'avoue.

— C'est sans doute aussi bien, vu que c'est ton boulot, la taquina-t-il. Ça fait tellement longtemps qu'on est dans l'espace...

— Sans autre chose que des simulations pour m'empêcher de devenir folle, soupira-t-elle. J'en ai par-dessus la tête des modèles informatiques...

— Ils nous permettent de garder l'entraînement, mais ce n'est pas aussi bien que la réalité, acquiesça-t-il. Regarde, l'ordinateur a terminé les tests de distance. On dirait que tout est prêt pour commencer.

Il tapa « Entrée ». Des données se mirent à défiler sur l'écran, trop vite pour les lire, mais ils ne s'inquiétèrent pas car elles étaient toutes mises en mémoire. L'imprimante cracha une feuille représentant la première carte météo, tandis qu'un autre moniteur affichait une vue détaillée de la planète avec un radar à effet Doppler montrant les différents courants chauds et froids et la densité des nuages.

Il scruta la carte, qui montrait essentiellement les mêmes choses, traduites en chiffres.

— On dirait qu'une tempête se prépare dans les montagnes, dit-il. On pourra y assister ; elle devrait frapper un peu plus tard dans la soirée. Et elle s'annonce violente. Encore deux passages orbitaux et on pourra la voir.

— Fais voir, dit Elizabeth, lui prenant la feuille des mains. Ça alors, quelle complexité ! Ça en fait des tempêtes ! Je plains les indigènes ; ils n'en savent sans doute pas la moitié autant que nous sur leur climat, et ils doivent le regretter.

— Ce sera un cadeau tout trouvé à leur faire, dit David, se détournant de l'écran. Tu ne devais pas donner un concert pour fêter l'érection des dômes ou autre chose ?

— Avec le Capitaine Gibbons aux commandes ? C'est une certitude, dit-elle en riant. Il décrète une fête pour un oui ou pour un non. Cette fois, ce seront des chants folkloriques, je crois, ce qui veut dire que je serai la principale mise à contribution ; mais pas avant que j'aie établi les grandes tendances du climat. Maintenant que j'ai enfin un vrai travail à faire, les célébrations attendront ! Pourtant, Ysaye m'a parlé de nouveaux sons qu'elle a tirés du synthétiseur et qu'elle voudrait faire entendre ; elle a branché dessus une flûte et a transposé les vibrations dans les basses. Peut-être qu'elle va donner son propre concert.

— Hum, fit-il, étudiant attentivement le moniteur. Il n'y a pas d'espoir. Il faudra attendre que tout le réseau soit installé pour avoir des détails. Il y a trop de nuages, et tellement de neige sur le sol que je ne suis même pas sûr que les relevés topographiques soient corrects.

— Je voudrais pouvoir t'aider, dit Elizabeth, lui tapotant l'épaule avec sympathie.

— Je ferais aussi bien d'aller au concert, dit-il en haussant les épaules. Je ne pourrai rien faire tant que tous les satellites ne seront pas en place. Au moins, ça m'occupera l'esprit, surtout si Ysaye a trouvé de nouveaux sons. Mais il y a des tas de gens qui font joujou avec le synthétiseur, et, pour mes oreilles, tout sonne exactement pareil.

— Pas tellement, protesta-t-elle distraitement, son attention braquée sur la carte météo suivante.

Elle se mordilla un ongle, fronçant les sourcils à la vue de quelque chose qui ne lui plaisait pas ou qu'elle ne comprenait pas.

Rendu temporairement inutile par ce même climat qui fascinait Elizabeth, David continua la discussion.

— Si tu vas au fond des choses, un son électronique, c'est un son électronique, et il n'y a pas tellement de différence entre eux. Ou dans ce qu'on peut faire avec eux.

— Je ne suis pas d'accord, répondit Elizabeth, sans lever les yeux.

Ils avaient l'habitude d'échanger des propos n'ayant rien à voir avec leur travail en cours.

— Avec les sons que nous avons programmés dans...

— Les sons, dit-il avec fermeté. Pas la musique.

— Tu penses en préhistorique, le taquina-t-elle, levant les yeux un instant et fronçant le nez. Je ne trouve pas qu'il y a tellement de différence. Toi, tu penses qu'il faut taper sur quelque chose, souffler dans quelque chose ou racler quelque chose pour faire de la musique. Qu'est-ce que ça a de sacré ?

— Ah vous, les musiciens modernes ! dit-il avec résignation. N'importe quel bruit, tintamarre ou dissonance... tu fais un bel exemple de musicienne folklorique ! Ça m'étonne qu'on ne te retire pas ta carte du Syndicat de l'Authenticité !

— Les musiciens folkloriques ne supporteraient pas un syndicat ! lui dit-elle. Et je crois que nous avons déjà eu cette discussion.

Elle rit et retourna à ses cartes, faisant des annotations et appelant des données sur son terminal, l'air plus heureux qu'elle ne l'était depuis des mois.

— Tu dois quand même reconnaître que l'aléatoire...

— Je n'ai rien à reconnaître du tout, dit-il en riant. J'ai parfaitement le droit, si je veux, de dire qu'on n'a pas écrit de musique digne de ce nom depuis Hardesty — et même depuis Haendel. Ce qui est venu après n'est pas, selon ma définition, de la musique. Simplement du bruit. Il paraît qu'on n'enseigne même plus la gamme !

— Tu n'as pas *quelque chose* à faire ? demanda-t-elle.

Il haussa les épaules en montrant sur son moniteur le globe enveloppé de nuages, et elle soupira.

— Moi, je l'ai apprise. D'accord, je fréquentais une petite université privée, mais tu seras heureux de savoir que Julliard exige toujours la connaissance des gammes majeures et mineures pour l'admission.

— Hourrah ! Bientôt, on demandera même aux musiciens de gratter quelques accords de basse ! murmura David.

— Bientôt, on demandera même à un cartographe de travailler pour mériter son salaire !

— Je le ferais si je pouvais, remarqua-t-il. Mais je ne peux rien faire tant que l'ordinateur ne fera pas mieux lui-même.

— Enfin, moi, j'ai du travail à revendre, et je n'ai plus le temps de discuter, dit-elle. Tu es juste de ces conservateurs qui refusent d'accepter les compositions pour l'électronique.

Comme les écoles des beaux-arts qui exigent avant de délivrer leurs diplômes que les artistes modernes sachent faire un nu, une nature morte et un paysage de facture classique.

— Il n'y a rien à redire à ça, dit David. Au moins, le peintre ne peut pas obtenir son diplôme sans savoir dessiner, ou cacher son manque de talent derrière des barbouillis.

— Le dessin n'est pas tout, même en art, dit-elle. Mais je laisse cette discussion à un autre. Je n'ai pas le temps de m'embarquer dans toute la théorie de l'art pour le moment.

Elle s'éclaircit ostensiblement la gorge, mais David ne saisit pas l'allusion.

— Eh bien, dit-il, avec un craquement qui apprit à Ysaye qu'il s'était renversé sur sa chaise, j'apprécierais bien plus la musique moderne si tous les compositeurs actuels étaient obligés de composer une mélodie dans le style de Schubert, un choral dans le style de Bach, et une symphonie classique, avant de se lancer dans le moderne, et je crois que la plupart des publics seraient d'accord avec moi. Tes symphonies modernes perdent leurs auditoires parce que les musiciens écrivent de la musique que personne n'a envie d'écouter ; ils sont en compétition avec le passé. Naturellement, dans la musique folklorique...

Ysaye s'endormit, bercée par leur amicale chamaillerie sur la musique. Ou plutôt, par le monologue de David ; Elizabeth, absorbée dans son travail, n'émettait plus que des monosyllabes distraits. Il lui sembla qu'en un certain sens, les récriminations de David sur la musique étaient symptomatiques de la douce folie qui affectait tout le monde. *Trop d'oisiveté ; pas assez de travail pour nous occuper l'esprit... les choses secondaires nous paraissent aussi importantes que la tâche à accomplir...*

Elle se réveilla au bruit de l'imprimante et à l'exclamation stupéfaite de David.

— Qu'est-ce qu'il y a, David ?

Ysaye s'assit en se frottant les yeux.

— Quelque chose ne fonctionne pas ?

— Il y a quelque chose de bizarre — et c'est peut-être un nouveau pépin de l'ordinateur. Tu te rappelles cette grosse tempête qui se formait au-dessus de la plaine ? dit-il, lui lançant la première carte.

Ysaye la regarda, fronçant les sourcils ; la tempête lui paraissait parfaitement normale ; du moins, elle ressemblait tout à fait aux modèles de tempêtes vus dans les simulations. Les nuages formaient les tourbillons habituels d'une tempête en préparation sur les photos satellite ; elle avait vu les mêmes sur des douzaines de mondes et des milliers de simulations.

— Qu'est-ce qui ne va pas ?

— Rien, dit-il. Mais la tempête n'est plus là. Elle a disparu.

Ysaye secoua la tête.

— Les pépins d'ordinateur n'effacent pas les tempêtes. Tu as mal lu la carte, c'est tout. Tu as sans doute besoin de faire un petit somme, toi aussi.

— Regarde toi-même, dit-il, lui tendant la nouvelle carte.

Ysaye regarda d'abord l'heure marquée sur la feuille ; elle avait dormi un peu plus de deux heures. Elizabeth vint s'asseoir près d'elle pour regarder la carte.

— Il a raison. Tu vois cette zone de basse pression, ici ? dit Elizabeth, tapotant un point de la feuille. La basse pression est toujours là, mais les nuages ont disparu. Aucun signe de tempête ; pas de pluie, pas de neige — rien.

— Peut-être que sur ce monde une basse pression ne se traduit pas par une tempête, dit David d'un ton hésitant.

— C'est pourtant toujours le cas, dit Elizabeth, l'air perplexe, à moins que cette planète ne soit unique dans la galaxie. Peut-être que toutes ces montagnes modifient le climat — ou ce glacier monstre. Ou la neige.

Le ton était quand même dubitatif.

— Tout est possible, dit Ysaye.

— C'est vrai. Je me demande quand même où est passée cette tempête. Il faudra attendre pour voir si la zone de basse pression figure toujours sur la prochaine carte.

Elle haussa les épaules.

— Enfin, j'aurai au moins quelque chose pour mon rapport. « Perdu : une tempête. » C'est quand même un objet un peu gros pour le perdre !

— Dieu du ciel, ne parle pas comme ça. Tu connais le règlement ; on serait capable de nous faire instituer un Bureau des Objets Trouvés pour les phénomènes météo disparus ! plaisanta David. Je vois ça d'ici. Formulaires en triple exemplaire, et notes sur chaque assemblée. Perdu : une dépression tropicale, deux ouragans...

Il feignit de s'arracher les cheveux.

— C'est ridicule ! pouffa Elizabeth.

— En tout cas, tu sembles bien avoir égaré celle-là, remarqua-t-il.

— Je ne l'ai pas perdue, dit Elizabeth avec indignation. Mon travail est de noter et prédire le temps, pas de le faire. Peut-être que ça vient d'un pépin dans l'ordinateur. Peut-être qu'il a relevé une basse pression quand il n'y en avait pas, et que les nuages de tempête n'étaient... qu'une formation en train de se disperser. Ou peut-être que cette tempête s'apprêtait à souffler de l'endroit dont elles soufflent en bas et que quelque chose l'a fait... circuler.

Ysaye rampa jusqu'à son ordinateur et se mit à taper sur son clavier.

— Peut-être que quelqu'un d'en bas a résolu ce vieux problème, dit-elle distraitement. Vous savez : « Tout le monde parle toujours de changer le temps, et personne ne fait jamais rien. »

Elle fit une pause, comme frappée par ses propres paroles. *Est-ce que je viens de rêver quelque chose à ce sujet ?* Elle s'efforça de se rappeler, mais le rêve, quel qu'il fût, s'était envolé.

David la regarda, l'air grave.

— Tu crois ?

Ysaye haussa les épaules.

— On l'a déjà dit ; tout est possible. Y compris le fait que les indigènes puissent disposer d'une technologie qui ne ressemble en rien à la nôtre.

David fronça les sourcils devant l'écran vide.

— Eh bien, si quelqu'un a modifié le temps — qui que ce soit —, s'il a ce genre de pouvoir, j'aimerais bien le rencontrer, ou elle, ou eux.

Il fit une pause, comme pour réfléchir.

— Ou peut-être que je n'aimerais pas, dit-il à voix basse.

CHAPITRE IV

Trois jeunes filles se promenaient dans le jardin de la Tour de Dalereuth ; deux marchaient côte à côte, en amies, la troisième se tenait un peu à l'écart. Toutes trois avaient la chevelure rousse et les traits aristocratiques des Comyn, la caste gouvernante héréditaire des Domaines. Comyn, tel était l'esprit dans lequel étaient élevés les enfants des sept familles ; et on les regardait avec révérence et envie, car chaque famille avait un Don, ou pouvoir du *laran*, particulier. Tous les Comyn ne possédaient pas ce Don dans toute sa force — et certains ne le possédaient même pas du tout — car leurs gènes s'affaiblissaient et les pouvoirs semblaient se raréfier. Des Tours, qui envoyaient autrefois des messages, et même des messagers à de grandes distances, étaient maintenant noires et désertes. C'est ce qui rendait ces trois jeunes filles si précieuses — à la fois pour leurs familles et pour la Tour.

Melora et Rohana Aillard, respectivement âgées de dix et douze ans, étaient cousines, mais se ressemblaient comme des sœurs ; la troisième était Léonie Hastur, un peu plus grande, un peu plus rousse, un peu plus âgée que les deux autres. Et beaucoup plus consciente de son rang et de la puissance de son *laran*. Son orgueil était évident, jusque dans la façon dont elle marchait, tête haute, et sans baisser les yeux comme le voulait la bonne société.

A cette heure, en fin d'après-midi, les plus jeunes pensionnaires de la Tour étaient autorisées à sortir au jardin pour s'amuser si elles le désiraient. Léonie se considérait comme trop âgée pour s'adonner à des jeux enfantins, mais c'était une occasion de s'évader de la Tour, au moins pour un moment.

— Assieds-toi sur la balançoire, et je vais te pousser, Rohana, dit Melora, qui était de constitution délicate et la plus petite des trois. Il ne pleut pas encore, et je veux rester dehors le plus longtemps possible.

— Ce n'est qu'une question de temps, répondit Rohana en soupirant. On dirait qu'il pleut tous les soirs en cette saison. Tout ce qu'on peut espérer, c'est qu'il ne pleuve pas avant qu'on soit rentrées.

— Il ne pleuvra pas ce soir, dit Léonie avec assurance, souriant d'un air entendu. Je veux voir les lunes, même si la conjonction tire à sa fin ; c'est très important pour moi.

Elle ne dit pas pourquoi c'était important pour elle, et les deux autres ne prirent pas la peine de le lui demander. Elles ne se connaissaient pas depuis longtemps, mais elles savaient déjà que Léonie ne le leur dirait pas.

— Et je suppose, répondit Rohana Aillard, presque moqueuse, que le temps va obtempérer et rester dégagé pour te faire plaisir. Je devrais le savoir, bien sûr. Même le temps doit obéir quand un Hastur parle.

— C'est ce qu'il fait généralement, remarqua Léonie, dédaignant la moquerie voilée de Rohana. Si tu ne veux pas de la balançoire, Rohana, je vais la prendre.

— Non, c'est mon tour, dit Rohana, s'asseyant sur la balançoire et lui donnant de l'élan, renonçant à contrarier Léonie. Ils devraient avoir deux balançoires...

— Ou même trois. Mais quand ont-ils plus d'une personne assez jeune pour s'y intéresser ? soupira Melora.

Elle se tourna vers Léonie avec une joie candide.

— Je suis contente que tu sois là avec nous, Léonie ; tous les autres sont tellement vieux et guindés.

— Fiora n'est pas vieille, protesta Rohana, par vague sentiment de loyalisme envers la Gardienne.

— Elle pourrait l'être, dit Léonie avec désinvolture. Elle agit comme si elle avait cent ans, et elle est plus collet monté qu'une vieille mémé. Quand elle m'a accueillie ici, elle m'a fait un discours interminable, me rappelant que j'étais maintenant une *leronis* et que je devais toujours donner l'exemple de tout ce que les Comyn ont de meilleur.

Léonie renifla avec dédain.

— Comme si j'allais faire le contraire ! Après tout, je suis une Hastur. On m'a enseigné mes devoirs depuis le berceau !

— Et tu es déjà meilleure *leronis* et télépathe que la plupart d'entre nous ne le serons après avoir terminé notre entraînement, dit Rohana, avec un soupçon de résignation.

Ses yeux brillaient de curiosité, et elle oublia sa tentative précédente pour exciter la mauvaise humeur de Léonie.

— Dis-moi, Léonie, tu as le Don des Hastur ?

Léonie ne se rengorgea pas — pas tout à fait.

— Oui, je crois.

— Ce qui signifie que tu peux faire, *sans* matrice, plus que nous autres n'en pouvons faire *avec*, dit Rohana, impressionnée. Mais alors, si c'est vrai, pourquoi t'envoyer dans une Tour ?

Le beau visage arrogant de Léonie se fit très grave. Les pouvoirs du *laran* — du sien en particulier — étaient une chose qu'elle ne prenait jamais à la légère.

— Depuis mon enfance, on me dit qu'un télépathe non entraîné est un danger pour lui-même et les autres. Et c'est vrai — plus vrai pour moi, peut-être, que pour personne d'autre des Domaines. Quand on m'a testée, la *leronis* a découvert que je possède certains des anciens Dons, dont on sait qu'au cours des âges, ils sont devenus...

Elle hésita, cherchant le mot juste.

— ... *ingouvernables* — du moins sans formation appropriée.

Rohana frissonna, et Melora aussi. Tout enfant savait ce qui pouvait arriver quand un Don échappait à tout contrôle. Avec les histoires de fantômes, les contes de *laran* incontrôlé mettaient de l'animation dans bien des soirées d'hiver — et provoquaient beaucoup de cauchemars chez les enfants.

Léonie attendit quelques instants, pour leur laisser le temps d'assimiler ses paroles. Le pouvoir, d'où qu'il vînt, suscitait immédiatement le respect. Elle s'était déjà acquis leur respect — ou du moins leur circonspection —, elle le vit sur leurs visages. Elles s'abstiendraient désormais de toute pique déplacée.

Elle haussa les épaules, descendant du piédestal de mystère sur lequel elle s'était placée.

— Je suis aussi une femme, poursuivit-elle, et pour une femme, devenir *leronis* est le seul moyen d'éviter un mariage prématuré avec un jeune débile, et de porter six ou sept de ses débiles rejetons.

— Ils ne sont sûrement pas tous débiles, protesta Rohana, qui nourrissait des ambitions matrimoniales.

— Non, seulement les neuf dixièmes, rétorqua Léonie. Et que penses-tu de tes chances de trouver un mari dans le dernier dixième ?

Melora dit, conciliante :

— Tu as certainement choisi le meilleur moyen de retarder l'échéance d'un an ou deux.

— De bien davantage, dit Léonie d'un ton définitif. Je sais ce que je veux ; je le sais depuis aussi loin que remonte mon souvenir. Je n'épouserai *aucun* homme, et j'ai bien l'intention d'avoir un siège au Conseil de mon propre chef.

— Pour ça, il faudrait que tu sois Gardienne d'Arilinn, dit Rohana en riant, comme si elle trouvait l'idée saugrenue, malgré l'assurance affichée par Léonie.

— Précisément, répliqua Léonie, relevant la tête, avec un sourire condescendant et mystérieux.

Rohana poussa un soupir exaspéré.

— Et tu es tellement sûre de réussir ? Tu as aussi le Don de prémonition ? Tout se passe toujours comme tu le désires ?

— Presque tout, dit Léonie, avec une arrogance ineffable. J'ai découvert que j'ai rarement tort. Et Fiora m'a dit que j'ai le don nécessaire pour recevoir la formation de Gardienne. Alors je crois que l'issue est assez certaine pour que mon frère puisse parier sur moi et remporter ses gains à la maison.

Son assurance finit par contrarier la douce Melora.

— Oh, tu finiras sans doute mariée, comme nous toutes, dit-elle avec humeur.

— *Non, je ne me marierai pas.*

Léonie regarda Melora d'un air étrange qui la mit mal à l'aise. Comme si Léonie regardait à travers elle.

— Et tu ne te marieras pas non plus, dit Léonie d'une voix curieusement blanche.

— Et moi ? demanda Rohana avec désinvolture.

— Oui, tu te marieras, dit Léonie, toujours de cette curieuse voix blanche. Mais tu auras aussi un siège au Conseil.

Elle fronça les sourcils, non pas sur Rohana, mais sur quelque chose qu'elle seule pouvait voir.

— Je ne comprends pas comment, mais je sais que ce sera...

Sa voix mourut, et elle continua à regarder dans le vague, fronçant les sourcils.

Rohana essaya de dissiper leur soudaine angoisse d'un haussement d'épaules. Se tournant vers Léonie, elle dit avec colère :

— Alors, tu es devenue diseuse de bonne aventure, maintenant ? A moins que tu aies l'intention de revêtir les robes grises d'une prêtresse d'Avarra et de te promener partout en annonçant des catastrophes ! La vieille Martina, servante de ma mère, s'adonnait à la prophétie de temps en temps, et elle annonçait aussi bien que personne qu'il allait neiger au Solstice d'Hiver !

Elle en aurait dit plus, mais un léger bruit de pas l'interrompit. Les jeunes filles se turent et abandonnèrent la balançoire qui s'immobilisa peu à peu. Quelqu'un venait d'entrer dans le jardin.

« Quelqu'un » était un mot trop banal. Car la silhouette qui approchait était assez frappante pour attirer l'attention de quiconque même si elles avaient ignoré son identité ou le sens de ses robes pourpres. Fiora, Gardienne de Dalereuth, était une albinos de haute taille, à qui ses cheveux blancs et ses yeux clairs presque aveugles donnaient un air étrange. Pourtant, elle se dirigea sur les jeunes filles sans hésiter. Dans ses robes pourpres, elle paraissait immatérielle, mais elle avait une présence et une dignité qui ne devaient rien à sa naissance.

Elle ne demanda pas qui était là, mais dit simplement :

— Léonie.

— Je suis là, Dame Maîtresse.

Léonie releva la tête, alors que les deux autres l'inclinaient légèrement, et regarda Fiora droit dans les yeux — des yeux roses qui la mettaient mal à l'aise. Mais baisser les yeux aurait signifié que Fiora l'intimidait, et cela, elle ne l'admettrait jamais.

Fiora savait ce que cachait ce regard vaguement insolent, et souhaita que Léonie eût autant de bon sens que d'orgueil.

— Il faut que je te parle ; dois-je renvoyer tes compagnes ?

— Je ne vois pas ce que tu pourrais avoir à me dire qu'elles ne pourraient pas entendre, dit Léonie.

La légère accentuation du « tu » hérissa Fiora, qui l'interpréta comme un affront volontaire.

Mais en y réagissant, elle aurait fait le jeu de Léonie, et il n'en était pas question.

— Comme tu voudras, dit Fiora d'une voix égale. Mais je ne t'aurais jamais réprimandée devant tes compagnes sans ton accord. Il paraît que tu te crois responsable du temps inhabituel que nous avons depuis quelques jours.

Elle-même accentua légèrement le « tu te crois », sous-entendant par-là qu'il s'agissait soit d'un mensonge, soit d'une illusion.

— C'est exact, répondit Léonie avec entrain. Et pourquoi pas ? J'avais envie de voir les lunes ; quelque chose est sur le point de nous arriver, et je sens que ça viendra des lunes.

— C'est très intéressant, mon enfant, dit Fiora, avec un soupçon de condescendance. Et particulièrement intéressant que, parmi tous les *leronis* entraînés, et tous les techniciens des matrices, avec tous leurs Dons et leurs pouvoirs, toi seule, sans formation ni expérience, aies reçu cette prémonition.

Léonie avança un menton agressif et pinça les lèvres mais Fiora ne lui donna pas le temps de répondre.

— Qu'il en soit ainsi ou non, dit l'albinos, et que le temps t'obéisse ou non — parce que cette dernière éventualité est possible — je suis venue te dire que tu n'es pas autorisée à le faire. As-tu conscience de ce qui peut nous arriver à tous si tu te mêles d'interférer avec le temps comme s'il s'agissait d'un jouet, mon enfant ?

Cette fois, elle accentua le « mon enfant », impliquant que Léonie n'avait pas plus réfléchi à ce qu'elle faisait qu'un bébé tendant la main vers une balle ou une plume multicolore.

— Si tu penses à un Vent Fantôme, dit sèchement Léonie, je t'assure que je ne suis pas aussi étourdie que tu le penses !

Puis, comme Fiora continuait à la regarder avec reproche, elle réalisa ce qui tracassait sans doute la Gardienne.

— Oh, les fermiers, dit-elle avec désinvolture. Je ne me soucie pas d'eux.

— Dommage que tu n'aies pas pris les leçons sur les devoirs des Comyn et des Hastur autant au sérieux que celles sur ta propre *importance*. Les fermiers ont besoin de la pluie, dit Fiora, et nous dépendons d'eux pour notre nourriture. Quand les récoltes seront fanées et mortes dans les champs par manque d'eau, il sera trop tard, même pour le plus puissant *laran* des Domaines, pour les faire revivre.

Léonie fixait la Gardienne, comme si elle n'en croyait pas ses oreilles, mais Fiora n'avait pas terminé.

— Cela mis à part, poursuivit-elle, l'une des premières

choses que tu dois apprendre, comme tout le monde, c'est qu'aucune *leronis* n'a le droit de modifier l'équilibre de la nature à sa convenance. Parfois, après avoir consulté les autres, si nous décidons que le bien l'emporte sur le mal, nous modifions en effet une situation qui pourrait être dangereuse, comme lorsque nous faisons pleuvoir sur un incendie de forêt.

— Je l'ai déjà fait, l'interrompit Léonie. J'ai le don pour ça. Mon enfance a été bercée par l'histoire de Dorylis de Rockraven, et je crois que j'ai un peu de son *laran*, le Don du contrôle du temps, mais je t'assure que je n'ai jamais considéré cela comme un jeu.

Elle sourit, de ce sourire supérieur qui donnait à Fiora l'envie de la secouer pour lui apprendre un peu d'humilité. Et si Fiora n'avait pas été ce qu'elle était, c'est sans doute ce qu'elle aurait fait.

— Inutile de t'inquiéter, dit Léonie d'un ton cavalier, comme si la question était sans importance. Je peux rétablir la pluie, si tu veux.

— Il ne s'agit pas de ce que je veux, dit Fiora, plutôt sèchement. Tu dois apprendre à obéir et à respecter les lois de la nature. Tes histoires t'ont-elles appris ce qui arriva finalement à Dorylis de Rockraven ?

— Elle perdit le contrôle de son Don, ce qui causa des morts, et comme elle ne pouvait pas être tuée, sa famille l'envoya dormir derrière le voile de Hali, dit Léonie, haussant cavalièrement les épaules, comme si elle était certaine, avec l'arrogance de la jeunesse, que cela ne pourrait jamais lui arriver, à elle. Pour ce que j'en sais, elle y est toujours. C'est pourquoi ma famille veut que je sois correctement entraînée.

— Exactement, répliqua Fiora. Ne l'oublie pas, Léonie. La même chose pourrait facilement t'arriver si tu continuais à abuser de tes pouvoirs, comme si c'étaient des jouets d'un genre supérieur. Et ton destin pourrait être encore plus triste si tu te vantes de pouvoirs que tu ne possèdes pas. Personne n'est plus ridicule qu'une *leronis* qui évoque un démon et fait apparaître une souris.

Cela dit, elle se retourna et sortit du jardin, sa traîne bruissant sur l'herbe. Les deux autres se regardèrent, traumatisées. Une telle réprimande était rare de la part de Fiora, et elle ne leur avait jamais parlé si durement.

Mais Léonie n'était que furieuse. C'est vrai, elle avait refusé elle-même de renvoyer ses compagnes, mais jamais personne n'avait osé lui parler ainsi. Elle enrageait.

Mais pires encore étaient les insultes non prononcées ; les choses que Fiora n'avait pas dites, mais n'avait que trop clairement pensées.

— Ainsi, elle ne croit pas en mes Dons, dit Léonie, réprimant sa fureur avec effort. Elle croit que je me vante.

— Léonie, ce n'est pas ce qu'elle a dit, protesta Rohana, effrayée.

— Elle n'était pas obligée de le dire tout haut, répliqua Léonie. Tu crois que j'entends seulement ce qu'on me *dit* ? Dans ce cas, que faisons-nous dans une Tour, toutes les trois ?

Elle fixa avec colère la porte par laquelle Fiora avait réintégré la Tour.

— Eh bien, elle verra.

— Que vas-tu faire, Léonie ? murmura Melora, la voix tremblante, les yeux dilatés.

Cela réconforta un peu Léonie ; si la Gardienne n'y croyait pas, elle avait au moins convaincu ses compagnes qu'elle avait des pouvoirs avec lesquels il fallait compter.

— Oh, nous aurons une tempête, si c'est là ce qu'elle veut, et quand elle sera terminée...

Léonie était trop consciente de sa dignité pour se permettre de gronder, mais elle serra les poings et pinça les lèvres.

— Oh, je l'entends d'ici. *Léonie, tu n'aurais pas dû.* Comme si c'était à elle de me dire ce que je dois faire ou non !

— Mais c'est la Gardienne... protesta Rohana sans conviction.

D'un mouvement arrogant, Léonie rejeta ses cheveux en arrière, comme si le titre de *Gardienne* était insignifiant pour elle.

— Alors, autant qu'elle l'apprenne une bonne fois pour toutes : je fais ce que je veux, ici et partout. Cette querelle n'est pas de mon fait, et je ne céderai pas.

CHAPITRE V

Il y avait plus de gens entassés dans le petit dôme météo de la lune que ce n'était censément possible. Ysaye siégeait aux commandes, devant son ordinateur, David et Elizabeth penchés sur son épaule, et une demi-douzaine de camarades regroupés derrière eux. Le silence régnait tandis que l'écran affichait une nouvelle image à partir des données transmises par le satellite, et David prit une profonde inspiration, stupéfait et émerveillé.

— Sapristi !

Ysaye s'était déjà assurée qu'il n'y avait aucun pépin dans l'ordinateur ou le satellite, aucun virus dans le programme, et qu'aucun plaisantin ne faisait joujou sur l'astronef en transmettant de fausses données par le simple subterfuge de braquer un télescope optique et une caméra en dehors du dôme pour prendre des photos de la planète. Ces photos étaient mauvaises comparées à celles transmises par le satellite, mais elles prouvaient au moins une chose : les données étaient justes. Le temps ne se comportait pas normalement sur Cottman IV.

— Regarde ça, dit David, passant à Elizabeth la dernière carte météo sortie de l'imprimante.

Elle l'étudia, le front plissé de perplexité.

— D'où venait *cette* tempête ? demanda-t-elle. D'abord, il y a deux tempêtes qui disparaissent, et maintenant, en voilà une qui surgit de nulle part ! Il y a quelque chose en bas qui fait des trucs bizarres avec le temps.

— Quel genre de trucs bizarres ? demanda une voix derrière elle. Nous venons d'approuver l'atmosphère et d'autoriser un atterrissage de reconnaissance, alors ne venez pas me dire qu'il présente des problèmes !

Le Commandant Matt Britton, Chef de la Section Scientifique, venait d'entrer, et, malgré l'encombrement de la pièce, les autres s'écartèrent pour le laisser passer.

Elizabeth lui tendit la série de cartes météo, par ordre chronologique.

— Voyez vous-même, Commandant, dit-elle. D'abord, deux tempêtes disparaissent, puis un orage surgit sans aucun signe avant-coureur.

Elle branla du chef.

— Aucune zone de basse pression, aucune configuration d'orage, rien. Juste de la pluie.

Le Chef Scientifique étudia la carte, sans manifester aucune émotion.

— Vous avez une théorie quelconque sur les causes ? demanda-t-il au bout d'un moment.

— Aucune pour l'instant, reconnut Elizabeth. Nous surveillons la météo depuis quarante-huit heures, alors, ça commence à nous agacer. La meilleure théorie qu'on ait trouvée, c'est qu'il y a en bas une sorte de magicien qui a des pouvoirs sur le temps.

Elle secoua la tête.

Maintenant, le Chef manifesta quelque émotion, et levant les yeux sous ses sourcils broussailleux, la regarda avec réprobation.

— Proposez-vous sérieusement cela comme théorie, Mackintosh ? demanda Britton. Ce genre d'enfantillages est très bien dans vos chansons folkloriques, mais nous sommes une expédition scientifique, et je vous prie de vous en souvenir, fatiguée ou pas.

Elizabeth fut déconcertée par cette sévère réprimande, et l'approbation des autres assistants n'arrangea rien.

— Oh, trouve autre chose, Elizabeth ! dit le Lieutenant Ryan Evans, l'un des jeunes botanistes.

Elizabeth rougit et détourna les yeux. Evans était un ami de David, mais il ne lui avait jamais plu. Il était bel homme, et il le savait ; très grand, il se servait de l'avantage psychologique que lui donnaient ses quelques pouces supplémentaires pour impressionner les gens — surtout les femmes. Elle ne l'avait jamais vu autrement que dans l'uniforme des Services de Colonisation, malgré la coutume de se mettre en « civil » quand on n'était pas de service. Fortement charpenté, il fréquentait assidûment le gymnase pour se maintenir en forme, et utilisait son physique pour intimider ou séduire, selon le cas. La remarque d'Elizabeth semblait l'avoir mis en colère, mais cela arrivait souvent ; sa nature le poussait à dénigrer tout et n'importe quoi.

Perversement toutefois, son air dédaigneux et sa remarque presque insultante la mirent un peu en colère — assez pour justifier sa théorie qui n'était au départ qu'une plaisanterie. Ignorant Evans, elle se tourna vers Britton.

— C'est une idée farfelue, Commandant, temporisa-t-elle, mais la seule qui explique ce qui se passe en bas, car personne n'y comprend rien, et l'ordinateur non plus. Il n'était pas question de magie de contes de fées, d'ailleurs, et « sorcier » n'était qu'un mot pour tenter de décrire ce genre de personne hypothétique. Théoriquement, quelqu'un doué de pouvoirs psychiques pourrait disperser des nuages et les reformer, et cela *semblerait* de la magie à tout étranger.

Evans répondit, comme si c'était à lui qu'elle s'était adressée :

— Même en considérant les expériences débiles sur les capacités parapsychiques avec lesquelles vous avez fait joujou, je n'ai jamais vu de preuves concluantes quant à leur existence — et encore moins quelqu'un qui puisse s'en servir pour déplacer des tempêtes.

Elizabeth se mordit la langue pour ne pas l'envoyer promener, et garda son attention concentrée sur Britton. Après tout, Evans n'avait aucune autorité sur elle, il ne travaillait pas dans son service, et son approbation ou désapprobation ne comptait pas.

Britton branla du chef.

— Je suis obligé d'abonder dans le sens d'Evans, dit-il, comme à regret. Je n'ai jamais vu de preuves concluantes quant à l'existence des pouvoirs parapsychiques. Tous les résultats que vous avez obtenus, David et vous, peuvent s'expliquer autrement. Et je ne vois personne d'autre qui pense que des pouvoirs psychiques sont à l'œuvre ici.

— Peut-être, acquiesça-t-elle, mais vous devez reconnaître qu'il se passe des choses assez étranges. A ce stade, des sorciers ne sont pas plus invraisemblables qu'autre chose.

Elle fronça les sourcils.

— J'ai dans l'idée que, quand nous découvrirons la vérité, nous regretterons qu'il ne s'agisse pas d'une chose aussi simple qu'un sorcier.

— *Bon Dieu* ! grommela Evans.

Britton lui imposa le silence du regard. Evans était sous son autorité, et il savait qu'il valait mieux ne pas insister après un regard pareil.

— Eh bien, dit Britton, se retournant vers Elizabeth, je vous demande de m'informer quand vous aurez une théorie plus solide — ou une preuve de l'existence de votre « sorcier ».

Le ton était moins caustique, mais aussi condescendant que celui d'Evans, et Elizabeth rougit.

Ysaye grimaça. Ce n'était pas la première fois qu'Elizabeth était critiquée pour ses intuitions fulgurantes, totalement indépendantes de toute logique, mais qui donnaient parfois des résultats étonnants. D'humeur plus raisonnable, le Commandant Britton ne l'aurait pas si durement critiquée. Mais pour le moment il n'était pas d'humeur raisonnable.

Ysaye croyait savoir pourquoi.

Les satellites de surveillance fonctionnaient exactement comme prévu, et ils transmettaient des analyses merveilleusement détaillées de la composition chimique de l'environnement, mais, bien que l'air fût pratiquement parfait — et même plus qu'ils n'avaient osé l'espérer — la planète elle-même était peu coopérative. Un épais couvert nuageux et des tempêtes incessantes empêchaient de voir quoi que ce soit, à part quelques indices grossiers de la présence d'E.I. Car il y avait des E.I., c'était évident à certaines structures détectées par les satellites, mais le mystère restait entier en ce qui concernait les habitants. Les rares faits connus indiquaient qu'ils édifiaient des structures individuelles ou collectives qui pouvaient se regrouper en cités, et qu'ils cultivaient le sol. Le reste était un mystère — car, en les rares occasions où les nuages s'étaient dispersés, soit les habitants n'avaient fait aucune apparition dehors, soit le couvert forestier était impénétrable, soit les fameuses caméras capables de lire une plaque d'immatriculation à Nairobi étaient pointées dans la mauvaise direction et braquées sur un nouveau couvert nuageux.

Pas étonnant que Britton ne fût pas particulièrement de bonne humeur.

Ysaye profita du silence qui suivit pour changer de conversation.

— On sait à peu près quand nous atterrirons sur la planète, Commandant ? demanda-t-elle.

Étant donné que la Loi de Murphy [1] semblait fonctionner à plein, une expédition de reconnaissance était maintenant une certitude. La seule façon de découvrir quelque chose était d'aller voir en personne. Méthode dangereusement primitive, mais méthode éprouvée.

— Dans environ deux heures, dit Britton. Le Capitaine a décidé d'envoyer une navette de reconnaissance, qui atterrira ici, dit-il, montrant un point de l'écran où, pour une fois, aucun nuage ne voilait la vue. C'est proche de la chaîne montagneuse et couvert de neige, mais c'est un plateau, pour autant que la Cartographie ait pu le déterminer.

Britton fit une pause pour décocher un regard réprobateur à David, qui haussa les épaules, l'air de dire : « J'ai fait de mon mieux avec ce que j'avais. »

— Ça me semble arbitraire, comme la plupart des décisions, dit Evans. On aurait sûrement pu trouver une région plus hospitalière.

Au froid qui s'ensuivit, Ysaye comprit qu'Evans avait, une fois de plus, dépassé les bornes. Elle espérait que cela lui vaudrait davantage qu'une réprimande.

— Je ne prétends pas être dans le secret de tous les raisonnements administratifs, ou comprendre ce qui incite nos officiers supérieurs à prendre telle ou telle décision, dit froidement Britton, mais nous ne sommes pas en démocratie, nous sommes sur un astronef, et j'obéis à mes supérieurs sans discuter. Quiconque a des idées différentes sur la question est libre de sortir du dôme pour les méditer.

1. Loi de Murphy : « *If something can go wrong, it will* » : « S'il y a possibilité que quelque chose se détraque, ça se détraquera. » (*N.d.T.*)

Evans pâlit et Britton ajouta, avec un sourire sévère :

— Il paraît que c'est la façon préférée du Capitaine de calmer les idées de rébellion.

Ysaye applaudit intérieurement. Evans était un xénobotaniste inspiré, mais il n'était pas très aimé de ses camarades. Britton n'aurait pas outrepassé son autorité en donnant suite à l'incident... et elle espérait qu'il le ferait.

Malheureusement, il n'en fut rien. Evans, lèvres pincées, hocha la tête avec raideur, et Britton eut l'air de se contenter de cette réaction.

— Cette zone a été choisie pour son isolement, éloignée qu'elle est à la fois des E.I. résidents et des cultures. Comme nous n'avons pas pu rassembler des données suffisantes sur les indigènes, il a semblé prudent de ne pas les approcher trop directement. Et comme nous ne savons pas comment ils réagiraient en cas de dégâts infligés à leurs cultures, on a également jugé prudent d'éviter les terres cultivées. Dans cette zone, nous avons peu de chances de brûler, écraser ou endommager quoi que ce soit. A moins, bien sûr, qu'ils ne cultivent la neige, ce qui ne semble pas très probable. Malheureusement, pour respecter tous ces critères, nous sommes obligés d'atterrir dans une zone relativement inhospitalière.

— Il y en a beaucoup, en effet, acquiesça l'un des assistants.

— Qui sera dans la première navette ? demanda un autre.

— Ce n'est pas encore officiel, dit Britton, mais comme *il y a* des E.I., le premier contingent comprendra une équipe complète de spécialistes en communication, même si nous n'avons pas l'intention d'établir les premiers contacts avant de les avoir observés un certain temps. Vous savez ce que c'est, ajouta-t-il, haussant les épaules d'un air expressif. On prévoit de ne pas établir de contacts, et les indigènes affluent quelques minutes après l'atterrissage, demandant à savoir qui sont leurs nouveaux voisins et s'ils doivent dérouler le tapis rouge ou se lancer dans une Guerre Sainte.

Quelqu'un rit nerveusement.

— En tout cas ils n'auront pas besoin de spécialistes en xénobiologie, xénopsychologie, anthropologie, linguistique, etc., dans la première vague.

Pendant ce temps, l'ordinateur avait modifié la vue affichée sur l'écran, et quelque chose attira l'attention d'Ysaye.

— Attendez, il se passe quelque chose en bas, dit-elle.

Tout le monde se redressa et attendit que l'imprimante crache une nouvelle carte.

David la prit et la tendit à Elizabeth.

— C'est ton secteur, Elizabeth. Tu vois quelque chose de nouveau et d'intéressant ?

— Pas à première vue, toujours la même tempête — mais elle me suffirait. Ah, maintenant je vois ce dont parlait Ysaye ; ça grandit rapidement, et je suis bien contente de ne pas y être. On dirait qu'il y a assez de cisaillements dans la tête des nuages pour arracher les ailes d'appareils aériens conventionnels. Mais tout est calme au site d'atterrissage prévu. Pourvu que ça dure, nous pourrons nous poser sans problème.

Elle passa la carte au Commandant Britton.

Il l'étudia et dit :

— D'après les premières observations, la plus grande cité de la planète semble se trouver quelque part dans cette vallée.

Il posa le doigt sur de gros nuages, sous lesquels, théoriquement, se trouvait la cité.

— Mais on ne peut rien voir sur cette carte.

— Ce n'est pas très loin des tempêtes mystérieuses, remarqua Ysaye avec satisfaction. S'il y a des sorciers, ils devraient se trouver dans les endroits les plus peuplés.

— Alors, bon sang, pourquoi atterrir en pleine montagne ? demanda Evans.

— Ah ! là ! là ! vous n'écoutiez donc pas, Lieutenant ? dit Ysaye, assez contente de pouvoir lui envoyer quelques piques. Notre officier supérieur vient de nous expliquer que cette mission n'a pas pour but d'établir les premiers contacts, et pourquoi.

Elle eut un sourire suave.

— Si je me rappelle bien, Commandant, vous avez dit clairement que nous devions observer les indigènes sans être vus, puisque nous sommes incapables de faire ces observations en orbite. Vous avez dit également que nous atterrissions dans ce qui semble un désert glacé, pour éviter d'endommager quoi que ce soit que les indigènes considéreraient comme précieux.

Evans bouillait intérieurement.

— Moins de risques d'incendier une ville ou une récolte, ou de bouleverser les indigènes, acquiesça joyeusement un jeune officier. Et si leur culture est pré-industrielle, on pourra les observer plus longtemps avant d'être obligés de plier bagages. Dis donc, Evans, où étais-tu quand on nous a fait toutes ces conférences sur le pré-contact, le contact et le post-contact ? Tu dormais ?

Les ricanements firent rougir Evans.

— C'est du moins ce qu'on prévoit, intervint David, avant que son ami ait pu dire ou faire quelque chose d'impardonnablement stupide. En tout cas, j'espère faire partie de la première fournée. Nous avons toujours besoin de nouveaux dialectes pour l'ordinateur linguistique.

L'air furieux, Evans regarda autour de lui et ne vit aucune sympathie sur aucun visage, à part celui de David. Alors, rassemblant ce qui lui restait de dignité, il se redressa, et, d'un pas raide, se dirigea vers un tube conduisant dans un autre dôme. Ainsi privés de distraction, les autres l'imitèrent bientôt. Dès qu'elle fut seule, Ysaye se remit à travailler sur la série de cartes.

Elle avait assez de bon sens pour ne pas parler de « pouvoirs parapsychiques » devant le Commandant Britton, mais elle avait toujours l'impression qu'à un certain niveau, elle savait ce qui se passait — et que la théorie d'Elizabeth sur les sorciers n'était pas aussi farfelue qu'il paraissait.

CHAPITRE VI

Le ciel était couvert, et il faisait si sombre qu'on aurait pu se croire au crépuscule, et non pas à midi. Les allées du jardin étaient détrempées et boueuses, car la pluie avait entraîné les graviers dans les parties basses. Les branches ployaient sous le poids de leurs feuilles chargées d'eau, et les rares fleurs ayant survécu au déluge piquaient tristement du nez au bout de leurs tiges cassées. Le jardin était plein de détritus, branches brisées, feuilles et pétales arrachés.

Léonie marchait à pas lents dans les jardins dévastés de la Tour, observant son ouvrage. La pluie avait été si abondante qu'il y avait d'autres tâches plus urgentes — par exemple, sauver les poissons sortis des bassins ornementaux qui avaient débordé — et les jardiniers n'avaient pas encore eu le temps de tout nettoyer. La balançoire oscillait tristement au bout d'une seule corde, solitaire, abandonnée.

Léonie la regarda avec désespoir. *N'y a-t-il donc rien à faire ici pour un adulte* ? ne put-elle s'empêcher de penser.

Apparemment non ; pas comme dans les jardins de sa famille ou ceux du Château Comyn de Thendara, où il y avait des labyrinthes où se perdre, des fontaines à admirer, des grottes où se cacher, seule ou non. Rien de tel ici. Seulement quelques plates-bandes et arbres bien alignés, et des fleurs pas spécialement rares, non plus. Elle retourna sur ses pas et rentra, oisive et nerveuse.

Elle rôda dans les salles inférieures de la Tour, les trouvant singulièrement vides et silencieuses. La Tour aurait pu être déserte, car elle ne rencontra personne. Pas même des serviteurs.

Elle savait qu'ils étaient très peu à Dalereuth, comparé à tous ceux que la Tour aurait pu abriter. Est-ce donc ainsi qu'étaient les Tours abandonnées — silencieuses, sinistres ? Et si elle entrait dans l'une d'elles, aurait-elle cette même et étrange impression d'être observée, tout en sachant qu'il n'y avait personne ?

Au bout d'un moment, elle découvrit une pièce vide pleine d'instruments de musique. Enfin — quelque chose propre à occuper des mains d'*adulte* ! Léonie prit un *rryl* en bois de rose sculpté et vernis, et passa amoureusement la main sur ses cordes. Puis elle se mit à jouer une vieille ballade, improvisant une conclusion, suivie d'accords étranges. Jouer dissipa sa nervosité, et elle entra dans une sorte de transe éveillée, de sorte que lorsque Fiora entra, des heures plus tard, Léonie constata avec stupéfaction que le jour tirait à sa fin et que le grand soleil rouge était très bas sur l'horizon. Elle sursauta voyant Fiora la regarder avec attention.

— Je ne savais pas que tu jouais si bien, dit Fiora, dont le ton admiratif surprit Léonie.

Elle pensait que rien de ce qu'elle pouvait faire n'impressionnerait la Gardienne. Dommage qu'il s'agît d'une activité aussi secondaire que la musique.

— Où as-tu appris ? demanda Fiora.

— J'ai eu des maîtres de musique depuis mon enfance, dit Léonie en haussant les épaules. Ça faisait partie de mon éducation. Et je préférais ça à l'ennuyeuse broderie.

— Sais-tu au moins comme tu as de la chance ? demanda Fiora, avec un soupçon d'envie. Mon père était pauvre, et je n'ai appris la musique qu'en arrivant ici. Mais quand on commence la musique si tard, on ne peut jamais jouer convenablement. Même en passant tout mon temps à m'exercer, je ne jouerais jamais si bien que toi, dussé-je vivre cent ans.

— Je suppose que non, murmura Léonie, étonnée. Je n'y ai jamais pensé. J'aimais apprendre de nouvelles chansons, mais je me cachais de ma gouvernante parce que je n'aimais pas m'exercer. Je disais qu'elle ne pourrait jamais rien me faire faire si je n'en avais pas envie.

— Je le crois sans peine, dit Fiora avec un petit sourire.

Léonie faillit éclater de rire, et se retint à la dernière seconde.

— Mais j'appris bientôt à aimer la musique pour elle-même, et alors, je me suis assez exercée pour la satisfaire — mais je n'ai jamais terminé la première broderie qu'elle m'a donnée à faire. Je suppose qu'elle est toujours dans mon panier à ouvrage, si les mites ne l'ont pas mangée.

— Oui, dit Fiora, je suppose qu'il doit être très difficile de te faire faire ce dont tu n'as pas envie. Alors, nous devrions nous féliciter que tu aies tant désiré venir chez nous.

Léonie releva un menton hautain.

— La question était réglée depuis toujours, dit Léonie. Depuis mon enfance, je savais que, tôt ou tard, j'irais dans une Tour. J'ai un *laran* puissant ; il doit être entraîné. La seule inconnue, c'était la Tour dans laquelle j'irais.

Elle parlait comme si c'était elle qui avait choisi, et non les Gardiennes des Tours encore en activité. Comme si la Tour était honoré de *sa* présence, et non pas qu'elle fût honorée d'y être acceptée. Fiora hésita. C'était pour elle une nouvelle expérience que de se sentir petite et insignifiante ; mais elle supposait qu'avec une fille des Hastur, elle devrait s'y habituer. Finalement, se disant qu'en sa qualité de Gardienne de Dalereuth, elle n'était inférieure à personne, et certes pas à cette orgueilleuse fille de Comyn, elle demanda :

— As-tu jamais pensé au mariage, comme toutes les jeunes filles ?

— Jamais, dit Léonie avec conviction. Pas même quand j'étais toute petite. J'ai toujours su que je pouvais épouser l'homme que je choisirais, mais je n'en ai jamais vu qui m'ait donné envie de me marier. Pour moi, personne ne pouvait égaler mon frère ; alors, celui que j'aurais choisi — si j'avais choisi quelqu'un — aurait forcément été d'un rang inférieur au mien. Je ne voulais pas épouser un homme qui ne serait pas mon égal, alors je suis venue ici.

Elle passa sous silence la demande du Roi ; dans ce cas, ce n'était pas le rang qui était entré en ligne de compte, mais des considérations personnelles, que Fiora n'avait pas besoin de savoir.

— Alors, je suppose que nous avons de la chance, murmura Fiora, avec à peine un soupçon d'ironie.

En un sens, c'était vrai ; si Léonie avait fait un autre choix, une télépathe très puissante serait restée sans entraînement ; or, l'un des plus anciens proverbes des Domaines affirmait qu'un télépathe non entraîné est un danger pour lui-même et les autres. Dorilys, la Reine des Orages, n'était qu'un exemple parmi des centaines d'autres de la véracité de ce dicton.

Léonie choisit de se méprendre sur ces paroles.

— J'ai de la chance que vous m'ayez trouvé une place ici, je suppose, dit-elle, avec plus d'ironie que Fiora. J'avais d'abord l'intention d'aller à Arilinn — où vont presque toutes les filles des Comyn.

Impossible de s'y tromper ; elle *aurait dû* aller à Arilinn. Elle en voulait encore à ceux d'Arilinn de lui avoir refusé une place. Dalereuth n'avait été qu'un pis-aller.

— Oui, dit Fiora après un silence, quand nous avons entendu parler de ta décision de devenir *leronis*, nous pensions que tu choisirais Arilinn.

Elle vit immédiatement que Léonie pouvait mal interpréter ces paroles — comme elle semblait décidée à le faire —, et ajouta vivement :

— Je ne veux pas dire que nous ne sommes pas contents de t'avoir ici, dit-elle, penchant légèrement la tête. Mais... vous étiez deux à entraîner. La situation est différente quand deux frère et sœur doivent être formés en même temps.

Elle hésita. La séparation d'avec leur famille était traditionnelle pour les jeunes gens en formation, mais Fiora doutait qu'on pût avec succès séparer Léonie de quiconque sans son consentement. Et le lien l'unissant à son jumeau serait sans doute difficile à rompre, même avec sa totale coopération — qui était peu probable —, et la grande distance qui les séparait d'Arilinn. Son entraînement poserait de gros problèmes, d'une façon ou d'une autre, encore compliqués par son arrogance. Pourtant, l'entraînement correct de cette orgueilleuse jeune fille serait une réussite considérable pour Fiora — ou pour toute autre Gardienne. Une chose était certaine : elle avait un Don remarquable. Elle ferait une *leronis* avec laquelle il faudrait compter.

Même en ce moment, elle tripotait sa harpe comme si la conversation était terminée et la présence de Fiora inopportune. Bien que n'ayant jamais été soumise à ce traitement, la Gardienne pensa avec ironie que Léonie lui signifiait son royal congé ! Fiora réfléchit quelques minutes aux problèmes que lui posait Léonie, tandis que la jeune fille égrenait distraitement quelques accords, et décida finalement d'être complètement et même brutalement franche. Peut-être cela ébranlerait-il suffisamment l'assurance de Léonie pour qu'elle écoute d'autres avis et désirs que les siens.

Fiora prit une profonde inspiration pour calmer son appréhension, et dit :

— Bien sûr, tout le monde pense que tu nous feras honneur une fois correctement entraînée.

Fiora fit une pause, pour s'assurer qu'elle avait l'attention sans partage de Léonie, et poursuivit.

— Mais je ne suis pas certaine que tu puisses être correctement entraînée.

Comme Léonie restait sans voix, elle ajouta :

— Je crois que toutes les autres Gardiennes des Domaines te diraient la même chose. C'est peut-être la raison pour laquelle on t'a envoyée ici, où nous n'avons que deux autres jeunes filles en formation, et pouvons par conséquent te consacrer plus de temps.

Léonie fixa la Gardienne, interdite. Fiora n'était pas certaine qu'elle puisse être entraînée ? Jusque-là, jamais personne n'avait émis le moindre doute sur ses capacités de *leronis* ! Pourtant, Fiora semblait parler sérieusement, et calmement, comme s'il s'agissait d'un fait sans conséquence.

Peut-être — peut-être était-ce le cas. La pensée était réfrigérante. On l'avait peut-être envoyée en exil à Dalereuth parce qu'Arilinn jugeait qu'elle représentait un trop grand risque ! Léonie percevait les mensonges, assez facilement — et Fiora ne mentait pas, et elle n'inventait pas des histoires pour l'effrayer. Elle était totalement sincère.

Mais Léonie était bien résolue à ne pas se laisser effrayer ou intimider, et elle demanda d'une voix étranglée :

— Pourquoi ?

Les yeux surnaturels se fixèrent sur elle.

— A cause de ton orgueil, Léonie. Parce que tu es trop certaine de ton importance et du fait que rien ne s'opposera jamais à tes désirs. Je peux te dire dès maintenant que tu as un gros potentiel, et que, peut-être, tu possèdes même le Don des Hastur. Mais l'entraînement de Tour, et particulièrement celui de Gardienne auquel tu aspires, est long et difficile. Et fastidieux. Tu devras sacrifier beaucoup, et la réussite est loin d'être assurée.

Elle soupira, et Léonie remua nerveusement sur son siège.

— Je ne sais pas si tu pourras le supporter. Tu n'as jamais eu à sacrifier quoi que ce soit ; je ne sais pas si tu es capable d'auto-sacrifice dans la mesure exigée. De ton propre aveu, tu n'as jamais rien fait que tu n'aies désiré faire, tu n'as jamais rien tenté de périlleux, tu n'as jamais échoué en rien. Cette absence d'échec ne vient peut-être pas de tes capacités, mais de ce que tu n'entreprends jamais rien qui te soit difficile. Et de ce que tu abandonnes tout ce qui t'ennuie.

Léonie ouvrit la bouche pour protester, puis la referma, réalisant que, pour cruelles que fussent ces paroles, elles étaient absolument vraies. Elle se sentit encore plus mal à l'aise ; Fiora semblait lire dans son âme comme personne ne l'avait jamais fait — sauf, parfois, Lorill — et Fiora ne semblait pas trouver à son goût, et juger plutôt mesquin, ce qu'elle y avait lu.

Fiora poursuivit, avec un calme souverain, comme inconsciente du malaise qu'elle provoquait chez sa nouvelle élève.

— Tu n'as pas même commencé à tester les limites de tes capacités. Cet entraînement sera peut-être ta première expérience de l'échec, et je ne sais pas comment tu la supporteras. Pas bien, sans doute.

Léonie cilla légèrement, totalement bouleversée et décontenancée.

— Tu crois donc que j'échouerai, Fiora ? Ou que je renoncerai à la première difficulté ?

Fiora haussa les épaules, comme si cela ne la concernait pas.

— Personne ne peut le savoir, à part toi. Je peux quand même te dire que, quelle que soit la puissance de ton Don, ton succès est loin d'être assuré. Tu ne sauras jamais si tu peux réussir à moins d'accepter de te pousser, physiquement et mentalement, jusqu'à tes extrêmes limites, à moins de risquer l'échec ; et je ne sais pas si tu l'accepteras, vu que tu ne l'as jamais fait jusqu'à présent. Et vu qu'en repassant simplement les portes de la Tour tu peux retrouver tout ce à quoi tu as renoncé — serviteurs, luxe, rang, prestige, admiration, et une foule de sycophantes à tes pieds.

Cela la vexa plus qu'une gifle.

— Y a-t-il un moyen dont je puisse m'assurer du succès ? demanda Léonie, presque aux abois.

— Pas un moyen absolument certain, gloussa Fiora, car la question lui parut amusante. Personne n'en connaît. Cherches-tu un moyen de tricher ou de tourner la difficulté ? La méthode facile pour devenir Gardienne en dix leçons ? Toutes les réponses correctes en même temps ?

Léonie baissa la tête et se mordit les lèvres. Bien sûr, c'est ce qu'elle avait espéré en posant cette stupide question. Maintenant, elle regrettait de ne pas avoir gardé le silence.

Fiora sentit qu'elle faiblissait et poussa son avantage.

— Je crois que si tu acceptes de travailler assez dur, tu as un potentiel suffisant pour réussir à peu près n'importe quoi. Mais tu *dois* le désirer assez fort, assez pour travailler avec diligence et acharnement. Ce que je ne sais pas, c'est si tu en auras la volonté, surtout quand l'apprentissage sera fastidieux et exigera de nombreux sacrifices. Sais-tu pourquoi les Gardiennes portent des robes pourpres ?

Léonie secoua la tête, surprise de cette curieuse question, et oubliant un instant que Fiora ne la voyait pas.

— Ce n'est pas pour les marquer d'un signe spécial, dit Fiora, comme si elle avait vu son geste. Ce n'est pas pour inspirer le respect. C'est pour indiquer qu'elles sont *dangereuses*, Léonie. Il est dangereux, mortellement dangereux, de toucher une Gardienne dans le cercle. Regarde...

Elle tendit ses mains blanches, couvertes de petites cicatrices, semblables à des traces de brûlures, comme si des averses d'étincelles lui avaient brûlé la peau.

— C'est tellement dangereux pour les autres qu'on enseigne aux Gardiennes à ne jamais permettre qu'on les touche, dans ou hors du cercle. Voilà comment on forme les Gardiennes. Par la souffrance, Léonie. Je ne crois pas que tu aies éprouvé de grandes souffrances dans ta vie. Je ne suis pas certaine que tu puisses en supporter de légères. Et ces souffrances ne sont qu'une petite partie de l'entraînement, le moindre des sacrifices.

Léonie réfléchit à ces paroles ; dans tous ses rêves, elle avait toujours pensé au pouvoir d'une Gardienne, jamais au prix à payer pour le conquérir. Son père lui avait dit plus d'une fois : « Les grands pouvoirs exigent les grands sacrifices. » Mais elle n'avait jamais vraiment compris ce que cela signifiait. Maintenant, elle commençait à comprendre un peu — juste un peu —

et, pour la première fois, elle se demanda dans quelle mesure ses rêves l'avaient trompée — car il n'y était jamais question de renoncement.

Qu'est-ce que les autres Gardiennes avaient sacrifié pour obtenir leur pouvoir ? Et pourquoi avaient-elles fait ces sacrifices ? Elle dit finalement :

— Raconte-moi comment tu es venue ici, Fiora.

Fiora n'avait pas cherché à pénétrer les pensées de Léonie — sans invitation, c'était très incorrect — mais la jeune fille avait involontairement diffusé certains sentiments et idées, à partir desquels il était facile d'extrapoler. Léonie ne prenait plus les choses comme argent comptant, elle réfléchissait. C'était un commencement, se dit-elle.

— J'ai été engendrée pendant la Fête du Solstice. Ma mère, qui était très jeune, fut mariée précipitamment à un petit fermier de la vallée. A cinq ans, une maladie m'a abîmé les yeux, et mes parents ont su que, tôt ou tard, je deviendrais aveugle. Mon père voulait me marier rapidement, pour que mon futur mari ne sache pas qu'il faisait une mauvaise affaire ; mais la sœur de ma mère a parlé à une *leronis* de ma maladie et de ma ressemblance avec les Comyn. Elle m'a testée pour le *laran*. J'étais douée, et je suis venue ici. Suffisamment douée, suffisamment patiente, et suffisamment capable de sacrifice pour finir par devenir Gardienne.

— Ce n'était que ton second choix ? demanda Léonie, manifestement surprise. J'aurais pensé que quiconque capable de devenir *leronis* choisirait ce destin de préférence à tout autre.

— C'est vrai, ce ne fut d'abord qu'un second choix, dit Fiora. Mais après avoir passé quelque temps ici, j'ai réalisé comme toute autre vie aurait été mesquine et insignifiante. Je n'aurais été qu'une femme comme ma mère, accouchant d'un enfant après l'autre, trimant aux champs et dans la maison, et, si j'avais eu beaucoup de chance, mon mari aurait choisi d'être gentil avec moi. Alors qu'une *leronis* a le pouvoir de faire beaucoup de bien — pour guérir, pour provoquer le temps qu'il faut, pour protéger du feu et de la tempête. J'ai alors réalisé que si l'on m'avait donné le choix, j'aurais choisi le destin de *leronis* — de préférence à tout autre.

Elle hocha la tête puis poursuivit :

— Mais peu de femmes ont le luxe de choisir. Maintenant, je ne changerais pas ma place pour celle de Reine des Domaines, mais peu de filles de Comyn sont aussi contraintes par la volonté de leurs familles que je l'ai été par la volonté de mon père.

Léonie se mordit les lèvres à ces paroles. Elle n'aurait pas changé sa place pour celle de la Reine ? Elle dit à voix basse :

— Je pense...

Non, je sais, se dit-elle, ses rappelant qu'on lui avait proposé ce choix et qu'elle l'avait refusé.

— ... que je ne changerais pas non plus de place avec la Reine.

— Alors, tu as de la chance, dit Fiora. Tu fais partie de celles qui ont eu le luxe du choix, et ton choix a été de saisir ton rêve à pleines mains. Maintenant, la question est la suivante : si le rêve se révèle être une lame nue et tranchante, auras-tu le courage, non seulement de la saisir à pleines mains mais de la retenir ? Dans ce cas, je peux te dire honnêtement que, si tu le désires par-dessus tout, il est peu de chose que tu ne pourras pas accomplir.

— Tu le penses vraiment ? demanda Léonie, scrutant le visage de Fiora pour y chercher un réconfort et un encouragement qu'elle désirait comme elle n'avait jamais rien désiré jusque-là.

Fiora hocha la tête avec conviction.

— Oui.

— Je le veux, dit Léonie, très bas, et je risquerai n'importe quoi pour y arriver. Même — comme tu le dis — l'échec.

Elle eut un sourire tremblant, oubliant de nouveau que Fiora ne pouvait pas le voir.

— J'essaierai de ne pas *penser* à l'échec, mais je veux bien en prendre le risque. De plus, si j'échoue, j'accepte de recommencer encore et encore jusqu'à la réussite.

— Si tu abordes l'entraînement dans cet esprit, dit Fiora en souriant, je crois que tu n'as pas à craindre l'échec. Tu en feras l'expérience — comme toutes les Gardiennes — mais tu n'as pas à le craindre.

— Merci, *vai leronis*, dit Léonie, avec une douloureuse humilité.

Comme elle se retournait pour partir, Fiora demanda :

— Alors, c'est toi qui nous as apporté cette pluie ?

Léonie se mordit les lèvres ; une heure plus tôt, cette question aurait provoqué une réponse coléreuse.

— Je n'aurais pas dû, d'après vos règles ?

— Le jour viendra, j'espère, où tu pourras répondre toi-même à cette question, dit Fiora, presque riant, mais quand ce jour viendra, tu seras la seule personne à qui répondre de tes actes. Et je crois que tu seras pour toi-même une maîtresse plus dure que moi.

Elle rit encore, d'un rire franc cette fois, et ajouta :

— Il est également probable que personne — enfin, personne d'autre que moi — ne te croirait si tu prétendais l'avoir provoquée. Pas même une autre Gardienne, peut-être. Ton entraînement commence donc à partir de cet instant. Léonie.

Fiora sortit, et Léonie prit une profonde inspiration. Elle avait retrouvé sa nervosité et son appréhension, et, au bout d'un moment, elle décida de ne pas reprendre le *rryl* qu'elle avait abandonné.

Le crépuscule s'avançait ; toute trace de pourpre avait disparu du ciel, et la pluie nocturne avait commencé à tomber à flot lent et régulier, totalement différente du violent orage qu'elle avait provoqué. Malgré le bruit lugubre de la pluie sur le toit et les feuillages, Léonie n'eut aucune envie de l'interrompre. Ce n'était pas la pluie qui la troublait.

Rien dans la pluie, ou même dans le temps, ne la troublait ; son trouble venait d'ailleurs.

Au bout d'un moment, elle monta dans la chambre qu'on lui avait assignée, pièce spacieuse et claire située au deuxième étage. Comparée à son appartement du Château Hastur, ou à sa suite du Château Comyn de Thendara, elle était pauvre et nue ; mais le plaisir de se trouver en un lieu totalement nouveau n'était pas encore émoussé. De plus, quand elle serait lassée de son austérité, elle savait qu'elle pourrait la meubler et décorer à sa guise. Elle réfléchit un moment à la façon de la meubler, pour se distraire de sa grave conversation avec Fiora et du malaise qui la poursuivait partout.

Peut-être devrait-elle y suspendre des rideaux pourpres ? Non, il y aurait assez de pourpre dans sa vie quand elle serait Gardienne, et pour l'instant, elle était bien résolue à le devenir. Peut-être une soie bleu et vert qu'elle avait vue au marché en traversant Temora ? C'était une couleur qu'elle n'avait jamais vue jusque-là, vrai triomphe du tisserand, et elle mettrait un peu de joie dans cette pièce, l'impression de vivre dans le ciel.

Toute la Tour dormait autour d'elle. Elle perçut le sommeil des deux fillettes, la présence d'un veilleur solitaire dans les relais, qui envoyait en un clin d'œil les messages de Domaine en Domaine. A cette heure, il était peu probable qu'il reçoive un message, mais il devait toujours y avoir un veilleur en cas d'urgence. Elle sentit que, dans sa nuit éternelle, Fiora se préparait au sommeil. Comme ce devait être étrange — ne jamais distinguer le jour de la nuit, sauf par les actions des autres.

Pensant à la Gardienne, elle prit conscience de s'être fait une amie. Ce n'était pas une idée déplaisante, de s'être fait une amie d'une personne chez qui elle n'avait d'abord senti qu'hostilité. Maintenant, Fiora était de son côté — et même si son but était difficile à atteindre, Fiora n'en accroîtrait pas les difficultés.

Elle s'allongea, et se mit en transe légère au lieu de se préparer au sommeil. Elle était impatiente de connaître la cause de son appréhension, et elle se surprit à l'explorer, cherchant à déterminer de quelle direction elle venait, comme elle était capable de percevoir les changements de temps. Dérivant dans le surmonde, elle vit les conditions météorologiques qu'elle connaissait aussi bien que les cordes de son *rryl* ; elle les analysa, presque machinalement, comme elle l'avait fait toute sa vie. Mais la source de son malaise n'avait rien à voir avec le temps.

Elle sentit une tempête, normale en cette saison ; elle allait surprendre des voyageurs, mais ce n'était pas nouveau. Les gens se laissaient tout le temps surprendre par les tempêtes et étaient prêts à les affronter. Même à Dalereuth, personne ne s'inquiétait des bergers ou autres qui n'avaient pas le don de prévoir le temps. Aucun éleveur n'aurait survécu longtemps s'il n'avait pas toujours eu assez de provisions pour survivre plusieurs fois par an aux tempêtes.

Elle continua, voyageant à la rapidité de la pensée, inconsciente des lieux, un peu désorientée vers la fin. Au bout d'un moment, toujours désorientée, elle pensa à revenir dans son corps ; elle commençait à se fatiguer. Puis, brusquement, elle prit conscience de la présence d'une autre femme.

Ou plutôt de l'*impression* d'une femme. Léonie ne la voyait pas ; dans le surmonde, la vue ne voulait rien dire. Il y avait de la musique autour d'elle, et c'est ce qui avait provoqué le contact. Léonie avait l'habitude de penser en termes musicaux, et elle prit d'abord conscience de l'instrument que tenait la femme. C'était une flûte — ou du moins, cela donnait l'impression d'une flûte —, mais cela ne sonnait comme aucune flûte que Léonie eût jamais entendue. Car le son était grave et vibrant, et pourtant, c'était incontestablement le son d'une flûte.

La musique la saisit et la retint — pourtant, à un niveau plus profond, elle savait qu'elle n'était pas *saisie* mais plutôt intriguée, et qu'elle pouvait se retirer quand elle le voudrait. Mais pour le moment, elle ne le voulait pas.

Elle suivit le fil de la musique, déroulant sa mélodie dans la nuit, enchantée de ce son inusité, percevant sa curieuse vibration par l'intermédiaire de quelque sens jusque-là inexploré, unie avec la musicienne inconnue.

Une femme, se répéta-t-elle. Elle savait, sans l'ombre d'un doute, par une curieuse empathie, que c'était une femme, mais l'instrument qui la fascinait n'était pas un instrument dont elle eût jamais joué.

Elle se perdit dans le son — c'était si facile d'écouter, en se laissant dériver...

Elle sut qu'elle était passée de la transe au sommeil car, quand elle ouvrit les yeux, la pluie avait cessé, le clair de lune projetait des ombres surnaturelles sur les murs, et minuit était passé depuis longtemps — elle le comprit à la position des trois lunes, visibles par la fenêtre. Le son de la flûte s'était tu, même dans son esprit. C'était peut-être son absence qui l'avait réveillée. Avait-elle rêvé ? Non, car le souvenir de la flûte au son étrangement altéré n'était pas un rêve, mais une réalité très tangible. Elle aurait pu jouer de cet instrument, recréer les mélodies inconnues — si seulement elle s'en était souvenu. Mais elle ne parvint pas à les retrouver.

CHAPITRE VII

La navette fonçait vers la planète, et Ysaye continuait à se demander ce qu'elle faisait là. Elle ne comprenait pas ce qui s'était passé. Maintenant qu'ils étaient entrés dans la haute atmosphère, il y avait une épaisse couche de givre sur les hublots, alors ils ne voyaient pas grand-chose.

Mais il y avait abondance de sensations. Ysaye se surprit à s'étonner des turbulences ; elle était étroitement sanglée dans son fauteuil, mais le petit appareil était violemment ballotté par des vents d'une force inattendue, et elle se félicitait que MacAran, le Second qui pilotait, fût leur meilleur pilote atmosphérique. Et, à en juger par la tête de ses compagnons, elle n'était pas la seule. L'atmosphère de cette planète leur donnait un avant-goût sérieux de son climat.

— Est-ce que c'est... normal ? demanda-t-elle finalement, se penchant vers MacAran pour qu'il puisse l'entendre.

— Franchement... non. Gros temps ou je ne m'y connais pas, et nous ne sommes pas encore arrivés. Mais avec toutes ces montagnes, on ne pouvait pas s'attendre à un climat paradisiaque, dit le jeune homme.

Ysaye espérait qu'il avait autant confiance en lui qu'il le semblait en paroles. En sa qualité de Second (le Capitaine ne pouvait pas quitter l'astronef) le Commandant MacAran était le plus haut gradé de leur groupe, et, en cas d'urgence, c'était lui qui commanderait. Plus jeune que la plupart de ses camarades, il était solide et trapu, avec une carrure de lutteur professionnel et d'épais cheveux blonds et bouclés. En temps normal, il ne serait jamais venu à l'idée d'Ysaye de douter de ses compétences. Mais pour le moment, elle le trouvait terriblement jeune...

Et il paraissait plus jeune et moins assuré de minute en minute.

— Bon Dieu, marmonna-t-il, bataillant avec les commandes. D'après les cartes, cette zone était relativement calme ! Ce cisaillement est absolument diabolique. Cramponnez-vous, les gars !

La navette se cabra, puis tomba comme une pierre ; un instant, la gravité devint négative, les plaquant tous contre leurs harnais. Elizabeth pâlit et serra les poings de frayeur, et Ysaye étouffa un cri.

La navette se stabilisa un instant, et Ysaye vérifia que son harnais avait tenu bon. Tout le monde savait que le premier atterrissage, véritable plongeon dans l'inconnu, était le moment le plus dangereux sur une nouvelle planète. Et même une fois au sol, la seule chose qui allait de soi, c'était que rien n'allait de soi. On pouvait, par exemple, atterrir en plein milieu d'un repaire de carnivores — sauriens géants, peut-être — qui vous jugeraient parfaits pour leur goûter. D'autre part, et selon une histoire facétieuse qui circulait dans l'Empire, on pouvait se poser sur une race microscopique, ou à tout le moins lilliputienne, et anéantir d'un seul coup une cité entière. Ysaye ne connaissait pas exactement l'origine de cette histoire, mais elle en soupçonnait un jeune plaisantin du début de l'Age Atomique, et friand de science-fiction. Cela ressemblait trop à une rumeur précédente, et qui faisait état d'un géant apparu sur l'un des mondes colonisés, et qui, rétrécissant constamment, se prétendait victime d'une expérience qui avait mal tourné, et que notre galaxie n'était rien de plus qu'une molécule dans *son* monde, les étoiles étant les noyaux des atomes de cette molécule. Le géant avait censément rétréci jusqu'à la taille d'un homme, puis d'une souris, puis d'une bactérie, avant de disparaître complètement. Ce conte à dormir debout avait même été diffusé sur les ondes avant d'être attribué à un étudiant inventif de la Nouvelle Université de Duke.

La navette de nouveau se cabra et tomba, puis fit une dangereuse embardée avant que MacAran ne parvienne à la redresser. Il serrait les dents et pinçait les lèvres, et Ysaye se dit qu'il n'était sûrement pas d'humeur à répondre à d'autres questions pour le moment. Elle s'efforça de se persuader que, tout bien considéré, mauvais temps et turbulences à l'atterrissage étaient les moindres de leurs soucis, et qu'il fallait s'y attendre. Les premières navettes étaient toujours bourrées de scientifiques parfaitement entraînés à prévoir les urgences et à improviser des solutions à tous les problèmes.

Mais tous ses efforts pour se rassurer furent vains. Sur les sept personnes de la navette, Ysaye était la seule sans aucune expérience pratique sur de nouvelles planètes. Elle ne comprenait toujours pas pourquoi elle faisait partie de cette équipe. Pour les autres, c'était évident : McAran était là pour ses capacités de pilotage et de commandement, le Lieutenant Evans parce qu'il était xénobotaniste, le Dr Aurora Lakshman xénobiologiste (et médecin, capable de soigner malades et blessés éventuels), Elizabeth et David pour leurs capacités techniques et leurs compétences linguistiques et anthropologiques. Malgré leurs précautions, ils pouvaient parfaitement tomber sur des indigènes, bien que ce ne fût pas le but de cette première mission.

Rien que des spécialistes — alors, qu'est-ce qu'elle faisait là ? Elle n'avait aucune compétence qui pût remplacer ou simplement renforcer l'une des leurs. Tout ce qu'elle connaissait, c'étaient les ordinateurs — et pour le moment, elle aurait bien voulu être parmi eux...

Ysaye tenta de se persuader de la vanité de toute inquiétude ; il n'y avait aucune raison rationnelle de réagir si fébrilement à cette affectation, même si elle était nouvelle pour elle. Sa participation devait bien avoir une raison ; l'un des six autres avait peut-être quelque équipement électronique qu'il ou elle ne comprenait pas parfaitement — mais si c'était le cas, n'aurait-on pas prévenu Ysaye, pour qu'elle puisse se documenter par avance ? On ne pouvait quand même pas lui demander de monter et piloter un équipement compliqué simplement à partir de son intuition !

Elle regarda Elizabeth, assise de l'autre côté de l'allée, et qui frottait le hublot givré, comme impatiente de jeter un coup d'œil sur ce nouveau monde. Enfin, MacAran semblait avoir repris le contrôle de la navette. Il n'y avait plus eu de ces chutes brusques et alarmantes depuis au moins cinq minutes. Même si la navette continuait à vibrer et trembler...

Ce monde serait sans doute la patrie d'Elizabeth pendant de nombreuses années. Sauf si les indigènes étaient si primitifs que les autorités de l'Empire décident de lui donner le statut de Monde Fermé, elle et David resteraient en arrière au départ de l'astronef, à faire des études linguistiques et anthropologiques pour l'Empire. Si cette planète obtenait le statut de Monde Ouvert au commerce, ils seraient beaucoup plus nombreux à y demeurer. Un officier du vaisseau serait nommé Coordinateur temporaire ; on installerait une enclave terrienne ; où Elizabeth et David se marieraient certainement. Après tout, ils attendaient depuis plus d'un an de trouver une planète habitable où ils pourraient s'établir et fonder une famille.

Ysaye contempla le ciel bleu lavande et les montagnes en dents de scie, tout juste visibles à travers le givre. Elle remercia le ciel de ne pas être aux commandes. Elle en savait assez sur le pilotage pour réaliser que le terrain était extrêmement dangereux. Le terrain. Quel mot étrange pour cette contrée qui n'avait rien de terrestre. La compagnie de David, très versé en linguistique, l'avait sensibilisée à ce genre de nuance.

Un instant, elle ressentit une... tristesse prémonitoire. Si c'était là le monde que David et Elizabeth attendaient depuis si longtemps, ils y resteraient, et elle, qui appartenait à l'équipage, repartirait avec l'astronef. Elle ne les reverrait jamais...

Et même s'ils ne restaient pas sur ce monde, ils changeraient. Les expériences qu'ils vivraient sur cette planète modifieraient ses amis, et peut-être elle-même, si elle demeurait longtemps sur ce monde. Personne n'échappait jamais à ce genre de déterminisme.

Et dans le même temps, leur présence modifierait la planète et ses habitants ; ils leurs communiqueraient un peu de leur humanité, malgré leurs efforts pour ne pas altérer l'environnement. Les humains modifiaient toujours leurs milieux ; cela faisait partie de leur nature, quels que fussent leurs efforts pour le laisser intact. Selon un adage qui revenait régulièrement dans l'histoire de l'humanité, « biologie n'est pas destin ». A quoi Ysaye répondait obstinément : « Montrez-moi un lion végétarien. » Quiconque croyait sérieusement qu'hommes et femmes n'étaient pas, à tout le moins, une congrégation d'impulsions biologiques, était à côté de la question. Ils n'étaient pas que cela, mais c'était quand même la base de tout.

Ces considérations philosophiques l'avaient si bien calmée que la turbulence qui suivit la prit totalement par surprise.

Les cisaillements du vent — c'était bien ce que le pilote avait dit tout à l'heure ? — se remirent à les ballotter, et le petit appareil tomba comme une pierre, puis tangua follement. Ysaye saisit le regard d'Elizabeth, de l'autre côté de l'allée ; livide et grimaçante, elle crispait les mains sur ses accoudoirs. Pas de panique, se dit Ysaye avec fermeté. Ça ne pouvait pas durer jusqu'à la surface. Ce n'était pas le premier atterrissage d'Elizabeth ; elle et David s'étaient posés sur quatre autres planètes, mais ce n'étaient que des boules de roc sans atmosphère, de sorte qu'ils n'avaient pas plus qu'elle l'expérience de ce genre de turbulences. Il ne fallait donc pas s'affoler devant la réaction d'Elizabeth, qui était aussi novice qu'elle en la circonstance.

— Ça va empirer avant de s'améliorer, avertit sombrement MacAran. Le vent souffle de la calotte polaire, sans rien pour l'arrêter. Et quand il rencontre ces montagnes, ça produit courants, turbulences et cisaillement.

Il grogna, car une nouvelle chute le projeta contre son harnais.

— Peut-être qu'on aurait dû essayer de se poser dans le désert au nord d'ici ; nos caméras sont assez bonnes pour nous permettre d'éviter toute civilisation.

— Alors, pourquoi ne l'a-t-on pas fait ? demanda Evans.

Ysaye eut envie de l'étrangler. Les voilà tous, bataillant pour ne pas s'écraser — et cet idiot cherchait à provoquer des contestations !

— Les données satellite indiquaient clairement que cette zone était un très bon site d'atterrissage, dit MacAran. Mais le plateau que nous cherchons est bien plus avenant vu de l'espace que d'ici !

Il s'interrompit pour redresser l'appareil qui penchait dangereusement sur la droite. Quand il se remit à parler, Ysaye eut l'impression qu'il disait tout ce qui lui passait par la tête. Pour calmer ses passagers ? Pour les rassurer ?

Si c'est le cas, je ne suis pas rassurée du tout, pensa-t-elle.

— Ça ne m'étonne pas de ne voir nulle part des traces d'aviation ; celui qui construirait ici un avion primitif...

Il s'interrompit pour batailler avec les commandes.

— Non, si le climat est partout pareil, l'aviation n'est pas près de se développer. Peut-être dans les plaines du sud, mais pas ici dans les montagnes.

— Mais nous pouvons atterrir ici, dit le Commandant Britton.

Ysaye eut l'impression qu'il s'agissait d'une question, malgré la formulation affirmative, et se demanda si le Commandant allait ordonner au pilote de faire demi-tour pour retourner à l'astronef.

Cela ne parut pas de bon augure à Ysaye.

— Je serai bien content quand nous nous serons posés, grommela le Commandant.

Si nous nous posons jamais, pensa Ysaye. Soudain, elle réalisa que ses craintes n'étaient pas sans fondement, et que leur réactions de frayeur n'étaient pas exagérées. Le pilote passait toutes les possibilités en revue pour les arracher à un péril mortel. Elle déglutit avec effort, mais elle avait la gorge serrée et la bouche sèche. Aux manières du pilote, on comprenait que la situation était bien plus dangereuse qu'elle ne l'avait paru à bord.

Ce n'est pas ce qu'on m'avait annoncé quand je me suis engagée dans le Service Spatial.

Quelques instants plus tôt, ils avaient plongé dans des nuages épais et apparemment sans fond ; maintenant, roulant et tanguant comme sur un manège de foire, ils sortaient des nuées, et Ysaye vit à perte de vue une immense étendue verte de résineux, balafrée de cicatrices blanches laissées par les incendies. Roulant et tanguant, ils continuèrent à descendre, MacAran cherchant désespérément un espace assez plane pour poser la navette. Ysaye savait que les avions atmosphériques atterrissaient toujours vent debout, mais ils n'étaient pas faits pour voler dans de tels grains. Et comme si le vent ne suffisait pas, la visibilité fut obstruée par un rideau de neige, aussi épais que l'étaient les nuages auparavant.

Il fallait espérer que les instruments de MacAran fonctionnaient, et fonctionnaient bien.

La recherche du terrain idéal ne devait pas faire oublier le problème du carburant ; si MacAran tardait trop longtemps — il ne lui resterait plus de carburant pour atterrir. Et un atterrissage moteurs coupés — ici, et maintenant...

Il fallait comparer cela aux dangers du terrain — qui n'avait pas paru très engageant quand Ysaye l'avait fugitivement aperçu.

La neige se dissipa un instant ; ignorant le roulis et le tangage, Ysaye se dévissa le cou pour jeter un coup d'œil sur l'écran radar de MacAran.

— Au-delà des arbres, dit le pilote d'une voix étranglée, il y a une clairière. On va s'y poser. Essayer en tout cas. On n'a guère le choix.

— Regardez ! dit soudain Elizabeth.

Toujours collée au hublot, elle venait apparemment d'apercevoir quelque chose, sans doute les premiers indices de présence d'E.I. sur cette planète.

— Un *château.*

— Impossible, dit David. Pas exactement. Pense aux Français qui, débarquant parmi les Iroquois, avaient baptisé *châteaux* leurs villes aux murailles de bois, et qui en avaient nommé trois ou quatre *Châteauneuf.*

Ysaye les regarda, ébahie. Seuls David et Elizabeth pouvaient discuter de subtilités linguistiques devant un crash imminent.

— Elizabeth ! couina-t-elle. Je trouve que ce n'...

Elizabeth se tourna vers elle, si pâle qu'elle en paraissait verte, les traits aussi tirés qu'Ysaye.

— La prière ne nous remonterait pas plus le moral, tu sais, répondit-elle d'une voix tremblante.

— On y va, entendit-elle MacAran grommeler. On ne trouvera pas mieux.

Il poursuivit à voix haute :

— Ça y est, les gars ! Prêts à l'atterrissage ! Posture de crash !

Elle se pencha docilement, pliée en deux, les mains sur la

nuque. La navette heurta durement le sol, rebondit, retomba ; les filets de crash se déployèrent, les maintenant en position fœtale. Des coussins se gonflèrent sous les sièges, et Ysaye entendit les « bip » d'une douzaine d'alarmes. Ils rebondirent, encore et encore. Maintenant, Ysaye était au-delà de la peur, totalement paralysée. Rien dans son entraînement ou son expérience ne l'avait préparée à ça.

Je vais mourir, pensa-t-elle, comme anesthésiée. Les pensées circulaient au ralenti dans l'océan de peurs qui la submergeait. Il y eut un craquement sinistre au rebond suivant, et Ysaye se dit que la coque venait de se déchirer.

C'est alors qu'elle sombra dans une bienheureuse inconscience.

Elle revint à elle dans un froid glacial, la neige lui soufflant au visage. La coque s'était ouverte en plusieurs endroits, et elle eut du mal à croire qu'elle était vivante. Elle ignorait combien avait duré son évanouissement, mais les coussins s'étaient dégonflés et les filets rétractés. Ils avaient atterri, même si ce n'était pas sans dommages. Elle se rappela le vieux dicton : « Tout atterrissage dont on s'éloigne sur ses pieds est un bon atterrissage. »

— Quelqu'un est blessé ? cria MacAran.

Un concert de « non » et « juste des égratignures », lui répondit. MacAran, ses mains tremblant visiblement, détacha son harnais et se leva.

— Tout le monde à l'appel ! ordonna-t-il. Je veux entendre tous les noms !

Ysaye prenant une inspiration tremblante, répondit la première — puis Evans, qui toussa avant d'énoncer son nom, suivi des autres, le Commandant Britton s'annonçant le dernier. Satisfait de n'avoir ni mort ni blessé grave, MacAran se retourna et monta vers la porte qui s'était ouverte sous les chocs répétés. Les autres débouclèrent leurs harnais puis se pressèrent derrière lui, impatients de quitter un véhicule qui ne représentait plus pour eux ni sécurité ni abri.

— Vous êtes sûrs que tout va bien ? Pas de blessés ? demanda le Dr Lakshman qui avait saisi machinalement sa trousse médicale et la serrait sur son cœur, tout en cherchant à voir à travers la neige.

Un concert de « non » lui répondit.

MacAran se baissa pour regarder sous la navette.

— Peut-être qu'on s'en tire bien, mais je n'en dirais pas autant de l'appareil ! Le train d'atterrissage est bousillé, dit-il. Et ne parlons même pas des trous dans le fuselage !

Il considéra la navette en branlant du chef.

— Je ne m'attendais pas à tester les protections-crash sur le terrain !

— Tu t'es bien débrouillé, fiston, dit le Commandant Britton, posant une main paternelle sur l'épaule de MacAran. Personne n'aurait réussi un meilleur atterrissage dans des conditions pareilles.

MacAran se redressa, prit une profonde inspiration, retrouvant son autorité.

— Bon. Les procédures de crash stipulent que vous devez tous rassembler vos affaires pendant que j'installerai les équipements de survie. Alors, rentrez dans la cabine un par un et sortez tout ce que vous pourrez. Prenez votre temps ; on n'est pas près de partir d'ici.

Le Dr Lakshman considéra sombrement la neige soufflant à travers ce qui restait du fuselage.

— Il faudra bien aller quelque part, dit-elle. Par ce temps, nous ne ferons pas de vieux os si nous ne trouvons pas un meilleur abri.

Ysaye frissonna, et pas seulement de froid ; elle était glacée de peur. Ils étaient tombés d'un danger dans un autre. Étaient-ils donc venus si loin pour mourir gelés ?

CHAPITRE VIII

Non !

Léonie se réveilla en sursaut, s'assit comme mue par un ressort, et scruta l'obscurité.

Elle était tombée d'une grande hauteur — et elle avait frappé le sol à une vitesse vertigineuse...

Elle en tremblait encore de peur, et sa tête vibrait de l'impact.

Sauf qu'il n'y avait pas eu d'impact. Elle était au chaud et en sécurité dans son lit, dans sa chambre de la Tour.

Elle porta une main glacée à sa tête et battit des paupières. Un rêve... mais était-ce bien sûr ?

Un rêve de chute... qui la laissait tremblante, comme un vrai choc.

Elle s'efforça de revenir à la réalité, et son esprit se remit lentement à fonctionner. Toute sa vie, on lui avait dit que si on continuait à dormir pendant un rêve de chute, on mourait dans son sommeil. Or, elle n'était pas morte, et pourtant, elle avait heurté quelque chose de dur.

Elle avait toujours l'impression d'une véritable collision — mais on lui avait dit également qu'un télépathe assez puissant pouvait transformer l'illusion en réalité. Ce qui prêtait une certaine vraisemblance à la mort survenant dans un rêve de chute.

Elle avait mal à la tête. Elle frissonna. Était-ce un rêve ? N'était-ce pas plutôt un tremblement de terre qui lui avait donné l'illusion de tomber dans son sommeil, provoquant du même coup son cauchemar ?

Non, ce ne pouvait pas être un tremblement de terre, réalisa-t-elle aussitôt qu'elle l'eut pensé. Tout était calme dans la Tour. Sans réfléchir, elle projeta machinalement son esprit vers les autres résidents de la Tour. Fiora dormait paisiblement, et les deux fillettes dormaient aussi dans la chambre de Melora, blotties l'une contre l'autre comme des chatons. Seule la technicienne des relais était éveillée, mais si loin de la conscience ordinaire qu'elle aurait aussi bien pu se trouver sur une lune. La chambre de Léonie était calme et silencieuse, le vent du dehors gonflant à peine les rideaux. Pourtant, l'impression de désastre persista, le sentiment que, d'une façon ou d'une autre, elle avait violemment heurté quelque chose.

Le train d'atterrissage est bousillé... on n'est pas près de partir d'ici...

Mais qu'est-ce que c'était qu'un « train d'atterrissage » ? Et pourquoi aurait-elle voulu partir ?

Et maintenant que ses craintes refluaient, pourquoi était-elle toujours en pleine confusion ? Pourquoi avait-elle cette impression d'échec ?

Elle était à Dalereuth, pas dans les montagnes — ici, il ne neigerait pas de quelque temps — alors, pourquoi ce souvenir de vents violents et glacés contre lesquels elle devait batailler pour survivre ?

Cisaillements du vent. Qu'est-ce que c'était que ça ? Et pourquoi cela la remplissait-il de terreur ?

Cherchant à donner un sens à ces mots inconnus, elle réalisa soudain qu'ils n'appartenaient pas à une langue connue. Qu'elle avait perçu leur sens sans savoir avec précision comment ils étaient prononcés.

Ce simple fait lui fit entrevoir une partie de la vérité et elle commença à comprendre ; ces pensées, et peut-être même la chute et l'impact, n'appartenaient pas à sa vie. Elle les avait reçues de quelqu'un.

Léonie se détendit un peu. En tant que télépathe, elle avait plus ou moins l'habitude que des pensées d'origine inattendue s'infiltrent dans sa tête. En fait, elle était si accoutumée à se concentrer sur le sens qu'elle prêtait rarement attention aux paroles.

Ayant résolu l'énigme, elle se calma un court instant. Puis

de nouveau cette pensée : *elle n'avait pas compris les mots*. Des pensées étrangères exprimées en mots qu'elle ne comprenait pas — la peur l'étreignit de plus belle.

— Qu'est-ce qui m'arrive ? demanda-t-elle tout haut, remontant ses couvertures jusqu'à sa gorge.

Elle se rappela la veille de son arrivée à la Tour, et cette impression de danger imminent qui l'avait saisie en regardant les lunes.

Quelque chose nous menace ; quelque chose vient sur nous, quelque chose vient sur nous des lunes.

Elle ne savait pas alors ce que cela signifiait ; elle ne le savait toujours pas, mais elle *savait* pourtant que quelque chose menaçait son monde et tout son mode de vie.

Elle ferma les yeux et s'efforça d'isoler ce pressentiment de malheur. Elle ne vit qu'un paysage inconnu couvert de neige, qui aurait aussi bien pu se trouver sur l'une des lunes qu'elle craignait.

Mais il n'y a pas d'air sur les lunes...

Léonie n'avait jamais su que les lunes étaient des planètes, jusqu'au jour où son frère le lui avait appris — mais ça, c'était différent. Elle ne s'était jamais représenté les lunes comme des mondes, elle n'y avait jamais pensé. Mais maintenant, elle le savait avec certitude, de cette même source inconnue, et cette connaissance l'effrayait.

Pas d'air — des gens ne pouvaient pas y vivre. Alors, pourquoi les lunes seraient-elles une source de danger ? Et comment les relier à ce qu'elle venait de vivre ?

Pour une télépathe de la puissance de Léonie, les connaissances venaient souvent sans effort, par l'assimilation des pensées de son entourage. Elle savait beaucoup de choses dont elle ignorait l'origine ; cette expérience n'était donc pas nouvelle pour elle. Il n'y avait aucune raison qu'une chose aussi familière l'effraye aujourd'hui.

Pourtant, ça l'effrayait ; c'était la nature inconnue de l'information, et non de la source qui lui faisait peur. Elle avait involontairement reçu quelque chose de... d'un esprit *étranger*.

Et ce n'était pas tout. Elle continua à analyser sa peur. C'est alors qu'elle comprit ; les lunes et cette source de pensées étaient liées. Quelque chose dans la source de ces pensées la menaçait ; et pas seulement elle, mais l'existence de tout ce qu'elle connaissait et chérissait.

Elle s'allongea et se disposa comme pour dormir, mais elle ne dormit pas. Elle s'efforça de se concentrer sur la source inconnue de la menace. Elle tremblait dans l'obscurité, effrayée de braver le surmonde. Mais où pouvait-elle débusquer un danger venant des lunes, sinon dans le surmonde ?

Danger venant des lunes — danger accompagné de pensées qu'elle entendait mais ne comprenait pas. C'était absurde, même pour elle. Jusqu'à très récemment, elle croyait que les lunes étaient des lampes suspendues dans le ciel, bienveillant don des Dieux pour éclairer la nuit. Maintenant, elle les connaissait pour ce qu'elles étaient, aussi sûrement qu'elle connaissait la géographie de son propre Domaine ; c'étaient des boules de roc stériles, sans air et sans vie. Et pourtant capables d'entretenir une certaine forme de vie...

Elle se calma et se concentra sur sa quête. Puis, d'une simple pensée, elle sortit de son corps et entra dans cet étrange royaume où elle n'était allée qu'une ou deux fois, et encore, pas pour longtemps. Le surmonde, tel qu'elle l'imaginait et donc tel qu'elle le vit, était une vaste plaine grise et plate, sans aucune repère...

Non ; derrière elle se dressait la Tour, non pas Dalereuth telle qu'elle la connaissait, mais quand même reconnaissable. Elle était plus petite, sans marques distinctives, et semblait entourée d'une brume qui en voilait les détails ; sans doute, se dit-elle, parce qu'elle n'avait jamais bien regardé la Tour de l'extérieur, et qu'elle la voyait maintenant telle qu'elle l'imaginait. Au loin, mais pas si loin qu'elle était en réalité, se dressait une autre Tour, dont elle sut que c'était Arilinn. C'était la première preuve qu'elle avait que, dans cet espace, la pensée était réelle, et que tout paraissait comme elle l'imaginait.

Est-ce pour cela qu'on l'avait toujours exhortée à penser positivement ?

Cela signifie-t-il que le danger n'existe que dans la mesure où j'y crois ?

Non, ce serait trop simpliste, trop naïf ; mais cela signifiait qu'une attitude sans peur pouvait l'empêcher de s'inventer des dangers.

Elle s'étira, remarquant avec surprise que, dans cet environnement, elle était physiquement — si ce mot avait un sens ici — différente de ce qu'elle était dans le monde ordinaire. Pour commencer, elle paraissait plus âgée, et pleine d'une assurance qu'elle avait souvent cherché à simuler, avec des succès divers.

Cela signifiait que cette version adulte d'elle-même était sa vraie personnalité. Elle ne devait donc pas s'inquiéter quand elle cherchait à se rapprocher de ce modèle — elle ne faisait que se rapprocher de sa vraie nature.

Et n'était-ce pas ce que désiraient tous les professeurs et mentors ?

Ses longs cheveux flamboyants, généralement soigneusement nattés, lui tombaient jusqu'à la taille, flottant autour d'elle comme chez une héroïne de légende. Peut-être quelque grande *leronis* des Âges du Chaos...

Mais elle venait ici en mission urgente, et non pour s'admirer en héroïne de conte de fées ; à peine eut-elle formulé cette pensée, qu'elle se déplaçait dans le surmonde à la vitesse du vent, cherchant la source de ses craintes inexpliquées. Dans ce royaume, elle se mouvait à la vitesse de la pensée ; elle survola les plaines traversées en venant, parcourant en quelques secondes les distances qu'elle avait mis trois semaines à couvrir avec Lorill. Au loin, elle vit le Château Hastur, à la limite des Heller, et pensa à son frère. Elle se demanda si son jumeau, qui rêvait peut-être, allait la rejoindre. Elle se sentait terriblement seule, et souhaita ardemment qu'il la rejoigne, espérant que ce souhait aurait assez de force pour l'amener vers elle.

Mais elle ne le vit pas et continua seule.

Cette nuit, il y avait d'autres voyageurs dans le surmonde, formes silencieuses et errantes qui dérivaient comme des ombres. Aucun ne lui parla ni ne l'approcha, et elle se demanda s'ils l'avaient seulement vue. Rêvaient-ils, ou cherchaient-ils quelque chose dans ce monde astral ?

Qu'ils l'aient vue ou non n'avait d'ailleurs aucune importance car elle n'était pas là pour eux ; il ne lui aurait été que trop facile de se laisser distraire et de se perdre ; elle se reconcentra sur ce qui l'avait réveillée, et se retrouva brusquement dans un paysage de montagnes, fouettée par un vent glacé.

Elle réalisa qu'elle percevait le froid et le vent par un autre esprit, car dans le surmonde, il n'y avait ni froid ni vent.

Mais l'esprit de qui ?

Elle ne le savait pas ; c'était totalement étranger. C'était un humain pourtant, pas un homme-chat ou un de ces *chieri* à demi légendaires, mais un esprit étranger au sien. Une chose était toutefois absolument certaine : ce n'était pas une personne ou une chose qu'elle eût jamais contactée auparavant.

Brusquement, le vent tomba ; il continuait à hurler dehors, mais elle en était abritée. Elle réalisa qu'elle se trouvait maintenant dans un abri rudimentaire.

Puis elle le reconnut, même si l'esprit qui lui transmettait l'image ne le reconnaissait pas : c'était un de ces refuges pour voyageurs, si nombreux dans les montagnes. Et il était plein à craquer d'êtres humains.

Par ce temps ? Pourquoi un groupe si nombreux était-il sorti dans cette tempête ? Elle tâtonna mentalement, à la recherche d'indices lui permettant d'identifier son contact.

La vue lui vint alors, et elle se retrouva en train de regarder des hommes et femmes vêtus de façon bizarre. Tous, hommes et femmes, portaient d'épais pantalons et vestes, en un tissu curieusement lisse. Mais il n'y avait pas que leurs vêtements qui étaient étranges. Certains visages ressemblaient au sien et auraient pu appartenir à des gens de sa famille, même si peu d'entre eux avaient le teint aussi clair qu'elle. Mais plusieurs hommes et femmes avaient la peau d'un *brun foncé*, comme s'ils s'étaient frottés le visage d'une teinture quelconque. Mais pourquoi auraient-ils fait ça ?

Étaient-ils seulement humains ? se demanda-t-elle.

L'esprit lié au sien régla la question avec étonnement : *Naturellement que nous sommes tous humains*.

Pourtant, ceux à la peau sombre étaient totalement différents des hommes et des femmes que Léonie connaissait. Elle était si stupéfaite qu'elle faillit s'enfuir précipitamment, pour retrouver son corps et la sécurité familière de la Tour. Mais son étonnement et son intérêt — pour ne pas dire sa curiosité — furent les plus forts, et Léonie continua à les regarder en silence — car, dans cette situation, elle ne pouvait ni être vue, ni manifester sa présence, sauf peut-être, par le *laran*.

— Nous resterons peut-être ici un bon moment, disait quelqu'un. Le train d'atterrissage est cassé, et les trous du fuselage ne favoriseront pas le décollage ! J'ai peur que nous soyons coincés ici jusqu'à ce qu'on nous envoie une navette avec des pièces de rechange et du matériel pour les réparations — ou simplement pour la démonter, sauver ce qui peut l'être, détruire le reste et nous remmener sur l'astronef. Comme nous n'avons pas de blessés, nous pouvons nous occuper utilement avant l'arrivée des secours ; il faudra sans doute attendre au moins un jour avant qu'une navette puisse atterrir sans danger.

— Plutôt une semaine, marmonna quelqu'un. Ce n'est pas une tempête pour rire, là-dehors.

Léonie ressentit la peur que provoqua cette remarque chez son contact. Elle en reçut aussi l'impression que ce qu'ils pouvaient faire pour « s'occuper utilement » n'était qu'une panacée pour éloigner la panique, où les disputes pouvant survenir chez tant de gens entassés en si peu de place.

— Il y a des tas de choses simples que nous pouvons faire, dit l'un des hommes : prélever des échantillons de sol et d'eau...

— Mais ce sont les habitants qui m'intéressent, dit une femme. Il semble exister une civilisation très sophistiquée sur ce monde. Si la navette ne peut pas atterrir, ils pourraient peut-être nous aider...

— Tu sautes trop vite aux conclusions, Elizabeth, dit un homme d'une voix tranchante, et, rien qu'au ton de sa voix, Léonie le détesta immédiatement. On ne peut pas porter de jugements à partir d'une unique structure. Et qui dans son bon sens voudrait vivre ici ? Même si nous approchons de ce tas de pierres que tu as vu, nous n'y trouverons rien !

— Je n'ai pas dit civilisation technologique, j'ai dit sophistiquée, protesta la nommée Elizabeth. Ce n'est pas la même chose.

— On peut déduire beaucoup de choses même d'une unique structure, dit un homme près d'Elizabeth. Les maisons ne se construisent pas toutes seules. Et si cette — pour reprendre ton mot, Evans — structure n'est pas une maison, elle y ressemble beaucoup. Et il s'agit d'un bâtiment entier, et intact. Quand on pense à ce que les archéologues ont découvert à partir de quelques détritus trouvés dans des tas d'ordures datant de plusieurs millénaires, je dirais qu'on devrait apprendre beaucoup d'un édifice entier.

Surtout quand il est encore habité. Léonie entendit cette pensée, mais elle fut apparemment la seule, car le débat continua avec autant d'animation. Et elle reçut une autre pensée de son « hôte », à savoir que ces chamailleries à propos de rien, c'était exactement ce qu'ils craignaient, elle et celui qui avait parlé de « s'occuper utilement ».

— Je dirais que c'est un château, dit Elizabeth, au bord de l'hystérie. Ou quelque chose remplissant le même rôle...

— Ah, ça, c'est intéressant ; et quel est le « rôle » d'un château, au juste ? demanda Evans, sarcastique, espérant à l'évidence la faire sortir de ses gonds, mais Elizabeth répondit avec calme.

Elle se concentre pour ne pas craquer, pensa l'« hôte », qui ajouta mentalement : *Si seulement je pouvais en faire autant. Je devrais essayer...*

— Ce pourrait être la résidence d'un personnage important, ou une caserne pour les soldats, ou une place fortifiée...

— Tu anthropomorphises, dit un autre, que Léonie entendit.

Léonie comprit le mot par le souvenir de l'esprit d'où elle l'*avait reçu.* Erreur commune, *pensa son hôte, habitude d'attribuer des motifs ou projets humains à des choses inanimées ou non humaines.*

Mais, quand on est humain, comment penser à quoi que ce soit, sinon en termes humains ? Se demanda Léonie. Les pensées non humaines étaient à jamais inconnaissables ; on ne pouvait faire d'analogies qu'à partir de l'humain. Et même quand on avait le Don de télépathie avec des non-humains, on ne connaissait jamais leurs pensées, seulement leurs émotions et leurs sentiments.

— Et moi, je dis que si ça marche comme un canard, à

l'odeur du canard et fait « coin-coin », il y a de grandes chances que ce soit un canard ou quelque chose d'approchant, dit un autre. Il est probable que cette structure a été édifiée pour des humanoïdes ; elle est à l'échelle humaine. Si elle n'a pas été construite par et pour des humains tels que nous les connaissons, il y a de fortes chances pour qu'elle ait été construite pour des êtres qui leur ressemblent.

Ils se mirent à parler tous en même temps, Léonie ne distingua plus rien, et elle en profita pour regarder où elle était. Il n'y a pas de repères dans le surmonde, mais dehors, elle vit la silhouette du Château Aldaran, et la vieille Tour qui faisait toujours partie du château.

La Tour...

Cela lui rappela Dalereuth, et soudain, les pensées étranges et incompréhensibles de ces fous lui donnèrent la nausée. Elle aspirait à voir des choses qu'elle connaissait, des pensées qu'elle comprenait...

Puis elle se retrouva dans son corps à Dalereuth.

Elle resta allongée, immobile, rassemblant ses idées. Puis elle réalisa que sa responsabilité n'était absolument pas dégagée.

D'une façon ou d'une autre, il faut que je prévienne Aldaran qu'il y a un groupe d'étrangers perdus dans la tempête.

Elle le regretterait peut-être, mais sur le moment, il lui sembla impensable de laisser un groupe d'hommes et de femmes, quelle que fût leur étrangeté, à la merci d'une tempête des Heller.

Il n'y avait personne à qui demander conseil, même si elle en avait eu envie. Et c'est pourquoi Léonie toute seule mit en branle tous les événements qui suivirent.

Elle s'assit dans son lit et prit la robe de fourrure posée dessus. Puis elle s'immobilisa ; on l'accusait toujours d'agir d'abord et de réfléchir après. Elle s'arrêta donc pour réfléchir à la façon dont elle allait procéder.

Au bout d'un moment, elle se leva, glissa ses pieds dans des bottes d'intérieur doublées de fourrure, sortit dans le couloir et monta l'escalier menant à la salle des relais.

Une jeune fille en robe bleue de technicienne somnolait devant un grand écran ressemblant à du verre noir et luisant. A l'entrée de Léonie, elle se redressa légèrement et dit :

— Léonie ? A cette heure ? Qu'est-ce que tu veux ? Tu es malade ?

— Non, dit Léonie, s'interrompant pour réfléchir à ce qu'elle allait dire. Carlina, je suis sortie dans le surmonde, et il y a des étrangers...

— Le surmonde... mais tu n'es pas entraînée. Je crois qu'il faut en parler à Fiora, dit Carlina. Je n'ai pas l'autorité...

Léonie réprima son impatience. Apparemment, elle était plus impressionnée par le fait que Léonie fût allée dans le surmonde — sans entraînement — que par l'urgence qui l'amenait !

— ... oh Fiora, te voilà, termina-t-elle avec un soupir de soulagement comme la porte s'ouvrait pour livrer passage à la Gardienne, vêtue de ses robes pourpres. J'espère que je ne t'ai pas réveillée.

— Non, dit Fiora, tournant vers elle ses yeux aveugles. Mais j'entends toujours quand quelqu'un remue dans la Tour à une heure inusitée. Léonie, qu'est-ce que tu as ? Pourquoi n'es-tu pas dans ton lit ? Il est très tard — je devrais plutôt dire très tôt — pour être debout. Et tu es en tenue de nuit...

Elle lui parlait comme à une gamine, et Léonie réprima sa contrariété, car l'enjeu dépassait de beaucoup en importance le fait d'être traitée comme une enfant. Plus elle y pensait, plus ces étrangers lui semblaient importants. Ils étaient importants — pour quelque chose.

Et franchement, ils ne semblaient pas capables de survivre par eux-mêmes dans une tempête des Heller. Il fallait que quelqu'un s'occupe d'eux.

Elle dit, aussi sobrement et sérieusement qu'elle le put :

— Oui, je savais que c'était à toi qu'il fallait le dire, mais je ne savais pas si je pouvais te réveiller. J'ai été dans le surmonde, Fiora, et j'ai vu quelque chose...

Elle s'arrêta, paralysée par l'impossibilité de dire exactement ce qu'elle avait vu. Fiora sentit son hésitation, et dit, avec un peu d'irritation :

— Eh bien, qu'est-ce que tu y as vu et que pouvons-nous y faire ? Car tu es venue parce que tu pensais que nous pouvions et devions faire quelque chose, je suppose.

Devant son ironie, Léonie retrouva son aplomb.

Elle pense que j'ai fait un cauchemar et que je n'ai pas fait ce que je dis...

— Fiora, j'ai perçu une sorte de péril ou danger, j'en ai cherché la source, et j'ai vu des étrangers, dit Léonie. Des étrangers, perdus dans un refuge près d'Aldaran, en pleine tempête.

L'intérêt de Fiora monta d'un cran.

— Est-ce que tu les connais ? Est-ce que ce sont des gens que tu as déjà vus ?

— Non aux deux questions, répondit Léonie, secouant la tête.

Puis une idée lui revint, et elle rectifia :

— Je crois que j'ai peut-être été en contact télépathique avec l'une des femmes, par l'intermédiaire de sa musique — un instrument très étrange...

Fiora écarta la remarque d'un geste désinvolte.

— Et ces gens sont perdus dans la tempête ? Tu en es certaine ? Près d'Aldaran ?

Carlina dit humblement :

— C'est sans doute exact. Je sais par le relais de Tramontana qu'une terrible tempête fait rage entre Aldaran et Caer Donn.

Fiora retourna mentalement le problème.

— S'il y a des étrangers perdus dans la tempête, nous devons leur envoyer des secours quelconques.

Elle se tourna vers Léonie.

— Tu en es certaine ? Tu jures sur l'honneur de ta famille que ce n'est pas un cauchemar d'enfant ?

Léonie acquiesça de la tête.

— Ils semblaient très... étrangers, ajouta-t-elle. Je crois vraiment qu'ils ne sont pas capables de survivre par eux-mêmes dans une tempête des Heller, Fiora. Ils avaient l'air aussi...

Elle s'interrompit, cherchant ses mots.

— ... aussi impuissants qu'un lapin cornu dans le désert.

Sur un signe de Fiora, Carlina passa à l'action.

— Je préviens immédiatement la Gardienne de la Tour d'Aldaran, en lui demandant de faire rechercher ces étrangers.

Mais Fiora avait une autre question.

— Tu as dit que c'étaient des étrangers. Des intrus ? Des envahisseurs ?

Elle vint se placer devant l'écran tandis que Léonie répondait :

— Pas des envahisseurs, non. J'ai senti qu'ils étaient étrangers et perdus, mais je n'ai perçu en eux aucune intention d'invasion.

— Bon, je fais confiance à ton instinct, dit Fiora. Ta vigilance aura sans doute sauvé des vies cette nuit, c'est pourquoi je ne te demanderai pas ce que tu faisais dans le surmonde, Léonie.

Sans qu'elle sût pourquoi, cela exaspéra Léonie. Pour qui la prenait-elle, Fiora ? Pour une enfant ignare, pour qui le surmonde était un lieu étrange et dangereux ?

Ne pourrait-elle jamais rien faire sans l'autorisation de Fiora ?

Mais elle réprima son orgueil au souvenir de leur accord.

— Je suis désolée ; je savais que je ne devais rien faire sans t'en parler, mais je n'ai pas pensé à mal. Je... je suppose que, si loin de chez moi, ma famille me manquait, et mon frère aussi...

Elle avait l'air si malheureux que Fiora dit avec bonté :

— Tout est bien qui finit bien, Léonie. Mais la prochaine fois, ne sors pas sans être accompagnée ; tu connais si peu les dangers du surmonde. Maintenant, je vais parler à la Gardienne d'Aldaran par les relais.

Elle prit sa place devant le grand écran.

Au bout d'un moment, Léonie l'entendit — pas en paroles, mais Léonie reçut facilement ses pensées.

Marisa ? L'une de nos novices s'est aventurée dans le surmonde et elle a vu des étrangers perdus dans la tempête qui souffle chez vous. Il neige toujours ?

Oui, il est tombé onze pouces de neige depuis qu'elle a commencé, et ça va continuer pendant un ou deux jours, répondit la voix de Marisa. *Je crois que je n'aimerais pas me trouver dans une tempête pareille, même dans le surmonde.*

C'est que Léonie est jeune et intrépide, dit Fiora, et, malgré sa réprobation, Léonie crut discerner une nuance de fierté dans sa voix mentale. *C'est une fille des Hastur, et elle a l'ambition de devenir Gardienne.*

Très bien. J'enverrai une équipe de secours dès que la neige cessera. Et je te donnerai de leurs nouvelles — si nous les trouvons.

Oh, si Léonie dit qu'ils sont là, ils y sont. Je la connais assez pour savoir qu'elle ne se livrerait pas à ce genre de farce. Et elle est en âge de connaître la différence entre un cauchemar et une vision authentique.

Fiora s'écarta de l'écran et se tourna vers les jeunes filles. Une fois de plus, Léonie admira l'aisance avec laquelle elle se mouvait dans sa nuit éternelle.

— Les relais sont à toi, Carlina. Destry viendra te relever dans une heure ou deux, je crois ?

— Oui, Fiora, répondit Carlina en hochant la tête.

Fiora fit une pause, puis tourna le visage vers Léonie.

— Voilà une question réglée, dit-elle. Nous n'aurons pas de nouvelles avant qu'il cesse de neiger et qu'Aldaran envoie une équipe de secours à leur recherche. En attendant, viens avec moi, Léonie. Parle-moi de ces étrangers, et de ce qui t'a pris de faire une chose pareille. Chaque fois que tu sors de ton corps, tu devrais être monitorée. Tu ne le savais pas ?

Elle ne semblait pas en colère — seulement fatiguée et un peu inquiète. Ce n'était pas vraiment une réprimande, et Léonie ne sut que dire :

— Non, *domna*.

Fiora soupira.

— Que vais-je faire de toi, Léonie ? Tu as tant de talent, mais tu es si téméraire ! dit-elle, presque désespérée. Tu dis que ces gens ne sont pas des envahisseurs, et pourtant ce sont des étrangers. Qui sont-ils, d'après toi ?

Léonie se mordit les lèvres, partagée entre son désir de se confier à sa Gardienne, et la crainte d'être ridicule.

— Je sais que ça peut sembler ridicule, mais je crois que ces gens viennent... des lunes. Et avant ça... de plus loin que les lunes.

Elle s'attendait à voir Fiora éclater de rire, et aurait presque été soulagée qu'elle ridiculise ses craintes. Des *chieri*, des Séchéens, ou même des gens d'au-delà le Mur Autour du Monde auraient été moins effrayants que ces gens avec leurs pensées bizarres. Mais Fiora avait l'air très grave.

— Tu n'avais aucun moyen de le savoir, dit-elle après un instant d'hésitation, mais selon une antique légende — datant d'avant même l'époque des Dieux — notre peuple serait venu d'au-delà des étoiles. Ce n'est qu'un vieux conte, mais ce que tu as dit me l'a rappelé.

Léonie releva la tête, soulagée et alarmée à la fois.

— Alors, ce que j'ai dit n'est pas totalement fou ? Je sais qu'il n'y a pas d'air sur les lunes, et que personne ne peut y vivre, dit-elle. Alors, je me suis sentie très bête en disant ça.

— Non, dit Fiora avec sérieux. Quoi que ce soit, ce n'est ni bête ni fou. Maintenant, que ce soit ou non une folie de les sauver, nous ne le saurons pas avant de les avoir retrouvés. Et cela va prendre un certain temps. Retourne te coucher, Léonie, ou, si tu n'as pas sommeil, ajouta-t-elle, si vivement que Léonie se demanda si elle lisait dans ses pensées, va t'allonger pour te reposer, ou étudier si tu préfères.

Au bout d'un instant, elle ajouta :

— Quelle que soit l'issue de cette affaire, je te promets de t'en donner des nouvelles dès que j'en recevrai.

CHAPITRE IX

Finalement, après avoir subi pendant ce qui semblait une éternité les hurlements du vent et les querelles des collègues, la neige cessa. Le refuge sembla un petit peu plus spacieux dès que la moitié de ses occupants se furent rués dehors à la fin de la tempête. Ysaye resta à l'intérieur, recroquevillée près du feu, s'efforçant de ne pas éternuer car la fumée de la cheminée lui piquait le nez. Elle craignait de ne jamais débarrasser ses cheveux de cette odeur de fumée ; et elle *savait* qu'elle n'arriverait plus jamais à se réchauffer. Rentrant quelques instants plus tôt, David lui avait dit qu'il faisait beaucoup plus chaud que pendant la tempête. Mais, bien qu'entendant l'eau dégoutter du toit sur les congères, elle ne se laissa pas impressionner par ce prétendu « redoux ». Une température à peine supérieure au point de congélation, c'était encore bien trop froid pour elle. Elle espérait que l'astronef leur enverrait bientôt une navette pour les ramener à bord. Si c'était ça, l'exploration planétaire, elle allait se cacher dans les entrailles de l'ordinateur, et ne plus jamais en sortir.

Non que cette bâtisse, qui semblait être un refuge d'urgence, ne fût pas intéressante à sa façon. Suivant les suggestions du Commandant Britton, Elizabeth s'était mise à cataloguer avec enthousiasme tout ce qu'il contenait, dès qu'ils avaient été un peu organisés. Puis, blottis sous des couvertures d'urgence sauvées de la navette, elle et David avaient longuement discuté de chaque objet. Mais Ysaye préférait de beaucoup apprendre tout cela de sa banque de données, et pas sur le tas. En fait, elle aurait préféré ne rien en apprendre du tout.

Pour Ysaye, la plupart des hypothèses à tirer de cet endroit étaient assez évidentes. Elle était sûre que tous les autres partageaient sa sincère reconnaissance à l'égard de ceux qui avaient construit cet abri, et qui devaient ressentir le froid de la même façon qu'eux. Ce refuge était de construction aussi solide que le permettait une technologie primitive, et il y avait du bois en abondance, empilé près de la cheminée rudimentaire. Cela dénotait, soit de l'altruisme — selon Elizabeth —, soit un trait de caractère plus pratique — la conviction que n'importe qui pouvait être surpris par la tempête, et que les habitants de cette planète érigeaient ces abris par « intérêt bien compris ».

Evans avait été le plus insupportable pendant leur réclusion forcée, et depuis qu'il était sorti, sa migraine se calmait, laquelle s'était ajoutée à la légère commotion cérébrale soufferte au moment du crash. A l'évidence, il trouvait ce long confinement en compagnie de tout un groupe aussi insupportable qu'Ysaye ses récriminations, et sa migraine venait de l'irritation croissante qu'il lui inspirait. Dès que la neige avait cessé, le Commandant Britton avait suggéré à Evans de sortir de l'abri, qui semblait destiné au bétail, pour analyser les plantes fourragères stoquées sous un appentis. Le silence qui avait suivi était aussi réconfortant que l'aurait été une bonne tasse de chocolat chaud.

Le Dr Lakshman s'assit près d'Ysaye devant le feu.

— Enfin, silence et tranquillité, soupira-t-elle. Comment va ta commotion cérébrale ?

— Je crois que la migraine consécutive à la commotion vient de s'envoler, dit Ysaye. Et si certains restent dehors, ma migraine d'énervement s'envolera aussi.

Aurora Lakshman secoua la tête.

— J'aime mieux ne pas penser à ma réaction si certaine personne tombait du haut d'une falaise, dit-elle avec ironie. Ce refuge n'est pas assez grand pour abriter à la fois Evans *et* son ego, c'est tout.

— Aurora, remarqua Ysaye, nous resterions quand même à six — et je crois que les bâtisseurs de cet abri l'ont prévu pour des gens soit moins nombreux, soit plus petits.

— Ou pour des gens moins râleurs, dit Aurora. Si Evans avait dit un mot de plus sur la qualité des rations de survie, je crois que je l'aurais assommé.

— Il faut dire qu'on a mangé meilleur, acquiesça Ysaye. Mais elles ne sont pas pires que ce qu'on nous servait pendant l'entraînement ou les rations de survie du désert.

— Personnellement, je les trouve même un peu meilleures, dit Aurora. Et les récriminations et jérémiades quand on a été forcés de manger les provisions stockées *ici* ! J'étais prête à l'étrangler ! Il en a fait une analyse scientifique de premier ordre, mais on aurait pu se passer de son avis sur leurs qualités gastronomiques.

— Ou de ses comparaisons gustatives, grimaça Ysaye. Je croyais que les garçons perdaient l'habitude de dégoûter les gens à l'adolescence !

Aurora gloussa.

— Au moins, ses techniques d'analyse sont excellentes. C'était quand même un soulagement de savoir que ces aliments étaient comestibles, sinon, nous nous serions sérieusement affaiblis après l'épuisement de nos propres vivres.

Elle grimaça.

— Je trouve les provisions très insuffisantes en cas d'urgence de ce genre. D'accord, nous n'étions pas censés rester si longtemps, mais notre situation aurait facilement pu être pire, et dans ce cas, nous commencerions à avoir des morts.

Elle regarda Ysaye, emmaillotée dans deux couvertures de survie.

— Comment ça va, à part tes migraines ? demanda-t-elle.

Ysaye haussa les épaules, s'efforçant de prendre l'air désinvolte.

— J'ai froid, comme tout le monde, j'imagine. Sauf Evans, qui apparemment a le sang froid !

— C'est vrai que nous avons tous froid, dit Aurora, mais tu es la moins faite pour cet environnement. MacAran et nos tourtereaux, dit-elle, montrant Elizabeth et David, descendent de peuples adaptés au froid, alors que tes ancêtres ont évolué en Afrique.

— Sur Terra, tout le monde descend d'ancêtres qui

vivaient en Afrique, remarqua Ysaye. Cela a été prouvé au XXe siècle.

— C'est vrai, concéda Aurora. Mais les tiens y sont restés plus longtemps que ceux qui sont devenus des Caucasiens. De plus, la couche de graisse superficielle qui nous isole contre le froid est très réduite chez toi. Sur l'astronef, tu fais si consciencieusement ta gymnastique — sauf quand tu es absorbée par un projet spécialement intéressant, bien sûr...

— Tu me connais trop bien, dit Ysaye en riant.

— C'est difficile de cacher quelque chose à son docteur, dit Aurora en souriant. Mais comment te sens-tu ?

— Bien, tant qu'on ne me demande pas d'aller randonner dans la neige, dit Ysaye. Un pas dehors, et je gèle sur place !

Aurora hocha la tête en souriant.

— Parfait. Tant que ça ira pour toi, ça devrait aller pour nous aussi. Imagine que tu es une variante du canari dans la mine de charbon.

— Je crois que le rôle me va bien, acquiesça Ysaye. Au moins, par ce froid, je n'ai pas à craindre le rhume des foins — ou tout autre allergie au pollen. Juste l'allergie à la poussière de la paille, et une légère irritation due à la fumée. Et je n'ai pas encore épuisé mes médicaments.

— C'est vrai, j'avais oublié tes allergies, dit le docteur, soudain inquiète.

— En situation normale, tu n'avais aucune raison d'y penser, dit Ysaye avec insouciance. A bord, rien ne me perturbe, et je ne me porte jamais volontaire pour les atterrissages. Je ne sais pas pourquoi je fais partie de cette équipe, et franchement, c'est un honneur dont je me serais bien passée.

— J'hésite à le dire à une scientifique de ta réputation, dit Aurora avec un grand sourire, mais il paraît que le Capitaine a eu un pressentiment.

Ysaye en resta bouche bée.

— Le Capitaine Gibbons m'a incluse dans cette galère à cause d'un *pressentiment* ! dit-elle avec indignation.

Elle prit une profonde inspiration et expira lentement.

— Au retour, je pourrais bien programmer l'ordinateur pour qu'il « perde » tous les enregistrements d'opéra pendant quelques mois. Mais ça explique pourquoi je ne trouvais aucune explication logique à ma participation à cette petite sauterie.

— Si l'on peut dire, dit le Commandant Britton en entrant.

— Nous avons quand même un feu de camp, dit Ysaye avec un sourire ironique.

— Dommage qu'on ait oublié la guimauve, ajouta Aurora d'un ton léger. Il faudra que je l'ajoute à la liste des provisions à prévoir pour la prochaine fois qu'une navette s'écrasera à l'atterrissage.

MacAran grimaça, et Ysaye le plaignit. Le pilote prenait très mal son échec.

— En fait, étant donné les circonstances, c'était un très bon atterrissage, remarqua doucement Ysaye. Après tout, nous sommes tous vivants — quoique, avec ma migraine, je ne sais pas si je dois m'en réjouir !

— Merci de votre gentillesse, dit MacAran, sans chercher à dissimuler son amertume. Viendrez-vous témoigner à mon procès ?

Ysaye secoua la tête.

— Vous savez parfaitement, Commandant, qu'on nous demandera à tous de témoigner, et je crois qu'il n'y aura personne pour vous critiquer. Pour ma part, je dirai au Capitaine que c'était inévitable, et que vous avez sauvé l'essentiel dans des conditions impossibles.

Avec un grand sourire, elle ajouta en plaisantant pour le tirer de sa déprime :

— Comme ça, peut-être qu'on ne déduira pas le prix de la navette de votre solde.

— Continue, dit Elizabeth, entrant dans le jeu. Dis que c'est la faute du rapport météo, et c'est de la mienne qu'on le déduira !

La porte s'ouvrit soudain et Evans entra en coup de vent.

— Quelle adaptation ! Vous n'arriverez pas à le croire ! Ici, les arbres enferment leurs fruits dans des sortes de gousses pour les protéger de la neige, gousses qui s'ouvrent quand la température se réchauffe, afin que la croissance ne s'interrompe pas !

Il avait l'air heureux comme un gosse avec un nouveau jouet, ce qui représentait une nette amélioration par rapport à son comportement pendant la tempête. Ysaye comprenait sa réaction ; cette découverte pourrait être le sujet d'un article scientifique qui lui vaudrait un prestige certain dans le petit monde des xénobotanistes. Ce genre de découverte, propre à mettre en émoi les milieux académiques, était rare dans le Service Spatial ; en fait presque toute la recherche en xénobotanique se faisait au niveau cellulaire ou moléculaire, et quelqu'un comme Evans n'avait ni le temps ni l'occasion de se livrer à ce genre d'études. C'était un xénobotaniste de terrain ; c'était à lui de décider si une plante donnée était mauvaise, neutre ou bonne pour les humains. Il n'avait pas à faire de recherches en dehors de ce domaine — et, pensa Ysaye avec rosserie, elle n'était pas certaine qu'il veuille prendre le temps de les faire sur celui qu'il consacrait à ses explorations personnelles (assez bien attestées par la rumeur) parmi les drogues récréatives.

Il attira à l'écart le Commandant Britton et se mit à lui faire son rapport à une telle vitesse qu'Ysaye eut du mal à le suivre et y renonça bientôt.

Puis quelqu'un tambourina à la porte, et tous levèrent les yeux, étonnés. Depuis une heure, ils revenaient tous les uns après les autres, et personne n'avait ressenti le besoin de frapper — cela aurait été ridicule...

Une fraction de seconde plus tard, ils se regardèrent, se comptant mutuellement. Ysaye fit comme les autres, et arriva à la même conclusion. Ils étaient tous là, ce qui signifiait que le quelqu'un qui frappait... ou le quelque chose...

La peur tomba sur eux comme un linceul. Pendant un moment, ils furent tous comme paralysés.

Puis, soudain, avant que personne ait pu l'arrêter, le Commandant MacAran s'avança et ouvrit la porte.

Au grand étonnement d'Ysaye — et à son grand soulagement aussi, car quelque intéressants qu'eussent été des indigènes vraiment différents, dans leur situation actuelle, elle préférait se trouver devant des êtres avec qui il fût possible de communiquer — les hommes debout sur le seuil avaient l'air parfaitement humains. Pas de griffes, pas de crocs — et sauf s'ils dissimulaient des surprises sous leurs vêtements, ils semblaient « hommes » à quatre-vingt-dix-neuf pour cent.

Ils étaient quatre : grands, blonds, vêtus de plusieurs couches d'épais vêtements superposées — larges pantalons, capes tombant à mi-cuisse, hautes bottes. Ils avaient les cheveux longs, et certains étaient barbus, ce qu'Ysaye trouva étrange, vu que personne à bord ne portait la barbe.

MacAran s'adressa à eux en Standard, puis constatant sans surprise qu'on ne le comprenait pas, il essaya de leur expliquer par signes qu'ils avaient échoué là après le crash de leur navette, mais, à l'évidence, le message ne passa pas. Connaissaient-ils seulement le concept de « vol » ? se demanda Ysaye. Elle trouvait impossible que l'aviation se soit développée dans une région aussi accidentée et sous ce genre de climat.

Le chef de l'étrange groupe leur fit alors des signes semblant indiquer que le temps allait encore empirer. Il termina en leur faisant signe de les suivre.

MacAran regarda les autres.

Le Commandant Britton hocha la tête — dubitatif, mais il acquiesça quand même. Elizabeth et David acceptèrent immédiatement. Le docteur fit la moue et regarda attentivement les étrangers, puis acquiesça à son tour.

Evans hocha la tête d'un air impatienté. Pas étonnant, se dit Ysaye. Il était toujours prêt à chercher de nouveaux avantages, et il ne s'était que trop bien préparé à exploiter ce monde, avant même d'être sûr qu'il était habité. En ce moment, sans doute qu'il examinait les indigènes, cherchant la façon la plus rapide d'en tirer bénéfice.

Seule, Ysaye hésitait encore ; elle n'avait pas envie de suivre ces gens, qui ou quoi qu'ils fussent. Elle ne les croyait pas malintentionnés — mais elle avait un pressentiment bizarre. Comme si quelque chose essayait de lui dire que, si elle allait avec eux, elle tomberait dans un danger qu'elle ne pouvait même pas imaginer.

MacAran lui lança un regard interrogateur, mais tous les autres étaient déjà d'accord. Elle acquiesça de la tête, ils rassemblèrent leurs affaires et sortirent derrière les étrangers.

L'un des quatre s'engagea sur un étroit sentier de neige damée, ce qui pouvait se faire de mieux en fait de route sans lourds engins. Les Terriens lui emboîtèrent le pas, marchant par force à la queue leu leu, les trois autres indigènes fermant la marche.

Ysaye peinait sur le chemin, emmaillotée dans ses couvertures, et clignant des yeux dans la réverbération du soleil sur la neige. L'air était assez froid pour que son haleine se transforme en buée, mais il se réchauffait d'instant en instant. Boutons et feuilles semblaient surgir de branches dormantes, certains se déployant sous ses yeux, comme dans un film au ralenti. Evans devait avoir raison — les feuilles et les bourgeons avaient été « enfermés » pendant le froid. Mais elle eut l'impression que les « gousses » se rabattaient contre les tiges, au lieu d'être éjectées. Ce qui était plus logique, car ainsi, elles pouvaient resservir au lieu d'être perdues à chaque tempête suivie de dégel.

Ysaye était fascinée. Et elle comprenait pourquoi cette évolution révolutionnaire était normale ici. Si la tempête qu'ils avaient essuyée était typique du climat local, la nature avait dû s'adapter. Car si les arbres et les arbustes perdaient leurs feuilles à chaque ouragan, ils ne survivraient pas. Et si les plantes herbacées mouraient chaque fois que la température tombait au-dessous de zéro, elles n'auraient jamais le temps de produire des graines. En plus de leur épiderme cireux, leurs gousses protectrices, et leurs réactions tropiques au froid et au chaud, les végétaux devaient avoir quelque chose comme de l'anti-gel dans la sève. C'était une adaptation fascinante.

Ils montèrent une longue colline, descendirent dans une petite vallée, et arrivèrent dans ce qui semblait un village — groupement de petites bâtisses sans ou à un seul étage ; impossible de dire si c'étaient des habitations, des étables ou les deux. Mais plus loin, à mi-pente d'une autre colline, se dressait l'édifice qu'ils avaient vu de la navette, et qu'Elizabeth avait baptisé « château ».

Plus qu'imposant pour les Terriens, c'était une construction de pierre grise qui dominait le village et ses habitants d'un air protecteur. Il avait de nombreux étages et tours, et sa technologie était aussi avancée, par rapport à celle de l'abri où ils avaient trouvé refuge, que celle de la navette l'était par rapport à lui. Ce château d'Elizabeth était certainement ce qu'ils avaient vu de plus impressionnant sur la planète ! Ysaye sentit son moral remonter. Toute culture capable de produire une structure comme celle-là devait être bien organisée et au moins assez sophistiquée pour avoir quelque connaissance des mathématiques et de l'ingénierie. Elle préféra ne pas s'attarder sur les autres implications possibles — à savoir que toute civilisation capable de produire une structure semblable, et à l'évidence défensive, devait avoir quelque chose contre quoi se défendre.

Les indigènes leur firent franchir une succession impressionnante de grilles et de portes, puis ils entrèrent dans l'édifice.

Ils s'arrêtèrent un moment dans une sorte d'antichambre. Les étrangers se consultèrent, puis l'un d'eux partit tout seul. Ysaye examina les quelques meubles de la pièce — surtout des bancs et des tables de bois, lourds et fonctionnels. Comme c'était bizarre — ici, le bois était si commun qu'ils en construisaient des maisons, alors que sur Terra, il était devenu si cher qu'un seul de ces bancs aurait représenté une année de salaire pour Ysaye.

Finalement, une femme apparut, et fit signe à Elizabeth, Aurora et Ysaye de la suivre.

Cherchaient-ils à les diviser ?

Ysaye lança un regard alarmé au Commandant Britton, qui secoua la tête.

— Faites ce qu'elle vous dira, dit-il aux trois femmes. Je ne crois pas qu'ils nous veuillent du mal pour le moment. Et d'ailleurs, vous êtes toutes entraînées au close combat ; vous ne risquez rien. A mon avis, ils n'attendent pas d'une femme qu'elle soit entraînée à se battre.

Ysaye se mordit nerveusement les lèvres, mais elle n'avait pas le choix. La femme les précéda dans l'escalier et les introduisit dans une chambre spacieuse, plus longue et plus large que leur refuge, et garnie de meubles manifestement humains — des tabourets, un ou deux fauteuils, des commodes, quelques tables basses, et des bancs tout le long du mur de la cheminée. Il y avait déjà une autre femme, servante apparemment, qui sortit des vêtements d'une grande commode. La première leur fit signe de suivre les instructions de la servante, et sortit. Ysaye était un peu nerveuse, mais elles étaient trois contre une ; au besoin, elles parviendraient certainement à neutraliser cette indigène assez primitive. Les vêtements étaient adaptés au climat local et au chauffage déficient ; un feu brûlait dans la cheminée, mais il ne réchauffait guère la pièce. Après une longue hésitation, et tandis que la servante émettait des bruits encourageants, les trois Terriennes se dépouillèrent de leurs uniformes trempés et revêtirent le costume local. C'était ça, ou attraper froid.

Ysaye fut réconfortée à la vue des épais jupons et jupes, tout en se sentant un peu ridicule que la servante soit obligée de lui montrer comment les enfiler. Il y avait des couches et des couches de jupons et de camisoles de flanelle, surmontées de blouses et de jupes de lainage écossais multicolores. Ysaye, habituée à son pantalon et à sa tunique d'uniforme, se demanda comment elle allait pouvoir bouger en cet équipage.

Enfin, c'était chaud, au moins, et elle savait que, sur Terra, les femmes avaient porté des jupes semblables pendant des siècles. En fait, quand elle regarda Elizabeth, elle eut la curieuse impression de voir une très ancienne photo revenue à la vie. Elizabeth semblait très à son aise dans ce costume. Ysaye trouvait toujours un peu bizarre de baser les vêtements sur le sexe plutôt que sur les activités de leurs propriétaires, mais elle supposa que c'était normal pour ces gens.

La servante leur donna une lotion parfumée et leur fit signe de s'en frictionner les mains, les pieds et le visage. Aurora l'examina attentivement et s'en versa un peu dans les paumes.

— On dirait une lotion contre les gerçures ou les gelures ; je parierais qu'ils s'en servent souvent, ici. Et c'est sans doute bon pour les brûlures également. Et les brûlures doivent être assez fréquentes aussi, termina-t-elle en regardant la cheminée.

La femme qui les avait amenées dans cette pièce reparut, leur fit signe de redescendre avec elle, et les introduisit dans une salle encore plus grande, où elles virent des tables chargées de plats de viandes froides, d'une sorte de pain lourd et compact, et de pichets de boisson chaude. Des groupes d'indigènes étaient en train de manger, et les regardèrent avec curiosité à leur entrée.

— On peut manger ces trucs-là ? demanda Ysaye, dubitative.

Aurora haussa les épaules.

— On a bien mangé les rations dans le refuge. C'est la même chose, mais en frais — viande fraîche au lieu de viande séchée, pain frais au lieu de biscuit de troupe. Pour la boisson, je ne sais pas, mais si elle n'est pas alcoolisée et ne te déclenche pas de réactions allergiques, je dirais que tu peux y aller.

Ysaye s'assit avec les autres à une longue table de bois, et goûta prudemment la boisson, en prenant quelques gouttes sur sa langue et attendant le picotement annonciateur d'une violente allergie. Au bout d'une minute, comme rien ne se passait, elle but quelques gorgées, maintenant à peu près sûre que, même si cette boisson la rendait malade par la suite, elle ne déclencherait pas chez elle de choc allergique qui la tuerait avant qu'on ait eu le temps de lui porter secours.

Cela ressemblait beaucoup à du chocolat chaud, en plus amer. Il y avait aussi quelque chose qui, à l'évidence, était de la bière, mais, après en avoir bu une petite gorgée, Ysaye décida qu'elle lui plaisait encore moins que la bière terrienne, qu'elle trouvait tout juste bonne pour se laver les cheveux. Les chopes étaient grandes, avec des visages sculptés d'un côté, et Ysaye réalisa que, soit les têtes étaient faites pour regarder le buveur, soit que...

Aurora, assise à sa droite, avait apparemment fait la même observation.

— Regarde les tables, Ysaye, murmura-t-elle. Ils sont presque tous gauchers.

— Tu as raison, répondit Ysaye. Dis à Elizabeth de faire attention à son coude — ça ferait mauvais effet qu'elle expédie des coups dans les côtes de son voisin.

— Je voudrais pouvoir leur parler, dit Aurora. J'aimerais bien savoir ce qu'ils ont comme médicaments.

Ysaye lorgna d'un air circonspect le sandwich qu'elle s'était confectionné, espérant que tous ses ingrédients étaient aussi inoffensifs qu'ils en avaient l'air.

— Ce serait bien de pouvoir envoyer un message au vaisseau, dit-elle, regardant subrepticement les indigènes. Ils ont tous l'air de souche terrienne, mais apparemment, ils ne parlent pas le Standard.

— Environ une demi-douzaine de vaisseaux se sont perdus avant l'institution du Standard, dit Elizabeth, qui prêtait une oreille attentive au brouhaha des conversations. J'ai quelques notions des langues anciennes, et, je n'en suis pas sûre, mais il me semble reconnaître un mot par-ci, par-là.

— Maintenant que tu en parles, dit Ysaye, un peu surprise, je vois ce que tu veux dire. C'est un peu comme de chercher à identifier un morceau de musique qu'on n'a jamais entendu, mais d'un compositeur dont on connaît bien le style.

— C'est peut-être effectivement une colonie issue de l'un des Vaisseaux Perdus, dit Elizabeth, très excitée. Je me demande d'où il venait. Vous avez une idée ?

— Je crois qu'on peut éliminer celui du Zaïre en toute sécurité, dit Ysaye avec ironie. Ils nous regardent, moi et le Commandant Britton, comme si c'était la première fois qu'ils voient des peaux noires. Et ils ont tous l'air de souche nordique. Cela devrait limiter les recherches — dès que j'aurai retrouvé mon ordinateur et que je pourrai consulter les listes de passagers des anciens vaisseaux !

— Mais s'ils étaient d'origine terrienne, ne devraient-ils pas comprendre un peu mieux ce que nous leur disons ? demanda Aurora. Après tout, la langue n'a pas pu changer à ce point !

— Tu crois ça ? gloussa Elizabeth. Je vais être obligée de te désillusionner !

— Mais, protesta Aurora, il y a des termes médicaux qui n'ont pas changé depuis des millénaires !

— S'ils sont vraiment issus d'un des Vaisseaux Perdus, dit Ysaye, la langue a eu plus de deux mille ans pour évoluer.

Elle regarda Elizabeth qui approuva de la tête.

— Ça fait beaucoup, poursuivit-elle. Regarde les différences entre le Vieil Anglais et le Moyen Anglais — et la langue était confinée sur une toute petite île, avec seulement quelques siècles entre ces deux états.

— Petite île, si ma mémoire est bonne, plusieurs fois envahie par des étrangers, dit Elizabeth.

Ce qui les fit dévier sur une autre idée. La nature manifestement défensive de cet édifice signifiait que ces gens étaient assez souvent attaqués. Dans ce cas, est-ce qu'on les soupçonnait d'être des ennemis ?

— S'ils nous prennent pour des envahisseurs, dit Aurora, montrant un groupe qui entrait, en tout cas, ça ne les empêche pas de nous traiter avec tous les égards. Ils nous donnent vêtements et nourriture, et nous font même participer aux divertissements.

Elizabeth se retourna.

— Des ménestrels, dit-elle, mi-ravie, mi-dubitative. Il me tarde d'entendre leur musique ! S'ils sont vraiment des descendants d'un Vaisseau Perdu, je reconnaîtrai peut-être certains airs — la musique change toujours moins que les paroles. J'espère qu'ils vont chanter.

Ysaye regarda avec curiosité les instruments des musiciens. Certains semblaient être un croisement entre la guitare et le luth, mais le nombre des cordes variait de quatre à quatorze. Ceux qui en avaient plus de quatorze ressemblaient à de petites harpes tenues sur les genoux.

Dans une agréable cacophonie, les musiciens passèrent quelques minutes à accorder leurs instruments, puis ils se mirent à chanter. Ils n'en étaient pas encore au premier refrain qu'Elizabeth dit en un souffle :

— Mais c'est une forme de gaélique ! Et je connais cette chanson !

— Tu connais cette chanson ? dit Evans, s'approchant et regardant Elizabeth d'un drôle d'air.

Car les hommes venaient enfin de faire leur entrée, eux aussi en vêtements locaux.

Mais ce fut Ysaye qui lui répondit.

— Non seulement elle la connaît, mais elle l'a déjà chantée. Je l'ai entendue.

— Ce qui signifie qu'ils descendent d'un Vaisseau Perdu, ajouta Elizabeth. C'est obligatoire. Et je crois même savoir lequel !

Evans la regarda, sceptique.

— Et comment le saurais-tu ?

Cette fois, Elizabeth ne se démonta pas.

— J'avais de la famille sur ce vaisseau ; c'est une vieille tradition familiale — et un mystère. Ils étaient partis avant l'apparition des nouveaux vaisseaux — à une époque où il n'y avait pas encore de systèmes de navigation. N'importe quel impondérable pouvait les faire dévier de leur trajectoire, une tempête gravifique, par exemple, qui ne serait rien du tout aujourd'hui. A ma connaissance, un seul de ces vaisseaux emportait des colons gaéliques ; ils faisaient partie de ce qu'ils avaient baptisé la Commune des Nouvelles-Hébrides. Terra perdit le contact avec eux, et les porta disparus. C'étaient, pour la plupart, des Néo-Luddites, et ils avaient...

— Attends, l'interrompit Evans. Pas si vite. Qu'est-ce que c'était donc que ces néo-machins-choses ?

— Les Luddites originaux étaient des extrémistes qui détruisaient les usines de textile et cassaient les métiers mécaniques, croyant qu'ils allaient mettre les tisserands au chômage, expliqua Elizabeth. Par la suite, on a donné le nom de Néo-Luddites à tous ceux qui étaient contre un excès — ou ce qu'ils pensaient un excès — de technologie. Ou qui voulaient moins de technologie que les gouvernements n'en désiraient.

Elle haussa les épaules.

— C'est un terme fourre-tout qui s'applique à la plupart des premières colonies.

Evans eut un éclat de rire, bref et sec comme un aboiement.

— Ça fait pas mal de monde, même aujourd'hui.

Quelque chose dans ce rire déplut à Ysaye, mais Elizabeth ne semblait rien remarquer.

— Bref, les gaéliques étaient du genre artisanal primitiviste, de sorte que les Autorités Coloniales les accueillirent à bras ouverts, parce que, en général, ils acceptaient facilement de se passer des commodités modernes pendant un ou deux ans — et même que ça leur plaisait.

— Tu m'étonnes ! dit Evans avec un grand sourire. Quelle chance pour eux ! Dommage qu'on ait oublié de leur dire que beaucoup de vaisseaux se perdaient.

— Je suis d'ascendance écossaise, poursuivit Elizabeth, et c'est ainsi que j'ai entendu parler d'eux. Dans ma famille c'était une sorte de conte romanesque et mélancolique, l'histoire des parents perdus. Ils pensaient pouvoir recréer l'Irlande et l'Écosse d'avant la « contamination anglaise ». Tout le monde était censé parler couramment le gaélique. Quand je me suis engagée dans le Service Spatial... bon, ce n'est pas le sujet. Sur Terra, le gaélique est une langue morte. Et si ces gens ont conservé leur langue, beaucoup de leurs chants auront sans doute survécu ici. Quelle chance incroyable !

— Ouais. Si tu as raison, vous ne manquerez pas de boulot, David et toi, dit Evans. Recréer la langue à partir de locuteurs vivants — et avec le renouveau d'intérêt actuel pour la musique ancienne...

— Je ne m'attendais pas à pouvoir exercer ma spécialité ici ! dit Elizabeth avec entrain. Maintenant, la première chose à faire est de prévenir le Capitaine...

— Il faudra attendre de pouvoir le contacter, lui rappela Evans. Tu parles cette langue ?

— Le gaélique ? Non, seulement quelques mots — les paroles des chansons que j'ai apprises, dit-elle avec regret. Mais maintenant que nous savons qu'ils descendent de colons perdus, nous pouvons faire des tas d'hypothèses valides. Et la plupart des langues humaines, y compris pas mal de langues mortes, figurent dans l'ordinateur. Alors, dès que nous aurons retrouvé le vaisseau et le corticateur, nous n'aurons plus de problème pour communiquer avec eux.

Ysaye ne cacha pas son incrédulité.

— Aucun problème ? Vraiment, Elizabeth, après tout ce que nous venons de dire sur l'évolution des langues !

— Bien sûr, rectifia vivement Elizabeth, la langue aura évolué ; il y aura des tas de mots nouveaux pour désigner des situations et des objets nouveaux. Mais au moins, nous aurons une base solide, poursuivit-elle, plus hésitante, et nous ne partirons pas de rien. Nous savons d'où ils viennent et qu'ils sont d'origine terrienne — que nous puissions ou non le leur dire.

— Et pourquoi ne pourrions-nous pas le leur dire ? s'enquit Evans. Cela a à voir avec la hiérarchie ou autre chose ?

— Bien sûr que non, dit Elizabeth, surprise. C'est une question de choc culturel. Mets-toi à leur place. Tu es sur une planète qui ne connaît même pas le voyage spatial, et nous arrivons pour leur dire qu'ils ont été... euh... semés ici par une société interstellaire. Qu'ils sont *nous*. Ils l'ont sans doute complètement oublié. L'histoire de leurs origines est probablement une variante du vieux mythe des Dieux Créateurs.

— Foutaises religieuses, grogna Evans avec dédain.

Elizabeth haussa les épaules, et maintenant qu'elle sortait de ses compétences, Ysaye sentit qu'elle n'avait plus la même assurance en face d'Evans.

— D'après nos standards, peut-être, mais sur quoi pourraient-ils se baser, après deux mille ans d'isolement ? Surtout si leur vaisseau s'est effectivement écrasé. Il y a des façons de leur apprendre qui ils sont et ce qu'ils sont sans les offenser ou les choquer. En fait, c'est le rôle des xénopsychologues.

— Oui, il vaudrait mieux attendre un xénopsy, dit Ysaye, fronçant les sourcils sur Evans et secouant la tête à l'adresse de son amie, qui ne semblait que trop prête à prendre les choses en main — main encore inexpérimentée. C'est leur spécialité.

— J'ai fait un peu de xénopsy, dit Aurora, mais je préfère attendre un professionnel. Mais nous n'en avons pas à bord — peut-être le Dr Montray.

— Je ne sais pas si nous pourrons attendre, dit Elizabeth, maintenant que nous savons qui ils sont, et que nous ne savons toujours pas quand le vaisseau pourra nous envoyer des renforts...

Elizabeth branla du chef et détourna la tête. Elle écouta un moment les musiciens, puis, quand ils firent une pause entre deux chansons, elle se leva soudain, et l'air résolu, se mit à chanter de sa voix claire de soprano les paroles d'une vieille chanson qu'elle savait depuis toujours.

Pour qui rester
Assise à soupirer
Cueillant des fougères, cueillant des fougères,
Pourquoi rester
Assise à soupirer
Seule et mélancolique.

Le harpiste, qui venait d'attaquer une autre mélodie, s'interrompit au milieu d'un accord, se leva et s'avança vers elle, stupéfait. Il s'adressa à elle en ce qui lui sembla un déluge de gaélique, très rapide et incompréhensible. Elizabeth lui fit signe qu'elle ne comprenait pas ce qu'il disait, seulement les paroles de la chanson. Au bout d'une minute, elle entonna un autre chant, pas en gaélique cette fois, mais en anglais. Mais après quelques instants, le harpiste reconnut l'air et se mit à l'accompagner. Il y avait de petites différences, mais ils parvinrent à s'accorder et arrivèrent au refrain ensemble.

— Qu'est-ce que c'est que cette chanson ? demanda Aurora. Tu la chantes assez souvent.

— Celle dont je ne sais pas les paroles en gaélique ? Elle est intitulée « Rencontre des Eaux » et il paraît que c'est la plus ancienne mélodie anglaise ou irlandaise encore connue. Elle remonte au moins au douzième siècle, plusieurs centaines d'années avant que Terra aille dans l'espace.

Elle sourit.

— Maintenant, nous avons au moins la preuve qu'ils descendent de la colonie des Nouvelles-Hébrides. Personne d'autre n'aurait pu connaître ce chant.

— Il remonte très loin avant le voyage spatial, dit Ysaye. Huit cents ans avant que les Terriens ne marchent sur la Lune.

Elizabeth entonna une autre chanson, elle aussi reprise par l'un des joueurs de luth. Un ou deux semblaient en savoir plus que les autres, mais tous étaient maintenant rassemblés autour d'Elizabeth, impatients de l'entendre.

Derrière eux, le Commandant Britton remarqua :

— Bonne idée, Elizabeth ! Même sans parler leur langue, vous semblez avoir trouvé un moyen de communiquer avec eux...

— Aucun individu vivant ne parle plus le gaélique ; en tout cas personne dans le Service Spatial, à ma connaissance. Peut-être quelques vieux professeurs de langues mortes terrés dans leurs universités savent le parler un peu, dit Elizabeth. Mais dès que nous aurons accès à l'ordinateur, cela va changer ; nous aurons les enregistrements et le corticateur. Quelqu'un, sans doute David, parlera le gaélique comme un indigène en deux heures. Et peut-être une demi-douzaine d'entre nous.

— Je l'espère, dit Britton. Communiquer avec ces gens

doit être notre priorité absolue. C'était une bonne idée de départ pour atténuer une hostilité potentielle, mais nous ne pouvons pas pousser la chansonnette nuit et jour ! Je pense...

Il s'interrompit, de sorte qu'ils ne surent jamais ce qu'il pensait.

— Garde à vous tout le monde, murmura-t-il. Voilà un personnage important qui arrive.

Les grandes portes s'ouvrirent, et un homme de haute taille entra dans la salle. Il semblait avoir une quarantaine d'années ; ses cheveux roux commençaient à grisonner, mais ses yeux gris étaient perçants, et ses vêtements, bien que semblables à ceux des autres, étaient de meilleure coupe et de tissus plus précieux. Il parla un moment avec le harpiste qui avait joué la première chanson qu'Elizabeth avait reconnue, puis il s'avança vers eux et s'inclina.

— Qui que vous soyez, dit-il en un Standard mal prononcé mais compréhensible, soyez les bienvenus, vous qui apportez de la musique dans mon Grand Hall. Je suis Kermiac d'Aldaran. Je ne sais pas d'où vous venez, et vous ne semblez pas issus d'aucun Domaine que je connaisse. Dites-moi, venez-vous d'au-delà le Mur Autour du Monde ou du Royaume des Fées ?

CHAPITRE X

La tempête avait été très violente ; si violente qu'elle avait traversé les Heller en un jour et enseveli les Domaines sous la neige. Tandis que les vents hurlaient à sa fenêtre, Léonie avait pensé un moment que c'était *elle* qu'ils cherchaient, pour se venger qu'elle ait arraché les étrangers à leurs griffes. Maintenant, le calme était revenu, mais le jardin de la Tour de Dalereuth était enseveli sous une épaisse couche de boue et de neige fondue, et les fleurs émergeaient à peine de leurs gousses protectrices.

Fiora, pensant à sa promesse, partit à la recherche de son arrogante protégée, suivant ses pensées superficielles jusqu'au jardin.

Léonie était venue au jardin, qui pourtant n'était pas très agréable pour l'heure. Cette fois, la tempête n'était pas de son fait, et fidèle à sa promesse, elle n'était pas intervenue dans son déroulement. C'était une expérience dérangeante — le désir de changer quelque chose, sachant qu'elle ne le pouvait pas, qu'elle ne l'osait pas. Elle était donc venue au jardin, non pour admirer son œuvre, mais pour regarder les dégâts qu'elle aurait pu prévenir, si on le lui avait permis. Elle tripotait distraitement les cordes de la balançoire quand Fiora, secouant avec soin la boue de ses souliers, la trouva.

— Tu seras sans doute contente d'apprendre que l'équipe de secours d'Aldaran a retrouvé tes étrangers, dit-elle.

Léonie tourna vers elle des yeux brillants d'intérêt.

— C'est tout ce qu'on t'a dit ? demanda-t-elle.

Fiora sourit, amusée de sa curiosité.

— Il s'agit d'une demi-douzaine d'hommes et de femmes qui s'étaient mis à l'abri dans l'ancien refuge entre Aderes et Alaskerd. Ils doivent venir de très loin, mais ils semblent inoffensifs. Le technicien des relais dit qu'ils connaissent certaines anciennes chansons des montagnes.

Cela ne fit qu'aiguiser la curiosité de Léonie.

— Pourquoi dis-tu qu'ils doivent venir de très loin ?

— Je ne sais pas ; c'est ce que le messager m'a dit, répondit Fiora, le front plissé de perplexité, car c'était en effet très étrange. Ils sont bizarres ; attends que je réfléchisse, car il m'a dit autre chose qui confirmerait ses paroles. Ah, il a dit qu'ils semblent ne rien savoir de nos coutumes. Ils ne parlent ni le *casta* ni le *cahuenga*, même s'ils connaissent certaines vieilles chansons, alors c'est peut-être pour ça qu'il a dit qu'ils venaient de très loin. Ou peut-être à cause de leurs vêtements et de leurs coutumes. Les femmes pourraient être des Renonçantes ou quelque chose d'approchant, car elle portait des pantalons et certaines, des boucles d'oreilles ; pourtant, comme elles voyagent avec des hommes, elles ne peuvent pas être des Renonçantes ordinaires.

Elle secoua la tête, cherchant à se rappeler autre chose.

— Je suis d'accord avec le technicien des matrices qui m'a parlé d'eux. Ils sont très étranges. Je n'en sais pas plus.

Léonie se frictionna les tempes, puis murmura distraitement :

— Je suis sûre qu'ils viennent des lunes.

Fiora secoua la tête.

— Je sais que tu me l'as dit la nuit où tu as appris leur présence — et tu as eu raison sur tout le reste — mais cela, Léonie, dépasse les bornes de la crédulité. Comment serait-ce possible ? Tu sais parfaitement qu'aucun humain ne peut vivre sur les lunes.

Bien qu'elle n'ait pas prononcé ces paroles à l'intention de Fiora, Léonie se sentit obligée de les défendre.

— Je ne sais pas comment je le sais, dit Léonie, têtue, mais je le sens.

— Eh bien, pourquoi pas, dit Fiora, absolument pas convaincue mais voulant éviter une discussion.

Léonie fronça les sourcils, mais retint sa langue.

— Je reconnais que ce qu'on m'a dit ne correspond à aucun

peuple que je connaisse. Même les Séchéens ou les sauvages des montagnes ne parlent pas des langues que personne ne comprend — et ils ne s'habillent pas et n'agissent pas comme ces gens.

— Alors, ils pourraient très bien venir des lunes, rétorqua Léonie. Nous ne connaissons aucun peuple auquel ils pourraient appartenir ! Ce ne sont sûrement pas des *chieri* — alors, d'où penses-tu qu'ils viennent ?

Fiora haussa les épaules.

— Personnellement, je pense qu'ils pourraient venir d'au-delà des montagnes, là où nous avons toujours cru qu'il n'y avait que des déserts glacés. Peut-être même d'au-delà du Mur Autour du Monde. Oui, si les anciens contes disent vrai, ils pourraient venir du royaume des fées. Mais cela ne nous concerne pas ; ils ont été accueilli par des gens d'Aldaran, et peut-être même par Monseigneur et Dame Aldaran eux-mêmes. Nous ne savons pas qui ils sont, et il ne sert à rien de faire des suppositions. Si leur présence nous regarde, nous le saurons bien assez tôt.

Elle fit une pause, puis reprit, comme à regret.

— En tant qu'Hastur, tu dois savoir que les Aldaran et le reste des Domaines ne s'aiment guère. Le Seigneur Kermiac d'Aldaran pourrait assez mal prendre nos questions. Il est sans doute plus politique d'admettre que ces étrangers sont des voyageurs égarés, jusqu'à ce qu'Aldaran choisisse de nous détromper.

— Comme tu voudras, dit Léonie, se promettant de communiquer aussi vite que possible avec Lorill, et de lui demander, ou peut-être à son père, le Seigneur Hastur, d'aller à Aldaran faire une enquête.

C'était absurde. S'il y avait à Aldaran des gens à ce point étranges, *quelqu'un* ne devait-il pas s'en occuper ? Quelle mouche piquait Fiora ? Elle n'avait donc aucune curiosité, aucune inquiétude au sujet de ces étrangers ?

Eh bien, Léonie s'y intéressait pour deux. Loin de penser, comme Fiora, qu'elles sauraient bien assez tôt, Léonie trouvait qu'à la Tour elles étaient si isolées de la vie des Comyn qu'elles ne sauraient peut-être rien avant qu'il ne soit trop tard...

Trop tard ? D'où lui venait cette idée ? Et trop tard pour quoi faire ? Pourtant, la présence de ces étrangers avait quelque chose de menaçant, quelque innocents qu'ils puissent paraître. Aussi menaçant que son pressentiment de danger venant des lunes.

Fiora, bien sûr, avait reçu certaines de ces pensées. Elle regarda Léonie, mal à l'aise, ses yeux aveugles semblant voir à travers elle.

— Tu es résolue à en savoir davantage sur ces gens, n'est-ce pas ?

— Je pense que c'est mon devoir, dit Léonie, têtue. Je ne suis pas encore complètement entraînée, mais tu as dit toi-même que mon *laran* est très puissant. Il m'a avertie de la présence de ces étrangers dans le refuge. Il m'avertit maintenant qu'ils nous apportent des troubles. Je ne sais pas lesquels, mais je me sens obligée de chercher.

Fiora soupira.

— Tu devrais t'en remettre à nous, Léonie. S'il y a quelque chose à faire, c'est certainement de notre ressort. Mais cela servirait-il à quelque chose de te demander de rester en dehors de tout ça ?

— A rien, dit Léonie avec un imperceptible sourire, pensant : *Fiora commence à vraiment bien me connaître. Je n'ai pas honte de ma curiosité. J'ai eu raison trop souvent pour l'oublier. Et j'ai encore raison cette fois. Fiora veut que je pense d'abord aux autres — eh bien, c'est ce que je fais. Personne ne semble se soucier de ces gens, alors, c'est à moi de le faire. Tout ce que j'ai l'impression de devoir connaître... je trouverai le moyen de l'apprendre.*

— Léonie, dit Fiora comme à regret, tu devrais savoir mieux que personne que le Conseil Comyn n'est pas dans les meilleurs termes avec le Domaine d'Aldaran. Nous ne savons absolument pas ce qui se passe dans les Heller. On dit qu'ils sont les seuls à ne pas respecter le Pacte. Et ils semblent penser, non seulement que nous ne savons pas ce qui se passe chez eux, mais que nous n'avons pas le droit de le savoir. Les gens des Heller sont dangereux, à peine supérieurs aux bandits. Je te demande d'être prudente.

— Si je manifeste de l'intérêt pour ce qu'ils font, ils sauront que leurs agissements ne nous sont pas indifférents, dit Léonie. Ils sauront que nous avons le droit de savoir ce qui se passe

dans les montagnes. Ils sauront que ce qu
châteaux montagnards est observé et analysé.

Elle releva orgueilleusement le menton.

— Je suis une Hastur. Tu me dis que je dois m
aux gens des Domaines — eh bien, c'est ce que je fais. I
mon devoir de les protéger, et il me semble que c'est une s
façons de le faire.

Fiora soupira sans répondre, non par indifférence, mais parce qu'elle ne souhaitait pas donner un ordre auquel Léonie désobéirait aussitôt.

Elle n'avait pas menti à Léonie ; la Gardienne d'Aldaran lui avait souvent laissé entendre que le Seigneur Kermiac n'approuvait pas que le Conseil se mêle de ses affaires. A sa connaissance, il y avait toujours eu du sang entre les Heller et les Plaines, depuis que la Tour de Dalereuth existait. Personne ne connaissait l'origine de cette longue animosité, et elle se demandait souvent si elle ne remontait pas plus loin que Varzil-le-Bon et le Pacte. Seul Aldaran n'avait pas signé le Pacte qui interdisait à tout homme une arme de portée plus longue qu'une épée. En conséquence, et bien qu'ils aient cessé eux-mêmes d'utiliser les armes mortelles qui avaient provoqué l'institution du Pacte, les Seigneurs des autres Domaines avaient considéré Aldaran comme un Domaine hors-la-loi à partir de ce jour. Pour leur part, les Seigneurs d'Aldaran étaient fiers de leur splendide isolement, et ne traitaient avec les Domaines que par des intermédiaires : commerçants, Renonçantes et techniciens des Tours. Encore n'était-ce pas toujours facile dans ce dernier cas, car Aldaran peuplait sa Tour de gens à lui, et les nombreux Comyn des autres Tours avaient du mal à travailler avec ceux d'Aldaran sans une certaine animosité. Bien sûr, depuis que Fiora était Gardienne de Dalereuth, le problème ne s'était pas posé. Elle n'était pas Comyn et n'avait aucun de leurs préjugés. Elle communiquait et travaillait avec ceux d'Aldaran aussi facilement qu'avec ceux d'Arilinn. Mais Léonie... un seul contact avec ses pensées arrogantes, et la Gardienne d'Aldaran fermerait les relais plutôt que d'avoir affaire à elle. Fiora le savait par expérience ; elle avait vu un Ardais provoquer un incident semblable à Arilinn. Et il avait fallu beaucoup de persuasion de la part des roturiers pour convaincre Aldaran de se rouvrir à eux.

..ournant à la Tour, elle se demanda si Léonie lui poserait ..nalement des problèmes insolubles. C'était la première fois que la Gardienne de Dalereuth craignait de ne pas être à la hauteur d'une situation. C'était nouveau pour Fiora, et pas particulièrement agréable. Elle pensa : *Je n'ai pas plus l'habitude de l'incertitude que Léonie — et je suis beaucoup moins habituée à la défaite.*

Peut-être que si je l'occupe et la fatigue assez... Oui, c'est sans doute la solution. Depuis le début, elle désire participer pleinement au travail de la Tour, et elle en a les capacités. Pour le moment, elle est encore trop entêtée et inexpérimentée pour travailler dans le cercle, mais elle peut certainement travailler dans les relais et libérer quelqu'un de plus expérimenté pour autre chose. Et si elle travaille jusqu'à la limite de ses forces... elle ne pensera plus qu'à dormir, et elle n'aura pas l'occasion de causer des problèmes en se mêlant de ce qui ne la regarde pas.

Léonie n'eut pas le loisir de penser aux étrangers durant le reste de la journée. Elle apprit son affectation dès qu'elle rentra à la Tour, ce qui la surprit et l'enchanta. Fiora avait décrété qu'elle avait la puissance nécessaire pour faire un vrai travail de technicienne des matrices. Pour la première fois, elle fut autorisée à prendre place dans les relais, pour recevoir les messages arrivant des autres Tours.

Tâche astreignante et fatigante, mais assez nouvelle pour maintenir son intérêt en éveil. Fiora passa une ou deux fois pour l'observer ; Léonie attendait une réaction ou une critique, mais la Gardienne se contenta de hocher la tête et alla vaquer à d'autres tâches. Finalement, quelqu'un vint la relever ; elle s'aperçut alors qu'elle mourait de faim et ne pensait qu'à manger, de sorte qu'il faisait nuit depuis longtemps quand elle eut le loisir de contacter son frère.

Allongée sur son lit, il lui vint à l'idée que Fiora l'avait peut-être fatiguée pour l'empêcher d'enquêter sur les étrangers. Elle sourit intérieurement, tout en détendant ses muscles un par un, lentement, détendant son esprit en même temps. Si Fiora croyait qu'une journée dans les relais suffisait à épuiser Léonie — c'est qu'elle sous-estimait sérieusement son élève.

Elle ferma les yeux, et projeta sa pensée vers l'esprit si familier qu'il lui semblait un reflet imparfait du sien.

Lorill...

Elle reçut une réponse immédiate. Comme si Lorill se trouvait dans une chambre voisine. *C'est toi, Léonie ? Tout va bien à la Tour ?*

Bien sûr, dit-elle, donnant à sa pensée une coloration amusée. *Pourquoi ?*

Elle lui ouvrit son esprit, s'abandonnant à ce contact familier, et se sentit comme submergée par un immense éclat de rire. Une assez grande part de sa conversation avec Fiora subsistait dans ses pensées superficielles pour qu'il comprenne qu'une fois de plus, elle n'en faisait qu'à sa tête malgré l'opposition officielle.

Tu as encore fait des tiennes, sœurette ? Je croyais que quand tu serais à la Tour...

Elle lui répondit d'un éclat de rire. *Tu croyais peut-être qu'on me briserait, pour m'habituer au harnais comme un cheval ou aux chaînes comme une mariée séchéenne ? Pas du tout, et ce n'est pas faute d'essayer. Certains croient qu'une seule réprimande m'a transformée en vierge docile ou en enfant obéissante. Mais j'ai un peu appris à être moins rebelle — du moins extérieurement.*

Lorill faillit perdre le contact tant il riait. *Toi docile, Léonie ? Comme ils te connaissent mal. Toute ta vie, tu n'as fait que ce que tu voulais, en t'arrangeant souvent pour que le blâme retombe sur moi — et la punition.*

Il poursuivit, sa voix mentale pleine d'ironie : *Maintenant, tu ne peux plus me faire porter le chapeau, tu es trop loin. Quoi que tu veuilles faire, tu dois le faire toi-même — comme la fois où...*

Non, écoute.

Elle interrompit fermement le récit de leurs farces enfantines appartenant à leur passé commun.

Tu es au courant ? il y a des étrangers à Aldaran, et je crois que le Conseil devrait être prévenu. Ce sont des gens très bizarres. J'ai — un peu — touché leurs esprits — et ils ne viennent d'aucune contrée ou Domaine connu. Ils parlent une langue que je ne connais pas, et le peu qu'Aldaran nous a dit, c'est qu'ils ne parlent ni le casta ni le cahuenga. Je crois que notre Père devrait enquêter par lui-même. Aldaran ne devrait pas avoir toute licence de leur extirper leurs secrets sans que le Conseil ait son mot à dire.

Lorill reprit immédiatement son sérieux. *Léonie, tu sais que Père ne peut pas aller à Aldaran ; il y a trop de sang entre les Hastur et les Aldaran. S'il devait seulement condescendre à envoyer un messager...*

Ses pensées se colorèrent d'impatience, car elle avait eu tout le temps de réfléchir à ce qu'on devait faire pendant qu'elle attendait les transmissions des relais. *Je sais bien qu'il ne peut pas y aller*, répliqua-t-elle, *mais il pourrait t'envoyer à sa place, Lorill — tu n'es encore ni assez âgé ni assez puissant pour représenter un danger pour le Seigneur Aldaran, et tu es les yeux et les oreilles de Père. N'est-ce pas le devoir juré d'un Hastur de savoir ce qui se passe dans les Domaines ? Kermiac d'Aldaran ne devrait-il pas savoir qu'il y a au moins un haut seigneur Comyn qui surveille ses faits et gestes ? Ces étrangers...*

S'il avait été près d'elle, elle savait qu'il aurait levé les bras au ciel. *Oh, je comprends ! Il faut que j'aille là-bas pour satisfaire ta curiosité. Eh bien, je n'irai pas. J'ai trop longtemps endossé le blâme de tes sottises et accepté de faire ce que tu désirais. Maintenant, je suis Héritier d'Hastur ; je n'assumerai pas plus longtemps la responsabilité de tes lubies ; il faut que ça cesse, Léonie.*

Elle fronça les sourcils ; ce n'est pas du tout la réaction qu'elle attendait. *Lorill*, répondit-elle d'un ton conciliant, *tu es un homme, et, comme tu l'as dit toi-même, tu es Héritier d'Hastur. Le Conseil t'écoutera, alors qu'il me congédierait. Ce sont des inconnus, amenés ici pour des raisons inconnues. Ils pourraient être dangereux — ils pourraient se chercher un allié. Tu ne crois pas qu'il faudrait savoir ce qu'ils font à Aldaran ?*

Lorill ne se laissa pas impressionner. *Non, je ne le crois pas. Et je suis toujours méfiant quand tu prends ce ton avec moi. Je ne vois pas comment une poignée d'étrangers pourraient représenter un danger pour qui que ce soit.*

Au bout d'une demi-heure de cajoleries, tout ce qu'elle put tirer de lui fut la promesse récalcitrante de demander à leur père qu'il l'autorise à aller à Aldaran — *et il n'est pas du tout sûr qu'il puisse se passer de moi,* la prévint Lorill — pour poser au Seigneur Kermiac quelques questions discrètes sur ses hôtes. Qu'il tâcherait peut-être de les rencontrer lui-même, pour les avertir qu'il existait d'autres Domaines qu'Aldaran, avec leurs propres problèmes. Si même il pouvait rencontrer ces étrangers, il pourrait peut-être les convaincre que Kermiac d'Aldaran n'était pas la seule puissance avec laquelle ils devaient compter.

Et il est probable qu'ils me diront de m'occuper de mes affaires. Bien que je sois un Hastur, et peut-être parce que je le suis, je ne vois pas très bien le Seigneur Aldaran rendre compte de ses actes à un homme des Plaines, et encore moins à un Hastur. Même à un Hastur voyageant pour des raisons personnelles, et non en envoyé du Conseil...

S'excusant de sa fatigue, il rompit le contact sur un adieu rapide. Et Léonie dut s'en contenter.

CHAPITRE XI

Venez-vous du Royaume des Fées ?

Ysaye reçut la question comme une décharge électrique ; jamais encore elle n'avait si bien ressenti la réalité de ce qu'on appelle le « choc culturel ». Et c'était elle qui subissait ce choc — car ces gens étaient peut-être les descendants d'une Colonie Perdue, voyageurs interstellaires comme elle-même, mais ils auraient pu être n'importe quels extra-planétaires totalement étrangers. Des descendants de Terriens, oui — mais probablement sans aucun souvenir de leurs origines. Non seulement les archives de leur histoire terrienne avaient disparu, mais elles s'étaient sans doute fondues dans leurs mythes. Ils ne semblaient même pas reconnaître des êtres humains en leurs lointains « cousins ».

Comment faire comprendre le voyage spatial et l'existence d'un Empire interstellaire à des gens qui, apparemment, croyaient aux fées ? Mais sa réaction était peut-être exagérée. Se pouvait-il que ces gens aient transformé leur histoire de voyage spatial en contes de fées ? Était-ce le sens véritable de cette question ?

Ce n'est peut-être qu'une réaction aux choix de chants folkloriques qu'a fait Elizabeth, pensa-t-elle avec espoir, regardant son amie qui, elle aussi, semblait perplexe. *Eh bien, cela sera pour eux un vrai défi. Si elle et David veulent consacrer leur vie à une culture, je crois qu'ils viennent de la trouver. Il y a sans doute assez de travail ici pour plusieurs milliers de linguistes et d'anthropologues.*

Avec soulagement, elle vit le Commandant MacAran, le

plus gradé des officiers présents, venir vers elle. Il n'était pas plus xénopsy qu'elle, mais il était plus haut gradé, et elle ne lui enviait pas le commandement des opérations. Au moins, il avait quelques connaissances en diplomatie.

— Alors, vous avez trouvé un langage commun ? dit-il, son regard allant d'Elizabeth au Seigneur Kermiac avec espoir et intérêt.

— Commandant, il parle le Terrien Standard, dit Elizabeth, perplexe. C'est mieux que de trouver un langage commun.

Le Commandant Britton la regarda comme si elle était devenue folle.

— Non, Elizabeth, il ne parle pas le Terrien Standard, dit-il avec douceur.

A son air, le Commandant MacAran semblait penser qu'elle était tombée sur la tête.

— Pour autant que je puisse en juger, il parle une langue différente de celle des musiciens, mais qui n'est absolument pas du Terrien Standard. Si je devais émettre une hypothèse, je dirais qu'elle est plus proche de la langue de vos chansons que de celle des musiciens — mais je ne suis pas spécialiste.

— Alors, comment se fait-il que je le comprenne si bien ? demanda Elizabeth, déconcertée. J'aurais juré qu'il parlait le Terrien Standard.

Regardant alternativement Britton et MacAran, elle pâlit.

— Je peux répondre à cette question, dit Kermiac, qui suivait la conversation.

Il sourit, comme à une enfant ignorante, et dit d'un ton apaisant, comme s'il réalisait son trouble :

— Vous entendez mes pensées, naturellement.

— Elle entend quoi ?

Depuis quelque temps, David se tenait derrière Elizabeth, tentant de comprendre ce que disaient les musiciens et les autres, le front plissé de concentration. Mais cette affirmation était assez étonnante pour provoquer une réaction à son sens au lieu d'une analyse du choix des mots. Ysaye réalisa alors que David aussi comprenait cet homme.

— Je suis Comyn, naturellement, et donc télépathe, poursuivit Kermiac, comme il aurait dit « et donc, je respire de l'oxygène ». Et il semble que certains d'entre vous me comprennent, mais pas les autres. C'est très simple à expliquer.

Ceux qui me comprennent sont télépathes comme moi, bien que, peut-être..., moins expérimentés.

Ysaye battit des paupières. D'où lui venait la certitude qu'il avait voulu dire « bien que vous soyez mal entraînés et maladroits » ?

— Alors, reprit Kermiac, se tournant de nouveau vers Elizabeth, si vous le pouvez, dites-moi d'où vous venez, et pourquoi vous venez.

Ysaye, qui écoutait attentivement le son de ses paroles, réalisa qu'en effet il ne parlait aucune langue connue, et pourtant, elle le comprenait parfaitement. Elle regarda le reste de l'équipe. Elizabeth et David semblaient comprendre ce Kermiac d'Aldaran, qui qu'il fût, mais Evans, Aurora, Britton et MacAran avaient l'air perdu et ahuri.

Ysaye frissonna, se demandant si sa commotion cérébrale avait été plus grave qu'elle ne l'avait cru. En ce moment, était-elle encore allongée dans le refuge en train de délirer ? Mais non — elle ne présentait aucun autre symptôme de grave traumatisme crânien... Pourtant, c'était une chose que de regarder Elizabeth et David faire une démonstration de télépathie au labo, et c'en était une autre de comprendre elle-même un étranger total d'un autre monde.

Mais comment puis-je le comprendre maintenant ? Je n'ai jamais rien entendu de si cohérent quand je travaillais avec David et Elizabeth. Se pourrait-il que ce fût parce que je n'écoutais pas ?

Elle décida de garder cette découverte pour elle. C'était déjà assez regrettable qu'elle comprît cet étranger, et elle n'avait pas envie de se retrouver la cible de regards de pitié comme Elizabeth.

A l'évidence, Elizabeth ne réalisait pas que tout n'allait pas pour le mieux ; elle était troublée, mais pas alarmée.

— Vous ne comprenez vraiment pas ce qu'il dit ? demanda-t-elle.

— J'ai du mal à croire que vous le comprenez, dit MacAran. Moi, je n'entends que du bla-bla. Vous avez peut-être reconnu des mots de vos chansons, et vous arrivez à le comprendre comme ça. Qu'est-ce qu'il a dit ?

— Il m'a dit qui il est, et m'a demandé qui nous sommes, d'où nous venons et pourquoi nous sommes ici. Il m'a dit qu'il s'appelait Kermiac d'Aldaran, dit Elizabeth.

A l'énoncé de son nom, Kermiac hocha la tête en souriant.

MacAran haussa un sourcil étonné mais dit simplement :

— Alors, vous êtes notre interprète *de facto*. Présentez-nous. C'est généralement par là qu'on commence.

— Même si nous avons complètement compromis le Premier Contact, grommela Britton entre ses dents.

Ysaye le comprit ; rien ne s'était passé selon les Procédures et Règlements depuis qu'ils avaient abordé l'atmosphère de cette planète. Et quand ils contacteraient l'astronef, Britton et MacAran allaient sûrement en prendre pour leur grade.

Premier Contact imposé par les indigènes venus nous secourir ; contamination culturelle et conduite amateuriste des premières conversations avec le chef local. Non, cela ne va pas plaire aux Autorités.

Elizabeth acquiesça de la tête et releva le menton.

— Kermiac d'Aldaran, dit-elle, cérémonieuse, j'aimerais vous présenter le Commandant Ralph MacAran, le chef de notre groupe.

— Rafe MacAran ? dit Kermiac, surpris.

Il dévisagea MacAran, qui soutint héroïquement l'examen sans broncher. Kermiac continua à parler à Elizabeth, comme à la seule qui pouvait le comprendre, hochant la tête à l'adresse de MacAran qu'il continua à regarder dans les yeux.

— Oui, il a un air de famille. Dommage qu'il semble aveugle mental. Il n'a donc aucun des *donas* de sa famille ?

— Sa famille ?

Elizabeth battit des paupières, puis elle comprit le sens véritable de ces paroles.

— Commandant MacAran, aviez-vous des ancêtres sur l'un des Vaisseaux Perdus ?

— Comme ça au débotté, je ne sais pas, dit MacAran d'un ton patient. Ça fait au moins mille ans de ça après tout. Est-ce vraiment le moment de parler de ça ?

Elle secoua la tête.

— Il a l'air de penser qu'il connaît votre famille. Ce pourrait être important. Ils attachent peut-être une grande importance à la famille, et vous pourriez être tenu responsable des agissements des MacAran locaux...

— Elizabeth, intervint doucement Ysaye, il semble aussi comprendre tous les mots que tu prononces, et peut-être tous les mots que tu entends.

Elle adressa un regard interrogateur à Kermiac, qui sourit, puis ramena son attention sur Elizabeth.

— C'est vrai, *mestra.*

Ysaye ne se trompait pas ; cette remarque s'adressait à elle autant qu'à Elizabeth. Ainsi, Kermiac savait qu'elle le comprenait, même si Britton et MacAran ne s'en étaient pas encore aperçus.

— Qu'est-ce que ces Vaisseaux Perdus ? Il n'y a pas d'océan près d'ici.

— *Mestra ?* releva David. Je me demande si c'est une variante du vieux mot italien de maestro ?

Il se tourna vers Elizabeth, très excité.

— Tu es sûre que les musiciens parlaient le gaélique ?

— Oui ! répondit distraitement Elizabeth, à l'évidence désorientée par leurs exigences conflictuelles et leurs questions contradictoires. Absolument certaine !

— Réservez les discussions linguistiques pour plus tard, dit sévèrement MacAran. Vous êtes impolis envers notre hôte. De plus, Elizabeth, vous êtes notre interprète. Il vous posait une question ; vous l'avez comprise ?

— Oui, dit Elizabeth, l'air un peu énervé.

Ysaye soupira de soulagement, réalisant que MacAran n'avait pas remarqué que la question s'adressait à elle, et non à Elizabeth.

— Il demandait ce qu'étaient les Vaisseaux Perdus, dit Elizabeth. Je ne sais pas quoi lui dire !

MacAran décocha un regard rien moins qu'amène à Elizabeth qui avait soulevé la question, puis regarda Aurora.

— Dr Lakshman, vous le comprenez ?

Aurora secoua la tête avec regret.

— Non, Commandant, désolée. Pas un mot. Je commence à penser que l'étude du folklore est une bonne base pour un xénopsy.

MacAran soupira.

— Épatant. Le seul membre de l'équipe ayant des connaissances en xénopsy ne le comprend pas, et notre xénoanthropologue lui jette à la tête le concept le plus étranger pour lui pratiquement dans sa première phrase !

Il regarda Kermiac, qui le considérait d'un air patient et interrogateur, et il se redressa.

— Parlez-lui pour moi, Elizabeth, mais soyez prudente. Nous avons éventé la mèche, mais essayons de ne pas davantage empirer les choses !

Ysaye se mordit les lèvres ; elle avait envie d'intervenir mais n'osait pas. Elle ne voulait pas que MacAran se mette dans la tête qu'elle était sujette à des hallucinations — et il avait totalement ignoré le fait que la phrase qui avait « éventé la mèche » n'avait pas été dite en l'étrange gaélique mais en bon Terrien Standard. Il ignorait aussi le fait qu'Elizabeth parlait à Kermiac en Terrien Standard, et que Kermiac le comprenait parfaitement.

Elizabeth rougit et baissa la tête à cette réprimande implicite.

— Essayez de lui expliquer brièvement qui nous sommes et qui nous croyons qu'ils sont, poursuivit MacAran. Car s'ils sont une Colonie Perdue, ils semblent l'avoir oublié. Quand une autre équipe viendra nous rejoindre — si nous arrivons à atterrir dans ces montagnes diaboliques — alors le Capitaine pourra consulter les archives au sujet de ce vaisseau-à-locuteurs-gaéliques, et nous donner des faits — à eux et à nous.

Elizabeth se mordit les lèvres et dit avec circonspection :

— Je m'appelle Elizabeth MacIntosh.

Elle eut une brève hésitation, et poursuivit :

— Voici le Commandant Britton, et ma collègue et amie Ysaye...

— Je n'ai jamais vu personne qui leur ressemble, dit carrément Kermiac, fixant Ysaye du coin de l'œil comme si elle était une bête curieuse. Ils ne sont pas humains ? Ou alors, ils enduisent leur peau de peinture brune ?

Choquée, Ysaye réalisa que le concept de races différentes lui était totalement étranger. Elizabeth se mordit les lèvres, consternée, et continua bravement.

— Ysaye et le Commandant Britton sont ainsi de naissance.

— De naissance ?

Kermiac secoua la tête.

— Il y a des individus de peau basanée dans les bas quartiers de Thendara, mais aucun qui soit né d'une couleur pareille...

Elizabeth le regarda, étonnée.

— Vous n'avez jamais vu personne comme eux ? Il n'y a vraiment aucun Noir parmi vous ?

— Noir ? Des gens à la peau noire ?

Kermiac semblait se demander si c'était lui qui se trompait, ou Elizabeth.

— Elle n'a pas la peau noire... ou alors, vous appelez cette couleur « noire » ?

Il regarda le Commandant Britton, puis Ysaye, et enfin Aurora, qui avait la peau olivâtre.

Mais s'ils sont vos amis, ils sont les bienvenus, comme vous-même et l'aveugle mental MacAran.

Il secoua la tête avec pitié.

— J'ai beaucoup de compassion pour son infortune. N'avoir ainsi aucun des dons de la famille.

De nouveau, il avait employé le mot *donas* et Ysaye entendit David murmurer quelque chose où il était question du mot latin *donum*, signifiant aussi don, cadeau.

— Je crois que nous avons affaire ici à une langue romane, dit-il, se parlant à lui-même, et Ysaye perçut la frustration qu'il ressentait à être ainsi loin de ses ordinateurs et enregistreurs.

Pendant ce temps, Elizabeth termina les présentations, fit une pause, puis ajouta bravement :

— Nous sommes venus ici de la lune violette qui est en ce moment levée dans votre ciel.

Ysaye attendit que le ciel leur dégringole sur la tête, que Kermiac les traite de fous ou de démons et qu'il les fasse enfermer, ou qu'il tombe raide, victime d'une apoplexie.

Rien de tel ne se passa.

— Attendez, dit Aldaran d'une voix ferme. Je ne traiterai jamais de menteur homme ou femme qui me parle directement d'esprit à esprit, et je sais que vous croyez ce que vous dites, mais même moi, je sais que les lunes sont des mondes sans air et sans vie qui tournent autour du nôtre. Aucun homme ne peut y vivre. Voulez-vous dire que je me trompe sur la nature des lunes ?

— Non. Nous venons d'un monde comme le vôtre, tournant autour d'un autre soleil, avec une atmosphère comme la vôtre, dit Elizabeth, visant à la simplicité. Nous nous sommes arrêtés sur la lune et nous y avons érigé un dôme pour observer le temps avant d'atterrir. Mais je suppose que nous n'avons pas assez bien observé, conclut-elle, penaude, car les vents de ces montagnes ont écrasé notre véhicule au sol à l'atterrissage.

— Intéressant, dit Kermiac, mais Ysaye ne put déterminer si ce qu'il trouvait intéressant, c'était eux, ou le récit d'Elizabeth. Ces montagnes ne s'appellent pas les Heller[1] pour rien ; on sait que leurs vents sont dangereux. D'après votre récit, je suppose que votre véhicule était un genre de planeur, en plus compliqué.

Il sourit.

— Quand j'étais enfant, je survolais ces montagnes en planeur, souhaitant qu'un jour quelqu'un parvienne à inventer un véhicule plus lourd que l'air, comme ceux qui existaient autrefois. D'après votre histoire — je suppose que vous y êtes parvenus — dans le monde d'où vous venez.

— En effet, répondit Elizabeth avec un intérêt passionné. Mais vous avez dit que vous aviez de tels véhicules autrefois ! Ce devait être il y a des siècles, quand vos ancêtres ont atterri sur ce monde.

— Attendez, dit-il. Il y a quelqu'un qui devrait entendre cela, si vous permettez.

Il leva la tête, fit un signe, et un grand jeune homme aux étranges yeux gris acier s'avança vers eux. A mesure qu'il approchait, Ysaye réalisa qu'il n'était pas seulement grand, mais extrêmement grand. Il dominait tout le monde d'au moins une tête. Il avait un visage aigu et étroit, l'air réservé, et une épaisse crinière de cheveux noirs en bataille.

— Mon écuyer et ami Raymon Kadarin, dit Kermiac. Il en sait plus sur ces montages qu'aucun homme au monde, sans doute. Je crois qu'il comprendra ce que vous m'avez dit, et qu'il saura où votre véhicule s'est écrasé. Maintenant, que disiez-vous de mes ancêtres ?

— Nous croyons que vos ancêtres, bien des générations avant vous, n'étaient pas originaires de ce monde. D'après la langue de vos chants, qui est maintenant éteinte sur notre planète, nous présumons qu'ils sont arrivés ici sur l'un de nos vaisseaux. Ils étaient partis pour explorer l'univers, et ils ont dû trouver ce monde, ils s'y sont peut-être écrasés, en tout cas, ils ont été perdus pour nous. C'est ce que je voulais dire par Vaisseau Perdu ; et cela signifie que nous appartenons au même peuple, que nous avons des ancêtres communs.

1. Heller : de *hell*, enfer. *(N.d.T.)*

— Je suis certain que vous êtes sincère, répondit Kermiac, circonspect. Je suis suffisamment télépathe pour savoir quand on me ment. Mais croire ce que vous dites, c'est une autre histoire. Ce conte est pour moi difficile à croire ; et encore bien plus difficile de penser que mes ancêtres en ont fait autant. Je ne crois pas que ce soit un problème à discuter debout après dîner, *mestra* et...

Il fit une pause, l'air gêné.

— ... à dire vrai, je n'ai pas l'habitude de discuter de problèmes sérieux avec des femmes. Peut-être que votre officier supérieur...

Il secoua la tête.

— Mais non, votre officier supérieur est ce jeune aveugle mental qui a parlé tout à l'heure.

Kermiac fit la moue, comme ruminant un problème délicat.

— Je suis incapable de conduire une discussion avec lui, puisque nous n'avons aucun moyen de communiquer.

— Traitez-vous parfois des affaires par l'intermédiaire de traducteurs ? demanda Elizabeth, contrariée que Kermiac ait qualifié son récit de « conte ».

Kermiac haussa les épaules.

— Je ne l'ai pas fait plus d'une ou deux fois dans ma vie, répondit-il. Quoi qu'il en soit, vous êtes mes hôtes. Restaurez-vous, reposez-vous d'un voyage qui dut être très long, même si vous ne venez pas d'une des étoiles du ciel. Dans quelques jours, nous pourrons peut-être en discuter rationnellement.

Ysaye crut entendre ce qu'il ne dit pas, à savoir que ce serait vraiment dommage qu'une jeune femme si charmante se révélât mentalement dérangée. Il y avait aussi d'autres pensées, mais si confuses qu'elle ne parvint pas à les démêler. Il s'inclina devant eux, alla prendre une chope de bière sur un buffet, et s'assit à l'autre bout du hall. Il fit un signe, et les musiciens se remirent à jouer.

Il ne nous croit pas, pensa Ysaye, dissimulant sa consternation. *Et comment l'en blâmer ? Je me demande quels sont leurs mythes fondateurs. Quels qu'ils soient, je doute qu'ils fassent place à des gens prétendant venir des étoiles.* Puis une autre idée la frappa. *Et il n'a pas l'habitude de traiter d'affaires sérieuses avec des femmes. Société pré-égalitariste, donc. Fascinant, sans doute, mais peu gratifiant pour les femmes.*

— En plus de la bière et de leur espèce de tisane, il y a du whisky là-bas, si quelqu'un en veut, dit Evans, agitant sa chope. Faites confiance à des descendants d'Écossais, si c'est vraiment ce qu'ils sont, pour fabriquer du whisky n'importe où qu'ils échouent dans la Galaxie. Et il est bon, en plus.

Il en but une bonne lampée.

— Parfait pour des usages médicinaux — et, encore mieux, pour la convivialité.

— Je n'ai vu personne d'éméché, dit Aurora, regardant autour d'elle. C'est sans doute une société à fortes contraintes sociales. Il faudrait surveiller notre alcool et nos actes, Evans ; il ne faut pas leur donner l'impression que les Terriens peuvent perdre le contrôle d'eux-mêmes. Surtout s'ils ne se croient pas apparentés à nous. Les cultures où les individus ne s'enivrent pas en public accordent beaucoup d'importance à la maîtrise de soi.

— N'aie pas peur, dit Evans avec un grand sourire. Je ne suis pas assez bête pour me saouler.

Pour l'instant, ajouta Ysaye à part elle. Elle connaissait trop bien Evans pour se fier à sa maîtrise de lui-même.

Evans poursuivit, ignorant superbement l'air sceptique d'Aurora :

— Au moins, j'ai un point de départ pour travailler — si ces gens sont des descendants d'un Vaisseau Perdu, tout ce qu'ils mangent et boivent, nous pouvons le manger et le boire aussi. Alors je vais tâcher de découvrir comment ils utilisent leurs végétaux — comme ces arbres à gousses que j'ai vus là-bas. S'ils peuvent distiller l'alcool, ils peuvent aussi distiller d'autres choses, et ils ont sans doute toute une pharmacopée indigène. Cette planète devrait être une bonne source d'alcaloïdes, résines, drogues récréatives...

Aurora fit la grimace.

— Ainsi, comme on le prévoyait tous, tu tires déjà des plans pour exploiter la planète et la situation.

Evans la regarda, comme ne comprenant pas son objection.

— Pourquoi pas ? C'est l'utilité principale des colonies. Et quand nous aurons ouvert ce monde au commerce et qu'ils verront tout ce que nous pouvons leur vendre, ils seront bien contents d'avoir des choses à exporter pour pouvoir nous acheter ce qui leur manque.

— Rien qu'avec leur musique, ils auront de quoi exporter,

dit Elizabeth, montrant les musiciens qui s'étaient remis à jouer. Leurs instruments sont très sophistiqués, même s'ils ne sont que des variantes de la guitare et de la harpe. Et s'ils peuvent en jouer, les extra-planétaires le pourront aussi.

— Mais tous faits à la main, remarqua Britton. Pas le moindre instrument électronique, et aucun indice tendant à indiquer qu'ils connaissent l'électricité. Pas de cuivre non plus, pas même d'instruments à anche.

— Nous savions déjà que la planète est pauvre en métaux, protesta Elizabeth. Quant à l'électronique, si nous exportons des enregistrements, les collectionneurs préféreront peut-être le son des instruments acoustiques. C'est souvent le cas.

MacAran regarda autour de lui et sourit.

— Commandant Britton, ces gens ne sont manifestement pas du genre à fabriquer et utiliser des synthétiseurs. Je doute qu'ils soient capables de fabriquer un tube à vide, et encore moins quelque chose de plus sophistiqué.

Elizabeth ramena son attention sur les musiciens.

— Je me demande s'ils ont une musique de danse ; les danses donnent souvent une représentation en miniature d'une société. Mais pour le moment, je veux bien étudier n'importe quoi qu'ils nous proposeront.

— Et leur langue, Lorne ? demanda MacAran à David. Vous et Elizabeth, vous avez l'air de l'apprendre à une vitesse étonnante. Comment ça se fait ?

David essaya de le lui expliquer, de plus en plus tendu, ce qui n'étonna pas Ysaye.

— Et vous croyez vraiment tout ce bla-bla sur la télépathie ? demanda MacAran.

David semblait dérouté, et Ysaye regretta qu'il n'ait pas remarqué plus tôt cette incrédulité.

— Comment ne pas y croire ? C'est un fait d'expérience — et d'expérience personnelle !

— Croyez-vous qu'ils soient totalement humains ? demanda soudain Britton. Avez-vous remarqué que certains ont six doigts aux deux mains ?

— C'est une mutation humaine assez commune, dit Aurora, manifestement satisfaite de contribuer en quelque chose à la discussion, car cela faisait partie de ses compétences professionnelles. Mutations qu'on rencontre chez certains Basques depuis plusieurs générations. C'est une des mutations génétiques les plus étudiées chez les Terriens. S'ils ont quelques ancêtre basques — et il y en avait quelques-uns sur ce Vaisseau Perdu...

Elle s'interrompit pour réfléchir.

— C'est peut-être une évolution liée à la survie, dans une société très orientée sur l'artisanat et la musique ; regardez le doigté de celui qui joue de cette grande guitare. Mais ils n'ont pas tous six doigts.

— Non. Cet homme qui est notre hôte — s'il faut en croire vos conversations « télépathiques » — n'en a que cinq, mais le grand jeune homme qu'il nous a présenté en a six. Alors lui, je croirais facilement qu'il n'est pas totalement humain, dit MacAran, cherchant Kadarin du regard. Il a quelque chose d'étrange, quelque chose qui rappelle la bête sauvage. J'aimerais bien jeter un coup d'œil sur son arbre généalogique.

— On ne connaît aucune race non humaine qui puisse se croiser avec les humains, dit fermement Aurora. C'est impossible. Les gènes ne sont pas compatibles.

— En l'état actuel de nos connaissances, dit Britton. Ce serait quelque chose d'en trouver une de compatible !

— Et c'est vous qui trouvez la télépathie improbable ? s'écria Elizabeth avec colère. Vous postulez qu'une race non humaine pourrait se croiser avec les humains, et vous croyez que j'affabule ? N'oubliez pas, Commandant, que j'ai été capable de parler avec notre hôte. Comment l'expliquez-vous autrement ?

Elizabeth rougit sous le regard sceptique de Britton, qui, éludant prudemment la discussion, s'éloigna et s'approcha des musiciens. Elizabeth le suivit, cherchant refuge dans sa chère passion. Un musicien lui tendit son instrument ; Elizabeth l'examina, plaqua quelques accords, puis se mit à chanter l'une des plus vieilles chansons gaéliques de son répertoire. Au bout d'une minute, le musicien, avec un sourire jusqu'aux oreilles, joignit sa voix à la sienne.

— Langage universel, commenta Britton. La voilà, la réponse.

— Pas la télépathie ? demanda David.

— Allons donc, David. Il y a d'autres explications, à part ton dada, dit Evans avec dédain. D'accord, je ne connais pas tous les appareils électroniques...

Soudain, Ysaye ressentit une répulsion insurmontable envers Evans.

— Moi non plus, mais je sais ce qui s'est passé. Et je ne crois pas que ces gens aient des appareils électroniques que nous ne puissions pas détecter ! Je ne les crois pas capables de fabriquer des appareils électroniques, un point c'est tout ! Qu'est-ce que tu crois donc ? Que tout ça est une mise en scène pour nous faire croire qu'ils n'ont qu'une basse technologie ? Tu ne crois donc que ce que tu peux voir ou entendre ?

— Pas grand-chose d'autre, répondit Evans, cynique. Et je les crois très capables de vouloir nous abuser par un étalage de basse technologie. Tiens, voilà du nouveau. Qu'est-ce que c'est que ça ?

Suivant le regard d'Evans, Ysaye se retourna vers l'entrée. Deux dames richement vêtues venaient d'apparaître. Une jeune fille, à peine sortie de l'adolescence, et qui ressemblait beaucoup à Kermiac ; et une femme plus grande que la plupart des hommes, avec une luxuriante chevelure blonde et de grands yeux magnétiques d'une étrange couleur or. Elle avait l'air encore moins humain que Kadarin, se dit Ysaye. Elles rejoignirent Kermiac, et, au bout d'un moment, il fit signe aux Terriens.

— Felicia, ma Dame, dit-il, et ma sœur Mariel, sa compagne.

Mariel était une jeune fille normale, au beau visage intelligent. Mais, au premier regard sur Felicia, Ysaye pensa d'elle la même chose que MacAran au sujet de Kadarin : *J'aimerais bien jeter un coup d'œil sur son arbre généalogique.* Felicia était d'une taille inhabituelle, et d'une minceur presque squelettique ; elle avait ces yeux étranges, et six doigts à chacune de ses longues mains fines. Même en faisant abstraction des histoires de non-humains, elle n'avait pas l'air tout à fait humaine. Il y avait quelque chose de bizarre dans ces yeux, qui rappelaient ceux des oiseaux.

Qu'êtes-vous ? pensa Ysaye. Les yeux étranges étaient fixés sur Elizabeth, qui chantait avec les autres. Maintenant, les musiciens passaient tout leur répertoire en revue, essayant de trouver un chant qu'Elizabeth ne connût pas. A l'évidence, Elizabeth se prenait au jeu, oubliant temporairement sa détresse.

La musique était un langage universel, ça oui.

Felicia écouta un moment, puis s'approcha des musiciens, et sembla parler avec Elizabeth, évidemment pas en paroles. Cela aiguisa la curiosité d'Ysaye ; elle était sans doute la meilleure amie d'Elizabeth à bord, et elle avait partagé son contact télépathique avec Kermiac, mais maintenant, elle n'« entendait » pas ce qu'elles se disaient. Qu'est-ce que ce pouvait être ? Elle était trop bien élevée pour les rejoindre, et, au bout de quelques minutes, Felicia, sa curiosité apparemment satisfaite, se détourna et sortit de la salle.

Elizabeth rejoignit Ysaye et elles allèrent prendre un rafraîchissement à la longue table.

— Qu'est-ce qu'elle te voulait ? demanda Ysaye.

Détendue et rose d'animation, Elizabeth semblait plus à son aise ici qu'elle ne l'avait jamais été à bord, se dit Ysaye.

— Felicia ? Je crois qu'elle voulait s'assurer que Kermiac ne nous avait pas fait la cour. Entre nous, je crois qu'il est assez cavaleur ; il en a tous les signes. Mais j'ai pu lui dire sans mentir que Kermiac n'avait pas prononcé un mot qu'il n'aurait pu répéter devant ma mère. Toi, tu serais peut-être un peu trop exotique pour lui, mais on ne sait jamais. D'ailleurs, je trouve Felicia assez exotique, alors, c'est peut-être un genre qui lui plaît.

Ysaye éclata de rire ; Elizabeth semblait avoir oublié — ou négligé — le fait que MacAran et Britton ne croyaient pas à sa télépathie. Ou peut-être avait-elle décidé que cela n'avait pas d'importance ; qu'elle continuerait à jouer les traductrices tant qu'on aurait besoin d'elle, et les laisserait inventer toutes les théories ridicules qu'ils pourraient imaginer pour se convaincre que la télépathie n'avait aucune part dans la communication. Attitude raisonnable ; peu importait ce que croyaient les Commandants, tant que le résultat était là.

Maintenant, s'ils parvenaient à convaincre Kermiac qu'ils n'étaient pas des échappés d'un asile psychiatrique...

— Relaxe, Elizabeth ; personne ne me fait jamais la cour. Je n'encourage pas cette attitude.

— Ou alors, tu ne t'en aperçois pas quand ça arrive, la taquina Elizabeth.

— Peut-être, dit Ysaye avec insouciance. Ces petits jeux ne m'intéressent pas. Et je ne crois pas qu'il dirait quoi que ce soit d'offensant, alors qu'il dépend de nous pour communiquer. De toute façon, s'il t'importunait, dis-lui que tu es fiancée à David.

Elizabeth débordait d'enthousiasme.

— C'est tellement exaltant pour David et moi, après toutes ces années où nous ne savions pas si la télépathie existait vraiment en dehors de nous...

— De trouver un monde où on l'accepte comme allant de soi ? En tout cas, c'est ainsi que semblait l'accepter Felicia, murmura Ysaye. Eh bien, s'ils lisent dans nos esprits, nous ne devrions peut-être pas trop nous inquiéter de malentendus éventuels. S'ils comprennent directement ce qu'il y a derrière nos paroles, cela devrait faciliter la communication. En tout cas, cela supprime les possibilités d'erreurs de traduction. Mais cela devrait compliquer la diplomatie.

— C'est vrai, dit Elizabeth, dont le visage s'assombrit. Mais il est possible que ce monde soit déclaré interdit et fermé. Après tout, c'est une culture pré-industrielle.

— Est-ce possible, s'il s'agit d'une Colonie Perdue et qu'ils sont tous Terriens ? demanda Ysaye. Je ne crois pas que cette situation ait aucun précédent.

— C'est possible, si le consensus conclut qu'ils ont besoin d'être protégés, dit Elizabeth avec hésitation. Je ne crois pas qu'il y ait aucun précédent juridique. La situation ne s'est jamais présentée. Mais Evans commence déjà à se demander à quoi cette planète pourrait bien être bonne et comment l'exploiter au mieux. Pourtant, je ne crois pas que ces gens soient prêts pour ça.

— Moi aussi, je l'ai entendu faire ses projets, mais ce n'est pas comme s'il s'agissait d'un peuple de débiles, ou d'une race incapable de se défendre de ce qu'ils ne veulent pas, dit Ysaye. Ils doivent avoir conservé des traces de leur héritage humain — et n'oublie pas, s'il te plaît, que si ce sont des descendants d'Écossais, ce doivent être des commerçants avisés, des avocats retors, avec, peut-être, un petit côté filou.

Elle sourit à Elizabeth.

— Alors comme ça, tu te proclames toi-même leur protectrice ?

— Peut-être, si l'alternative est de voir quelqu'un comme Evans prendre les choses en main.

Elizabeth fronça les sourcils, contrariée.

— David dit qu'à l'université, Evans s'était spécialisé en botanique, avec les drogues récréatives comme spécialité secondaire — et je ne suis pas certaine qu'il plaisantait. J'espère qu'on recevra bientôt des renforts du vaisseau, mais Dieu seul sait ce qui se passera alors.

Ysaye haussa les épaules.

— Prenons les choses comme elles viennent, proposa Ysaye. Tu as déjà assez à faire à convaincre le Seigneur Kermiac que nous ne sommes pas des fous, le Commandant Britton que tes traductions ne sont pas des hallucinations, et le Commandant MacAran que tu n'es pas tombée sur la tête, ce qui t'aurait rendue télépathe...

— Mais... protesta Elizabeth.

— Peu importe que tu sois vraiment télépathe, dit Ysaye. S'il ne le croit pas, il n'aura pas confiance en toi. Alors, laisse-le trouver tout seul une explication qui le satisfasse et ne discute pas avec lui.

— Le mensonge vraisemblable valant mieux que la vérité improbable, c'est ça ? soupira Elizabeth. D'accord. Ça ne me plaît pas, mais d'accord.

Elizabeth considéra les musiciens, l'air sombre.

— Mais je ne trouve pas juste que le fondement même de notre communication avec ces gens soit entaché de mensonge. Je trouve ça... incorrect. Comme si...

— Comme si... insista Ysaye.

— Comme si quelque chose de mauvais devait en sortir, dit Elizabeth, et elle frissonna.

CHAPITRE XII

Le jour se leva, clair et ensoleillé, et sans le moindre flocon de neige. Ysaye, éveillée à l'aube, comme d'habitude depuis leur arrivée, regarda le grand soleil rouge apparaître derrière une rangée d'arbres chargés de neige, de la petite fenêtre de la chambre qu'elle partageait avec Elizabeth et Aurora depuis déjà une semaine. Au loin, un mouvement sur le sentier attira son attention — un groupe de cavaliers approchaient des grilles du château. Ils avançaient, précédés d'une bannière bleu et argent, décorée d'un motif qu'elle ne parvint pas à distinguer. Certains cavaliers, qui, pour autant qu'elle en pouvait juger à cette distance, étaient tous des hommes, montaient des chevaux, ou des bêtes leur ressemblant comme des frères, tandis que d'autres montaient des bêtes à hauts andouillers, assez semblables à de grands cerfs.

Ysaye n'avait encore jamais vu de chevaux en chair et en os ; c'était un jouet pour les riches et les puissants ; elle fut complètement fascinée par ces bêtes, par la façon dont ils se mouvaient, par leur pas à la fois lent et sûr dans la neige, et par leur harnachement complexe. Elle les observa un moment, se demandant comment quiconque pouvait être assez riche pour posséder tant de chevaux — pensant ensuite à la lenteur des voyages, puis revenant à la raison et comprenant que l'attitude envers ces bêtes devait être totalement différente sur un monde où ils étaient le moyen de transport le plus commun. Et elle avait bien l'impression que c'était le cas sur celui-ci. Pourtant, Kermiac n'avait-il pas parlé de planeurs le premier soir ?

N'avaient-ils vraiment pas inventé ou conservé la technologie du moteur à vapeur ou à combustion interne ? Enfin, cela signifiait que l'air de la planète était moins pollué, et elle n'avait pas respiré quoi que ce soit de plus délétère que de la fumée de bois depuis son arrivée. En fait, l'air sentait bon, bien meilleur que partout où elle avait vécu ; il semblait plus vif et énergétique. Mais comment pouvaient-ils voyager ou communiquer sur de grandes distances ? A moins qu'ils ne disposent de quelque substitut satisfaisant ?

Détournant les yeux de la fenêtre, elle examina la chambre qu'elle partageait avec ses compagnes, se livrant à une analyse détaillée de son ameublement. Elles y avaient passé pas mal de temps, à se remettre de leurs épreuves. Il y avait quatre grands lits, dont deux occupés par ses amies encore endormies ; ils étaient en bois équarri à la hache, avec des sommiers de cordes et des draps qui semblaient bien tissés à la main. Il y avait encore des tapis faits à la main, grands et multicolores — ce dont elle se félicitait, car la pièce n'était chauffé que par un petit feu brûlant paresseusement dans la cheminée de brique. Il y avait enfin deux commodes de bois, également faites à la main, et une porte gardant encore les marques du ciseau, conduisant à une salle de bains bien agencée, mais glaciale. Ils semblaient avoir gardé quelque notion de l'hygiène « moderne », car il y avait l'eau courante, chaude et froide, et une baignoire. Ysaye s'efforça de se rappeler ce qu'elle avait lu sur l'hygiène au Moyen Âge ; elle crut se souvenir qu'on se baignait si rarement que les installations n'étaient pas permanentes, et les toilettes si primitives qu'elles ne dépassaient pas le niveau d'une simple feuillée. Ce n'était certes pas le cas ici. Mais il faut dire que les Crétois aussi avaient des installations « modernes ».

Quelqu'un frappa à la porte, et une femme entra. Elle portait sur le bras leurs vêtements terriens, qui avaient été lavés et séchés. Ysaye eut un sourire de gratitude, et les prit à la femme, qui lui sourit timidement en retour. Les uniformes étaient chauds et sentaient bon. Ysaye fut soulagée de remettre le sien après avoir porté si longtemps cet étrange costume indigène, et Aurora, s'asseyant dans son lit, s'écria :

— Nos uniformes ! Épatant ! Je suis contente de retrouver mes pantalons. Je ne me sentais pas à mon aise dans ces jupes. Un jour ou deux, ça va, mais la nouveauté commençait à s'émousser.

La femme sourit de nouveau, inclina la tête et sortit. Aurora se leva et commença à s'habiller.

— C'est gentil de leur part de nous avoir prêté des vêtements, mais j'aime encore mieux les miens. Question d'habitude, je suppose, mais je ne me sentais pas bien. Pas moi-même.

Pourtant Elizabeth remettait son costume indigène, et surprenant le regard interrogateur d'Ysaye, elle haussa les épaules.

— Ils nous rendent nos uniformes parce qu'ils pensent que nous sommes maintenant suffisamment reposés pour reprendre nos activités normales, je suppose, mais je devine que le Seigneur Aldaran est davantage habitué à voir des femmes en jupes, dit-elle tranquillement. Tant que j'aurai affaire à lui, je crois qu'il vaut mieux m'habiller de la façon qu'il considère la plus décente. Cela le mettra peut-être plus à l'aise pour communiquer avec moi.

— Eh bien, c'est toi l'anthropologue, et comme c'est toi aussi notre interprète, il vaut mieux ne pas l'offenser je suppose, dit Ysaye. Mais moi, j'aime mieux porter ce qui me plaît, et s'il ne me trouve pas à son goût, il n'aura qu'à regarder quelqu'un d'autre, dit-elle en riant. A l'air bizarre dont il m'a regardée le premier soir, je lui parais sans doute tellement étrange que mon costume ne fera pas grande différence. Il me trouverait aussi bizarre en jupe, en harnais de danse de Vainval ou en armure spatiale.

Quelques minutes plus tard, quand elles furent habillées, on frappa de nouveau à la porte et une servante entra avec le plateau du petit déjeuner. Elle attisa le feu, et leur demanda par signes si elles désiraient autre chose. Examinant le copieux déjeuner, Ysaye secoua la tête. Il y avait plus qu'assez pour elles trois : du pain aux noix, compact et nourrissant, quelque chose ressemblant à du fromage, des œufs durs assez semblables à des œufs de poules, bref, changement total du porridge qu'on leur avait servi jusque-là.

— Ainsi ils ont des oiseaux et savent domestiquer la volaille, remarqua Elizabeth. En fait — puisqu'ils sont à l'évidence une Colonie Perdue, ils ont sans doute réussi à acclimater les poules qui font partie des animaux qu'emportent toutes les colonies.

— J'ai vu des chevaux, ou du moins, des bêtes ressemblant bien à des chevaux, dit Ysaye. Arrivés ce matin avec un groupe de cavaliers.

— C'est la preuve finale, répondit Elizabeth en hochant la tête. Des humains et des chevaux ne peuvent s'expliquer que par une origine terrienne. On aurait pu difficilement avoir une introduction plus rapide à leur société qu'en y étant jetés comme ça par la force des choses.

Il y avait aussi un pichet de cette boisson au goût de chocolat amer, qu'Ysaye s'étonnait de trouver maintenant si bonne. Elle s'étonnait aussi de la rapidité à laquelle elle dissipait la somnolence au réveil, et en conclut que ce devait être la version locale du café — toute société, humaine ou non, en a une.

Ils ne peuvent pas être très différents de nous s'ils ont besoin de leur caféine au réveil, pensa-t-elle, ironique.

Elizabeth considéra l'impressionnante quantité de nourriture du déjeuner, et incita Ysaye et Aurora à manger tout leur comptant, disant qu'on lui avait appris, dans ses cours de xénoanthropologie, que les gens étaient souvent très fiers de leur nourriture, et que, sur une planète étrangère, il valait mieux manger tout ce qu'on vous proposait. Quand elles furent repues, la première servante reparut et les fit descendre au rez-de-chaussée où elle les introduisit dans une grande salle. Ysaye n'était pas sûre que c'était celle du premier soir ; le soleil entrant par les petites fenêtres modifiait l'apparence des choses, mais l'ameublement était le même.

Leurs collègues masculins les y attendaient déjà, l'air aussi content que les femmes d'avoir retrouvé leurs uniformes. Les hommes avaient dormi dans une sorte de dortoir de caserne, les conduisant à penser que les indigènes entretenaient des armées régulières. Leur dortoir pouvait contenir cinquante à soixante hommes.

— Elizabeth, pourquoi n'êtes-vous pas en uniforme ce matin ? s'enquit le Commandant Britton.

Tous les autres semblaient plus guillerets d'avoir retrouvé leur confortable tenue familière.

— Ces vêtements conviennent bien au climat, répondit Elizabeth. Et... ça m'a paru une bonne idée de conserver le costume local. Ici, toutes les femmes que j'ai vues remplissent des fonctions domestiques et portent la jupe, alors, j'ai cru bon de me conformer à leur coutume, extérieurement du moins. Il y a eu des époques où il en était de même sur Terra, et certains des Vaisseaux Perdus avaient adopté cette structure sociale. Je ne voudrais pas que nos hôtes aillent penser, même subconsciemment, que je n'ai aucune considération pour ce qui constitue un comportement décent dans leur société.

— Tu parles comme si tu avais toujours l'intention de t'installer ici, dit Evans avec dédain. A ta place, je n'y penserais plus. Maintenant que nous avons retrouvé nos esprits, la première chose à faire, c'est de retourner à l'épave de la navette et de contacter l'astronef par radio. Il nous faut ici une véritable équipe, puisque le Premier Contact nous a été imposé. Et alors, nous pourrons vraiment nous mettre au travail, en commençant par évaluer les richesses de cette planète. Il y a longtemps qu'on n'avait pas trouvé un nouveau monde à ouvrir au commerce.

— En admettant qu'on l'ouvre, dit Elizabeth. J'ai déjà essayé de te le faire comprendre. Les Autorités peuvent décider que ce sera un Monde Fermé, pour la protection des indigènes. Le niveau apparent de leur culture...

— Trouve autre chose, dit sèchement Evans. Tu es persuadée que c'est une Colonie Perdue, non ? Ce qui signifie qu'en leur qualité de Terriens, ils ont droit au statut de colonie. Il ne reste qu'à les amener au même niveau de développement que les autres, c'est tout. C'est leur droit.

— Mais ils sont restés au niveau pré-industriel, argua Elizabeth, têtue. S'ils étaient non humains, leur société serait protégée pour qu'ils puissent évoluer à leur façon — pas à la nôtre. Je trouve qu'ils ne devraient pas avoir à souffrir du fait qu'ils ont développé un système très différent de celui dont ils sont issus. En fait, si ce sont les descendants du Vaisseau Perdu auquel je pense, ils avaient quitté Terra pour fonder une société, non pas plus, mais *moins* technologique ! Au cours de l'histoire, toutes les sociétés primitives venues en contact avec des sociétés avancées ont été anéanties. Et il y a ici d'autres races intelligentes de non-humains...

— Écoute, la définition d'une espèce est la fertilité croisée, dit Evans. S'il existait ici une espèce indigène qui puisse se croiser avec les humains, pour absurde que ça paraisse, elle serait humaine par définition. Fertilité croisée égale humanité.

— Je ne suis pas d'accord, dit Elizabeth. J'aime cette société et ces gens, et je ne veux pas les voir liquidés à la suite d'un accident culturel ; et cette discussion que nous avons depuis une semaine me donne la migraine.

Evans leva les yeux au ciel, comme pour y chercher du secours.

— Pourquoi pars-tu du principe qu'ils seraient liquidés ? demanda Evans, sarcastique. A t'entendre, on croirait que nous sommes des pirates ! C'est du Service Spatial que tu parles ! Nous avons écrit un bouquin sur les cultures primitives et le choc culturel. Tu parles comme si nous venions pour les détruire ; tu sais très bien qu'il existe des lois très strictes contre l'interférence culturelle. Nous sommes parfaitement capables de protéger une société constituée...

Il dit ça pour lui faire plaisir, réalisa Ysaye. *Il n'en croit pas un mot. Il a décidé que cette planète était... un verger plein de fruits, et il est bien décidé à s'approprier les plus juteux et les plus mûrs, et au diable leurs propriétaires légitimes.*

L'instant suivant, elle se demanda pourquoi elle était soudain si sûre de ses motivations et de ses projets.

Mais elle n'eut pas le loisir d'y réfléchir davantage. Evans se tut à l'entrée de Mariel et Felicia, qui s'approcha d'Elizabeth avec un sourire amical.

Evans décocha à Elizabeth un regard qu'elle ne sut interpréter et alla rejoindre le Commandant Britton. Rien que pour ça, Elizabeth aurait accueilli Felicia avec joie.

Kermiac m'a demandé de faire tout ce que je pourrais pour vous aider, dit-elle à Elizabeth, les paroles inintelligibles mais le sens aussi clair que si elle avait parlé en Terrien Standard. *Nous aimerions connaître vos projets, maintenant que vous avez retrouvé vos esprits.*

— Merci de votre proposition, dit tout haut Elizabeth, car il lui était trop difficile de ne parler que mentalement. Je dois consulter mon... euh... mon supérieur.

Felicia sembla l'approuver, et, aux regards en coin qu'elle coula à Ysaye et Aurora, Elizabeth se dit qu'elle avait bien fait de conserver son costume local. Elle fit signe au Commandant MacAran qui s'approcha.

— Dame Felicia dit que le Seigneur Aldaran désire connaître nos projets, Commandant.

— Contacter le vaisseau et le faire atterrir, naturellement, dit MacAran. Evans a raison sur ce point ; le Premier Contact a été tellement bousillé que rien de ce que nous pourrons faire maintenant ne pourra être pire. Dès que l'ordinateur linguistique et les hypno-moniteurs seront en service, nous ne dépendrons plus de vous pour cette forme de communication, que vous appelez télépathie dans votre crédulité, mais j'ai d'autres idées sur la question.

— Il me tarde de les connaître, dit Elizabeth avec lassitude.

Elle se tourna vers Felicia, et s'efforça de trouver des mots et des concepts qu'elle puisse comprendre.

— Il y a un appareil de communication sur le véhicule qui nous a amenés ; nous devons contacter nos camarades. Ils doivent s'inquiéter à notre sujet, et ils souhaiteront sans doute rencontrer votre seigneur. Notre chef et votre seigneur auront sans doute beaucoup de choses à discuter.

Felicia acquiesça de la tête, les yeux pensifs.

Elizabeth se retourna vers MacAran.

— Et que croyez-vous donc que ce soit si ce n'est pas de la télépathie ? Vous pouvez me traiter de crédule si vous voulez, mais quelle est votre explication ?

MacAran haussa les épaules.

— Evans pourrait avoir raison ; ils ont peut-être des appareils électroniques pour nous monitorer. Savez-vous ce que c'est qu'un ESP — évaluateur de stress psychique ? Ils pourraient en posséder. Le Commandant Britton a même une explication plus simple. Vous savez toutes ces vieilles chansons folkloriques, vous et David, et vous savez ce qu'elles veulent dire. Il se pourrait que vous les compreniez subconsciemment, attribuant cela à la « télépathie », parce que votre esprit conscient sait que vous ne pouvez pas connaître leur langue. Ajoutez à cela la capacité d'interpréter avec précision le langage corporel, et vous avez quelque chose qui ressemble fort à la télépathie.

Elizabeth secoua la tête.

— J'en doute. Des appareils tels que les ESP signifieraient qu'ils ont des connaissances très poussées en électronique et miniaturisation, et, honnêtement, Commandant, aucun d'entre nous n'a rien vu ici qui dépasse le niveau technologique du Moyen Âge ! Quant à l'idée du Commandant Britton — je sais peut-être ce que veulent dire mes chansons, mais je ne sais pas ce que veulent dire les mots pris individuellement ! Et cela n'expliquerait pas pourquoi ils peuvent me lire et pas vous ! Et les détails spécifiques — les noms par exemple ? D'où auraient-ils pu les extraire — et moi aussi ?

— C'est vrai — mais je crois pourtant que vous sous-estimez votre subconscient et votre intelligence. Je dois avouer que, jusqu'à présent, je n'ai relevé aucun signe d'électronique, miniaturisée ou non.

Il soupira.

— Je serai bien content de remettre tout cela entre les mains du Capitaine.

— Je ne vois pas ce qu'il pourra faire de plus que nous, dit-elle. Ce sera quand même bien d'avoir les corticateurs, comme ça, vous commencerez peut-être à croire à la télépathie quand vous pourrez tous parler avec ces gens...

Un mouvement à la porte attira son attention et elle s'interrompit.

— Oh, voilà du nouveau, ajouta-t-elle. On dirait qu'ils font donner l'artillerie lourde.

Les portes du hall s'étaient ouvertes pendant leur discussion, et un jeune, vêtu de ce qui semblait être un uniforme vert et noir, dégaina son épée à l'entrée et annonça solennellement :

— *Dom* Lorill Hastur, Héritier d'Hastur.

Cette entrée spectaculaire attira l'attention de tous, y compris d'Ysaye, et elle se demanda ce que signifiait l'arrivée d'un autre indigène de haut rang. En tout cas, les nouvelles semblaient aller vite, pour des gens qui censément voyageaient à dos de cheval !

Ysaye perçut des ondes télépathiques l'avertissant que « Hastur » n'était pas seulement un nom, mais un titre, et un titre important. Lorill Hastur, qui entra comme s'il était chez lui, était un jeune homme roux, de belle taille et de belle carrure, quoique moins grand et large que MacAran. Ysaye reconnut les couleurs de ses vêtements, et réalisa qu'il faisait partie du groupe de cavaliers aperçus à son réveil. Il parcourut la pièce du regard et vint droit sur Felicia.

— *Domna*, dit-il, inclinant légèrement la tête en ignorant Elizabeth. Je suis arrivé ce matin de Thendara, après un voyage de dix jours. Le Seigneur Aldaran m'a fait l'amitié de me dire que vous avez ici des gens tels que nous n'en avons jamais vus. En fait, c'est la présence de ces personnes qui m'amène. C'est vous qui vous occupez de ces étrangers ?

— Par la faveur de mon seigneur, *vai dom*, répondit-elle avec une profonde révérence, très impressionnée par le jeune seigneur, à en juger sur ses paroles et ses manières. La *leronis* de notre Tour nous a prévenus qu'ils étaient en péril sur les terres d'Aldaran. Nous les avons cherchés, nous les avons trouvés bloqués par la tempête dans un refuge de montagne, et nous avons eu le privilège de les ramener ici, et de leur offrir l'hospitalité. Comme vous pouvez le voir, dit-elle, regardant les Terriens en uniforme, ils sont effectivement très étranges. Ils ne parlent ni le *casta* ni le *cahuenga*, ni la langue du commerce, ni celle des Villes Sèches. Puis nous avons découvert qu'ils connaissaient certaines de nos plus anciennes chansons — comme par magie. Ou peut-être qu'ils peuvent lire dans nos esprits, bien que le Seigneur Aldaran affirme que la plupart sont aveugles mentaux. Il leur a donné l'hospitalité d'Aldaran. Pouvait-il faire autrement ?

— Absolument pas, dit Lorill, d'un ton conciliant. C'est l'hospitalité envers les étrangers qui sépare l'homme de la bête. Il faudrait pourtant savoir qui ils sont, d'où ils viennent. Et pourquoi.

Ysaye eut du mal à le suivre, car il parlait en paroles et non télépathiquement ; elle ne comprit le sens général qu'en se concentrant intensément, comme si elle l'entendait d'une pièce éloignée.

Mais même le Commandant MacAran, aux regards curieux que Lorill portait sur les Terriens, semblait deviner le sens de ses questions.

Lorill Hastur regarda Elizabeth, l'air interrogateur, et Ysaye se demanda s'il la prenait pour une indigène. Car, aux yeux d'Ysaye, rien ne la différenciait des autres, tant qu'elle n'ouvrait pas la bouche. Ysaye se demanda si Elizabeth était victime de son désir de leur ressembler et de se dissocier de ses camarades terriens. Elle semblait déjà presque chez elle, et déjà partisane — quoiqu'un peu confuse de l'être. Certains stigmates s'attachaient à ceux du Service Spatial qui « passaient du côté des indigènes ». L'impression qu'ils étaient trop faibles pour accomplir leur mission, qu'ils étaient trop facilement séduits par des modes de vie primitifs. Elle les avait entendu qualifier de « Mangeurs de Lotus ». Trop prêts à oublier leur propre monde pour le rêve d'une existence « plus simple ».

Ysaye espérait que ce n'était pas ce qui était en train d'arriver à Elizabeth. *Elle a peut-être juste été trop longtemps dans l'espace*, pensa-t-elle. *Et elle a toujours pris le parti du plus faible. C'est peut-être ça ; elle essaye seulement de protéger quelque chose qui ne pourrait pas survivre à tous les Evans de l'univers.*

Après une conversation à voix basse avec Felicia, Lorill s'approcha d'Elizabeth et lui demanda :

— C'est vous qui parlez au nom de ces gens ?

— Pas vraiment, répondit-elle. Je ne suis qu'une intermédiaire. Voilà mon supérieur.

Elle se tourna vers MacAran.

— Commandant MacAran, il voudrait vous parler. Je vous présente Lorill Hastur, qui semble un personnage très important. D'après ce que j'ai compris, le Seigneur Aldaran l'a autorisé à nous voir.

Peut-il vraiment suivre ce que je dis ? se demanda-t-elle. Kermiac en était capable, ou le semblait... mais...

Bien sûr que je le peux. Le ton mental était presque suffisant. *J'ai été correctement entraîné. Et vous avez raison ; Kermiac d'Aldaran ne penserait jamais à s'opposer à mes souhaits.*

Elizabeth déglutit avec effort, la gorge soudain sèche.

— Commandant, il suit ce que je vous dis, et vice versa. Parlez.

Ysaye secoua la tête, car maintenant, il lui semblait

qu'elle recevait les pensées de ses propres collègues ! Elle entendit MacAran qui pensait : *Maintenant, elle croit que ce jeune homme lit directement dans son esprit. Enfin, inutile de discuter pour le moment.*

MacAran s'éclaircit la gorge, l'air mal à l'aise.

— Si c'est un VIP local, autant lui parler du crash de la navette. On verra s'il nous croit davantage que cet Aldaran.

— Juste pour rigoler, ajouta Evans, vois s'il comprend que je lui dis d'aller au diable.

Le Commandant MacAran le foudroya pour lui imposer le silence.

Felicia ravala brusquement son air, mais elle ne dit rien et s'écarta vivement. Ysaye savait ce que ça voulait dire. Elle, au moins, avait compris.

Avant qu'Elizabeth ait pu répéter ces paroles, ou décider si elle allait les répéter, il était déjà trop tard. Lorill avait déjà extrait leur sens de son esprit. Son visage fin et étroit se ferma.

Un instant, Elizabeth craignit qu'il ne fît quelque chose — quoi, elle n'en avait aucune idée, mais en voyant son expression, elle frissonna.

Pourtant, il dit simplement :

— Vous pouvez dire à votre sot compatriote que je l'ai compris. Je vous épargnerai l'embarras de le répéter. Il est assez naturel que les aveugles mentaux ressentent le besoin de m'éprouver, si la plupart des gens de vos pays sont ainsi à demi infirmes et dépourvus de *donas*.

Il fit une pause, puis ajouta mentalement : *Je ne vois aucun moyen de lui retourner son insulte, sans vous mettre dans l'obligation de la répéter. Il ne comprend pas du tout, et il vous soupçonnerait de l'inventer. Mais quand nous aurons un moyen de communiquer, nous verrons si ce bâtard-aux-six-pères aura le courage de me la répéter en face.*

Il eut un sourire suave et poursuivit : *Et quand il comprendra les conséquences de cette insulte, quand il saura que je pourrais le défier à l'épée pour avoir prononcé ces paroles, je suis certain qu'il se montrera très poli à l'avenir. En attendant, dites à votre Commandant MacAran que les hommes d'Aldaran le conduiront jusqu'à votre véhicule et votre appareil de communication. Et, oui, je crois votre histoire. J'ai accès à des informations que ne possède pas Aldaran.*

Elizabeth répéta la fin de l'entretien, et MacAran hocha la tête.

— Je ne sais pas comment vous avez compris tout ça juste en le regardant, mais on dirait bien que c'est vrai, dit-il. Remerciez-le.

Elizabeth s'exécuta, heureuse qu'un incident diplomatique ait été évité.

Plusieurs hommes d'Aldaran parurent à l'appel de leur chef et conduisirent MacAran dehors. Le Commandant Britton les accompagna, faisant signe à Evans de rester avec les femmes. Felicia et Lorill Hastur se retirèrent à l'autre bout de la salle, et les Terriens restèrent seuls.

Evans suivit des yeux Lorill Hastur, avec son air méprisant habituel.

— Fais attention, Evans, l'avertit Elizabeth avec lassitude, certaine qu'Evans ignorerait l'avertissement, mais sachant qu'en cas de malheur elle se reprocherait de ne pas l'avoir prévenu. Il a compris ton insulte. Tu t'es fait un ennemi, j'en ai peur. Tu le trouves peut-être jeune, mais c'est un homme d'immense importance dans son peuple, et il a le pouvoir de... de te demander raison, s'il le veut.

— Mais oui qu'il l'a comprise ! railla Evans. Si tu crois ça, tu es capable de croire n'importe quoi. Moi, je ne crois pas à la télépathie, et je pense qu'il t'a simplement fait croire qu'il a tout ce pouvoir.

Devant son regard furibond, Ysaye se dit qu'ils n'avaient pas besoin de se faire des ennemis parmi ce peuple, ils en avaient déjà un en Evans.

— C'est un jeune snob qui voulait tarabuster un peu les étrangers pour voir s'il allait leur faire peur — pur coup de bluff. Mais dès que tout sera rentré dans l'ordre, il verra qui commande ici.

Evans s'éloigna et Elizabeth soupira.

— Qu'est-ce qu'il y a, Liz ? demanda Ysaye.

Autant continuer à feindre que je ne comprends rien. Ça pourrait se révéler utile par la suite.

— Il est fou ; tu l'as entendu insulter le Seigneur Hastur, répondit Elizabeth.

Ysaye se demanda pourquoi elle s'était exprimée sous cette forme, au lieu de dire simplement Lorill Hastur.

— Il croit que je lui ai répété son insulte. Il sait qu'il a provoqué la colère d'Hastur, mais il veut m'en rendre responsable.

— Ignorant commodément le fait que tu n'as pas ouvert la bouche, sauf à la fin, pour traduire la réponse de Lorill Hastur au Commandant MacAran.

— C'est vrai, dit Elizabeth, surprise. Je n'ai pas ouvert la bouche. Et le Seigneur Hastur est furieux, vraiment furieux ; il a traité Evans de bâtard-aux-six-pères, et évoqué la possibilité de le provoquer en duel s'il répétait son insulte.

Ysaye rumina cette réponse.

— Intéressant comme insulte. Bâtard était un terme d'injure dans de nombreuses sociétés. Mais que peut bien être un bâtard-aux-six-pères, à ton avis ?

— Je suppose que c'est une injure à la vertu de sa mère — ou peut-être de ses ancêtres, dit Elizabeth, dubitative. Je n'ai pas vraiment envie de le savoir. Mais au ton, ce n'était pas un compliment. En tout cas, je ne m'amuserais pas à insulter gratuitement cet homme. S'ils ont un code du duel, incorporé dans leurs lois, l'Empire l'avalisera sans doute. Et dès l'instant où Evans pose le pied sur *leur* sol, il doit obéir à *leurs* lois.

— Moi, je ne m'amuserais pas à insulter quiconque ici, même si l'Empire ne reconnaît pas leur code du duel, dit Ysaye. Evans n'a aucune raison de se livrer à ce genre de fantaisie. Il aurait pu provoquer un grave incident diplomatique. De plus, les indigènes ont été très hospitaliers envers nous.

— C'est bien vrai. Mais nous ne savons toujours pas comment ils ont appris que nous étions sur leur sol, et en danger, dit Elizabeth, pensant à la télépathie. Je veux dire, comment auraient-ils été avertis de notre présence sans quelque capacité à percevoir les pensées ?

Le Dr Lakshman les rejoignit alors.

— Bonne question, remarqua Aurora. Si d'ici, ils nous ont trouvés là-bas, cela implique que quelqu'un a une portée remarquable.

— C'est vrai, dit Ysaye. Ce qui soulève une autre question : lequel d'entre nous ont-ils reçu, et que peuvent-ils apprendre de nous sans que nous nous en apercevions ?

Questions peu réconfortantes — aux réponses qui l'étaient encore moins. Les trois femmes se regardèrent, mal à l'aise, passant en revue leurs souvenirs, à la recherche de toute pensée qui pourrait leur causer des problèmes.

— Ils ont dit quelque chose au sujet de Felicia et Kadarin ? demanda Aurora, changeant de conversation. Il me tarde de connaître leur origine.

— Felicia et Raymon sont d'anciens noms terriens, remarqua David. Comment Evans l'explique-t-il ? A moins qu'il ait finalement décidé qu'il s'agit d'une Colonie Perdue ?

— Apparemment oui, dit Elizabeth.

— Je parierais une année de solde qu'il va inventer quelque chose pour expliquer la télépathie, dit Ysaye. Sans doute une explication étrange. Il s'y connaît peut-être en botanique et en drogues, mais il est pratiquement inutile pour n'importe quoi d'autre, quand il n'est pas carrément nuisible.

— Je serai soulagée quand le Capitaine Gibbons atterrira avec l'astronef, dit Aurora. Et si vous voulez mon avis, je suis plutôt contente que les procédures de Premier Contact soient passées à la trappe. Ça rend les choses beaucoup plus simples.

Plus simples, peut-être, pensa sombrement Ysaye, *mais certes pas plus faciles*.

CHAPITRE XIII

La simple existence de l'épave de la navette, concrète, solide, et impossible à reproduire, convertit Kermiac d'Aldaran de sceptique en croyant fervent. Le changement fut vraiment remarquable ; il était venu avec ses hommes, pour voir l'« appareil », s'attendant sans doute à rien de plus insolite qu'une carriole ou une charrette, mais également préparé à quelque chose de complètement exotique. Dans le premier cas, il aurait peut-être fait transférer ses hôtes dans des appartements mieux surveillés, où les psychiatres locaux auraient tenté de les guérir de leurs hallucinations. Dans le second, Ysaye ne savait pas exactement ce qu'il aurait fait. Elle avait l'impression qu'il les aurait traités comme des êtres surnaturels.

Il ne fit pourtant ni l'un ni l'autre, mais se mit à examiner quelque chose manifestement fait par la main de l'homme, mais infiniment plus compliqué que tout ce que pouvait fabriquer son peuple. Et c'était un véhicule entièrement *métallique* ; il avoua à David que cela seul aurait suffi à le convaincre. Rien que dans l'habitacle, il y avait assez de métal à récupérer pour armer ses soldats pendant trois générations.

Cela leur avait donné une base de négociation ; en échange de l'autorisation d'atterrir avec l'astronef, de l'attribution d'un terrain d'atterrissage, et de la promesse de négociations pour la construction d'un astroport, le Capitaine Gibbons accorda au Seigneur Aldaran tous droits de récupération des équipements — hors équipements techniques — et de la coque elle-même. Pour les Terriens, seule l'électronique valait la peine d'être conservée. MacAran était revenu disant qu'il avait dû se cogner la tête plus fort qu'il ne pensait pour avoir dit que seul le train d'atterrissage les empêchait de redécoller. Avec les énormes déchirures de la coque, elle n'aurait jamais été capable de reprendre l'air.

Les hommes d'Aldaran se pressèrent autour de l'épave, détachant toutes les pièces qu'ils pouvaient avec leurs outils primitifs. Cela convainquit au moins Evans qu'aucun « appareil électronique secret » n'espionnait les Terriens, car les indigènes ne manifestèrent pas le moindre intérêt pour les câblages ni l'électronique, si ce n'est pour leur contenu métallique. En revanche, ils récupérèrent tout ce qui était en cuivre, sans négliger le plus petit fragment, convainquant MacAran qu'en termes de valeur marchande, Aldaran avait eu la meilleure part du marché, ou du moins le croyait.

Le lendemain, une autre navette atterrit, avec une équipe qui se mit à découper la coque et récupérer les équipements utilisables. Les hommes d'Aldaran passèrent toute la journée à emporter les plaques de métal encore brûlantes du chalumeau, et le soir, il ne resta plus rien indiquant qu'une navette avait atterri à cet endroit, si ce n'est la neige souillée. Les indigènes avaient même emporté les moindres bouts de plastique, et Ysaye les revit quelques jours plus tard sous forme de bijoux, portés par certaines villageoises, et même par quelques femmes « Comyn » au château Aldaran.

Deux jours plus tard, dans un vaste espace nu en dehors du village, que le Seigneur Aldaran appelait *Caer Donn*, Ysaye regarda l'astronef atterrir, créant son propre champ de gravité zéro pour se poser dans la neige comme une énorme plume. Tous les gens du château étaient là et la plupart des villageois — et leur familiarité avec les deux navettes n'empêcha pas ceux du château de rester bouche bée comme les simples paysans.

Ysaye fut soulagée de son arrivée. Elle en avait assez du froid perpétuel, de la fumée des feux de bois, de l'étrange nourriture. Et encore plus assez de la menace constante d'allergies inconnues. Deux fois déjà, elle avait dû recourir aux soins d'Aurora, qui l'avait mise sous masque à oxygène. Pendant ses crises extrêmes, elle était victime d'hypoxie ;

elle s'était ainsi retrouvée dans l'infirmerie improvisée d'Aurora, étourdie, faible, désorientée, ne sachant trop où elle était. État très dangereux.

Plus dangereux encore, la toxémie, autre effet secondaire de l'allergie, où elle pouvait littéralement devenir allergique à elle-même. Elle fut heureuse de retrouver l'environnement contrôlé de l'astronef.

Avec l'aide de ce qu'elle ne pouvait qu'interpréter comme son nouveau pouvoir télépathique, elle apprit les rudiments de la langue parlée par le Seigneur Aldaran, le *casta*, et accompagna Elizabeth dans ses enquêtes sur le niveau culturel des villageois de Caer Donn et des châtelains d'Aldaran. Mais il lui tardait de retrouver ses ordinateurs et ses écrans, ses banques de données et ses capteurs. Quelque intéressant que ce fût, elle en avait assez de voir tout cela de ses yeux. Elle avait besoin que ses ordinateurs s'interposent entre elle et ce monde trop réel.

Jusque-là, tout ce qu'elles avaient vu indiquait que cette culture était exactement telle qu'elles l'avaient jugée au début : pré-industrielle, sans grandes capacités de production, sur un monde pauvre en métaux, avec une économie fragile et une écologie encore plus fragile, essentiellement basée sur une agriculture rudimentaire. A moins que quelqu'un découvrît des plantes intéressantes à cultiver pour l'exportation, ces gens auraient très peu de chose à offrir au commerce, à part quelques objets artisanaux. Bien sûr, ce genre d'articles donnait lieu à un commerce interstellaire actif quoique limité. Les objets en bois, cuir, fourrure — les objets d'art — même les instruments de musique — tous avaient leur place dans le commerce de luxe. Ils pourraient donc peut-être faire un peu de commerce, mais ce qu'ils avaient de plus intéressant à offrir, c'était leur situation. L'Empire Terrien paierait grassement les indigènes pour l'autorisation de construire un astroport sur la planète.

Au village, Ysaye et Elizabeth avaient vu une forge, une bijouterie, une boulangerie où tout le village venait faire cuire son pain dans le four communal, associée à une auberge rudimentaire où un homme cuisinait ragoûts et rôtis tandis que sa femme et sa fille s'occupaient des clients ; des bains publics, qui, pensait Elizabeth, servaient aussi de salle de réunion et de lupanar (Ysaye espérait qu'ils n'accueillaient pas les deux sexes en même temps, et pensa avec nostalgie à la bonne douche qu'elle allait prendre sur le vaisseau) ; une taverne ; un petit théâtre en plein air, sombre et désert, mais, selon les villageois, animé par des chanteurs, acrobates et autres au moment des foires ; une boucherie et un vendeur de vêtements simples, de bottes et de sacs. Elizabeth s'était demandé tout haut comment ces gens réagiraient à l'afflux de biens et services terriens. Ysaye croyait le savoir : ils les dégoûteraient de leur propres productions. Il n'y avait qu'à voir la séance de marchandage animé pour la possession d'un bout de plastique, pour comprendre que les indigènes se jetteraient sur les biens terriens, avec ou sans l'approbation de leurs gouvernants.

Et sans aucun doute, pensa Ysaye, écœurée, quand l'inévitable marché noir s'installerait, Evans en serait l'un des profiteurs, sinon l'instigateur.

Le vaisseau avait envoyé un message à Terra, et Elizabeth attendait nerveusement la réponse. Le Capitaine Gibbons et ses officiers se partageraient la prime de découverte de ce monde. Ce n'était pas cela qui inquiétait Elizabeth ; elle se préoccupait de ce que serait la classification de cette planète.

Si les autorités du Service Spatial décidaient qu'ils n'y avait aucune raison d'en interdire l'accès et le classaient dans les Mondes Ouverts, la planète serait ouverte à l'exploration et à l'exploitation.

Mais si elles décidaient de lui accorder le statut de Monde Fermé protégé, ils seraient tous partis dans leur astronef d'ici un mois. David et Elizabeth n'auraient pas le loisir de continuer les enquêtes qu'ils trouvaient si passionnantes, et, naturellement, leur mariage serait retardé.

Tout cela dépendant d'une décision consécutive à une audition devant le Gouvernement Central de l'Empire.

Ysaye pouvait plier bagage avec indifférence et partir pour la planète suivante, mais elle savait qu'Elizabeth désirait passionnément rester. Le pire, c'était qu'Elizabeth était déchirée entre deux désirs contradictoires : que cette planète fût classée à la fois Monde Ouvert, et Monde Fermé. Si c'était un Monde Ouvert, elle et David pourraient s'y installer et se consacrer à une culture que non seulement ils trouvaient fascinante, mais qu'ils avaient commencé à aimer. Mais un Monde Ouvert serait vulnérable à Evans et ses pareils, qui ne pouvaient rien voir sans calculer ce qu'ils pourraient en tirer. Le statut de Monde Fermé protégerait les indigènes de ce genre d'individus — mais cela signifierait que, non seulement Elizabeth et David devraient le quitter, mais que les indigènes eux-mêmes perdraient les bénéfices considérables que leur apporterait leur appartenance à l'Empire.

La seconde navette avait été commandée par le Capitaine Gibbons. C'était un petit homme mince, aux cheveux en bataille et à la peau ridée comme une pomme. Ysaye se demandait quand il était né, car il paraissait sans âge. Elle avait entendu dire qu'il avait commencé sa carrière comme assistant mécanicien, parce que sa petite taille et sa minceur lui permettaient d'accéder à des parties du vaisseau inaccessibles à de plus gros gabarits ; à l'époque, il n'y avait pas de femmes dans le Service Spatial, et même maintenant, celles qui choisissaient la mécanique étaient rares. Le Capitaine Gibbons connaissait toujours son vaisseau dans les moindres recoins, et l'on disait que s'il y avait quelque chose à bord qu'il n'arrivait pas à réparer, c'est que c'était irréparable. Il continuait à porter un très vif intérêt à tout ce qui était mécanique ou électrique, et c'est lui qui avait décidé que la première navette était irrécupérable.

Maintenant que l'astronef avait atterri, le Capitaine avait moins d'obligations envers lui, et davantage envers ce que l'équipe avait appris après le Premier Contact. Ysaye ne fut donc pas surprise quand il les convoqua dans son bureau pour un « rapport informel ».

Ysaye laissa parler Elizabeth. Elle était trop heureuse d'être de retour sur l'astronef, la peau encore tiède d'une douche brûlante et en uniforme propre, respirant un air qui, enfin, ne charriait pas des tas d'odeurs : fumée, vapeurs de rôtis, huile de lampe, sueur, crottin.

Il prit leurs rapports et écouta avec attention ce qu'Elizabeth lui dit de la télépathie.

— Les Services Secrets mettaient assez d'espoir en la

télépathie pour vous avoir affectées à ce vaisseau, vous et Elizabeth, dit-il. On ne peut donc pas écarter complètement cette possibilité.

Mais quand le Capitaine demanda à Evans son avis sur le sujet, il entendit un son de cloche tout différent.

— Allons donc, Capitaine, ces gens se moquent de nous ! Une télépathie qui ne marche que pour certaines personnes ? C'est une bonne excuse pour ne pas comprendre ce qu'on n'a pas envie de comprendre !

Il prit tous ses échantillons et s'en alla dehors ; en fait on ne le voyait plus beaucoup sur le vaisseau. Ysaye avait l'impression qu'il s'installait un petit laboratoire personnel quelque part — sans comprendre pourquoi il n'utilisait pas les installations très perfectionnées du vaisseau. Mais, se dit-elle, s'il voulait faire quelque chose d'illégal...

Aurora accepta de grand cœur les facilités offertes par les ordinateurs linguistiques et les corticateurs, qu'elle se mit à installer avec David ; la plupart dans l'astronef, mais quelques-uns au château, afin que les indigènes qui le désiraient puissent apprendre le Terrien Standard. C'était un des avantages de leur Premier Contact si peu orthodoxe ; à ce stade, ils avaient contrevenu à tant de règles et règlements, que ce qu'ils montraient ou non aux indigènes n'avait plus beaucoup d'importance.

L'homme Kadarin — si c'était un homme — s'était le premier porté volontaire pour étudier sur ces étranges machines, avec l'heureux résultat qu'ils avaient maintenant un indigène parlant le Terrien Standard, et des enregistrements permettant aux Terriens d'apprendre le *casta*, et une autre langue essentiellement parlée par les paysans, le *cahuenga*. Quand Kadarin eut survécu à ses séances de corticateur, il commença immédiatement à causer technique avec Britton et le Capitaine, et se mit en quatre pour, disait MacAran, trouver un autre site où d'autres astronefs pourraient atterrir.

Personne ne s'étonna vraiment d'apprendre qu'il considérait Caer Donn comme le site parfait. Le Capitaine Gibbons fut de son avis. Ainsi, se dit Ysaye, si l'astroport était jamais construit, ce serait ici, sous l'influence d'Aldaran. Que sa construction fût possible ou non, cela restait à voir.

Parfois, Ysaye était certaine que les habitants de Cottman IV voudraient devenir une Colonie Terrienne comme les autres. Cela semblait logique — après tout, ces gens *étaient* des Terriens ; ne méritaient-ils pas de jouir des bénéfices attachés à cette qualité ? Bien sûr, ce serait au Gouvernement Central de l'Empire d'en décider.

Le reste du temps, elle craignait que ce ne soit le cas — que cela plût ou non aux indigènes. Bien qu'elle trouvât cela difficile à croire, *il y avait* des gens pour penser que l'appartenance à l'Empire n'apporterait pas que des bénéfices. Parfois, elle était troublée, surtout quand elle entendait Evans faire des plans avec Kadarin.

Dès que Kadarin avait su le Terrien Standard, Evans l'avait réquisitionné pour lui servir de guide et l'aider à porter son matériel, et Ysaye avait remarqué qu'ils changeaient brusquement de conversation quand quelqu'un s'approchait d'eux. Le peu qu'elle en surprit la mit carrément mal à l'aise. Elle trouvait immoral de faire des plans d'exportation avant que les écologistes, psychologues et sociologues aient rendu leur rapport sur cette société.

Les règlements mêmes de l'Empire exigeaient ce rapport avant l'ouverture de toutes relations commerciales ; mais l'idée semblait déjà susciter beaucoup d'enthousiasme dans la population. Les négociations étaient déjà engagées pour la construction d'un astroport, l'emploi de main d'œuvre indigène et le ravitaillement de l'équipage en produits frais — ce qui serait bon pour l'économie et l'agriculture locales, ainsi que le leur avait laissé entendre Kermiac d'Aldaran. Et il avait fait des allusions aux privilèges qu'il sollicitait en échange de l'installation de l'astroport sur ses terres.

Ysaye savait que Kermiac désirait des armes, mais elle ne savait pas si les règlements le permettaient. D'après ce qu'elle comprenait, cela constituerait une ingérence dans la politique locale ; toujours mauvais, étant donné ce qu'étaient les politiques locales. Elle avait déduit de ses informations qu'Aldaran était une sorte de royaume indépendant, avec Lorill Hastur représentant un autre royaume, situé plus au sud, et de climat considérablement plus doux. Elle pensait que la procédure normale voulait qu'on examine les deux sociétés et les rapports qu'elles entretenaient, avant de leur vendre ne serait-ce que des armes de basse technologie.

Finalement, elle avait approché Lorill Hastur sur la question ; indirectement, pensait-elle. Lorill se tenait à l'arrière-plan des discussions ; observant toujours, mais n'intervenant jamais et commentant rarement.

Mais vous devez réaliser, avait dit mentalement Lorill, *que nous autres des Domaines prétendons à la suzeraineté sur Aldaran. Ils ne veulent pas toujours l'admettre, mais nous sommes leurs souverains. Tout ce que peut faire Aldaran pour souligner son indépendance, il le fait.*

Si c'était vrai, cela donnait un autre tour à toute l'affaire, et surtout au désir d'Aldaran d'acheter des armes. C'était absolument contraire à la politique de l'Empire de prendre parti dans des différends purement locaux, ou de rendre des arrêts sur des disputes, même si elles se fondaient sur des causes aussi insignifiantes que la fameuse dispute entre les Grands-boutiers et les Petits-boutiers des *Voyages de Gulliver*. Un proverbe très connu de l'Empire Terrien affirmait : *Ce n'est pas à nous de décider par quel bout les autres peuples mangeront leurs œufs à la coque*. Malheureusement, de nombreux exemples attestaient que ce précepte était plus souvent honoré en paroles que dans les faits.

Ysaye décida que ce qu'elle avait de mieux à faire, c'était de rester en dehors de tout ça, et elle alla vérifier ses banques de données. A son grand soulagement, aucune catastrophe ne s'était produite pendant son absence. Elle retourna à sa cabine, appréciant le luxe d'une chambre chaude pour la première fois depuis des jours, et tira le clavier de son synthétiseur. Elle le régla sur « clavecin » et joua *Invention à deux voix* de Bach jusqu'à ce que ses doigts aient fini de dégeler.

Le lendemain matin, Elizabeth vint la trouver pour lui annoncer qu'elle et David avaient décidé de se marier maintenant, remettant les enfants à plus tard, quand les autorités auraient décidé du statut de la planète.

— Nous en avons assez d'attendre, dit-elle. Ça n'a plus de sens. Je ne sais pas si le statut de Monde Ouvert ou Fermé a de l'importance. Et je ne sais même plus pourquoi nous avons attendu si longtemps — ça semble idiot maintenant.

Et, Ysaye, veux-tu être ma demoiselle d'honneur ? ajouta-t-elle.

— Bien sûr, répondit Ysaye en l'embrassant. Où et quand ?

Le mariage aurait lieu dans trois jours — car Elizabeth avait consulté le Capitaine Gibbons et l'aumônier, tous les deux habilités à marier les membres de l'équipage n'importe où dans l'Empire, et s'était décidée pour l'aumônier, qui leur avait demandé de respecter la « période de réflexion » de trois jours.

— Trois jours ne comptent guère quand on a attendu trois ans, avait dit David avec philosophie.

Ysaye était bien de cet avis.

Ainsi, en plus de leurs autres tâches, elle et Elizabeth avaient maintenant un mariage à préparer. Pas une noce luxueuse — ils n'appartenaient pas au Gotha, mais à un équipage d'astronef — mais tout le personnel du vaisseau voudrait y assister, et ils seraient très déçus s'il n'y avait pas une fête quelconque. La plupart ne connaissaient pas très bien Elizabeth, qui restait beaucoup sur son quant-à-soi mais David était très populaire.

Elizabeth était heureuse — et beaucoup moins nerveuse. Enfin, la longue attente était terminée.

Puis survint un événement qu'elle n'attendait pas. Les indigènes s'intéressèrent à la cérémonie. Aldaran et Felicia lui posèrent de nombreuses questions sur leurs coutumes de mariage, et lui proposèrent le Grand Hall et les serviteurs du château pour leur fête. C'était une récompense inattendue pour son travail, car elle commençait à se considérer comme une intermédiaire entre les deux cultures, et elle était très contente que les indigènes prennent part à la cérémonie.

Ce mariage serait la première cérémonie à laquelle assisterait l'équipage sur ce nouveau monde, et il semblait normal que les indigènes y participent.

Après en avoir discuté avec David et Ysaye, elle accepta l'invitation d'Aldaran. Maintenant que les Terriens et Aldaran avaient un langage en commun, il n'avait pas perdu de temps à lancer des invitations, mais celle-ci était la plus commode à accepter, et celle qui les engageait le moins.

Elizabeth partageait son temps entre l'organisation du mariage et le classement de tous les faits culturels qui attiraient son attention. Dans ses rares moments de loisir, on la trouvait en train de cataloguer avec enthousiasme tous les chants folkloriques, et de les comparer à ceux de la bibliothèque, exultant chaque fois qu'une note avait glissé d'un demi-ton, chaque fois qu'un morceau en majeur se retrouvait des siècles plus tard en mineur, vérifiant les sons du luth et enregistrant de nouveaux à synthétiser.

Quand Ysaye lui demanda pourquoi elle passait tant de temps à cataloguer la musique, elle répondit que ça faisait partie de sa spécialité. Elle lui fit remarquer que, des innombrables chansons de marins en ancien gaélique, aucune n'avait survécu, sans doute parce que la mer ne jouait aucun rôle dans la vie de ces gens, cernés de toutes parts par les montagnes. Elle mentionna particulièrement une chanson très connue sur les mouettes, qui était devenue une triste chanson d'amour ; dans les paroles du refrain, les cris des mouettes avaient été remplacés par le hurlement du vent dans les arbres, et les cris des oiseaux de proie. Et le refrain mélancolique : « Où es-tu maintenant ? Où erre mon amour ? » s'était substitué aux mouettes de l'original.

Ysaye avait haussé les épaules.

— J'espère que le Gouvernement Central sera du même avis, ou tu ne seras pas très bien notée à la prochaine évaluation des services.

Mais elle eut l'impression qu'Elizabeth ne s'en souciait pas, du moins pour le moment.

Dans le Grand Hall, le matin de la noce, Elizabeth indiqua aux serviteurs où placer la grande table qui, couverte d'un long drap de polysoie blanche, servirait d'autel. Tout l'équipage serait là, et la plupart des gens du château.

Ysaye avait demandé à Aldaran pourquoi tant de ses gens — qui ne comprendraient pas un mot de la cérémonie — désiraient y assister, et il lui avait répondu, une lueur amusée dans l'œil : « N'importe quel prétexte est valable pour une fête ; et un mariage est un aussi bon prétexte qu'un autre. »

Il fit une proposition à Elizabeth.

— Je vous accompagnerai à l'autel, si vous n'avez pas de parent sur le vaisseau.

Elizabeth l'avait remercié mais avait refusé, lui disant que ce n'était pas chez eux la coutume que la fiancée soit donnée à son mari par un parent.

— Personnellement, dit-elle en privé à Ysaye, et bien que je n'aie pas envie de le dire au Seigneur Aldaran, je trouve cette coutume dégradante ; qu'on vous donne ainsi comme un objet ! Mais je sais qu'il avait l'intention de me faire honneur.

Ysaye se rappela cette conversation quand le Seigneur Aldaran entra et demanda si tout allait bien.

— Oui Seigneur, répondit-elle, admirant la décoration, qui comprenait non seulement des résineux de forêts, mais de vraies fleurs, dont une servante lui avait dit — *pensait-elle* — qu'elles provenaient des serres du château.

Une dernière fois, elle embrassa la salle du regard, vérifiant tous les détails. Peut-être, pensa-t-elle, Aldaran devrait-il recommencer pour son compte dans un proche avenir. La jeune Mariel, qui accompagnait Felicia le soir de leur arrivée — était-ce sa fille ? Non, elle était trop âgée pour cela ; ce devait être sa sœur, sa nièce ou sa cousine. Ces derniers jours, Mariel passait beaucoup de temps en compagnie de Lorill Hastur. Ysaye se demanda ce qu'il y avait entre eux. En tout cas, on les trouvait partout en train de rire dans les coins.

Ysaye réprima un sourire à une image mentale qui lui traversa l'esprit : Aldaran se ruant vers le jeune Hastur, et exigeant de connaître ses intentions, comme un vieux patriarche des anciens drames.

Et s'il le faisait ? Que répondrait ce jeune aristocrate arrogant ? Mais est-ce que ça la regardait ?

Levant les yeux, elle s'aperçut qu'Aldaran la fixait bizarrement.

— Je parlerai à Lorill Hastur, dit-il, le visage impassible.

Puis il tourna les talons et la planta au milieu du Grand Hall.

Elle le suivit des yeux, alarmée par son changement subit d'expression et de comportement. Consternée, elle porta inconsciemment sa main à sa bouche, réalisant que ce changement était survenu quand elle avait pensé au jeune Hastur et à la jeune Mariel.

Avait-il suivi ses pensées ?

Et, si c'était le cas, qu'allait-il faire ?

CHAPITRE XIV

Léonie s'était mise au lit, épuisée, ne pensant qu'à dormir. Elle n'avait même pas remarqué si son lit avait été bassiné, n'avait même pas senti sa tête toucher l'oreiller. Et elle n'avait aucune envie de penser aux étrangers d'Aldaran, pas après la journée qu'elle venait de vivre.

Quelques jours — ou était-ce une décade ? — plus tôt, Fiora l'avait trouvée au jardin, oisive, observant les deux fillettes qui s'amusaient sur la balançoire, et elle lui avait demandé si elle n'avait rien d'autre à faire. Elle se sentait un peu supérieure à ses deux cadettes, car elle avait de nouveau été autorisée à travailler dans les relais. La question de Fiora l'avait un peu surprise.

— Non, répondit Léonie, sincère.

Fiora avait souri, et lui avait demandé d'un ton suave (trop suave, pensait-elle maintenant !) si elle, Léonie, se considérait capable de suivre une formation accélérée de *leronis*.

— Tu m'as dit que tu aspirais à devenir Gardienne, dit Fiora. Et nous aurons peut-être besoin d'une Gardienne plus tôt que nous le pensions. Et même si ce n'est pas le cas, il pourrait être utile d'avoir une Gardienne entraînée prête à assumer sa charge en cas de nécessité.

Fiora ne lui dit pas *où* la nouvelle Gardienne serait appelée, ni quand — mais il y avait parfois plusieurs Gardiennes dans une même Tour. En fait c'était plutôt désirable, quoique rare actuellement où tant de jeunes femmes Comyn étaient enlevées aux Tours pour faire des mariages avantageux pour leurs familles, engendrer des fils et des filles pour leur caste. Pourtant, Léonie n'avait pas l'impression que Fiora pensait pour elle à une charge de sous-Gardienne. Quelque chose dans ses pensées, si soigneusement gardées, lui donnait l'impression qu'elle en savait beaucoup plus qu'elle ne voulait bien le dire.

Aussi, quand Fiora lui proposa cet enseignement, le présentant comme un défi — sous-entendant de plus que Léonie aurait ainsi l'occasion de faire ses preuves, non seulement aux yeux de Fiora, mais de tous les travailleurs de toutes les Tours — Léonie avait-elle accepté.

Léonie n'avait pas la moindre idée de ce que Fiora avait en tête. Et en l'espace d'une seule journée, sa semi-oisiveté avait fait place au surmenage.

Maintenant, elle avait son tour de garde régulier dans les relais, comme tous les autres adultes ; et elle avait deux fois plus de leçons que ses camarades.

Plus de deux fois ; elle avait des leçons *spéciales*, et elle savait maintenant par expérience ce que voulait dire la Gardienne de Dalereuth lorsqu'elle l'avait grondée dans le jardin, peu après son arrivée. Léonie avait enduré plus de souffrances ces quelques derniers jours que dans tout le reste de sa vie. Fiora l'avait prise en main personnellement, et, impitoyable, lui avait appris à monitorer en un seul jour ; de là, elle était passée à l'enseignement spécialisé que seules recevaient les Gardiennes. Les mains de Léonie étaient déjà sillonnées des mêmes minuscules cicatrices que celles de Fiora ; rappel frappant de l'interdit de toucher certaines personnes ou choses.

Et Léonie était plus résolue que jamais à revêtir les robes pourpres de Gardienne.

Ainsi, entre autres tâches, Léonie monitorait régulièrement, tandis qu'une autre *leronis* soignait. Aujourd'hui, Léonie avait traité son premier patient. Un enfant dont la blessure bénigne s'était infectée, mais elle avait fait tomber la fièvre, drainé le pus et cicatrisé les chairs, travaillant, comme on le lui avait enseigné, de l'intérieur vers l'extérieur. La *leronis* qui la guidait avait loué son toucher habile et sûr, et lui avait dit qu'avant longtemps elle pourrait, non seulement soigner des malades sans supervision, mais s'essayer à la chirurgie.

— Nous prenons rarement le risque d'opérer, lui avait-elle dit, mais c'est parfois inévitable. Au cours d'une attaque de brigands, un villageois a reçu un coup de poignard, et un morceau de lame lui est resté dans les chairs, qui le fait beaucoup souffrir et qu'il faudra bien extraire un jour. Quand tu seras prête, il sera ton premier patient.

Léonie avait rayonné de fierté à ces louanges, et pourtant, elle se serait bien reposée un peu après avoir soigné l'enfant, et elle n'imaginait même pas ce que serait une opération... à moins que les choses ne deviennent de plus en plus faciles avec l'entraînement. (Rien, lui avait dit Fiora quand elle l'avait interrogée, n'est jamais facile, mais tout est toujours possible.)

Pourtant la journée de Léonie n'était pas terminée ; dès qu'elle en eut fini avec l'enfant, une autre leçon l'attendait, à la distillerie, celle-là. Trois jours plus tôt, Fiora avait décrété qu'elle devait être parfaitement instruite en l'art de la guérisseuse, que cela fît ou non appel au *laran*.

— Une Gardienne doit tout savoir, avait-elle dit. Sinon, comment pourrait-elle instruire les autres ?

Cela avait paru logique à Léonie, qui s'était mise à apprendre la fabrication des pommades et potions végétales. A sa grande surprise, cette activité l'avait passionnée, car elle avait une curiosité très vive et une mémoire infaillible. Son professeur avait loué sa rapidité et sa précision. Aujourd'hui, ce même professeur avait dit également qu'un jour, on lui confierait sans doute des opérations chirurgicales, généralement réservées aux techniciens les plus observateurs et habiles.

Sa leçon d'herboristerie terminée, il était l'heure de prendre sa place dans les relais. Et quand son tour de garde prit fin, elle ne pensait à rien d'autre qu'à manger et à dormir. Pourtant, elle n'avait jamais vraiment faim, mais Fiora l'avait pressée de manger, disant que le travail des matrices semblait émousser l'appétit, mais qu'elle devait conserver ses forces, faim oui pas.

Elle avait rapidement découvert que Fiora avait raison ; elle avait dévoré jusqu'à la dernière miette les barres de fruits secs et de noix que lui avait apportées Fiora, puis elle était descendue faire un vrai repas à la cuisine. Vers la fin, elle était encore plus lasse qu'au début, et elle piquait du nez dans son assiette, s'efforçant de garder les yeux ouverts. Quelqu'un, elle ne se rappelait pas qui, l'avait aidée à regagner sa chambre. Elle était parvenue à se déshabiller toute seule — ses nouvelles robes le permettant — s'était écroulée sur son lit et avait sombré immédiatement dans un sommeil sans rêves.

Aussi quand, peu après minuit, elle fut tirée du sommeil de l'épuisement par le tiraillement insistant et familier de la pensée de son frère, sa première réaction fut-elle de l'ignorer. Mais le contact se fit plus pressant, et elle finit par céder. Elle se retourna sur le dos, réprima un soupir d'exaspération, et lui ouvrit son esprit. Elle savait que c'était Lorill ; elle connaissait la « voix » de son frère aussi bien que la sienne.

La Tour était tranquille, pleine du silence des esprits endormis, que rien ne perturbait. Même la *leronis* des relais ne troublait pas la paix ambiante.

Lorill ? répondit-elle avec humeur. *Où es-tu ? Qu'est-ce que tu veux à une heure pareille ? Je dormais.*

Où veux-tu que je sois ? A Aldaran, bien sûr ! N'est-ce pas toi qui m'y as envoyé ?

Cela ne fit que la contrarier davantage. Qu'est-ce qui pouvait être important au point de l'appeler en pleine nuit ? Et maintenant, voilà que son sommeil avait été perturbé et son humeur contrariée par celui dont elle l'attendait le moins — son frère ! *Et puisque c'est toi qui m'as envoyé, il s'ensuit que c'est toi qui es responsable de ce qui est arrivé,* poursuivit-il.

Cela la réveilla tout à fait.

Qu'est-ce qui est arrivé ? Dis-le-moi immédiatement ! Tu as des problèmes ? Est-ce que ces étrangers...

Qu'est-ce qu'il avait bien pu faire ? Avait-il offensé ces gens venus de la lune ?

Impossible de s'y tromper : Lorill était plein d'émotions conflictuelles — une angoisse sous-jacente, recouverte d'un rire insouciant qui semblait très déplacé. Elle se demanda s'il avait trop bu.

Une anicroche à propos de la sœur de Kermiac. Ces montagnardes ne sont pas du tout comme les filles de Carcosa. Je suppose que j'aurais dû le savoir, mais personne ne me l'a dit.

Une anicroche à propos de la sœur de *Kermiac* ? Comment, au nom d'Avarra, Lorill se trouvait-il compromis avec elle ? *Personne ne t'a dit quoi ?* demanda Léonie. Ça au moins, ça n'avait pas changé ; Lorill était toujours aussi imprécis.

Que les filles sont coquettes ici, répondit Lorill avec désinvolture. *Elle m'a fait du charme, et j'avoue que je ne l'ai pas écartée du plat de mon épée ! Enfin, je suppose que le vieux Domenic m'a vu avec elle, alors Kermiac est venu me trouver, comme un père outragé de mélodrame.*

De nouveau, il se mit à glousser nerveusement. *Ça t'aurait fait rire, Léonie, je t'assure. J'ai eu du mal à garder mon sérieux et mes pensées barricadées.*

Que voulait-il ? demanda Léonie, pas du tout amusée. Aller se compromettre ainsi avec la fille la moins indiquée du monde — et de plus, sœur de son hôte !

Il m'a demandé solennellement quelles étaient mes intentions envers elle ! Comme si un Hastur pouvait avoir d'autre intention que de s'amuser un peu, ce à quoi elle était toute prête !

Il y avait dans le ton quelque chose qui déplut à Léonie ; elle n'était pas égocentrique au point de ne pas reconnaître chez son frère cette même arrogance dont elle avait elle-même fait preuve plus d'une fois. La voir renvoyée ainsi à elle-même lui donna l'impression de se regarder dans un miroir et d'y remarquer un vilain défaut inattendu. Néanmoins, Lorill était son frère... et en cas de conflit, elle prendrait son parti.

Et qu'est-ce que tu as dit ? demanda-t-elle, véhémente. *Quelle réponse lui as-tu faite ?*

Que voulais-tu que je réponde ? dit Lorill, avec un haussement d'épaule « mental ». *Je lui ai dit poliment que je lui offrais simplement l'admiration qu'elle semblait solliciter. Il avait l'air de penser que j'aurais dû la demander en mariage !*

En mariage — non, impossible. Pas avec son frère, l'Héritier d'Hastur.

A l'évidence, Lorill était du même avis.

Je ne comprends pas pourquoi, à moins qu'il n'y ait eu des idées de mariage dans l'air. Il y a eu une noce ici aujourd'hui. Un couple de ces étrangers, qui prétendent venir de quelque part en dehors de notre monde, d'une autre étoile, disent-ils.

Nouvelle surprise ! Ainsi, ces étrangers venaient des étoiles ! C'était assez proche des lunes pour que Léonie se sentît justifiée et fière de son *laran*. Ainsi, elle avait vu juste ! Et ils se mariaient, comme des gens ordinaires... elle faillit se déconcentrer.

Mais pas pour longtemps ; il fallait qu'elle en apprenne davantage sur la situation dans laquelle Lorill s'était fourré. Et qu'y avait-il eu, exactement, entre lui et la sœur de Kermiac ?

Qu'a dit Aldaran ? demanda-t-elle.

Elle perçut chez Lorill une trace de colère maussade qui n'y était pas auparavant. *Kermiac m'a parlé d'une façon que j'aurai du mal à lui pardonner. A la fin, je lui ai demandé : « Voulez-vous dire que votre sœur est une vierge protégée ? » J'avais dit cela avec ironie, mais il l'a pris au sérieux. Ou alors, il a voulu me faire une insulte imparable. Il a dit : « La vôtre ne l'est-elle pas ? »*

Léonie ne sut qu'en penser, mais l'insolence de la question la mit en colère. Comment osait-il mettre son honneur en doute ? *Alors ?* dit-elle, *Qu'est-ce que tu lui as dit ?*

J'ai répondu : « Oui, mais ma sœur est correctement gardée dans une Tour, et ne papillonne pas autour de tous les hommes qui la regardent. »

Il semblait assez content de son esprit.

Son esprit ? C'était une stupidité monumentale, et certes pas la meilleure réponse qu'il aurait pu faire. Pas étonnant qu'Aldaran soit furieux. Lorill aurait dû mettre son orgueil de côté. Mais était-ce à elle de critiquer son orgueil ? La colère de Léonie retomba brusquement ; maintenant, ils lui faisaient l'effet de deux enfants qui se chamaillent. Comment avait-elle fait pour acquérir tellement plus de maturité que son frère en quelques décades ? Ou bien, avait-elle toujours été plus mûre que lui ?

Lorill, c'était effroyablement stupide. Tu essayais de le choquer ? Et qu'a-t-il dit et fait ensuite ?

Lorill parut quelque peu démonté par cette remarque.

Il m'a ri au nez — pourtant, je sentais qu'il était furieux — et il a dit que tout homme d'honneur saurait quoi faire en cette circonstance, car la réputation de Mariel n'avait jamais donné lieu à la moindre remarque avant mon arrivée. Et il a continué comme ça, disant que j'avais dû l'abuser par des flatteries des basses terres, lui tourner la tête par mon rang, et peut-être même m'être servi de mon laran *pour l'influencer. Alors à la fin, j'ai été obligé de lui dire que je n'ai que quinze ans et que je ne peux pas me marier sans le consentement du Conseil.*

Il n'y avait aucune rancœur dans toutes ces accusations, mais il y en avait beaucoup dans la dernière phrase. Ainsi, voilà pourquoi il était furieux ; il avait été obligé d'avouer son âge, lui si fier d'avoir été envoyé en mission comme un adulte. Mais Léonie y détecta aussi une nuance de suffisance qui lui déplut ; l'impression qu'il était content de lui d'avoir trouvé un moyen si facile et rapide d'éluder une obligation importune.

Il m'a dit : « Ici, dans nos montagnes, on pense que si un homme est assez vieux pour compromettre la réputation d'une fille vertueuse, il est assez âgé pour lui donner réparation. » Ça, ça m'a mis vraiment en colère, et je n'ai rien trouvé à répondre, sauf qu'il ne m'était jamais venu à l'idée que Mariel était vertueuse à voir comme elle se conduisait.

Léonie sentit un grand froid descendre sur elle. Il y avait dans ces quelques mots de quoi faire couler le sang entre Aldaran et les Domaines, et Lorill ne semblait pas réaliser la chance qu'il avait que Kermiac ne lui en eût pas immédiatement demandé réparation par les armes. Il fallait qu'elle le lui fasse comprendre, avant qu'il ne commette une folie qui obligerait Aldaran à le provoquer en duel. Pourquoi les hommes laissent-ils toujours la colère prendre le pas sur leur bon sens, surtout quand une femme est en cause ?

Lorill, elle est Comyn, et sœur du Seigneur d'Aldaran. Comment as-tu pu, non seulement penser une chose pareille, mais encore la dire ?

Il eut l'air de trouver qu'elle se laissait aller à une lubie de femme.

Sœurette, je te jure... tiens, vois par toi-même !

Il lui envoya des images de Mariel, qui, effectivement, sembla à Léonie terriblement coquette...

Mais c'était l'opinion d'une fille des Domaines, pas d'une

montagnarde, et elle se rendit compte que Mariel, élevée d'une façon beaucoup plus libre, n'avait pas eu l'intention de flirter. Ses sourires, ses regards et ses paroles avaient une innocence qui ne pouvait pas être contrefaite.

Lorill reprit, avec cette suffisance qui déplaisait tant à Léonie : *Ces montagnardes sont dévergondées, et je n'ai pris que ce qu'elle m'offrait.*

Ce qui était peu de chose, si les souvenirs de Lorill étaient exacts : une danse devant toute sa famille, ses doigts abandonnés quelques secondes les rares fois où ils avaient été seuls. Au moins, Lorill avait eu le bon sens de ne pas traiter une Dame d'Aldaran comme une servante qu'on trousse derrière une porte !

Léonie se trouva alors partagée entre des émotions contradictoires. En partie, elle enviait sans doute la liberté de Mariel, se dit-elle. Sa vie, avait été celle d'une noble dame surprotégée des basses terres. Elle n'était jamais allée nulle part sans un chaperon et sans une bande d'autres filles, chacune accompagnée de sa propre gouvernante. Elle n'avait jamais parlé en tête à tête à un célibataire autre que son frère. Faire ce que Mariel avait fait, parler, et même danser, avec un jeune homme...

C'était choquant pour Léonie ; elle était à la fois bizarrement titillée, comme lorsqu'elle entendait quelque commérage, et en même temps mal à l'aise et un peu effrayée. Et si les montagnardes pouvaient se conduire ainsi, ne devaient-elles pas en accepter les conséquences, même s'il s'agissait d'un malentendu comme avec Lorill ? N'était-ce pas juste ?

Trop troublée pour faire une réponse réfléchie, elle dit la première chose qui lui passa par la tête.

Bien sûr, aucune femme d'Aldaran ne peut espérer se marier dans notre famille, dit-elle, s'efforçant toujours de démêler ses sentiments contradictoires. *Tu ne pourrais pas avoir une épouse aux manières si effrontées. Peut-être même qu'elle a essayé de te forcer la main, qui sait ? De toute façon, tu ne peux pas te permettre un attachement de ce genre ; c'est ce que diraient notre père et le Conseil, je crois.*

Non, une telle alliance ne serait jamais acceptée, même si cet incident devait détériorer un peu plus leurs rapports avec Aldaran — ce qui était certain.

Ne t'inquiète pas outre mesure, dit Lorill avec insouciance. *Kermiac m'a dit de ne plus approcher de sa sœur, a fait quelques commentaires sur mon âge, et est parti. C'était peut-être simplement le vin ; on a beaucoup bu au mariage des étrangers des étoiles.*

Léonie se détendit ; c'était possible. Pris de vin, les hommes disaient souvent des choses qu'ils n'auraient jamais dites autrement — et souvent ce qui était dit sous l'influence de la boisson était comme ce qui était fait les nuits à quatre lunes : ignoré, sinon oublié. Tant que Kermiac considérait Lorill comme un blanc-bec étourdi — même si Lorill trouvait ce jugement insultant — il ne s'abaisserait pas à le provoquer en duel. D'ailleurs, ce qui est fait est fait, et tous les forgerons de Zandru ne peuvent pas raccommoder un œuf cassé. Arriverait que pourrait.

Mais, maintenant parfaitement réveillée, elle repensa à la raison qui l'avait fait supplier Lorill d'aller à Aldaran.

Je voudrais bien voir ces gens venus des lunes, dit-elle avec nostalgie.

Lorill émit un grognement dédaigneux.

Ne viens pas me dire que tu ne peux pas les contacter si tu veux. Ton laran *est plus puissant que le mien.*

C'est vrai, je suppose, reconnut-elle à regret. Pourtant, l'idée de les contacter la mettait mal à l'aise. Elle n'avait pas pu faire grand-chose pour *contrôler* le contact quand ils étaient dans le refuge, et rien ne garantissait qu'il en serait autrement maintenant.

Plus tard peut-être, dit-elle, répugnant à confier ces pensées à son frère. *Pour le moment, contente-toi d'être mes yeux parmi eux — et veille à ne pas te faire compromettre ou piéger par les Aldaran. Ils seraient trop heureux d'avoir un Hastur pour débiteur — ou pire, pour otage, ne l'oublie pas. Et ce serait encore pire si un Hastur entrait dans leur famille.*

Tu n'as pas besoin de me le rappeler, je le sais. Et je ne suis pas près de l'oublier.

Lorill apparemment convaincu qu'il pouvait provoquer beaucoup de mal s'il continuait à se conduire en étourdi, Léonie laissa ses pensées revenir aux étrangers.

Les gens des étoiles — ils peuvent lire tes pensées comme moi ?

Pour une raison inconnue, la plupart sont aveugles mentaux. Sauf une ou deux femmes, et peut-être, un homme. Je pense qu'ils ont un laran *différent du nôtre, mais c'est un* laran *quand même.*

Lorill ne manifestait guère d'enthousiasme à parler des étrangers. Parce qu'il était fatigué, ou parce que Léonie ne posait pas les bonnes questions ? Ou peut-être que l'incident avec Kermiac le perturbait davantage qu'il ne voulait l'avouer, même à sa sœur.

Pourtant, elle insista. *Comment est-ce possible* ? demanda-t-elle. *Comment certains peuvent-ils avoir le* laran, *et d'autres non ?*

Ne dis pas de bêtises, Léonie, répondit-il avec humeur. *Est-ce que tous les paysans ont le* laran *? Ou même tous les Comyn ? De plus, ils ont des machines pour faire ce que les techniciens des Tours font avec le* laran. *Je le sais, parce que j'en ai vu. Alors, peut-être qu'ils n'ont pas besoin du* laran. *Maintenant, je suis fatigué, je vais dormir.*

Et avant qu'elle ait eu le temps de répondre, il rompit le contact, la laissant réveillée et frustrée, avec cent mille questions sans réponses.

Questions sur lesquelles Léonie devait s'arranger pour en savoir davantage toute seule.

Elle n'en eut pas l'occasion de quelque temps, car elle ne suivait pas uniquement l'entraînement normal. Et Fiora ne semblait pas avoir l'intention d'alléger son travail. Mais les rares fois où elle eut l'occasion de l'observer, elle réalisa que Fiora était autant, et même plus occupée qu'elle-même. Ainsi donc, Fiora l'entraînait vraiment à assumer ses futures responsabilités de Gardienne. Cette idée suffit à lui faire oublier les étrangers.

Mais un soir, elle se retrouva seule dans sa chambre, épuisée, mais pas au point de s'endormir immédiatement.

Alors, aiguillonnée par sa curiosité retrouvée, elle projeta son esprit pour contacter un étranger des étoiles, tenaillée du besoin de découvrir au moins la vérité sur leur origine. Qu'ils soient venus des lunes était déjà assez incroyable — mais des étoiles ?

Elle en contacta un — ou plutôt une — presque immédiatement ; elle était sûre qu'il s'agissait d'une étrangère, car son esprit était encombré de mots bizarres comme *ordinateur, corticateur, météorologie et astrogation*. Elle s'aperçut bientôt que c'était celle dont Lorill lui avait parlé la veille, celle qui s'était mariée.

Pourtant, Léonie ne put pas garder longtemps le contact, car l'esprit de cette femme était plein, non seulement de ces mots et concepts étranges, mais aussi de pensées tout aussi étrangères à une virginale aspirante Gardienne.

Le coucher n'était peut-être pas le meilleur moment pour établir un contact... elle avait l'esprit plein de son amour, de ses nouveaux rapports charnels avec son mari, d'images sensuelles et érotiques qui troublèrent Léonie, et l'effrayèrent aussi un peu.

Malgré sa « formation accélérée », Léonie n'était pas encore assez expérimentée pour « trier » les pensées qui l'intéressaient. Trop d'autres pensées ne cessaient d'intervenir, et Léonie réalisa bientôt que la jeune femme attendait — avec impatience — que son mari la rejoigne au lit.

Ça ne va pas du tout, se dit-elle, et elle rompit le contact. Il valait mieux chercher l'esprit avec lequel elle avait déjà été en rapport, celui des instruments de musique. Au moins, celui-là lui ressemblait davantage — elle avait l'impression d'une sorte de Tour ou de construction sur laquelle régnait cette vierge. Quelque chose de... blanc, comme l'os ou l'ivoire. Il y avait aussi de troublants concepts inconnus, chez elle, mais au moins, il n'y aurait pas des images sexuelles si dérangeantes.

Trouver l'esprit de cette femme fut plus facile qu'elle ne l'aurait cru. Léonie saisit ses pensées et s'en servit pour l'attirer à elle. Et une fois qu'elle eut établi le contact, elle trouva beaucoup de pensées intéressantes. D'abord, la femme était d'apparence étrange ; se regardant dans le miroir, son hôte inconsciente se révéla avoir la peau plus sombre qu'aucun humain que Léonie eût jamais vu.

Ça n'avait pas grande importance ; l'enfance de Léonie avait été bercée de contes de *chieri*, bien qu'elle n'eût jamais vu une de ces créatures. Ysaye — elle trouva le nom après quelques discrets tâtonnements — lui sembla assez humaine.

Vierge, oui, elle l'était, et le resterait sans doute — les hommes ne l'intéressaient pas, et les femmes non plus. Mais, au ravissement de Léonie, elle apprit qu'Ysaye était une sorte de Gardienne, une Gardienne de la connaissance, et que sa Tour (Ysaye y pensait comme à une « Tour d'Ivoire ») c'était une de ces machines qui enregistraient et restituaient les informations à une vitesse vertigineuse. Dans l'esprit d'Ysaye, elle découvrit le nombre d'informations que cela représentait, et le chiffre laissa Léonie pantoise. Toutes les bibliothèques de son monde ne contenaient pas le dixième de ce que contenait cet *ordinateur* !

Et ce n'était pas tout ; l'ordinateur semblait la clé de beaucoup d'autres choses. Il pouvait même jouer de la musique, comme par magie, sans musiciens...

Si grand était son ravissement qu'elle faillit révéler sa présence à Ysaye.

L'étrangère sélectionnait pour l'ordinateur de la musique qui l'endormirait ; curieuse, Léonie s'attarda, et en écouta un passage. Captivée et admirative, elle entendit quelque chose qui s'appelait *Mozart*, et il lui sembla que les étrangers avaient beaucoup à leur offrir s'ils étaient capables de produire une musique pareille.

Tandis qu'Ysaye se détendait, Léonie examina les pensées qui lui traversaient l'esprit : un soleil plus brillant que le sien, avec une aveuglante lumière blanche, une unique lune, pâle et froide. Des arbres près d'un lac, et, au couchant, l'envol de magnifiques oiseaux roses...

Le travail que faisait Ysaye, Gardienne de sa Tour-Ordinateur...

A la surprise de Léonie, elle travaillait avec les hommes sur un pied d'égalité. Pourtant, elle n'aurait pas dû s'en étonner ; il en était de même dans les Tours, et Léonie le ferait aussi quand elle aurait un peu plus d'expérience. Et la quantité de connaissances à la disposition d'Ysaye était stupéfiante, d'autant plus qu'elle était d'origine très humble. Presque pauvre. Pourtant, elle avait appris tout cela ; elle avait même appris la musique — le plaisir des riches, comme disait Fiora.

Cette découverte des humbles origines d'Ysaye enleva à Léonie tout scrupule qu'elle aurait pu avoir de fouiller dans son esprit ou sa mémoire. Léonie avait déjà prêté le premier serment du *laran* exigé de tous les télépathes — de n'entrer dans aucun esprit contre sa volonté, sauf pour aider ou guérir — mais pour elle, ce serment ne s'appliquait pas à Ysaye. C'était une étrangère, et de plus, elle n'appartenait pas à sa caste.

Comme Ysaye ignorait sa présence, se dit Léonie, elle ne lui faisait pas de mal.

Et même si elle savait, elle accepterait de grand cœur, sans doute. Comment faire autrement ? Elle sert la connaissance ; et je suis en train d'apprendre beaucoup de choses d'elle et de son peuple, se dit Léonie.

Elle en apprenait plus qu'assez pour savoir que ce qu'ils avaient dit à Lorill était vrai ; ces gens venaient d'une autre étoile. Ils se donnaient le nom de *Terriens.*

Ysaye s'endormait, et Léonie n'eut aucun mal à interrompre doucement le contact, bien résolue à user de son influence auprès de son père et du Conseil en faveur de ce peuple des étoiles. Ils possédaient bien des choses utiles, et encore plus qui étaient simplement désirables.

Ysaye était plus semblable à Léonie que quiconque rencontré jusque-là. Peut-être même plus semblable à elle que son frère...

CHAPITRE XV

Finalement, après avoir longuement délibéré, le Centre Impérial rendit son verdict. Contre tout espoir, le statut accordé à Cottman IV donna toute satisfaction à Elizabeth, David et au Capitaine Gibbons — mais pas à Ryan Evans. Elizabeth Lorne fut assez contente de voir la tête d'Evans à l'affichage de la décision.

La planète n'était pas classée Monde Fermé — ce qui aurait obligé les Terriens à arrêter tous leurs projets en cours, à plier bagages et à rembarquer séance tenante. Mais elle n'était pas classée Monde Ouvert non plus — ce qui aurait exposé cette planète fragile et ses habitants à une exploitation destructrice. On lui avait donné le statut de Monde Protégé, ce qui avait surpris MacAran, et aussi Britton qu'on avait entendu grommeler quelque chose comme « première fois de ma vie »... En fait, ce statut était si rarement utilisé qu'Elizabeth ignorait jusqu'à son existence et dut se renseigner. Et ce qu'elle apprit lui donna envie de hurler de joie.

Sur un Monde Protégé, de sévères limitations étaient imposées au commerce et aux contacts avec les indigènes. Les Terriens seraient autorisés à construire un astroport, *si* les indigènes l'acceptaient et leur accordaient la concession du terrain. Mais tous les accords commerciaux devaient être laissés à l'initiative des indigènes, approuvés par les gouvernements locaux, et tous les mouvements des Terriens, en dehors de l'astroport et de la Cité du Commerce qui serait construite autour, étaient interdits sauf par permission expresse des indigènes.

Interdit d'explorer le pays sans accompagnement de guides locaux. Interdit de saigner à blanc cette planète pauvre de ses maigres ressources, telles que le bois de construction ou ses quelques rares métaux. Evans ne pourrait pas acheter des articles à bas prix et les revendre leur poids en crédits hors-planète. Et s'il en trouvait, au moins une partie des bénéfices devrait revenir au fournisseur local. D'accord, ledit fournisseur serait peut-être aussi truandeur qu'Evans, mais au moins, ce serait un indigène, et une partie de son argent finirait par percoler dans l'économie locale sous forme d'investissements et de taxes.

Pour Elizabeth, c'était la solution idéale. Peu de restrictions lui seraient imposées — et même aucune. Elle et David étaient partout les bienvenus à Caer Donn, Aldaran et sur les terres d'alentour. Et en sa qualité de musicienne, elle était à peu près sûre d'être bien reçue partout sur la planète. Mais les gens comme Ryan Evans, qui choquaient la plupart des indigènes, se verraient confinés dans les concessions terriennes. Il était très peu probable qu'Evans trouvât un volontaire pour signer avec lui un contrat commercial qui ne fût pas contré par le Légat Terrien. Peut-être que l'étrange ami de Kermiac, Raymon Kadarin, voudrait bien l'aider, mais Evans affichait trop de mépris envers les indigènes pour avoir d'autre partisan.

Naturellement, le Capitaine Gibbons et l'équipage toucheraient une prime de découverte plus élevée, puisque la planète aurait un astroport et des échanges commerciaux limités. Le Capitaine était donc content, et Elizabeth le soupçonnait d'avoir suggéré lui-même ce statut de Monde Protégé. Sa prime aurait été plus élevée si la planète avait eu le statut de Monde Ouvert, mais le Capitaine Gibbons avait des exigences morales trop élevées pour faire passer les crédits avant tout.

Et pendant que tout le monde s'affairerait à la construction de l'astroport et des locaux d'habitation, Elizabeth et David pourraient fonder cette famille qu'ils espéraient depuis si longtemps, qu'ils rêvaient depuis si longtemps...

Dès que le statut fut affiché, Elizabeth alla trouver Aurora pour se faire retirer son implant anti-conceptionnel. Aurora lui demanda si son désir d'enfant ne pouvait pas attendre qu'elle fût mieux adaptée à son nouvel environnement, mais Elizabeth répondit qu'elle attendait déjà depuis trois ans et que ça suffisait !

De plus, dès la proclamation du statut, le Capitaine Gibbons demanda audience à Kermiac et s'enferma avec lui la moitié de la journée, négociant au nom de l'Empire, pendant que Lorill Hastur se morfondait dans le château, sans la moindre idée de ce qui se passait. Quand il l'apprit, c'était trop tard — les négociations étaient terminées, et l'astroport et la Cité du Commerce seraient construits — sur les terres d'Aldaran.

Le Seigneur Aldaran accorda terrains et autorisations, en échange de concessions auxquelles Elizabeth prêta peu d'attention. L'important pour elle, c'était que la construction commence immédiatement. En tant que nouveaux mariés *et* futurs parents (ainsi que l'attestait la suppression de l'implant) ils avaient droit à la première maison construite. Elizabeth savait ce qui était arrivé à certains qui avaient attendu « prudemment » avant de fonder une famille ; ils s'étaient vu relégués au bas de la liste d'attente, et de plus en plus loin à mesure que surgissaient de nouveaux besoins. Elle connaissait même des couples qui avaient été forcés de passer un an avec leur bébé dans un simple studio au Personnel Marié ! Mais ça ne leur arriverait pas, elle y veillerait !

Ce jour-là, elle et David étaient allés contempler les progrès de leur nouvelle maison. Des machines terriennes fabriquaient les matériaux à partir de matières premières locales, sur des plans terriens, adaptés à l'environnement, mais c'étaient des indigènes qui construisaient les bâtiments sous supervision terrienne. Le nouveau quartier s'élevait juste à l'entrée de Caer Donn. Les Terriens avaient commencé à y édifier un village, avec bâtiments pour les Célibataires et le Personnel Marié, la maison d'Elizabeth et David étant la première habitation indépendante. Ils avaient déjà construit un laboratoire de biologie, un laboratoire et une école de langues (projet spécial de David Lorne !) et quelques constructions plus légères en bois qui serviraient de Q.G. de l'Empire en attendant l'érection de l'imposant Q.G. habituel. Il serait construit en pierre locale (« nous ne risquons pas d'en manquer », avait dit Kermiac, pince-sans-rire) mais il fallait attendre que le temps permette la réouverture des carrières.

Kermiac d'Aldaran leur avait fourni des ouvriers ; ils étaient contents d'avoir du travail pendant la morte saison, et ne semblaient pas avoir de problèmes avec les Terriens. Les

Terriens avaient accepté de les payer en matériaux et outils métalliques, et ils avaient institué un système de troc qui satisfaisait tout le monde.

La tête nichée contre l'épaule de David, Elizabeth poussa un soupir de contentement. Leur maison avait deux étages, et aurait facilement été qualifiée d'hôtel particulier sur Terra. Ici, c'était simplement une vaste maison, et le seul problème serait le chauffage. Mais, avec la technologie terrienne, ce serait facile.

— Nous n'aurions jamais pu avoir une maison pareille, chez nous. Assez grande pour une douzaine d'enfants, si ça nous fait plaisir.

— Assez grande pour tous les instruments, tu veux dire, la taquina David. J'ai vu la collection que tu as commencée. Et je te fais confiance pour trouver un indigène qui te fera des copies des nôtres ! Je suppose que tu vas bientôt vouloir un piano !

— Naturellement, dit-elle en riant, si je peux trouver quelqu'un pour m'en fabriquer un ! Ils ont déjà des harpes ; et qu'est-ce qu'un piano, après tout, sinon une harpe dans une caisse de résonance ?

— Quelle impudence ! dit-il.

Kermiac était enchanté d'avoir trouvé ces travaux pour ses gens, tant et si bien que personne, pas même Elizabeth, ne pouvait parler d'« exploitation » de la main-d'œuvre locale.

— Les artisans spécialisés n'ont pas de travail en cette saison. Quant aux manœuvres — ce sont pour la plupart de petits paysans expulsés de leurs terres pour instituer l'élevage du mouton à grande échelle, et ils ne trouvent pas grand-chose à faire. Ils seront bien contents de travailler, et si vous pouviez en plus leur apprendre un métier...

Promesse assez facile à tenir pour le Capitaine Gibbons. D'ici la fin des constructions, tous les corps de métier seraient représentés chez les indigènes, du briquetier à l'électricien. Curieux, les indigènes ne connaissaient pas la brique, alors qu'il y avait des matériaux en abondance pour la fabrication des briques et des fours. Peut-être parce que la pierre était très abondante — mais une fois qu'ils auraient réalisé la supériorité de la brique, les briquetiers locaux auraient un marché tout trouvé.

Les indigènes connaissaient les matériaux disponibles, et

conseillèrent les Terriens dans l'établissement d'un système de tout-à-l'égout adapté au climat. Les outils représentant leur salaire étaient très rares à Aldaran, et si le reste de la planète était aussi pauvre en métaux que cette région septentrionale, ils devaient être tout aussi rares partout ailleurs.

L'or était rare également, et, curieusement, peu apprécié, et utilisé, sauf en dentisterie et en décoration. Parfois, mélangé à de l'argent, il donnait un alliage que les anciens Égyptiens appelaient « electrum », et dont les indigènes faisaient des dagues et des vases cérémoniels. Sinon, on le trouvait trop mou pour être utile, trop déformable, et absolument pas tranchant. L'argent était plus apprécié, car plus dur, bien que facilement terni. On en faisait de petites pièces de monnaie, des bijoux et des incrustations décoratives.

La plus grande partie de la monnaie locale était en cuivre, et se présentait sous forme de grosses pièces, ou de colliers aux maillons soigneusement étalonnés qu'on pouvait détacher et donner en paiement.

Le fer était rare, et l'acier inexistant, sauf dans les armes des soldats de Kermiac. Le peu de fer disponible servait essentiellement à ferrer les chevaux.

De simples outils de fer ou d'acier représentaient une véritable richesse portative pour les indigènes. Lors du déblaiement du terrain avant la construction, David avait vu un vieux bout de fer à cheval rongé de rouille soigneusement récupéré comme l'aurait été un morceau d'or ou de platine sur Terra.

D'après le forgeron du village, les métaux étaient légèrement plus abondants dans les basses terres. Elizabeth n'avait pas bien compris comment ils étaient extraits, mais avait conclu que le procédé devait être infiniment complexe — et curieusement, le forgeron avait remarqué que l'extraction était plus difficile maintenant qu'à l'époque de son grand-père. Beaucoup d'objets que les Terriens auraient faits en fer étaient ici en bois durci, en céramique, ou en tout autre matériau de remplacement.

Elle avait cru comprendre également que la vie était plus facile dans le passé ; que le *laran* — nom que les indigènes donnaient à la télépathie — permettait de faire certaines choses qui n'étaient plus possibles maintenant. Dans tout cela, elle ne savait pas quelle était la part du réel et celle de la nostalgie du « bon vieux temps ».

Evans, elle le savait, aurait dit *tout ça, c'est des histoires.*

David la laissa admirer leur nouvelle maison, et regagna son laboratoire où des indigènes l'attendaient. Ils n'étaient pas tous si accommodants que Kadarin, et il fallait leur tirer un mot par-ci, une phrase par-là, tous un peu effrayés des machines de David, qui devait souvent user de persuasion pour qu'ils émettent quelques sons ou racontent une histoire.

Elizabeth fit le tour de sa future demeure, sans gêner les ouvriers. Là serait la cuisine, ici le salon de musique. La pièce suivante n'avait pas d'affectation pour le moment, mais elle était grande et serait ensoleillée en hiver ; peut-être devrait-elle remettre à l'honneur le vieux concept de « jardin d'hiver » ? Elle s'imagina jouant du luth au soleil, avec un enfant endormi à côté d'elle dans son berceau.

La pièce suivante serait le bureau de David ; il leur semblait que les indigènes trouveraient une pièce de maison particulière moins effrayante qu'un laboratoire au Q.G. Kadarin l'avait aidé à en concevoir l'installation, pour qu'il ressemble autant que possible au salon d'une famille de modeste aisance.

Comme s'il avait senti qu'elle pensait à lui, elle le vit approcher.

— Où étiez-vous ? demanda-t-elle après les salutations d'usage.

Il montra de la main le bâtiment attribué aux Services Secrets Terriens.

— Proposition intéressante, dit-il. Votre Capitaine voudrait en savoir davantage sur notre monde, et il m'a proposé de travailler pour lui.

Elle haussa les sourcils.

— En tant que... euh...

— En tant qu'agent, dit-il. Il voudrait que j'aille au-delà de Carthon et que je lui rapporte des informations sur les Séchéens.

— Pourquoi vous ? demanda-t-elle, poussant distraitement une pierre du bout de son soulier.

— Facile, dit-il. Je suis l'un des rares de la région à bien vouloir franchir la Kadarin et aller voir ce qui se passe dans les Villes Sèches. Il m'a promis de m'instruire de vos techniques de cartographie, pour que je puisse faire des relevés de terrain.

— Cela ne vous tracasse pas ? demanda-t-elle, enjambant une pile de poutres.

Il haussa les épaules.

— Pas du tout. Je connais la plupart des langues des Villes Sèches. J'y ai quelques amis, et, à cause de ma taille et de mes cheveux, je peux passer pour un Séchéen. Peu d'entre vous le pourraient, et parmi eux, aucun n'est fait pour cette tâche.

Elle le considéra, méditative. On savait très peu de chose de lui ; qu'il était l'ami de Kermiac et qu'il supportait Evans mieux que les autres indigènes, c'était à peu près tout.

— Vous avez du sang séchéen ? demanda-t-elle sans ambages.

Il posa sur elle un regard spéculatif, et ce qu'il vit dut le rassurer.

— Non, répondit-il avec un petit sourire. J'étais... disons que je suis une sorte d'enfant trouvé, bien que j'aie connu les miens. Ils ont préféré que j'aille faire ma vie ailleurs.

Sa voix, pourtant impassible, sembla à Elizabeth teintée d'amertume.

— Qui sont les vôtres ? demanda-t-elle carrément, repensant à ce qu'Ysaye avait dit de son apparence et de ce qu'elle pouvait signifier.

Il sourit de son audace.

— Dans ces montagnes, à cause de mon âge et de ma blondeur, beaucoup penseraient que je suis issu du vieux peuple de la légende, les *chieri* — dont Kermiac vous croyait originaires. Alors, bien sûr, n'ayant pas de famille, je suis tout désigné pour me rendre dans les Villes Sèches. Plus tard, peut-être, il se peut que j'aille à Thendra, comme ambassadeur à la fois de Kermiac et de votre Capitaine.

Elizabeth s'humecta les lèvres ; ce n'était pas ce qui était prévu avant le mariage.

— Je croyais que Lorill Hastur servirait d'intermédiaire à Kermiac auprès des Domaines. C'est la région au sud d'ici, non ?

— Effectivement. Mais en ce moment, Lorill n'est pas en odeur de sainteté, dit Kadarin avec un grand sourire. Kermiac s'est querellé avec Lorill Hastur, qu'il a trouvé en train de conter fleurette à sa sœur Mariel, ce qui risque de compromettre sa réputation. Assez innocent selon vos standards, je suppose, et, à parler franchement, je crois qu'il ne pensait pas à mal. Après tout, il est très jeune et n'a pas l'habitude des manières libres des montagnardes. Dans les Domaines, les filles de bonne famille ne se déplacent jamais sans chaperon jusqu'à leur mariage.

Elizabeth branla du chef.

— Je suppose que nous devons vous choquer.

— Moi ? gloussa Kadarin, moqueur, comme s'il y avait dans son passé des secrets à faire rougir les Terriens. Je ne me choque pas facilement. Et Kermiac vous prend comme vous êtes, car les montagnards sont plus libres. Mais les gens des Domaines vous trouveraient très bizarres, et même tout à fait scandaleux.

Son sourire sincère et spontané l'invitait à partager la plaisanterie. Elle gloussa à son tour.

— Bref, Kermiac ne veut plus donner à Lorill l'occasion de jouer avec le cœur de Mariel. Pour le moment Lorill n'est qu'un étranger excitant, mais Kermiac ne prend pas de risques. C'est pourquoi Lorill repartira chez lui demain, seul, et sans message d'Aldaran. Kermiac ne lui confiera aucune mission. Impossible de faire un ambassadeur d'un garçon qui n'a pas le bon sens de ce comporter correctement envers une jeune fille.

— C'est sans doute vrai, acquiesça Elizabeth.

Ils s'éloignèrent du chantier, contournant précautionneusement des piles de matériaux, dont certains, comme le polyester et les panneaux composites, étaient inconnus sur ce monde. Dans une telle civilisation, rien ne pouvait causer plus de problèmes que badiner avec leurs femmes. Elle avait étudié des centaines de ces sociétés, et c'était une constante universelle. De même qu'il ne manquait jamais de jeunes gens comme Lorill toujours prêts à courtiser les filles.

— Vous partez immédiatement pour les Villes Sèches ? demanda-t-elle, réalisant brusquement qu'il allait lui manquer.

De tous les indigènes, c'était le seul qui s'était montré véritablement amical, à l'exception de Kermiac d'Aldaran lui-même. Tous les autres considéraient les Terriens comme des bienfaiteurs, mais avec méfiance, et gardaient leurs distances.

— Non, pas tout de suite ; je resterai encore quelque temps, pour aider votre mari et... d'autres, dit-il. Le Capitaine Gibbons m'a promis un voyage dans un de vos appareils. Il a dit que je pourrais aller à... à l'endroit que vous avez sur la lune Liriel. Je voudrais voir votre...

Il hésita, car il n'y avait pas de mot en sa langue pour « station météorologique », et il dut finalement le dire en Terrien Standard.

— Vous avez appris notre langue à une vitesse étonnante, le complimenta-t-elle. Et pas seulement la langue ; les concepts aussi. C'est stupéfiant.

C'était inhabituel pour un natif d'une planète de si bas niveau technologique ; inhabituel, mais pas totalement inédit.

Cela pouvait aussi signifier autre chose, du point de vue terrien. Elle et David avaient déjà discuté avec Kadarin de l'origine des Ténébrans, selon eux descendants d'un Vaisseau Perdu. Il avait semblé l'accepter comme il acceptait tout ce que disaient les Terriens, calmement, comme un fait.

— Ainsi donc, le Capitaine Gibbons reconnaît les indigènes comme d'authentiques Terriens, ajouta-t-elle. S'il vous offre un poste d'agent et vous propose de visiter nos installations hors-planète, cela semble la conclusion logique.

Kadarin la regarda bizarrement.

— Je ne sais absolument pas ce qu'en pense votre Capitaine, dit-il. Je ne le lui ai pas demandé. Et d'ailleurs, ça ne me regarde pas.

L'allusion n'échappa pas à Elizabeth, et, tout en étant trop polie pour le mentionner, elle pensa à l'évidence que, qui que fût Kadarin, il n'était certainement pas un Terrien ordinaire.

Et quel que fût le sang étrange qui coulait dans ses veines, il coulait aussi dans celles de Felicia.

Kadarin sourit et étrécit les yeux, comme suivant ses pensées. Mais puisque Kermiac pouvait communiquer avec elle d'esprit à esprit, Kadarin le pouvait peut-être aussi.

— Je sens votre curiosité à mon égard, dit-il. Mon père appartenait au peuple des forêts, les *chieri*, et ma mère était de ce sang au moins pour moitié. Je ne sais pas grand-chose d'elle, et je ne sais pas mon âge, mais j'ai entendu dire que c'était une amie et parente de la grand-mère de Kermiac. Je suis une sorte d'enfant trouvé — pas au sens où vous l'entendez, le bébé dans le panier. J'étais plus âgé que ça quand on m'a abandonné parmi les humains.

Il avait dit cela comme s'il ne se considérait pas comme un humain, et une fois de plus, il suivit ses pensées.

— Je ne pouvais pas rester parmi les *chieri* ; c'est du moins ce qu'on m'a dit, remarqua-t-il, de nouveau avec une pointe d'amertume. Parce que je n'étais pas totalement de leur race, j'avais des traits humains qui n'étaient pas... acceptables. Une certaine agressivité incontrôlée, disaient-ils. Une certaine... instabilité, selon leurs nobles standards. Et je suis totalement mâle — ce qu'ils considèrent comme un facteur limitant, propre à infléchir le comportement dans des voies qu'ils n'acceptent pas.

Être « totalement mâle » n'était pas acceptable ? Quel genre de créatures étaient donc ces *chieri* ? Des hermaphrodites ?

— On dirait qu'ils ont des standards plutôt irréalistes. Mais la *grand-mère* de Kermiac était l'amie de votre mère ?

Pour elle, il frisait la quarantaine, au plus. Elle ne put s'empêcher de le dévisager.

— C'est vrai, répliqua-t-il, ironique. Je suis beaucoup plus vieux que j'en ai l'air. Je regrette maintenant de ne pas avoir compté mes années. Mais on ne retrouve jamais la neige de l'année passée.

Il poussa un profond soupir.

— Les années passaient vite quand j'étais très jeune, et les *chieri* ne les comptent pas. Puis soudain, je me suis retrouvé... indésirable. J'ai dit ou fait quelque chose, je ne sais plus quoi, et on m'a renvoyé dans le peuple de ma mère, trop désorienté pour penser à garder trace du temps.

Je l'imagine sans peine, pensa Elizabeth avec colère. *Pauvre homme ; exclusion et choc culturel en même temps. Comment peut-on faire une chose pareille à un enfant ?*

— Puis vint le temps où le peuple de ma mère apprit que j'étais davantage *chieri* qu'humain, et voulut me renvoyer dans les bois. Certains voulaient débarrasser le Domaine d'Aldaran de ma personne, et s'y sont employés...

Karadin murmurait, comme se parlant à lui-même, et Elizabeth se demanda *comment* on avait essayé de se débarrasser de lui.

— Mais le père de Kermiac n'a rien voulu entendre, car Kermiac s'était pris d'amitié pour moi, et sa mère, qui avait perdu deux autres enfants, se raccrochait à lui et ne voulait pas lui causer la moindre contrariété. Alors, j'ai été élevé ici, en étranger, presque en animal de compagnie de Kermiac. Risquant... des problèmes si je quittais les environs de Caer Donn. Maintenant, je me sens plus accepté par votre peuple que par les miens. Vous arrivez à comprendre cela ?

Elizabeth acquiesça de la tête, les lèvres pincées de colère envers ce peuple insulaire.

— Très bien, en fait, dit-elle. Alors, c'est pour ça qu'on vous a donné le nom de la rivière ?

— Non, pas vraiment dit Kadarin en souriant, mais d'un sourire sans joie. Dans ces montagnes, on a l'habitude de traiter d'« enfant de la rivière » tout enfant né de père inconnu. J'ai simplement fait de cette coutume une distinction que personne ne peut ignorer.

Et il se pense plus semblable à nous qu'à aucun des siens. Ça ne m'étonne pas. Sa vie doit avoir été très, très dure, pensa Elizabeth.

— Je pense avoir une idée de... ce que vous ressentez, dit-elle tout haut. Je suppose que nous devons vous sembler plus compatibles que le peuple de votre père ou celui de votre mère.

Il était incontestable qu'il pouvait être d'une immense utilité pour les Terriens. Aliéné parmi son peuple, avide de s'intégrer à des gens qui ne l'avaient pas immédiatement rejeté — oui, si le Capitaine Gibbons avait la moindre idée du passé de Kadarin, il devait avoir compris immédiatement qu'il pouvait faire un agent remarquable. Les impondérables — comme l'impression d'être accepté — étaient souvent plus importants que les réalités tangibles — comme les facteurs génétiques.

— J'hésite à vous poser la question, dit-elle, mais vous connaissez maintenant ma curiosité insatiable. A quoi ressemblent ces *chieri* ? Qui sont-ils vraiment ?

Il branla du chef, se moquant gentiment de sa curiosité.

— Ah, question difficile. Personne ne le sait vraiment parmi les humains, et j'étais moi-même trop jeune quand je les ai quittés. Autrefois, il paraît qu'ils sortaient souvent des profondeurs de leurs forêts. Mais maintenant, avec le déboisement autour des villages humains, ils se sont retirés dans des endroits inaccessibles et n'ont presque plus de contacts avec les humains. Je ne me rappelle même plus la dernière fois que j'ai vu un *chieri, sachant* que c'en était un... sûrement quand j'étais encore enfant.

Il réfléchit, pensif.

— Felicia a aussi de leur sang, je le sais. Le vieux Darriell — l'un des écuyers du père de Kermiac, paraît-il — l'a eue d'une femme *chieri*, et un an plus tard, il a trouvé un bébé près de sa maison. Darriell n'avait pas d'autre enfant, alors il l'a acceptée avec joie. Felicia s'est intégrée dans cette société comme je ne l'ai pas pu. Je crois que son premier enfant a du sang d'Aldaran, peut-être de Kermiac. Mais elle est demi-sang, ce qui la rend plus humaine que moi. Je continue à me sentir étranger. Elle, elle a suffisamment de sang humain pour avoir trouvé sa place.

— Elle vous ressemble, remarqua Elizabeth. Je croyais que vous étiez parents.

Kadarin haussa les épaules en riant.

— Vous n'êtes pas la première. Nous nous connaissons depuis assez longtemps pour nous considérer comme frère et sœur. Après tout, nous n'avons pas d'autre famille ni l'un ni l'autre.

Intéressant. Elizabeth avait déjà pensé que Felicia était la maîtresse d'Aldaran, bien qu'elle ne se donnât pas de grands airs. On voyait peu Dame Aldaran. Elizabeth avait l'impression qu'elle était de santé fragile. Elle avait vu la petite fille de Felicia, qui avait les mêmes étranges yeux d'or que sa mère. L'idée que Felicia était une sorte de maîtresse officielle ne la choquait pas ; ce genre de situation était commun sur Terra autrefois, quand les mariages se faisaient dans l'intérêt de la dynastie et du pouvoir, et que les épouses se souciaient peu des plaisirs de leurs maris. Il y avait même d'anciennes chansons folkloriques où l'épouse et la maîtresse s'entendaient très bien — mais pas souvent. Peut-être parce que la chanson était meilleure quand l'une tentait de tuer l'autre.

— Ainsi, Felicia est votre plus proche parente, plus ou moins ? demanda-t-elle.

— Plus ou moins. Elle ne s'était jamais considérée que de sang *chieri*, mais franchement, je la crois plus humaine que moi. L'étrangeté peut devenir fatigante. Je sais qui je suis et ce que je suis, mais j'ignore qui sont mes parents et ma famille. Ou mes familles. Je sais seulement qu'ils ne voulaient pas de moi. Je suppose que c'est tout ce que j'ai besoin de savoir sur eux.

Maintenant, l'amertume de sa voix était très sensible.

— Savoir qu'on ne serait jamais né sans un Vent Fantôme...

— Un Vent Fantôme ? demanda-t-elle, perplexe. Qu'est-ce que les fantômes ont à voir là-dedans ?

— Vous en avez déjà parlé, dit Evans, arrivant derrière elle et la faisant sursauter. C'est une histoire de pollen.

Kadarin acquiesça de la tête.

— Oui, de la fleur que je vous ai montrée, le *kireseth*. La plante épanouie s'appelle *cleindori*, libère son pollen, qui, emporté par le vent, cause une sorte de... de folie. Bref, il provoque des comportements étranges chez les hommes et les bêtes. Entre autres choses, il pousse les humains et les animaux à s'accoupler hors saison, passionnément, sans s'inquiéter de détails tels que l'intimité.

Il haussa les épaules à l'adresse d'Elizabeth.

— C'est là la cause de la naissance de Felicia et de la mienne. On en fait des médicaments pour certaines maladies, par fractionnement et distillation. L'un de ces produits est connu comme aphrodisiaque, et on l'évite. Un autre, plus utile, a un effet particulier sur les télépathes. On l'appelle le *kirian*, et on s'en sert parfois dans les Tours pour tester les jeunes.

Evans absorbait avidement toutes ces informations.

— Alors, voilà une chose que j'aimerais vérifier. Si c'est un aphrodisiaque authentique, ça pourrait valoir une fortune. Il y a des gens à Vainval qui tueraient pour en avoir. Et pas seulement des vieillards impuissants. Des entremetteuses, par exemple... quel avantage pour former les filles !

La consternation d'Elizabeth dut se voir sur son visage, car il eut un sourire particulièrement mauvais.

— Je savais bien qu'il devait y avoir quelque chose de valable à l'exportation sur cette maudite boule de glace ! N'aie pas l'air si choqué, Lizzie. Les indigènes ont déjà vu des tas de choses qu'ils voudraient bien échanger contre ce pollen. Et je parie qu'ils en voudront bien d'autres avant longtemps.

Elle fronça les sourcils et il lui rit au nez.

— Elizabeth, je pensais que le mariage te guérirait de ta pruderie ! Rien ne dit qu'on ne peut pas vendre des drogues dans les endroits où elles ne sont pas interdites !

— Non, rétorqua Elizabeth, seulement la simple morale.

— Venant de toi, il fallait s'y attendre, je suppose, répliqua Evans, sarcastique. Dieu sait que tu es la pire puritaine du vaisseau, après Sa Sainteté la Vierge Vestale Ysaye ; vous êtes pareilles, et ça ne m'étonne pas que vous soyez copines. Pour ma part, je suis un peu plus large d'esprit. S'il y a des gens qui veulent s'amuser avec des drogues et qu'ils trouvent ça légal et moral, c'est assez légal et moral pour moi.

— Et la dépendance ? insista-t-elle. Et les endroits où l'on se sert des drogues pour maintenir les gens en esclavage ?

— Ça, c'est leur problème, pas le mien, répondit Evans avec désinvolture. S'ils se mettent dans le pétrin, c'est leur affaire !

— Je ne suis pas d'accord avec toi, dit Elizabeth avec emportement. Et qui plus est, le Capitaine Gibbons ne sera pas d'accord non plus.

Ryan Evans s'empourpra de colère.

— Je me moque de la morale personnelle de Gibbons ; il n'a pas le droit de me l'imposer. Et toi non plus. Et ça, c'est la *loi*, Lizzie. Si vous avez envie de vivre dans une colonie pleine d'interdits, c'est votre droit, mais vous ne pouvez pas obliger l'équipage à vous y accompagner, ni lui imposer vos standards. Ainsi, j'exporte un aphrodisiaque et une drogue récréative. La belle affaire ! Ainsi, quelqu'un en abuse ; c'est son problème, son karma, ou ce que tu voudras. Ce n'est pas ma responsabilité. Et autant que ce soit moi qui empoche leur argent, vu que quelqu'un l'empochera, quoi qu'on fasse.

Il tourna les talons et se dirigea vers le Q.G. Elizabeth se frictionna la nuque et regarda Kadarin, qui haussa les épaules et emboîta le pas à Evans.

Mais qu'est-ce qu'elle espérait d'autre ? Kadarin était l'ami d'Evans — et, théoriquement, il s'agissait d'une dispute privée sur la morale. Elle n'aurait pas dû imaginer que Kadarin la soutiendrait, surtout s'il avait déjà accepté d'être l'associé d'Evans dans cette affaire lucrative.

Mais elle était très troublée en retournant auprès de David.

CHAPITRE XVI

Descendant de la salle des relais, Léonie trouva Fiora en bas de l'escalier, debout devant la porte de son petit salon, et qui l'appela doucement.

C'était la première fois que Léonie entrait dans cette pièce, petite mais confortable, bien isolée par d'épais murs de pierre, éclairée et chauffée par un bon feu brûlant dans la petite cheminée. Il n'y avait pas de fenêtre, mais Fiora n'en avait guère besoin. Et ici, elle était littéralement au cœur de la Tour de Dalereuth.

— Léonie, que dirais-tu si je t'annonçais que tu dois nous quitter ?

Léonie s'assit à l'endroit indiqué, sur un banc couvert de peaux de mouton. De nombreuses possibilités lui passèrent par la tête, dont certaines très improbables. Elle ne pensait pas avoir mécontenté Fiora — elle n'était pas *renvoyée*. Elle ne pensait pas que Fiora était au courant de ses contacts avec la femme des étoiles, et, si elle l'était, elle ne pouvait pas connaître les détails. Elle ne pensait pas que Fiora savait quel rôle elle avait joué dans le voyage de son frère à Aldaran. Et, à ce stade, il était peu probable que Fiora se formalisât encore des assertions de Léonie, selon lesquelles les étrangers ne venaient pas de leur monde.

Léonie ne semblait donc par personnellement en cause. Du moins, pas pour le moment.

Première question qui lui vint à l'esprit — où l'envoyait-on ?

— Arilinn te demande, dit Fiora, répondant à sa pensée

encore informulée. Je t'ai dit que nous ne pouvons pas recevoir des gens apparentés dans une même Tour, tu te rappelles ? Eh bien, les événements ont précipité ce que nous aurions eu à faire plus tard de toute façon. Ton frère va venir ici pour recevoir sa formation de télépathe, et tu dois donc aller ailleurs. La Gardienne d'Arilinn a suivi tes progrès, et aimerait beaucoup t'avoir près d'elle. Je t'ai dispensé le premier enseignement, où tu as excellé ; maintenant, tu es prête à aller là où l'on pourra t'entraîner dans les conditions d'isolement adéquates.

Léonie battit des paupières, étonnée. Elle était surprise, non seulement de l'endroit où on l'envoyait, mais des raisons de ce changement. Elle n'aurait jamais cru que la Gardienne de la principale Tour des Domaines s'intéresserait à ses progrès, pas après que Fiora lui eut si souvent répété qu'elle n'était qu'une débutante.

— La Gardienne d'Arilinn t'a dit ça et t'a parlé de moi ?

— Oui, dit Fiora avec simplicité. Elle t'a porté beaucoup d'intérêt depuis que tu as commencé l'entraînement intensif ; à ma demande, elle m'a conseillé à ton sujet. Elle m'a dit de te rendre l'entraînement aussi dur que possible. Elle a dit que, ou bien tu craquerais sous le stress — ou bien tu ferais une Gardienne remarquable. Après tout, tu as commencé ton entraînement très tard, et nous ne savions pas si tu le supporterais. Mais tu t'es remarquablement comportée, et elle voudrait t'avoir à Arilinn.

Léonie réfléchit posément à tout ce que cela sous-entendait.

— Les meilleures Gardiennes sont entraînées à Arilinn, n'est-ce pas ?

— Oui, dit Fiora, hochant la tête. J'y ai passé cinq ans avant d'être appelée à Dalereuth. Seule les meilleures vont recevoir leur formation à Arilinn.

Et seules les meilleures y restent comme Gardiennes, pensa-t-elle sans le dire. Elle, elle savait ce que Marélie d'Arilinn avait en tête, mais elle ne le dirait jamais à Léonie, de crainte que l'orgueil déjà considérable de la jeune fille ne devînt insupportable. Elle voulait entraîner Léonie pour qu'elle lui succède. Gardienne d'Arilinn — l'ambition suprême de toute Gardienne. Et Léonie était ambitieuse, sans aucun doute. Un pouvoir équivalent à celui de tout Seigneur Comyn et un siège au Conseil de plein droit seraient ses récompenses si elle réussissait.

— Et si je voulais rester ici ? demanda Léonie. Si je pensais que je dois poursuivre ma formation avec la même personne qui l'a commencée ?

Fiora réfléchit, les mains croisées sur les genoux. Question intéressante, et presque trop perspicace pour une si jeune fille. Elle se demanda si elle trahissait la peur de l'inconnu, ou une certaine paresse, ou simplement une certaine aversion envers le changement. Ou si c'était simplement de la curiosité, pour voir si d'autres options étaient ouvertes ?

— Je serais la première à te dire que je ne suis pas pour toi le meilleur professeur. Je ne sais pas si je pourrai te poser des défis suffisants pour développer toutes tes potentialités. Mais si c'était ce que tu désires vraiment, on pourrait simplement envoyer ton frère à Neskaya au lieu d'ici.

Léonie secoua la tête.

— Non, je désire aller à Arilinn. Je voulais juste savoir si ce serait possible. Fiora, j'ai beaucoup plus de respect pour toi qu'à mon arrivée. Tu as été juste envers moi, et beaucoup plus impartiale que je ne le méritais, même quand je me suis montrée insupportable. Je ne voudrais pas que tu me croies ingrate. Mais oui, je désire vraiment aller à Arilinn !

Fiora releva ses yeux aveugles et sourit. Ainsi, ce n'était que simple curiosité. Tant mieux, car beaucoup de travail, de souffrances et de sacrifices attendaient la jeune fille.

— Merci, Léonie. Je crois que tu te développeras très, très bien à Arilinn. En fait, je pense que tu feras une Gardienne remarquable. Quand pourras-tu partir ?

Léonie se leva avec empressement. Elle aurait déjà voulu être là-bas !

— Dès que tu voudras.

Fiora tripota distraitement la peau de mouton de son banc.

— Il faudra faire tes adieux à tes deux jeunes compagnes, car ensuite, tu ne seras pas autorisée à voir parents ou amis pratiquement jusqu'à la fin de ton entraînement — qui durera peut-être des années.

— Je serai triste de te quitter, Fiora, dit Léonie, les yeux baissés sur ses mains.

Fiora eut un sourire chaleureux.

— Merci de me le dire, Léonie ; tu me manqueras aussi, ma chérie. Tu m'as posé de nombreux défis à moi-même, je te l'assure ! Mais tu es trop douée — et trop précieuse pour les Tours — pour ne pas avoir les meilleurs professeurs.

Elle passa distraitement la main sur ses robes, lissant des plis imaginaires.

— Tu partiras à l'aube avec une escorte de gardes d'Arilinn. La Gardienne d'Arilinn est Marélie — c'est une parente à toi, une Hastur, bien que tu ne l'aies jamais rencontrée. Elle s'occupera personnellement de ton entraînement de Gardienne. Je dois te prévenir qu'il sera encore plus dur que tu ne peux l'imaginer ; par nature, elle est plus stricte que moi, et elle pense qu'à ton âge, tu devrais vivre dans l'isolement depuis au moins quatre ans. Tu auras beaucoup à rattraper, et ce sera très difficile. Je me rappelle très bien ma propre formation, et je l'avais commencée à l'âge normal. Moi-même, je n'imagine pas ce que te réserve Marélie.

— Vraiment, ça n'a pas d'importance, Fiora, répondit la jeune fille, avec une fermeté étonnante pour son âge et son impulsivité. C'est ce que j'ai désiré toute ma vie... je... je ne sais pas quoi dire...

Fiora sourit intérieurement, réalisant qu'elle avait réussi à bouleverser suffisamment Léonie pour la laisser sans voix, sans doute pour la première fois de sa vie.

Eh bien, ce sera encore pire quand Marélie la prendra en charge. Je doute que la Gardienne d'Arilinn tolère des interférences non autorisées avec le temps. Ça m'étonnerait qu'elle trouve cela drôle, de même que la témérité de Léonie à s'aventurer dans le surmonde sans supervision.

— Tu n'es pas obligée de dire quoi que ce soit, répliqua Fiora avec fermeté. Mais je dois t'avertir. Tu as été traitée avec douceur parmi nous, et, peut-être à tort, j'ai passé l'éponge sur tes caprices. Mais c'est terminé. Nous avons tous des ordres à suivre, moi aussi bien que toi. Le jour viendra où — comme toutes les Gardiennes — tu ne seras responsable que devant ta conscience. Mais pour l'instant, tu devras faire ce qu'on te dira. Marélie sera une maîtresse sévère, et ne tolérera aucune désobéissance. Dans ce qu'elle t'ordonnera, tu devras obéir non seulement à l'esprit, mais à la lettre. Plus d'expériences impromptues sur les pouvoirs de ton *laran* ; plus d'excursions dans le surmonde ou d'interférences avec le temps. Et je doute fort que tu puisses l'abuser.

Fiora se permit une ombre de sourire.

— Après tout, puisqu'elle est une Hastur, elle te ressemblait sans doute dans sa jeunesse, et il est probable qu'elle connaît toutes tes petites ruses. De toute façon, rien ne dépend plus de moi ; le Conseil Comyn a été informé de sa demande qu'il a approuvée en ordonnant ton transfert ; et c'est ce que je t'aurais dit si tu n'avais pas voulu partir. Dans ce cas, tu aurais dû demander aux membres du Conseil de rapporter cet ordre — et *eux*, tu aurais sans doute pu les enjôler, car tu l'as sans doute déjà fait dans le passé.

— Je suis prête à faire ce que le Conseil Comyn a ordonné, répondit Léonie, en bonne fille Hastur. Mais tu me manqueras ! Vraiment, Fiora, tu me manqueras ! Tu as été si bonne envers moi, tellement plus que je ne le méritais !

Fiora sourit de cette spontanéité chaleureuse.

— Tu me manqueras aussi, *domna* ; essaye de nous faire honneur, là-bas, dit-elle. Maintenant, il faut que tu ailles préparer ton départ. Dis à ta servante de faire tes bagages. Au fait, tu sais qu'elle ne pourra pas t'accompagner à Arilinn ? Il n'y a pas de serviteurs humains là-bas, car ils ne peuvent pas franchir le Voile — la matrice-piège qui protège tous les résidents d'Arilinn.

Fiora repensa à la Tour d'Arilinn et au Voile — mais pas avec angoisse, car, grâce au Voile, c'était le seul endroit des Domaines où un télépathe était parfaitement protégé du « bruit » des esprits extérieurs sans avoir à relever ses écrans mentaux. Aucune pensée errante ne pénétrait jamais le Voile d'Arilinn. Marélie disait qu'autrefois toutes les Tours jouissaient de cette protection. Fiora regrettait souvent que ce ne fût plus le cas à Dalereuth. L'atmosphère était si paisible dans une Tour ne contenant que des esprits entraînés et disciplinés.

Eh bien, je ne revivrai plus jamais ça, alors, inutile de le regretter.

Cette révélation sembla déconcerter Léonie, et Fiora ne s'en étonna pas vraiment. Toute sa vie, elle avait eu des servantes.

— Je devrai donc m'habiller seule ? demanda-t-elle.

Elle soupira, pensant à ses robes compliquées, lacées dans le dos, aux longues rangées d'agrafes et de boutons, aux bustiers qui devaient être mis de telle façon, et aux jupons superposés difficiles à enfiler et ajuster proprement sans aide.

— Enfin, si tu l'as fait, je pourrai m'y faire aussi.

Elle avait quelques vêtements simples ; si elle n'emportait que ceux-là, elle arriverait peut-être à s'en tirer. Mais elle détestait paraître négligée, et elle le serait sans doute jusqu'à ce qu'elle s'habitue à s'habiller seule.

— Non, ma chérie, tu n'auras pas à te promener en souillon, gloussa Fiora. Il y a beaucoup de serviteurs à Arilinn, mais ce sont tous des *kyrri* non humains. Ils t'aideront. Mais les robes d'une technicienne des matrices et d'une Gardienne sont plus simples que tes robes de cour. Je me suis habillée seule toute ma vie, et il y aura des moments où tu ne voudras aucune créature intelligente près de toi. Et tu n'auras pas besoin de porter autant de vêtements qu'ici, car en toute saison, la Tour d'Arilinn est aussi chaude qu'un jour de plein d'été.

— Ah ! fit Léonie, surprise une fois de plus.

On ne lui avait jamais tant parlé d'Arilinn — sans doute parce qu'elle connaissait peu de gens qui y étaient allés, et encore moins qui acceptaient d'en parler.

— Maintenant, écoute-moi bien, car je dois te dire ce que sera ta vie à Arilinn, dit Fiora, et Léonie se rassit docilement.

Si Fiora se croyait obligée de l'avertir, la vie devait y être très différente. Plus dure, sans aucun doute. Mais avec des récompenses incomparables.

— Premièrement, tout contact te sera interdit avec ceux du dehors, dit Fiora. Et je ne plaisante pas, Léonie. Aucun contact, ni avec ton père, ton frère ou ta meilleure amie, même s'ils étaient mourants. Tu devras concentrer ton esprit uniquement sur ce qui se passe dans la Tour, et ce qui se passe à l'extérieur ne te regardera pas tant que tu ne seras pas Gardienne et qualifiée pour prendre tes propres décisions.

— Je le sais, répondit Léonie. Tu me l'as déjà dit. Je peux l'accepter.

Mais elle pensait différemment, sans vouloir le dire à

Fiora. Si elle le voulait, personne ne pouvait l'empêcher de contacter la pensée de Lorill. Et lui serait en contact avec le reste du monde. *Je ne serai pas aussi isolée que le pense Fiora.*

— Inutile d'emporter tout tes bagages, poursuivit Fiora. Ils ont tes mesures, et tu porteras des robes comme les miennes la plupart du temps. Prends une ou deux robes, et quelques souvenirs qu'on te permettra de garder les premières semaines ou les premiers mois. Plus tard, il faudra renoncer à ces babioles, et tout ce que tu auras apporté de ta vie précédente sera mis à l'écart. Cela fait partie du processus de détachement.

— Détachement ? dit Léonie avec curiosité. Qu'est-ce que c'est ? Tu ne m'en as jamais parlé.

— Une Gardienne ne doit avoir aucun attachement pour rien et pour personne, à part pour son travail et ceux qui y participent, répondit Fiora avec calme. Tu dois donc renoncer aux choses auxquelles tu t'es attachée. D'abord à tes parents et amis, ensuite à tes biens. C'est pour te faire prendre conscience de la vanité des biens de ce monde, et que ta vraie famille, ce sont ceux avec qui tu travailles à la Tour. Ton loyalisme est dû d'abord à la Tour, ensuite aux Domaines, et enfin seulement à ta parenté. Même ton frère — tu seras peut-être autorisée à le voir une fois par an, mais en tout cas la première visite n'aura pas lieu moins d'une année après ton arrivée.

Léonie réfléchit à ces paroles, et Fiora sourit avec tristesse ; Léonie ne serait pas une élève facile — mais quelles satisfactions elle donnerait à ses professeurs, et comme elle leur ferait honneur !

Malgré tout, elle posait des problèmes qui dépassaient de loin les capacités de Fiora — pourtant considérables ; mais Léonie, c'était trop pour elle.

Pas trop pour Marélie, en revanche. Fiora ne doutait pas que la formidable Gardienne d'Arilinn ne pût faire une Gardienne d'un homme-chat si bon lui semblait. *Ainsi, bon gré mal gré, elle apprendra*, pensa Fiora.

— Et mon frère ? demanda Léonie. Pourquoi vient-il ici ? Aux dernières nouvelles, Lorill était à Caer Donn. Il n'avait pas parlé de rentrer à la maison. Comment saurait-elle ce que faisaient ces gens des étoiles s'il était à Dalereuth ?

— Ton père pense qu'il a besoin de compléter son entraînement, dit Fiora, diplomate. Il lui faut acquérir plus de discipline et de modération avant d'être chargé d'autres missions pour le Conseil.

Ce que le vieil Hastur lui avait dit, c'est que ce « garnement », s'était compromis avec la propre sœur de Kermiac d'Aldaran.

Le Seigneur Stefan Hastur était furieux, autant contre lui-même que contre son fils, Fiora l'avait senti clairement.

— Il faut qu'il comprenne que toutes les femelles qui le regardent ne se jettent pas à sa tête. Il doit comprendre qu'on ne traite pas les femmes comme des jouets. Je crois qu'il l'apprendra s'il doit maîtriser son *laran* sous les ordres d'une femme.

Stefan Hastur ne savait pas exactement si Lorill s'était servi consciemment ou non de son *laran* pour s'attirer les bonnes grâces de la jeune Aldaran. C'était possible ; car, bien que n'ayant pas un *laran* aussi puissant que sa sœur, il l'était assez pour contenter n'importe quel père Comyn.

Et ce *laran* devait être entraîné, et vite, avant que ce genre de transgression ne devienne une habitude.

— Ton père a dit aussi, et je suis d'accord avec lui sur ce point, que Lorill doit connaître l'étendue de son propre *laran*.

Devant l'étonnement sceptique de Léonie, Fiora précisa sa pensée.

— Je sais que son *laran* semble beaucoup moins puissant que le tien, Léonie, mais il en a plus qu'assez pour être l'Héritier d'Hastur, et plus que bien des jeunes Comyn. Après tout, ton *laran* serait assez puissant pour trois ; et par comparaison, tout autre semble faible auprès du tien.

Léonie réfléchit encore à ces paroles, et réalisa qu'elles étaient absolument vraies. Lorill l'avait contactée d'Aldaran, et en plus, l'avait réveillée d'un profond sommeil. Son *laran* ne devait donc pas être si faible que ça !

— Alors, je suis contente qu'il reçoive enfin une formation, répondit-elle. Il restera ici longtemps ?

— Non ; sans doute pas plus de deux, trois décades, répliqua Fiora. Après tout, il devrait bientôt entrer dans la Garde des Cadets de Thendara. Et alors, il aura sans doute aussi peu de temps pour te contacter que tu n'en auras à Arilinn.

— Ainsi, nous nous soumettons tous les deux à notre devoir, dit Léonie en se levant. Et je dois maintenant penser au mien, si je pars à l'aube. Merci encore, Fiora.

C'est parfait, se dit Léonie, prenant congé de Fiora pour aller préparer ses bagages. *Lorill sera au cœur des événements, et je saurai ce qui se passe. Car je ne crois pas que la Gardienne d'Arilinn elle-même puisse empêcher les contacts mentaux entre mon frère et moi si c'est ce que nous désirons.*

Fiora sourit en écoutant s'éloigner les pas de Léonie. Elle ne connaissait pas encore la formidable Marélie. Et Fiora n'avait pas menti en disant que Marélie serait plus qu'à la hauteur pour contrecarrer les fantaisies de Léonie. Elle pensa : *Cette enfant n'apprendra qu'à la dure. Eh bien, elle apprendra ce que c'est, et plus qu'elle ne le voudrait, avant que Marélie en ait terminé avec elle.*

CHAPITRE XVII

Mettez deux Vegans ensemble, et ils fondent une religion. Mettez deux Deltans ensemble, et ils fondent un parti politique. Mettez deux Terriens ensemble, et ils construisent une ville.

C'était du moins le dicton, et, selon l'expérience d'Elizabeth, il disait sans doute vrai. Il y avait quelque chose chez les Terriens — du moins chez ceux du Service Spatial — qui semblait les pousser à laisser leur marque sur un monde nouveau, à construire un petit bout de Terra au milieu de n'importe quel désert étranger.

Comme si nous étions des animaux territoriaux, et que nous voulions marquer notre territoire, non avec notre odeur, mais avec une ville.

Et celle-ci avait été érigée dans le temps record d'à peine plus d'un mois.

Au centre du complexe se dressait le Quartier Général Terrien, similaire à tous les Q.G. Terriens de tous les astroports de la galaxie. Même la lumière était la même ; fixées aux plus hauts points des bâtiments de l'Empire, montées sur des poteaux et des colonnettes, brillaient les familières lumières jaunes de Terra. Partout où allaient les Terriens dans la galaxie, ils retrouvaient les mêmes conditions de travail. Trop de problèmes psychologiques avaient été rapportés à la lumière inconnue et souvent inconfortable d'autres soleils. Et effectivement, les tensions s'étaient un peu calmées depuis le jour où on les avait allumées. Un membre de l'équipage avait dit à Elizabeth que ça semblait bon de voir enfin des visages qui n'avaient pas l'air congestionnés ou ensanglantés.

Pour le moment, il y avait encore une différence entre ce qui avait été construit et les Q.G. habituels. Tout était en bois ; pour la pierre, il faudrait attendre qu'elle soit disponible. On était en train de l'extraire des carrières et de confectionner les briques qui remplaceraient dès que possible les structures temporaires en bois. En revanche, les travaux de l'astroport ne s'étaient pas déroulés comme prévu.

Généralement, les Terriens engageaient de la main-d'œuvre qualifiée pour construire l'équivalent planétaire de bonnes routes, et les premières pistes d'atterrissage pour astronefs. Les premiers à atterrir n'exigeaient guère plus que le leur : un espace plan et stable, capable de supporter leur masse imposante, et un bon dépôt de carburant. Même les cultures du niveau de l'Age du Bronze avaient des capacités suffisantes pour construire des routes convenables ; les Romains et les anciens Chinois avaient construit d'excellentes voies et, avec les plans et les instructions nécessaires, auraient pu aussi construire un astroport. Mais ici, sur Ténébreuse, l'ingénieur en chef avait rencontré un écueil inattendu.

Les habitants de Cottman IV — maintenant baptisé Ténébreuse, selon la meilleure approximation du nom local — ne construisaient pas de très bonnes routes. En fait, ils ne construisaient pas de routes du tout. Elles se formaient toutes seules. Quelqu'un avait besoin d'aller quelque part et suivait les chemins du gibier, ou allait simplement droit devant lui, par monts et par vaux. Si suffisamment de gens empruntaient le même itinéraire pour aller au même endroit, le sentier devenait une route de terre battue. Et si quelqu'un devait passer un obstacle comme une rivière ou un ravin, il cherchait un gué, installait un bac ou lançait un pont de fortune.

Mais il n'existait aucun engin de terrassement, et même le concept en était inconnu. Aucun engin broyeur. Aucun engin de surfaçage. Pas d'engin de construction de quelque nature que ce soit. Aucune main-d'œuvre qualifiée habituée à ce genre de travail et facilement recyclable.

C'est pourquoi les premières exigences de la nouvelle colonie ne concernaient pas des spécialistes et leurs appareils, et une délégation commerciale, mais des engins lourds et le personnel pour les faire fonctionner. En attendant, l'ingénieur de l'astroport devait se contenter d'ouvriers non qualifiés —

petits fermiers pour la plupart, qui savaient tout juste déblayer un terrain —, et de machines bricolées avec les moyens du bord pour défricher et aplanir la première piste d'atterrissage. L'ingénieur était sur les dents, obligé de tout apprendre à tout le monde.

Par défaut, le Capitaine s'était attribué le titre de superviseur du projet, vu que c'était le plus qualifié après le spécialiste.

Cela le mettait dans une situation curieuse : la politique de l'Empire voulait qu'on engageât de la main-d'œuvre locale pour ce genre de travaux ; cela aidait à atténuer les frictions pendant la période de transition, et permettait d'établir de bonnes relations avec les indigènes. La main-d'œuvre locale en concluait qu'au lieu de leur prendre leurs emplois, l'Empire en créait de nouveaux. Et effectivement, ils avaient engagé tous les Ténébrans qui s'étaient volontairement présentés, pour des travaux semi et non qualifiés. Mais il n'existait aucune main-d'œuvre qualifiée, pas même quelques ouvriers ayant l'expérience de machines rudimentaires. Pour la première fois, dans une culture du niveau de l'Age du Fer, les Terriens se voyaient obligés d'importer ce genre de travailleurs, et le Capitaine se retrouva en train d'expédier d'urgents communiqués quotidiens justifiant cette entorse aux Procédures Standard.

Il s'était mis à consulter David sur la façon de formuler ses communiqués, espérant leur donner un ton plus pressant.

— Qui aurait pensé qu'il existait une planète de l'Age du Fer sans le moindre engin de terrassement ? demanda-t-il rhétoriquement. Même les Romains avaient des herses et des dragues tirées par des chevaux !

— Soyez juste, l'admonesta David. Le terrain et le climat sont tels que tout équipement lourd serait anti-écologique et détruirait le pays. L'écologie est d'une fragilité incroyable. Seules quelques racines superficielles empêchent des versants entiers d'être emportés dans des fleuves de boue tous les ans. C'est une des raisons pour lesquelles l'élevage du mouton a pris tant d'extension, et les bergers surveillent de près l'état de leurs prairies.

Regardant par la fenêtre du bureau du Capitaine, il repensa à la rapidité avec laquelle les indigènes avaient semé et planté dans les moindres bouts de terre du complexe, dès que tous les bâtiments avaient été en place. Voilà une chose à laquelle les

Terriens n'avaient jamais pensé ; mais dès que les barrières avaient été enlevées, les constructeurs avaient disparu, et reparu un peu plus tard avec des mottes de terre et de jeunes plants des serres d'Aldaran, envahissant les lieux et laissant une mer de verdure derrière eux.

— Réfléchissez, Capitaine. Dans leur situation, des engins lourds, même tirés par des chevaux, seraient superflus et même dangereux. Alors ils n'ont jamais pensé à en fabriquer.

— Mais le château... protesta le Capitaine Gibbons. Ils avaient sûrement des engins lourds pour bâtir la forteresse d'Aldaran ! Et ce n'est pas le seul grand bâtiment des environs.

— Des tas d'hommes avec des pioches et des pelles, des tas de femmes avec des paniers pour transporter la terre superflue en un endroit, dans un autre destiné à leurs jardins en terrasses, répliqua David avec calme. Ce processus évite de causer beaucoup de dégâts à l'environnement, et diminue les dangers d'érosion. Vous avez pu constater qu'ils insistent pour que l'ingénieur de l'astroport travaille sur des sections pas plus grandes que le château, et pour qu'il pave chacune avant de passer à la suivante. Même construction, même concept.

Le Capitaine fit la grimace et remua quelques papiers sur son bureau.

— Ça aussi, ça me tracasse. Les gens ne pensent pas de cette façon, un point c'est tout ! Aucune population ne *commence* avec ce genre de conscience planétaire et écologique.

David branla du chef.

— Capitaine, vous vous laissez aller à une logique défectueuse. A l'évidence, ces gens sont parvenus à ce genre de conscience écologique, alors il est absurde de prétendre que personne n'y arrive.

— Mais d'où la tiennent-ils ? demanda le Capitaine, frustré. C'est ça que je me demande.

David éclata de rire, et fit une note sur les brouillons des communiqués du Capitaine.

— J'espère que ce n'est pas à moi que vous le demandez, parce que je n'ai pas la réponse, dit-il. En fait, je n'en ai pas la moindre idée, tout comme vous.

Le Capitaine Gibbons soupira.

— Dommage. J'espérais que votre femme avait trouvé

quelque chose dans ses chansons folkloriques, ou vous, dans vos conversations avec ces gens. Je suppose que je vais ajouter ça à la liste des problèmes que nos sociologues sont censés étudier.

— Pendant leurs nombreux loisirs, ajouta David.

Avec un grognement, le Capitaine se remit à la rédaction d'un communiqué sollicitant des bulldozers écologiques et des excavatrices respectueuses de l'environnement.

Il y avait une autre cité qui « poussait » près de Caer Donn. Elle entourait le centre compact de la Zone Terrienne, en dehors des barrières de l'Enclave, mais également en dehors du vieux village de Caer Donn proprement dit. Elle poussait aussi rapidement que la Cité du Commerce, et elle n'était pas différente de tout autre « cité » de ce type d'un bout à l'autre de la galaxie. Il y avait un nom universel pour ce genre de constructions : le Quartier Indigène.

Ces Quartiers Indigènes, où qu'ils fussent dans la galaxie, tendaient à se ressembler beaucoup. Les premiers logés furent les ouvriers engagés pour la construction de l'astroport. C'étaient des ouvriers et des artisans de tous les corps de métiers, déplacés des terres d'Aldaran, et qu'on recyclait dans la construction et la conduite d'engins lourds. Leurs habitations, spartiates à tous égards, avaient été bâties avant même les Quartiers des Célibataires et des Couples Mariés. Les Terriens pouvaient vivre et vivaient effectivement dans le vaisseau ; tandis que ces hommes n'avaient aucun endroit où coucher, vu qu'il n'y avait pas assez de lits pour eux dans le village.

A travers les grilles, David regarda le Quartier Indigène, et remarqua une pancarte qui n'était pas là le matin. Une Taverne ? Ça semblait probable.

Et là où il y a des tavernes et des hommes, les bordels ne sont pas loin.

Ce n'était qu'une question de temps. Question de temps également avant que les Terriens — tels que les quelques ouvriers de la construction — ne se mettent à utiliser ces « installations » indigènes.

La demi-douzaine de Terriens experts en construction étaient logés avec les autres Terriens, à l'intérieur de l'Enclave, mais David était certain qu'ils connaissaient déjà l'existence de la taverne. Ils y étaient peut-être déjà.

Étant donné les réactions du Capitaine Gibbons tout à l'heure, David se dit que ce serait peut-être une bonne idée de s'arrêter au Q.G. avant de rentrer à la maison.

La maison... ça sonnait bien. Leur maison était terminée maintenant, même si la moitié des pièces étaient encore vides. C'était la première fois depuis cinq ans — trois dans le vaisseau, deux à l'entraînement — qu'il pouvait dire « la maison » en rentrant chez lui.

Ysaye, comme prévu, était à son ordinateur. Elle avait supervisé l'installation et la programmation de l'ordinateur du Q.G. ; David espérait qu'il pourrait la convaincre de rester quand l'astronef repartirait. Elizabeth avait très peu d'amies, et elle souffrirait de perdre Ysaye. Le lien qui les unissait s'était renforcé devant le refus obstiné de certains Terriens de croire à ses capacités télépathiques.

Au bruit de ses pas, la jeune femme releva la tête et sourit.

— Tu as besoin de l'ordinateur, David ? demanda-t-elle.

— J'aimerais une étude comparée sur... euh... les principes « écologiquement valables » et la mythologie locale, dit-il. Je sais que c'est vague, mais...

— Je peux formuler ça sous une forme que l'ordinateur comprendra, répondit Ysaye. Mais ne te fais pas d'illusions. Il n'en sortira sans doute pas grand-chose. Nous n'avons pas encore beaucoup de données sur les indigènes.

— Qu'est-ce que tu fais là à cette heure ? demanda-t-il, curieux, la regardant reformuler sa question et l'entrer dans la machine.

— Oh — j'avais l'impression que quelque chose allait se passer, et j'essayais de faire une étude comparée sur moi-même, répondit-elle, évasive.

— Je suppose que c'est l'ordinateur qui t'a prévenue d'un événement imminent, gloussa David, reculant pour laisser Ysaye démarrer le programme. A moins que ce soit encore une de tes prémonitions.

— Ça, c'est mon affaire, dit-elle, le regardant du coin de l'œil.

Pourtant, cette plaisanterie déclencha une autre question.

— Mais tu parles à ton ordinateur, non ? insista-t-il.

— Tu penses à des conversations que j'aurais avec lui ?

Elle fronça les sourcils, peut-être à cause de la question, peut-être à cause d'une pensée qui lui venait.

— Oui, je lui parle ; ça peut avoir l'air d'une conversation, pour quelqu'un d'extérieur, je suppose, mais en fait, c'est plutôt que je pense tout haut.

— Une fois, j'ai eu l'impression d'avoir un genre de conversation avec lui, avoua-t-il. C'est une expérience très étrange.

— A moins qu'un technicien l'ait programmé pour jouer Socrate avec toi et te poser des questions déclenchées par des mots clés, remarqua-t-elle avec ironie. Ça se faisait beaucoup autrefois, au XXe siècle. Mais si tu lui disais quelque chose comme « Einstein dit que tout est relatif », il répondait quelque chose comme « Alors dites-m'en plus sur ce relatif M. Einstein ». C'était l'imitation de l'intelligence, non l'intelligence elle-même.

— Nous n'avons toujours pas enfoncé la barrière de l'intelligence artificielle, remarqua David. Je ne me rappelle même pas la dernière fois que quelqu'un s'est sérieusement attaqué au problème.

Ysaye se renversa dans son fauteuil, l'air pensif.

— C'est vrai ; c'est un problème au point mort depuis longtemps. Mais je me demande parfois si l'IA ne s'est pas développée toute seule sous notre nez. Nous pouvons enregistrer tant de données aujourd'hui — et les ordinateurs peuvent les organiser si rapidement... Vraiment, l'ordinateur *est* une intelligence d'un genre ou d'un autre, de nos jours.

— Alors, s'il prenait conscience de lui-même, il pourrait théoriquement communiquer avec une autre intelligence ? demanda David. Enfin, en supposant que cette autre intelligence puisse entrer en contact avec lui — peut-être par l'intermédiaire d'un terminal.

— C'est vrai, et il n'y a aucun moyen d'affirmer que ce n'est pas le cas, reconnut Ysaye. Comme nous les avons programmés uniquement pour répondre à des questions, nous n'avons aucun moyen de le savoir. A moins de pouvoir lire dans son esprit.

David haussa un sourcil.

— Tu as essayé ? Je sais que tu as testé positive pour les capacités psy, comme Elizabeth et moi — et je dois t'avouer que depuis que je suis ici, j'ai tendance à me servir aussi souvent de la télépathie que de la parole parlée. Peut-être davantage...

Ysaye, qui retenait son souffle, expira en un soupir.

— Je croyais que j'étais la seule. Je pensais... je ne sais pas ce que je pensais. Je ne l'ai pas dit au Capitaine, je ne l'ai dit à personne. Je ne voulais pas qu'on me croie dingue. Mais... je n'ai pas utilisé le corticateur. Je n'en avais pas besoin. Pourquoi prendre cette peine quand je pouvais parler avec Lorill Hastur, Kermiac d'Aldaran et Felicia sans me donner la migraine avec cette machine ?

David approuva de la tête.

— Elizabeth m'a dit à peu près la même chose. Moi, je ne suis pas si... doué. J'ai appris leurs langues à la dure ; la plupart du temps, je ne comprends que vaguement ce qui se dit. Elizabeth dit qu'elle a eu le même genre de contact que toi avec Felicia, le Seigneur Kermiac et Raymon Kadarin.

— Parfois, j'arrive à contacter Kadarin, dit Ysaye avec hésitation. Mais je préfère garder mes distances.

David s'en étonna ; Kadarin avait toujours été très cordial à son égard.

— Tu ne l'aimes pas ?

De nouveau, Ysaye hésita.

— Ce n'est pas exactement ça, dit-elle avec circonspection au bout d'un moment. Ce n'est pas une question d'aversion. Qu'est-ce qui la provoquerait ? Il est toujours très aimable. Il n'a jamais dit ou fait quoi que ce soit d'incorrect. Mais il me fait un peu peur. J'ai l'impression que ce n'est pas un homme bien, si tu vois ce que je veux dire.

Tout en parlant, David s'était de plus en plus accordé à la personnalité d'Ysaye, et il perçut à ce moment ce qu'elle ne disait pas tout haut — que toute sa vie, elle avait eu comme un sixième sens au sujet des hommes qui la recherchaient pour ses qualités exotiques. Et il pensa qu'elle avait senti quelque chose de similaire chez Kadarin. Et comme si le simple fait de parler de Kadarin la mettait mal à l'aise, elle changea de conversation.

— Tu as vu le bébé de Felicia ? demanda-t-elle brusquement.

Depuis qu'il était né, ce bébé était l'objet de discrètes spéculations. A la connaissance de David, personne ne l'avait encore vu.

— Non, répondit-il. L'enfant est d'Aldaran, je crois ? J'ai l'impression que ça arrive assez souvent ici — Felicia est une sorte de deuxième épouse, non ? En tout cas, personne ne semble s'en formaliser, et ils se réjouissent simplement que l'enfant soit en bonne santé.

— Je peux te dire que Felicia et Aldaran ne sont mariés sous aucune forme, dit-elle avec ironie. Apparemment, ce n'est pas déshonorant d'être la maîtresse déclarée d'un homme de haut rang. Seules sont déshonorées celles dont aucun homme ne reconnaît l'enfant.

Il y avait autre chose sous les paroles d'Ysaye ; de nouveau, David perçut ce qu'elle ne disait pas. Elle pensait qu'Aldaran aurait dû avoir honte d'être un tel coureur de jupons, au lieu d'être fier de ses conquêtes — et elle avait pitié de Felicia qui était une complice — ou victime — consentante.

— Tu ne le savais peut-être pas, poursuivit Ysaye, mais nous sommes tous invités à la cérémonie où le bébé recevra son nom, à leur Fête du Solstice d'Hiver — qui coïncide à peu près avec notre Noël.

— C'est un garçon ou une fille ? demanda David. Tu crois qu'ils font des cadeaux bleus ou roses selon le cas, ici ?

Il avait dit ça en plaisantant, pour égayer Ysaye, mais elle prit ses paroles au sérieux.

— Je ne suis pas sûre, mais d'après la rumeur, ce serait autre chose.

— Autre chose qu'un garçon ou une fille ? dit David, haussant les sourcils. Oui, cela arrive aussi parfois sur la Terre, mais pas très souvent. Heureusement. Et en général, ça peut se corriger par la chirurgie. Eh bien, si nous pensons que c'est possible dans son cas, nous pourrions faire de discrètes allusions en ce sens le moment venu. Aurora est sûrement qualifiée pour ce genre d'opération. A moins qu'ils ne prennent mal cette indiscrétion. Pourtant, c'est dur pour un enfant d'être... un neutre.

— Je ne sais pas trop comment t'expliquer, dit Ysaye, l'air perplexe. Il semble qu'ici, ce soit *normal* et pas du tout considéré comme un malheur. Ils appellent ces individus des *emmascas* et j'ai cru comprendre qu'ils appartiennent aux deux sexes — et à aucun.

Elle devait connaître aussi bien que lui la racine de ce mot, alors David s'abstint de tout commentaire.

— J'ai cru comprendre que ces *emmascas* sont rares et considérés comme une bénédiction. Pour commencer, ils vivent très longtemps. L'un de leurs rois — un roi Hastur, m'a dit Lorill — l'était. La plupart sont stériles.

Elle haussa les épaules.

— Lorill a essayé de m'expliquer quelque chose de très compliqué où il était question de génétique et d'*emmascas*, mais je n'ai pas compris grand-chose. Apparemment, sa famille s'est beaucoup impliquée autrefois dans les manipulations génétiques pour fixer certains caractères dans leur lignée, avec pour conséquence d'assez nombreuses naissances d'*emmascas*. Et je suppose que cela a aussi quelque chose à voir avec l'héritage génétique d'Aldaran, qui, crois-le ou non, est censément encore plus étrange que celui de Felicia.

David branla du chef.

— C'est difficile à croire, mais avec les colons d'un seul vaisseau à se croiser entre eux depuis des siècles, Dieu seul sait ce qui peut arriver. Mais alors, si ce pauvre bout de chou est *emmasca*, il est stérile également ?

— La plupart le sont, mais pas tous, répliqua Ysaye. Je suppose qu'il faudra attendre que l'enfant atteigne sa puberté pour le savoir, parce qu'à ce moment certains deviennent mâles ou femelles. En tout cas, ce sera une bonne occasion de faire la fête — et pour toi une chance inestimable d'enregistrer quelques précieuses cassettes culturelles !

Ils se mirent à parler de la fête et de la mine d'informations qu'elle serait pour eux, et David oublia le début de leur conversation.

La Fête du Solstice d'Hiver se célébra dans le Grand Hall où ils avaient été accueillis le premier soir. Ce qui leur paraissait alors étrange et primitif leur semblait maintenant familier et, à sa façon, confortable. Les Terriens avaient appris à s'adapter au climat, et si certains soupiraient en pensant à leurs locaux bien chauffés, personne n'en parlait ouvertement.

Le Seigneur Aldaran et sa Dame (qui, devant accoucher bientôt, paraissait rarement en public) accueillirent personnellement leurs invités et leur souhaitèrent la bienvenue.

— On se croirait à Noël, dit Elizabeth, ravie. Il y a même des sapins, et une bonne odeur de pain au gingembre.

— De pain d'épices, dit Dame Aldaran avec un sourire chaleureux.

C'était une petite rousse aux traits classiques, d'une minceur excessive malgré sa grossesse, avec un échafaudage compliqué de boucles auburn qui menaçait de s'écrouler au moindre souffle. Sa coiffure semblait trop lourde pour son cou gracile.

— Vous avez la même Fête, chez vous ?

— Quelque chose de très semblable, répondit Elizabeth. A vrai dire, toutes les planètes dont j'ai entendu parler ont une fête au milieu de l'hiver. Il semble que la nature humaine aspire à une cérémonie quelconque quand le soleil est au plus bas, et que les jours sont à leur point le plus sombre et le plus froid. C'est presque toujours une affirmation d'espoir, ou de quelque chose de ce genre.

— Et quel est le prétexte de ces fêtes ? demanda Dame Aldaran avec curiosité. Ici, c'est le solstice d'hiver.

— Généralement, c'est la naissance d'un dieu ou d'un autre... commença Elizabeth, puis elle rougit. Je vous demande pardon. J'espère que je ne vous semble pas sacrilège.

— Pas du tout, répondit Dame Aldaran en souriant. Pour la plupart, les Comyn ne sont pas dévots. Personnellement, j'ai autant de religion que le chat. Nous nous faisons une règle de nous amuser le plus possible à nos fêtes, quelle que soit l'origine de la célébration. Et même les *cristoforos* ont un proverbe qui dit : *le travailleur a droit à son salaire et à sa fête.*

Elizabeth gloussa.

— Nous avons quelque chose d'approchant : *le travailleur a droit à ses gages.*

David serait content d'ajouter ce dicton à sa banque de données. Il était intéressant de constater qu'il y avait ici plusieurs langues, bien qu'il n'y eût qu'un seul continent habitable, du moins d'après les photos satellite. A moins qu'il n'y eût quelque part des gens vivant sous la neige, sans laisser de traces.

— Nous échangerons d'autres proverbes plus tard, dit Dame Aldaran avec un sourire de regret qui apprit à Elizabeth qu'elle aurait préféré continuer leur conversation. Mais je dois m'occuper de mes invités. La cérémonie du nom aura lieu bientôt.

Son visage s'adoucit.

— Quel adorable bébé. Felicia a beaucoup de chance.

— Nous, nous baptisons — nommons — nos enfants dès la naissance, remarqua Elizabeth. Pour nous, c'est très étrange que vous attendiez si longtemps. La naissance remonte à six semaines, non ?

— Généralement, nous ne nommons pas un enfant avant d'être certains qu'il vivra, dit Dame Aldaran, avec une tristesse qui fit supposer à Elizabeth qu'elle avait elle-même enterré un ou deux enfants encore sans nom.

Ou bien, craignait-elle secrètement que son propre enfant ne vive pas si longtemps ?

— Mais ce bébé semble en bonne santé ; en général, si un nouveau-né vit jusque-là, il vit jusqu'à l'éveil de son *laran*. Mais il y a toute apparence que celui-là se développera bien. Et quel enfant adorable, qui ne pleure jamais plus d'un instant.

Elizabeth trouva étrange que Dame Aldaran parle avec tant de tendresse d'un enfant que son mari avait fait à une autre. Et encore plus étrange qu'elle considère sa rivale comme une amie. Mais naturellement, elle garda ses réflexions pour elle, félicita Dame Aldaran de la santé de l'enfant, et se retira pour rejoindre Ysaye. Dame Aldaran alla accueillir un groupe de nouveaux arrivants, aux vêtements et bottes libéralement saupoudrés de neige.

Elizabeth remarqua que ces nouveaux venus semblaient appartenir à une autre branche du clan Aldaran, et venaient d'un endroit appelé « Scathfell ». Dame Aldaran les accueillit chaleureusement tandis qu'ils ôtaient leurs capes et les tendaient à des serviteurs.

Puis, sur un signal qu'Elizabeth ne vit pas, les musiciens cessèrent de jouer, et tous les assistants se rassemblèrent autour de la mère et de l'enfant.

Le Seigneur attendit que tous les yeux soient fixés sur lui, des yeux curieux des Terriens aux yeux approbateurs de sa propre épouse, puis il prit l'enfant emmailloté des bras de Felicia.

— Je reconnais cette enfant, Thyra, comme mienne, dit-il d'une voix grave et ferme. Et je m'engage à assurer sa vie et son éducation jusqu'à sa maturité.

Puis vint la véritable surprise, du moins pour Elizabeth. Dame Aldaran prit l'enfant de Felicia dans ses bras.

— Je reconnais que cette enfant Thyra, fille de ma chère amie Felicia, est la véritable fille de mon mari Kermiac, dit-elle, regardant tendrement le petit visage du bébé. Et en tant que telle, j'assume la responsabilité de son entretien et de son éducation sous le toit de son père jusqu'à ce qu'elle atteigne sa maturité.

— Dame Aldaran est une sainte, grommela quelqu'un derrière Elizabeth, car elle doit savoir mieux que personne qu'un *emmasca* n'atteint pas sa maturité avant trente ans ou plus. Elle aura peut-être disparu avant que l'« enfant » soit arrivé à l'âge adulte.

Elizabeth s'efforça de dissimuler qu'elle avait entendu, mais c'était une révélation stupéfiante. Cela lui rappela ce qu'avait dit un jour un ami de sa mère, grand amateur d'oiseaux : *N'achète jamais un perroquet si tu n'as pas d'héritiers*. Dame Aldaran devrait-elle « léguer » l'entretien de cet enfant à ses propres héritiers ?

Mais Dame Aldaran poursuivit, après avoir remis le bébé dans les bras de sa mère :

— Moi, Margali d'Aldaran, en reconnaissance de cette promesse, j'offre à Felicia ce gage de mon affection.

Elle passa au cou de Felicia un magnifique collier d'argent et de gemmes appelées ici « pierres de feu ». Applaudissements nourris, pendant lesquels le nourrisson se mit à pleurer. Avec un parfait naturel, Felicia ouvrit sa robe et lui donna le sein.

Le bébé commença à téter goulûment, avec de petits grognements de cochonnet, et tout le monde se mit à rire et à bavarder.

Elizabeth n'arrivait pas à détacher les yeux de la ravissante petite poupée rose et blanche. Au prochain solstice d'hiver, elle aurait peut-être un enfant, elle aussi. Il ne serait pas accueilli avec un rituel semblable, mais il naîtrait sous ce soleil étranger et appartiendrait à ce monde tout comme l'enfant de Felicia.

Si c'était un fils, elle lui donnerait peut-être le prénom du Capitaine...

Elle se mit à rêvasser ; Zeb Scott vint s'asseoir près de Felicia et lui parla à voix basse.

— Oh ! là, là, lui dit Ysaye à l'oreille, la tirant de sa rêverie. On dirait que ça dépasse le bavardage amical.

Elizabeth, remarquant tout à coup d'attitude de Zeb Scott, penché sur Felicia, acquiesça de la tête, troublée.

— Cela pourrait amener des complications... Tu as raison, Ysaye. Si ce n'est déjà fait, cela pourrait devenir sérieux très rapidement. Dans ce cas — ce serait plutôt une bonne chose pour Felicia, car Zeb Scott est un homme merveilleux. Mais nos relations avec le Seigneur Aldaran pourraient se détériorer.

Ysaye sembla surprise.

— Comment cela ? Felicia n'est pas mariée au Seigneur Aldaran — ni à personne d'autre, à ma connaissance. Margali va bientôt accoucher, et Felicia pourrait alors devenir gênante. Ne devra-t-il pas se consacrer davantage à sa femme et à son enfant légitime ? C'est sans doute ce que Margali et sa famille attendent de lui. A mon avis, il devrait être bien content que quelqu'un le... euh... l'en débarrasse.

— Je ne crois pas, dit Elizabeth. Ce n'est pas la mentalité, ici. Leurs coutumes sont terriblement différentes.

Ysaye eut l'air sceptique.

— Je ne sais pas si la nature humaine est capable de changer à ce point, dit-elle. S'il est une constante dans toutes les cultures, c'est une certaine attitude possessive envers « mon mari » et « ma femme ». Et la famille voit généralement d'un mauvais œil tout ce qui peut menacer l'« épouse légitime ». Je ne crois pas que ce monde soit si différent.

— Sans doute que non, dit une voix familière mais importune. Je n'ai jamais constaté de grandes différences dans la nature humaine à travers les différentes cultures. Et c'est dommage, vu que la nature humaine n'est pas tellement admirable.

Même à une fête, Ryan Evans ne pouvait empêcher son esprit sarcastique de dénigrer tout ce qu'il voyait.

Elizabeth se tourna vers lui, plaquant sur son visage un masque de politesse.

— Tiens, Ryan, dit-elle froidement, je ne savais pas que tu étais rentré de... comment dis-tu, déjà ?... des Villes Sèches ?

— *Sèches*, c'est le mot, répondit Evans. Rien que du désert, et des baraques inconfortables que j'espère bien ne jamais revoir. Climat affreux, sauvages à peine au-dessus du Cro-Magnon — de quoi me faire perdre le peu de foi qui me restait en la nature humaine.

David parut, juste à temps pour lui épargner la peine d'une réponse polie.

— Pourtant, le fait qu'ils se soient installés dans une région si inhospitalière parle en faveur de la nature humaine, dit-il joyeusement. C'est la marque d'un optimisme à toute épreuve.

— Optimisme ! grogna dédaigneusement Evans. Eh bien, je te les laisse, optimisme et tout. Malgré tout, je dois avouer que Kadarin semble né pour être agent secret. Il parle plusieurs de leurs langues, et il avait de nombreux contacts, de sorte qu'au moins ils ne nous ont pas assassinés à bout portant. La plupart le prenaient pour l'un d'entre eux.

David s'éclaira.

— Je voulais justement t'en parler ; tu m'as fait des enregistrements ?

— Quelques-uns, répondit Evans. Sûrement pas autant que vous l'auriez voulu, toi et tes ordinateurs. Et ils ont été drôlement difficiles à faire — incroyable comme on a eu du mal à les faire parler. La curiosité n'est pas leur fort ; je n'ai jamais vu des gens plus insulaires.

David n'eut pas l'air surpris.

— Je suppose qu'il fallait s'y attendre dans une culture du désert, remarqua-t-il. Rien que le fait de survivre mobilise toutes les ressources, et un étranger représente toujours une menace. En tout cas, un étranger peut provoquer des saignées dans ces ressources, et l'hospitalité peut se révéler mortelle. D'où l'esprit de clan.

— Bien raisonné, dit le Capitaine Gibbons en les rejoignant. Content de vous voir de retour, Evans. Je veux votre rapport sur mon bureau demain à la première heure.

— Je peux vous le résumer tout de suite en quelques mots, répliqua Evans. En très peu de mots. Les échanges commerciaux des Villes Sèches avec le reste de ce monde sont pratiquement inexistants. Ils n'exportent que quelques plantes, essentiellement médicinales. Métaux précieux, zéro ; métaux *ordinaires*, zéro. Comme sur le reste de la planète, en fait. C'est à peu près tout ce qu'il y a à dire. J'aurais aussi bien pu rester ici dans — enfin, pas exactement — dans le confort, mais au moins je n'aurais pas eu les fesses meurtries par la selle.

Le Capitaine grogna, déçu.

— Donc, rien d'intéressant pour l'Empire ?

— Rien, à part ce que j'ai déjà dit : quelques plantes médicinales. Sauf si vous vous intéressez aux drogues exotiques.

Evans sourit. Le Capitaine fronça les sourcils.

— Vous connaissez mes idées là-dessus. Les drogues doivent rester dans leur pays d'origine.

Des lois très variées réglementaient l'importation et l'exportation de drogues pouvant induire une dépendance. En général, elles étaient interdites, les lois des gouvernements individuels ayant la préséance dans leur espace territorial. La plupart étaient extrêmement sévères. Chaque gouvernement local avait le droit d'engager des poursuites contre l'armateur ayant apporté des drogues interdites dans son espace territorial, ce qui imposait de très gros risques financiers aux contrebandiers. Non seulement on pouvait condamner le contrebandier, mais aussi le transporteur — souvent à la perte de son vaisseau.

Ainsi, à l'intérieur des espaces territoriaux, des restrictions très strictes s'appliquaient au commerce des drogues, mais à l'extérieur, c'était une autre histoire. Certains auraient voulu mettre hors-la-loi toutes les substances psychotropes, quelque douces qu'elles fussent, jusqu'au café et au chocolat, mais des difficultés d'application insurmontables s'y opposaient, surtout en face de mondes comme Keef et Vainval qui n'avaient pratiquement aucune loi sur la question.

Selon la politique de l'Empire, toutes les lois régissant l'espace interstellaire devaient être le moins restrictives possible, les interdits devaient être réduits au minimum, mais très sévèrement appliqués. Les quelques drogues non interdites se limitaient à des substances douces, induisant des états à peine supérieurs à l'impression de bien-être.

Le Capitaine avait ses idées à lui sur le mal que pouvait faire cette « surveillance » minimale, idées que partageaient Elizabeth et Ysaye. Mais, à l'évidence, Evans était d'un avis tout différent.

Il était partisan avoué du genre de laissez-faire qui régnait sur Keef et Vainval. Effectivement, ces planètes attiraient un certain nombre de touristes. Effectivement, ces touristes étaient prévenus des risques. Et dans l'ensemble — du moins officiellement — personne n'imposait ces drogues à qui n'en voulait pas. Le bruit courait, naturellement, que certains avaient été rendus toxicomanes contre leur gré, et qu'ils étaient forcés de payer de leur corps pour se procurer leurs drogues, mais ce n'étaient que des rumeurs que personne n'avait encore pu prouver. C'était ce qui justifiait l'attitude d'Evans. Il méprisait ouvertement ce qu'il qualifiait d'« autoritarisme » et de « paternalisme ». Il prétendait qu'aucun mal n'en résultait, que l'usage des drogues était limité à des résidents et visiteurs informés et consentants, et ne se répandrait jamais hors-planète.

Pour une fois cependant, Evans ne leur fit pas son discours rituel.

— Je connais les règles, répondit-il simplement, à la surprise d'Elizabeth. Et il est inutile de discuter des théories. Vous savez ce que je pense : moins les gouvernements interviennent dans nos vies, mieux on se porte.

— Je ne suis pas plus d'accord avec vous que d'habitude, dit le Capitaine, mais nous pourrons débattre des principes une autre fois.

— Très bien, dit Elizabeth avec lassitude, et elle les quitta.

Ryan était l'ami de David, et elle le trouvait sympathique par moments — mais la plupart du temps elle détestait tout ce qu'il aimait. Ils étaient invités à une fête, et elle ne voulait pas engager une discussion qui pourrait les mettre dans une situation embarrassante. Mais par ailleurs, elle avait des idées bien arrêtées sur la question !

Malgré sa jeunesse, elle n'avait jamais été témoin d'un cas où les drogues s'étaient montrées inoffensives. Même l'alcool détruisait les cellules cérébrales ; même des substances aussi anodines que le café et le chocolat pouvaient induire des dépendances qui, lorsqu'elles étaient satisfaites, nuisaient parfois à la santé de certaines personnes. Que des individus informés et stables choisissent de les utiliser, c'était une chose — mais lâcher un flot de drogues exotiques sur des gens non prévenus qui n'avaient sans doute jamais réfléchi à ce problème, cela ne pouvait pas et ne devait pas être permis.

Les ravages provoqués par l'alcool dans les cultures amérindiennes et polynésiennes de Terra étaient un exemple des catastrophes à éviter. L'attitude d'Evans, agitant le « drapeau de la liberté », pouvait être séduisante pour des gens non informés. Et le fait qu'il était très intelligent rendait sa position encore plus séduisante pour des gens ne réalisant pas qu'il n'avait pas une moralité et des scrupules proportionnels.

Les gens doués d'une telle intelligence devraient toujours recevoir un enseignement moral très strict depuis l'enfance, pensa-t-elle, réprimant un soupir.

Mais à ce stade, on ne pouvait plus rien faire pour Evans. Il était peu probable qu'il eût une crise de conscience à son âge.

Le bébé dormait dans les bras de Felicia ; les musiciens attaquèrent un nouveau morceau, et les indigènes se mirent en place pour faire la ronde. Quelques Terriens parmi les plus aventureux, dont Zeb Scott, se laissèrent persuader d'entrer dans le cercle. Elizabeth, qui n'aimait pas danser, se rapprocha des musiciens. Passant devant une table chargée de rafraîchissements, elle prit un verre de vin blanc des montagnes. La première gorgée lui parut agréable, mais lui laissa un curieux arrière-goût d'amertume.

Comme sa conversation avec Evans...

CHAPITRE XVIII

— Alors ? demanda Jessica Duval, lieutenant de l'équipage, les yeux brillants de curiosité dans son visage félin. C'est un neutre, oui ou non ?

Ysaye fit la grimace. Elle désapprouvait l'intérêt de Jessica pour les ragots, et il lui parut encore plus déplacé en la circonstance.

— Je ne sais pas et ça ne me regarde pas, dit-elle, espérant qu'elle comprendrait l'allusion et n'insisterait pas.

— Mais Ryan Evans dit que le bébé est une espèce de mutant, dit-elle, revenant à la charge. Avant de venir à la fête, il a dit à l'Enseigne Rogers qu'il le tenait de Kadarin. Tout le vaisseau en parle.

— Je l'ai entendu dire aussi, mais je n'ai pas pris la peine de vérifier, dit Ysaye, ironique, espérant qu'aucun indigène autour d'elle n'était télépathe ou ne comprenait le Terrien Standard. Ce n'est pas parce que *Rogers dit qu'Evans dit que Kadarin dit* que c'est vrai, peu ou prou. Je ne me suis pas penchée sur la question. Si ça ne gêne pas ces gens, ça ne doit pas nous gêner non plus. Il y a certaines choses qu'il vaut mieux laisser dans l'ombre.

Elle posa sur Jessica ce qu'elle espérait être un regard réprobateur, mais Jessica haussa les épaules, apparemment pas le moins du monde intimidée ou honteuse.

— Ce n'est pas une attitude très scientifique, dit David, taquin. Où irait-on si les scientifiques ne posaient pas les questions que personne n'ose formuler ?

Ysaye le regarda, fronçant les sourcils, lui signifiant par là que le sujet ne se prêtait pas à la plaisanterie.

— Il y a certaines choses que je ne ferai jamais, même au nom de la science, et le viol de la vie privée en fait partie. Si tu veux vraiment en avoir le cœur net, tu peux le demander à Felicia, ou à l'enfant quand il aura grandi.

Son froncement de sourcils s'accusa.

— Avant, tu peux quand même réfléchir aux sentiments de Felicia. Il me semble que sa position est déjà assez difficile, mais si tu veux prendre le risque de la mettre dans l'embarras, ne te gêne pas.

— Le ciel m'en préserve ! dit David, reprenant son sérieux. J'avoue que ma curiosité est éveillée, mais pas à ce point-là, et je ne voudrais pas embarrasser Felicia pour tout l'or du monde. Elle ne m'a jamais refusé son aide chaque fois que j'en ai eu besoin, et ce serait bien mal récompenser sa gentillesse.

— C'est ce qui me plaît chez toi, dit Ysaye avec affection, sa raideur s'évanouissant avec sa contrariété. Tu conviens qu'il y a des limites à ce qu'on peut faire au nom de la science.

— Je crois que tout le monde est bien obligé de le reconnaître — même un scientifique pur et dur, dit David, avec un sourire ingénu. Même s'il y a des questions qu'un scientifique doit poser quand personne d'autre ne l'ose, l'éthique impose quand même des limites. Par exemple, certaines expériences de manipulations génétiques, faites juste avant l'avènement de l'ère spatiale, ont eu pour résultat quelques accidents bizarres et tragiques.

— Pas si vite ! intervint Jessica, renonçant à sa désinvolture. Ces accidents étaient le fait de mauvais scientifiques — qui faisaient des choses pour lesquelles ils n'étaient pas qualifiés, et sans les protections suffisantes ! Certaines de ces mêmes expériences, correctement exécutées, nous ont permis de coloniser Mars — ce qui à son tour nous a permis de terraformer et coloniser des tas d'autres planètes qui n'avaient pas d'atmosphère !

Ysaye secoua la tête ; c'était encore un point sur lequel elle ne serait jamais d'accord avec Jessica. Quel que fût le bien qui en eût résulté — que serait-il arrivé si les Terriens ne s'en étaient pas mêlés ?

— Je ne suis pas certaine qu'elles auraient dû être colonisées, dit-elle, dubitative. Si nous n'étions pas intervenus, elles auraient sans doute fini par évoluer à leur façon.

La discussion datait de si loin que David ne se donna même pas la peine d'y participer. Il connaissait l'avis d'Ysaye ; elle en avait souvent parlé avec Elizabeth. Curieux qu'une femme passionnée par la science prît si souvent des positions anti-scientifiques. Cela remontait sans doute à sa petite enfance — à une doctrine particulière ayant pour commandement « avec la nature point n'interférera ». C'était absurde, vu qu'Ysaye interférait avec la nature chaque fois qu'on lui faisait une piqûre anti-allergique ou un vaccin quelconque. Enfin, cette discussion se terminerait comme toutes les autres ; personne ne convertissait jamais personne. Il attendit plutôt une pause dans la conversation, et demanda :

— Alors, Ysaye, qu'est-ce que tu penses de la cérémonie ?

Elle parut soulagée de passer à autre chose.

— Elle m'a beaucoup plu !

Les autres parurent soulagés aussi, et David regretta de ne pas être intervenu plus tôt.

— Vraiment très touchante. Dommage que, dans notre propre culture, on n'agisse pas de façon aussi civilisée en pareil cas — cela éviterait bien des litiges et procès en paternité. Ça ne m'a pas paru étrange ; c'est ce qu'on attendrait des Terriens si nous pensions davantage au bien de nos enfants, et un peu moins à notre vanité.

— Mais on ne se sent pas du tout étranger, ici, acquiesça un autre. Entre la Fête du Solstice et la cérémonie du nom, on aurait pu se croire à une fête de Noël combinée avec un baptême.

— C'est que Ténébreuse n'a rien d'étranger, dit David en riant. Tous ces gens sont originaires de Terra, et de l'Europe du Nord, en plus.

Le visage de Jessica se fit pensif.

— Ça ne te donne pas l'impression d'être un peu à part, Ysaye ? demanda-t-elle. Je n'y avais jamais pensé, mais tu ne te sens peut-être pas aussi à l'aise que nous parmi eux. Car si quelqu'un peut se sentir étranger ici, c'est bien toi.

— Curieusement, non, répondit Ysaye. Pas vraiment. J'ai

été élevée en Amérique du Nord, dans le megaplex New York-Baltimore ; ce n'est pas comme si j'étais de... euh... du Nigeria. Et si on va au fond des choses, je suis humaine, et eux aussi. Nous avons beaucoup plus de points communs que de différences.

Elle pensa à ses contacts télépathiques avec Lorill Hastur et Kermiac Aldaran ; leurs pensées n'étaient pas étrangères. En fait, Lorill s'était montré bien plus courtois que beaucoup de ses camarades, prenant bien soin de ne pas la choquer.

Mais cet autre vague contact qu'elle avait senti rôder dans son esprit quand elle jouait de la flûte synthétisée ou cherchait de la musique pour Elizabeth dans les archives ? Elle avait eu l'impression d'une présence — moins scrupuleuse que Lorill — cherchant à écouter clandestinement ses pensées. Elle n'était pas certaine de ce qu'elle avait senti, elle n'avait donc pas donné suite. Mais s'il y avait ici des télépathes, s'ensuivrait-il qu'ils respectaient tous les règles du jeu ?

Enfin, même si cette « présence » n'était que le fruit de son imagination trop vive, elle ne lui avait pas semblé particulièrement étrangère — en tout cas pas plus que certains membres de l'équipage. Le peu d'indices qu'elle avait perçus indiquaient une personne très... à part. Pas exactement recluse, mais distanciée des autres. Pas très différente de ce qu'elle était, en fait. A certains égards, comme elle venait de le démontrer avec Jessica, Ysaye se sentait souvent plus proche des indigènes que de ses propres camarades de l'équipage.

David interrompit sa rêverie.

— Tu as vu Kadarin ? Je suppose qu'il est rentré des Villes Sèches. Evans est revenu juste avant la cérémonie, et Jessica dit que Kadarin était arrivé une heure avant lui.

— Non, répondit-elle avec indifférence.

Peu lui importait la présence ou l'absence de Kadarin.

— Je devrais le savoir ?

David allait répondre quand il y eut un mouvement de foule à l'entrée, suivi d'une certaine agitation, puis un silence pesant s'abattit sur la salle. Sentant la tension soudaine, Ysaye se retourna et...

Toute la salle se retourna en même temps qu'elle. Les

danseurs s'immobilisèrent sur la piste, la musique mourut dans une succession de notes cacophoniques.

Comme tout le monde, Ysaye tendit le cou pour voir la cause de cette perturbation. Soudain, les danseurs s'écartèrent, ouvrant un couloir de silence entre la porte et le dais où trônaient encore le Seigneur Aldaran, son épouse et Felicia. Et à sa grande surprise, Lorill Hastur, accompagné d'une petite escorte, s'avança entre les danseurs vers Kermiac Aldaran et sa Dame.

Jamais, pensa Ysaye, l'expression « silence assourdissant » n'avait été plus juste.

On n'entendait qu'un seul bruit : les bottes de Lorill et de sa suite sur le sol.

Il avançait entre une haie d'assistants aux visages fermés ou hostiles. Lorill ne fit pas celui qui ne le remarquait pas, mais Ysaye nota qu'il avait lui-même l'air grave et résolu. Pas du tout l'air d'un homme venu pour faire un esclandre.

Et elle espérait ardemment qu'il n'y aurait pas d'esclandre, malgré ses bonnes intentions.

Raide et froid, Kermiac resta visage de pierre. Dame Aldaran était d'une raideur cataleptique, et même Felicia semblait pétrifiée sur place. Et ce n'était pas un effet de son imagination ; beaucoup d'hommes avaient porté la main à la garde de leurs dagues qui n'avaient plus l'air d'ornements inoffensifs. Ysaye n'avait aucune idée de ce que cela présageait, mais la tension dans la salle n'augurait rien de bon pour Lorill Hastur.

Le jeune homme s'arrêta à quelques pas du Seigneur Aldaran et s'inclina avec raideur. Kermiac lui répondit d'un léger salut de la tête — beaucoup moins déférent que la révérence de Lorill. Par son attitude, il semblait défier Lorill, lui dire : *Je suis sur mes terres, au milieu de mon peuple ; ici, tu n'es pas mon égal*. Lorill rougit légèrement mais ne se démonta pas.

— Seigneur Aldaran, dit l'Héritier d'Hastur, d'une voix claire et posée, je suis venu vous présenter mes excuses. Mon père et la Gardienne de Dalereuth m'ordonnent de vous dire que je suis un jeune écervelé, et que j'ai dépassé les limites de la bienséance due à un hôte, parlant et agissant comme seul un jeune imbécile peut le faire.

L'attitude de Kermiac s'adoucit un peu.

— Ah ? Et que pense Lorill Hastur de cet ordre ?

— Que mon père est très généreux envers moi, Seigneur, dit Lorill avec sincérité. J'ai été non seulement écervelé, mais aussi excessivement arrogant et stupide. Je peux vous assurer que je n'avais pas de mauvaises intentions envers votre sœur, mais, n'étant encore jamais sorti des Domaines je... j'ai pris ce qui est coutumier parmi vous pour ce qui serait effronté chez nous. Dame Mariel votre sœur, poursuivit-il, s'inclinant avec grâce en direction de la jeune fille, se montrait simplement serviable et gentille envers un étranger. Je regrette que mon attitude ait pu l'abuser sur mes intentions. La Gardienne de Dalereuth m'a clairement fait voir mon erreur de... de plusieurs façons. Toutes très éloquentes.

A sa rougeur, qui empourprait jusqu'à ses oreilles, et au choix prudent de son vocabulaire, Ysaye en conclut que cette « Gardienne » — qui qu'elle fût par ailleurs — avait dû lui passer un bon savon.

— Je suis venu m'excuser en personne, car en la circonstance, des excuses transmises par messager seraient insuffisantes. J'espère que vous les accepterez, Seigneur, et qu'avec elles, vous accepterez aussi le cadeau que mon père adresse, pour la cérémonie du nom, à l'enfant, à la mère et à votre Dame.

Trois hommes de son escorte s'avancèrent, portant trois paquets multicolores, et Ysaye retint son souffle, espérant qu'Aldaran ne les refuserait pas.

Il hésita une fraction de seconde, puis hocha la tête, et les trois hommes remirent les paquets aux dames, Felicia acceptant celui du bébé.

— Vos excuses sont acceptées, jeune Hastur, dit-il. En vérité, on dit souvent dans ces montagnes que « si la stupidité était un crime, la moitié de la population serait pendue à tous les carrefours ». Et je serais le premier à vous dire que j'aurais mérité la pendaison vingt ou trente fois dans ma vie.

— Comment, Kermiac ? demanda avec ironie un vieillard debout derrière lui. Seulement trente fois ?

Tout le monde éclata de rire, d'un rire nerveux peut-être, mais qui détendit un peu l'atmosphère, bientôt tout à fait détendue quand Kermiac joignit le sien à la gaieté générale.

Aldaran branla du chef en donnant une bourrade au vieillard.

— Tu m'as trop souvent vu manger les fruits de mes propres folies pour que je te contredise, mon vieil ami, dit-il. Soyez donc le bienvenu, Lorill Hastur. Nous sommes à l'époque du pardon — c'est du moins ce que les *cristoforos* nous diraient. Que nos rapports reprennent sur de nouvelles bases.

A ces paroles, tout le monde se détendit ; des serviteurs vinrent débarrasser les arrivants de leurs capes, la musique et les danses reprirent. Lorill s'attarda quelque temps à parler avec Dame Aldaran et Felicia, les quittant toutes les deux souriantes et faisant des commentaires qu'Ysaye n'entendit pas, puis il traversa la salle et rejoignit les Terriens regroupés près du buffet. Il sembla soulagé, et à juste titre, se dit Ysaye, car il était avec eux en terrain « neutre », et pouvait bavarder sans se soucier de la hiérarchie ou craindre de les offenser.

Il salua les Terriens, lentement et posément, et fut ravi quand David lui répondit en *casta*. Ils bavardèrent un moment, et Ysaye laissa son esprit se détendre pour suivre la conversation par les pensées de Lorill. Après quelques lieux communs sur la pluie et le beau temps et les difficultés du voyage, David lui demanda comment les siens avaient réagi à l'annonce de l'arrivée des Terriens.

— Vous devez savoir, je suppose, que votre arrivée a tout mis en éruption dans les Domaines, répondit le jeune homme. Et ce sera pire au printemps, quand tous les villages écartés et inaccessibles aux Tours apprendront la nouvelle.

— C'est assez normal, répliqua David. Rien que l'afflux d'outils de métal a sans doute déjà déséquilibré les échanges commerciaux — ou le fera au printemps quand les transactions reprendront et que ces outils atteindront votre pays.

— Et seuls ces outils et les objets que vous m'avez donnés ont convaincu certains membres du Conseil que vous n'êtes pas des êtres légendaires, inventés par le Seigneur Aldaran pour nous abuser — ou des créatures d'au-delà le Mur Autour du Monde. Certains cadeaux que vous m'avez faits ne pouvaient manifestement pas avoir été fabriqués sur notre monde. Maintenant, ils continuent à discuter d'éventuels contacts avec vous. Certains pensent que vous ne devriez pas rester — qu'en fait, nous devrions vous éviter à tout prix. Votre présence représente une trop grande menace pour notre mode de vie.

Ysaye approuva intérieurement ; elle les comprenait. Elle se demanda si elle devait le mettre au courant des allusions assez insistantes que Kermiac avait faites à des achats d'armes. Mais... non, cela ne ferait qu'augmenter les tensions, et comme les Terriens n'avaient pas l'intention de donner suite à ces requêtes, ça ne changerait rien de toute façon. Le statut « Protégé » de Ténébreuse signifiait qu'il y aurait un astronef de l'Empire posté en permanence au point de sortie hyperspatial, et que tout vaisseau serait inspecté avant d'être autorisé à atterrir — puis passerait une seconde inspection au déchargement de la cargaison. Il y aurait sans doute un peu de contrebande, mais rien de plus dangereux que quelques armes de poing, qui ne changeraient probablement pas grand-chose même dans une culture aussi primitive.

— Je comprends, dit David. Mais si quelqu'un vous demande votre avis, vous pouvez répondre que notre présence est un fait et exerce déjà une influence. Et cette influence ne peut plus être effacée ; il vaudrait mieux essayer de la contrôler autrement. Nous coopérerons si nous le pouvons, mais ce sera impossible si nous ne participons pas. Isolez-nous, et vous vous retrouverez avec des problèmes que nous ne pourrons pas vous aider à contrôler parce que vous ne nous laisserez pas vous aider.

Lorill acquiesça de la tête.

— C'est exactement ce que j'espérais vous entendre dire. Je le leur dirai si j'en ai l'occasion. Mais, poursuivit-il haussant les épaules, ils doivent d'abord discuter à perte de vue et exécuter leur petit ballet politique comme d'habitude avant d'être prêts à entendre de nouveaux arguments. Et pendant ce temps, mon père a pensé que je devais venir ici, pour réparer des rapports que j'avais compromis par inadvertance. Vous voyez devant vous, David, un homme plus posé et plus sage.

Il eut un sourire penaud. David gloussa.

— Je me suis comporté tout aussi bêtement à votre âge, et

ma tante, qui était vieille fille, m'a dit ce qu'elle en pensait bien en face. Et en public. Et ensuite, ma grand-mère a pris la relève.

Lorill frissonna.

— J'aimerais mieux affronter une armée de Séchéens enragés que des vieilles dames à la langue acérée qui ont le droit pour elles, affirma-t-il avec conviction. La Gardienne de Dalereuth doit être comme votre grand-mère, j'imagine. Je m'étonne d'avoir encore un pouce de peau intacte sur le corps.

David lui exprima sa sympathie, et Ysaye se garda d'intervenir, mais personnellement, elle trouvait qu'il n'avait eu que ce qu'il méritait. Son attitude envers la sœur de Kermiac avait été trop cavalière, et lui, trop arrogant dans sa conviction que Kermiac ne pouvait rien faire pour lui demander compte de ses actes. A l'évidence, il était maintenant détrompé.

Au bout d'un moment, la conversation s'orienta sur des sujets plus neutres. David et Lorill échangèrent encore quelques plaisanteries, puis le jeune Hastur se tourna vers Ysaye, qui avait jusque-là l'impression d'être devenue invisible. Elle s'était même demandé si Lorill ou David se souvenaient seulement de sa présence.

— Eh bien, Dame Ysaye, dit-il, la saluant de la tête, avez-vous maintenant appris notre langue ?

Elle secoua la tête. *Pas très bien,* répondit-elle mentalement, car elle savait qu'il l'« entendait ».

— Ah, dit-il, poursuivant télépathiquement : *Alors, mettons-nous un peu à l'écart, pour donner l'impression que nous parlons normalement. Je sens en vous un certain embarras à l'idée que vos camarades des étoiles puissent savoir que nous communiquons ainsi.*

— J'aimerais m'exercer avec vous, répondit-elle tout haut en mauvais Ténébran. Si cela ne vous ennuie pas. Elle poursuivit mentalement : *Je me sentirais mieux. Vous avez raison. Certains de nos supérieurs pensent que ceux d'entre nous qui peuvent communiquer ainsi sont des imposteurs qui cherchent à les tromper.*

Les tromper, ou vous tromper vous-même ? demanda-t-il avec ironie.

Les deux. Elizabeth — certains la croient... instable. Ysaye fut incapable de lui décrire correctement l'attitude de ceux qui classaient encore Elizabeth dans les folles ou les simulatrices à cause de ses dons télépathiques. Heureusement, Lorill parut comprendre.

Au pays des aveugles, celui qui voit sera taxé de folie, répondit-il. *Venez, allons parler à l'écart.*

Il lui prit le bras avec grâce, et la conduisit dans une alcôve, assez proche des musiciens pour être en pleine vue de tout le monde — et ainsi ne pas offenser la bienséance locale — mais suffisamment sombre pour qu'on ne voie pas si leurs lèvres remuaient ou non. Ysaye se demanda ce qu'il lui voulait, car il était bien pressé de la prendre à part !

Pardonnez-moi, mais ma sœur m'a impérativement commandé de vous poser quelques centaines de questions, dit-il, l'air ironique. *Je lui ai dit tout ce que je savais sur vous autres, les gens des étoiles, mais c'est vous qui la fascinez le plus. Ma sœur est très volontaire et entêtée, et même mon père réfléchit à deux fois avant de lui refuser quelque chose.*

Ysaye gloussa. *Je crois que la plupart des sœurs sont ainsi,* dit-elle. *Posez toutes les questions que vous voudrez.*

Après tout, cela ne pouvait pas faire de mal — et peut-être beaucoup de bien. Si répondre aux questions de sa sœur pouvait entrouvrir une porte sur le reste de la planète, Ysaye y répondrait jusqu'à ce que Lorill lui-même soit fatigué d'en poser.

Comme tout le monde, Elizabeth avait retenu son souffle à l'apparition de Lorill Hastur, et avait soupiré quand Kermiac Aldaran avait accepté ses excuses et ses cadeaux. Elle remarqua à peine que Ryan Evans était venu se placer près d'elle jusqu'au moment où il prit la parole.

— Eh bien, voilà une petite guerre frontalière évitée, dit-il, la faisant sursauter.

— Quoi ? dit-elle, s'efforçant de calmer ses battements de cœur. Que veux-tu dire ?

Evans haussa les épaules.

— Le jeune Hastur était parti, laissant beaucoup de ressentiment derrière lui. Il avait insulté la sœur de Kermiac, et ici, ça ne se fait pas. Par « insulté », je veux dire qu'il avait compromis l'honneur de la fille. Aldaran pouvait en prendre prétexte pour déclarer la guerre au reste des Domaines ; je suppose que c'est arrivé plus d'une fois. Il existe une hostilité de longue date entre ce petit royaume de poche et tous les autres — situation que Kermiac cherche à nous cacher. Kadarin a été beaucoup plus franc du moins avec moi.

Le regard d'Elizabeth se tourna vers Aldaran, qui bavardait avec un homme de l'escorte de Lorill, comme s'il rien n'avait jamais troublé ses rapports avec le jeune Hastur.

— C'est pour ça qu'il aimerait bien nous acheter des armes ? demanda-t-elle.

— C'est possible, répondit-il avec désinvolture. Mais il ne les aura pas. Je suis un des plus grands libertaires du monde, mais même moi, je ne crois pas que ce soit une bonne chose que de mettre des armes de destruction massive entre les mains de primitifs. D'ailleurs, la question est académique ; le garçon a présenté ses excuses, elles ont été acceptées, et tout est de nouveau comme dans le meilleur des mondes possibles.

— On l'espère, en tout cas, dit Elizabeth, légèrement dubitative. Au moins jusqu'à ce que ce jeune écervelé ne fasse une autre gaffe...

— Il n'en fera plus, dit Evans avec assurance. Kadarin m'a appris quelques petites choses. Il n'a pas pu m'expliquer exactement ce que sont ces « Gardiennes », mais elles ont un immense pouvoir. Si l'une d'elle et son père ont inculqué la crainte de Dieu à ce gosse, il est peu probable qu'il fasse un nouveau faux pas. Regarde, il ne prête aucune attention aux femmes indigènes ; il s'est rabattu sur Ysaye. Et Aldaran ne risque pas de se préoccuper de la réputation de *nos* femmes.

— Tu as raison, je suppose, soupira-t-elle.

Evans se mettait en quatre pour être aimable, remarqua-t-elle ; était-ce une façon tacite de s'excuser de la discussion de tout à l'heure sur les drogues ?

— Oh, Kadarin m'en a appris un bout sur les mœurs culturelles locales, dit-il. J'en suis sans doute mieux informé que vous autres maintenant, depuis qu'il m'a fait vivre parmi eux.

— Vraiment ? dit-elle, intéressée. David et moi, nous avons l'autorisation de faire un voyage sur le terrain. J'ai très peur de commettre une erreur terrible...

Evans éclata de rire, mais d'un rire qui n'était pas sarcastique comme à son habitude.

— Si je ne te connaissais pas si bien, Elizabeth, je prendrais cela pour un appel au secours !

— Eh bien, reconnut-elle à regret, c'en est un.

Il sembla réfléchir un moment, puis hocha la tête.

— Écoute, voilà ce que je te propose — je préfère ne pas parler ici, parce qu'on ne sait jamais quels indigènes parlent assez le Terrien Standard pour s'offenser de ce que je pourrais dire. Je te propose de te retrouver quelque part dans un quart d'heure. Et tu pourras me poser toutes les questions que tu voudras.

Elizabeth hésita. Quelque chose en lui la mettait mal à l'aise — et pourquoi cette conversation ne pouvait-elle pas avoir lieu pendant les heures de travail ?

Puis elle se fit des reproches. C'était l'ami de David ! Il n'y avait aucune raison de voir en lui un... une menace ! Et pendant les heures de travail, ils étaient très occupés tous les deux ; c'était peut-être leur seule chance de parler sans être interrompus.

— Où ? demanda-t-elle.

— Euh... dans un endroit calme, répondit-il avec naturel. Un endroit neutre. Hum... ta maison est trop loin, et le vaisseau aussi. Qu'est-ce que tu dirais de... de ma serre ? Tu sais où elle est, non ? Dans le bâtiment des sciences. J'ai quelques expériences en cours — des plantes locales que j'essaye de cultiver, et je n'ai pas eu l'occasion de voir ce qu'elles deviennent. On pourra parler pendant que je les examinerai.

Elle en aurait ri de soulagement. A l'évidence, elle avait mal jugé de ses intentions. S'il avait eu en tête quelque chose d'inconvenant, il ne lui aurait certainement pas donné rendez-vous à sa serre, dans le complexe des laboratoires !

— C'est parfait, dit-elle. Merci, Ryan. Je ne sais pas comment je te revaudrai ça.

Ryan eut un grand sourire.

— Oh, ne t'en fais pas, dit-il, je trouverai bien quelque chose.

Sur quoi, il se retourna et se dirigea vers la porte.

Elle essaya de trouver son mari dans le quart d'heure fixé par Evans, pour lui dire où elle allait, mais David s'était évanoui.

Finalement, elle tomba sur Jessica, qui savait au moins avec qui il était.

— Ce Kadarin est arrivé, et David est parti avec lui, dit-elle en réponse à la question d'Elizabeth, fronçant le nez de réprobation. Je ne sais pas pourquoi, cet homme me donne la chair de poule.

— S'il me cherche, veux-tu lui dire que je suis allée regarder les nouvelles plantes de Ryan à la serre ? dit-elle, exaspérée par la disparition de David. Il m'énerve ; chaque fois que j'ai besoin de lui, il s'est envolé et ne revient pas avant des heures.

Jessica éclata de rire.

— Pourtant, tu le connaissais avant de l'épouser, Liz, répondit-elle. Bon, je le lui dirai, mais tu le verras sans doute avant moi.

— Sans doute, soupira-t-elle.

Enfin, elle avait fait ce qu'elle pouvait pour le prévenir.

Personne ne faisait attention à elle, et il était peu probable qu'on s'aperçoive de son absence, alors elle s'éclipsa discrètement sans dire à personne d'autre où elle allait, prenant son manteau que lui tendait un serviteur, et sortant dans la tempête de neige.

Heureusement, une fois dans le complexe de Caer Donn, le bâtiment des sciences n'était pas loin. Et le répertoire informatisé de l'entrée lui indiqua exactement où se trouvaient les labos de Ryan, bien qu'elle ne fût jamais allée dans cette partie du bâtiment au dernier étage.

La « serre » était sur le toit ; logique, pensa-t-elle, vu qu'il cherchait à cultiver des plantes indigènes. La porte du toit était ouverte, et quand il entendit ses pas en bas, il lui cria dans l'escalier :

— C'est toi ?

— Oui.

— Monte. Les fleurs que j'ai plantées avant mon départ viennent bien ; je crois qu'elles te plairont.

Elle monta avec précaution l'étroit escalier de bois qui

ressemblait plutôt à une échelle. Quand elle passa la tête dans la serre proprement dite, elle fut frappée par une odeur douce et suave. Elle monta les dernières marches, et regarda autour d'elle, curieuse. Evans avait avivé la lumière et augmenté la chaleur, de sorte qu'on se serait cru en plein été, et les plantes avaient réagi par une croissance exubérante.

— Où es-tu ? dit-elle doucement.

— Par ici, résonna la voix d'Evans, lui indiquant la direction. Dans le fond. Attends de voir ces fleurs, Liz. Tu ne croiras pas qu'elles sont d'ici.

Elle écarta des branches luxuriantes, remarquant, à mesure qu'elle se rapprochait du fond de la serre, que l'odeur suave se faisait plus entêtante. Finalement, elle trouva Evans, penché sur une table de semis couverts d'un dôme de plastique ouvrant. Sous le dôme, elle vit les plantes dont parlait Evans : des pots de magnifiques fleurs bleues à cinq pétales.

— Oh mon Dieu ! s'exclama-telle en le rejoignant. Ryan, elles sont merveilleuses ! Comment les appelle-t-on ?

— Kadarin les appelle « fleurs-étoiles » ; je ne me rappelle pas le nom local, dit Evans, caressant le dôme, les yeux brillants. Elles exigent des conditions très spécifiques pour fleurir, et j'espérais bien revenir à temps pour les voir.

— Je suppose que leur odeur n'est pas à la hauteur de leur beauté, non ? demanda Elizabeth incapable d'en détacher les yeux.

Un pollen doré tapissait l'intérieur de chaque clochette bleue, donnant l'impression qu'elles brillaient.

— Tu ne peux pas savoir à quel point l'odeur des fleurs me manque — rose, lilas, jacinthe...

Evans haussa les épaules, mais sa bouche frémit.

— Kadarin dit qu'elles sentent bon, mais tu me connais — je n'arriverais pas à sentir ma lèvre supérieure. Pourquoi ne pas en avoir le cœur net et te laisser les sentir ?

Il rompit les sceaux fermant le dôme, et Elizabeth se pencha et respira voluptueusement...

CHAPITRE XIX

— Ysaye, dit Jessica, l'interrompant d'une petite tape sur l'épaule, heureusement pendant qu'elle et Lorill prenaient un verre. Excuse-moi, mais as-tu vu David ?

Ysaye se retourna, battant des paupières. La question de Jessica paraissait bizarre.

— Non, pas après la cérémonie du nom et l'arrivée du Seigneur Hastur. Je crois qu'il est parti avec Kadarin, mais je ne sais pas où. Pourquoi ?

— J'essaye de le localiser, et j'espérais que tu saurais où il était, répondit Jessica. Bon, si tu le vois, dis-lui qu'Elizabeth est allée à la serre de Ryan pour regarder des plantes ou autre chose, d'accord ? Tu connais David ; s'il ne la voit pas, il va s'inquiéter. Je retourne au vaisseau, alors tu le verras sûrement avant moi.

Un filet de sueur glacé coula dans le dos d'Ysaye, et un frisson de prémonition l'agita. Des plantes ? Pourquoi Elizabeth irait-elle regarder des plantes ? Et pourquoi pas en plein jour ?

D'autres questions se pressèrent dans sa tête, questions qu'elle ne pouvait pas poser à Jessica. Pourquoi Evans s'était-il arrangé pour être seul avec Elizabeth ? Il n'y aurait personne au bâtiment des sciences ; tout le monde était ici, au château. A sa connaissance, même les plus humbles techniciens s'étaient arrangés pour se libérer aujourd'hui et demain, soit en prenant de l'avance dans leur travail, soit en demandant à Ysaye de programmer l'ordinateur pour monitorer leurs expériences.

Eût-il été le Capitaine lui-même, Ryan Evans n'aurait pas pu imaginer rendez-vous plus intime. Et Ysaye avait un pressentiment de mauvais augure sur ce qu'il comptait faire de cette intimité.

— Merci Jessica, je le lui dirai, dit-elle distraitement, cherchant ce qu'elle pouvait faire immédiatement.

Si elle pouvait seulement gagner du temps — Elizabeth n'était pas partie depuis très longtemps. Impossible qu'Evans soit déjà arrivé à ses fins, et si elle parvenait à l'interrompre, elle arriverait peut-être à la serre à temps pour prévenir un malheur. Mais comment l'interrompre ?

Puis elle eut une idée. Evans avait spécifié devant témoins qu'il n'avait pas encore fait son rapport. Le Capitaine savait qu'il était rentré, et avait donné son approbation tacite pour qu'il remette ce rapport au lendemain — mais cela était contraire au règlement, et l'ordinateur ne savait pas qu'Evans était officiellement de retour à Caer Donn. D'après le règlement, il devait au moins « pointer » à son retour, et c'était l'ordinateur qui était chargé de s'en assurer. Tout ce qu'elle avait à faire, c'était de signaler à l'ordinateur qu'il était à distance d'appel, et il ferait le reste.

Elle activa son communicateur — même à une fête comme celle-là, tous les Terriens en avaient un sur eux en permanence — et enfonça plusieurs touches. En quelques instants, elle eut signalé la présence d'Evans à Caer Donn et l'ordinateur émettrait un appel qu'il répéterait jusqu'à ce que Ryan y réponde. Impossible d'échapper à ce « bip » insistant de sa mani-comm et de son labo.

Cela le retarderait un peu — suffisamment pour qu'Ysaye ait le temps d'arriver à la serre et de trouver un prétexte à éloigner Elizabeth.

Dame Ysaye, lui dit télépathiquement le Seigneur Hastur. *Vous êtes inquiète pour votre amie, et vous semblez craindre pour elle. Puis-je vous aider de quelque façon que ce soit ?*

Elle ne pensait pas qu'il avait perçu ses soupçons, seulement ses inquiétudes, mais elle fut touchée et reconnaissante de sa proposition. Ce garçon n'avait pas un mauvais fond, après tout !

Trouvez David, et dites-lui... dites-lui qu'Elizabeth a besoin de lui. Puis venez à la serre de Ryan Evans au bâtiment des sciences — tenez, regardez où elle se trouve.

Elle ne savait pas pourquoi elle ajoutait cela ; peut-être parce qu'elle avait besoin d'une présence — d'un homme, même très jeune qu'Evans ne pourrait pas terrasser — pour la soutenir. Maintenant, elle regrettait d'avoir refusé tous les cours d'autodéfense. Jessica n'aurait pas besoin de trouver un homme pour la défendre — et Aurora non plus. Et pour le moment, elle ne voulait pas non plus mêler d'autres Terriens à cette histoire. Comment expliquer son appréhension soudaine envers Evans ? On lui rirait au nez ou on discuterait, et elle perdrait du temps. Il était Terrien, membre de l'équipage comme eux, et de plus, le meilleur ami du mari d'Elizabeth. Pourquoi aurait-il tenté de la molester ? Le temps d'en convaincre un seul de l'assister, il serait peut-être trop tard. Evans n'était pas exactement populaire parmi ses camarades, mais personne ne l'avait jamais accusé de viol ou d'intentions de viol. En revanche, Lorill ne discutait pas ; il acceptait sa prémonition sans ergoter. Il représentait sa meilleure carte.

Cette communication télépathique avait un avantage auquel elle n'avait pas pensé jusque-là — elle put lui *montrer* exactement où se trouvait la serre. Il hocha la tête, et, avant qu'il ait pu faire un geste, elle pivota sur elle-même et courut vers la porte, ignorant les regards perplexes des assistants.

Elizabeth se pencha pour respirer l'odeur entêtante des fleurs — à l'instant même où se déclencha le « bip » de Ryan.

Il poussa un juron, et enfonça le bouton de sa mani-comm pour interrompre le « bip » insistant, mais sans résultat.

— Maudit ordinateur, grommela-t-il. Ne bouge pas, je reviens tout de suite.

Il traversa la serre en courant, et dégringola l'escalier laissant Elizabeth seule dans la serre.

L'odeur des fleurs était à la fois capiteuse et résineuse, mélange de gardénia et de pin, et un instant aussi, enivrante. Mais une fraction de seconde plus tard, Elizabeth se demanda pourquoi elle avait trouvé cette odeur si grisante — elle n'était pas lourde, mais légère et délicate. Si légère en fait qu'elle lui montait à la tête et qu'elle avait l'impression de flotter.

Le vin lui avait donné une légère migraine, maintenant disparue, et elle éprouvait un immense sentiment de bien-être.

Est-ce pour ça que les gens aimaient s'enivrer ? Elle s'assit devant le plateau de fleurs, et, levant les yeux sur le toit de verre de la serre, elle contempla la lumière qui explosait en éclats de cristal au-dessus d'elle.

Pour la première fois de sa vie, elle eut l'impression d'« être une » avec la nature, le monde et même ces fleurs, impression si souvent décrite par les mystiques. C'était incroyable. Elle percevait même ce que ressentaient les fleurs, leur aspiration vers le haut à la recherche de la lumière, vers le bas à la recherche de la nourriture. Leur désir lancinant des brises estivales, semblable à son désir lancinant pour David...

En ce moment même, tous les sens en feu, elle le désirait avec une intensité inconnue jusque-là.

Elle entendit des pas à cet instant ; pensant que c'était David, venu répondre à son appel, elle se leva en chancelant et se retourna...

Mais ce n'était pas David, seulement Ysaye.

Elle fronça les sourcils, troublée. Pourquoi Ysaye ? Elle voulait David !

— Où est-il ?

Puis elle se mit à pouffer, car elle voyait les mots s'échapper de sa bouche et rester suspendus en l'air, comme ceux de la Chenille sur une image d'Alice au Pays des Merveilles.

— Où est David ?

— Il arrive, Elizabeth, répondit aussitôt Ysaye.

Elizabeth se rembrunit, car elle voyait aussi les pensées d'Ysaye. Pourquoi pensait-elle que Ryan avait de mauvaises intentions à son égard ? C'était ridicule — Ryan l'avait fait venir uniquement pour lui montrer ces fleurs ravissantes...

Ysaye serra les dents devant l'expression de son amie ; Elizabeth était dans un état d'intoxication avancée, et sans doute aussi d'hallucination, à la façon dont elle regardait autour d'elle, comme si elle avait des visions. Pas étonnant étant donné le petit hobby d'Evans. Ainsi, — techniquement — cela n'aurait pas été un viol, Elizabeth n'aurait probablement pas réalisé ce qui lui arrivait. Mais seuls Dieu et Elizabeth savaient comment il lui avait administré la drogue. A la fête, peut-être ?

Enfin, peu importait ; l'important, c'était de l'emmener d'ici avant le retour d'Evans.

— Viens, Elizabeth, dit-elle d'un ton caressant. David t'attend.

Elizabeth chancelait sur ses pieds, et Ysaye s'approcha pour la soutenir, entrant ainsi par inadvertance dans le nuage de pollen flottant au-dessus des fleurs bleues. La poussière dorée se posa, comme collée, sur ses vêtements. Elle éternua plusieurs fois, puis serra les dents, s'efforçant de respirer le moins possible. Maudit Evans et ses sacrées plantes ! En plus de tout le reste, elle devrait se faire faire une piqûre anti-allergique quand tout cela serait terminé ! En rentrant chez elle, elle ferait bien d'envoyer son uniforme à la blanchisserie, ou mieux encore, à l'incinérateur.

Elle dirait à Aurora de déduire le prix de la piqûre de la solde d'Evans. Ça lui donnerait une leçon.

Elle guida les pas incertains de son amie pour traverser la serre et descendre l'escalier, et c'est alors qu'elle entendit un bruit de pas — venant du couloir, et non du labo et du bureau.

C'était Lorill Hastur accompagné de David. Jamais de sa vie elle n'avait été aussi contente de voir deux êtres humains.

Je lui ai dit qu'Elizabeth était malade, lui dit mentalement Lorill, et, de la même manière, elle le remercia avec effusion d'avoir montré autant de présence d'esprit.

— David, Elizabeth réagit à un ingrédient contenu dans les rafraîchissements, je crois, leur dit Ysaye. Elle a un comportement irrationnel, et tu ferais bien de la ramener à la maison.

— Si quelqu'un est capable de reconnaître une réaction allergique c'est bien toi, Ysaye, répondit David avec reconnaissance. Le ciel te bénisse ! N'importe qui d'autre aurait pensé qu'elle était...

— Ivre ou pire, et aurait ignoré son état, dit Lorill avec tact. Cela vient peut-être des friandises de la fête ; Aldaran aurait dû prévoir que des nourritures inhabituelles pourraient vous rendre malades. Mais après une bonne nuit de sommeil, il n'y paraîtra plus.

David le remercia de la tête ; car à cet instant, les genoux d'Elizabeth se dérobèrent sous elle, et elle faillit tomber, entraînant Ysaye avec elle. David les rattrapa à temps, et souleva Elizabeth dans ses bras comme une enfant.

— Je crois que c'est ce qu'il y a de mieux à faire, dit-il, regardant avec anxiété le visage de sa femme qui pouffait comme en rêve. Après tout, je n'aurais pas fait pour rien des poids et haltères pendant des années !

Ysaye commençait elle-même à avoir le tournis, mais elle parvint à se contrôler jusqu'à la sortie de David. Mais Lorill Hastur n'était pas aussi inexpérimenté qu'il en avait l'air, ni aussi insensible qu'elle l'avait cru. La voyant chanceler il s'approcha pour la soutenir avant qu'elle perde l'équilibre.

Ysaye, je crois que vous êtes malade vous-même. Puis-je vous aider ?

Ça m'ennuie de vous le demander...

Disons que ce sera en remerciement d'avoir si gentiment répondu aux questions de ma sœur. Puis-je vous raccompagner ? dit Lorill en souriant.

Le vaisseau — le vaisseau était si loin — et elle avait l'impression qu'elle n'y arriverait jamais, même avec l'aide de Lorill. Ce n'était pas une réaction allergique ordinaire ; tout autour d'elle était nimbé d'arcs-en-ciel, et elle se sentait ivre comme si elle avait bu toute une bouteille de vin à elle seule.

Mais... elle avait une chambre au Quartier des Célibataires — qu'elle occupait rarement, seulement quand elle faisait double service au bâtiment des sciences.

Je vais vous y emmener, dit Lorill Hastur, suivant ses pensées avec une aisance qu'elle lui envia. Un instant plus tard, il la souleva dans ses bras, aussi facilement que David avait soulevé Elizabeth.

Elle ferma les yeux, car le couloir tanguait autour d'elle ; quand ils s'engagèrent entre les bâtiments, la neige la ranima un peu, mais son euphorie la reprit dès qu'ils rentrèrent dans la chaleur des quartiers d'habitation.

Ce devait être quelque chose dans la nourriture ou le vin — quelque chose qu'il nous a fait prendre à notre insu. Pourrait-il en avoir fait prendre à d'autres femmes du vaisseau ? Ou à toutes ?

Mais cela importait peu, car elle avait rarement ressenti un tel sentiment de bien-être. Lorill ouvrit la porte de la chambre et la referma derrière lui, et les lumières s'allumèrent automatiquement. Il eut l'air stupéfait, et elle pouffa.

Ce n'est pas très poli, Dame Ysaye, la gronda-t-il en souriant. *Après tout, ces merveilles venues des étoiles sont des choses que nous n'avons jamais vues.*

Son sourire s'élargit en la voyant pouffer de plus belle, puis il se mit à glousser. L'allongeant sur le lit, il regarda les murs, et quelque chose lui sembla si désopilant qu'il s'écroula près d'elle, en proie à une hilarité incontrôlable.

Elle ne put pas lire ses pensées, pas clairement, mais elle saisit quelque chose où il était question d'une ressemblance entre sa chambre et une cellule de moine d'un ordre monastique inconnu.

Et pour une raison qui lui échappait, elle aussi fut prise d'un rire irrépressible. Blottis l'un contre l'autre, ils riaient à s'en couper la respiration, et personne ne pouvait avoir l'air moins monastique que Lorill...

Puis soudain, ils s'étreignirent pour une tout autre raison, et, les sens en feu, Ysaye désira ardemment sentir la caresse de ses mains sur son corps. Peu importait qu'elle n'eut jamais étreint un homme de cette façon — ni que Lorill eût des années de moins qu'elle. Rien n'importait plus, sauf qu'il était mâle et qu'elle était femelle et qu'ils étaient tous les deux emportés dans un tourbillon irrésistible.

En proie à une impatience frénétique, ils s'arrachèrent mutuellement leurs vêtements, chacun lisant si intimement l'esprit de l'autre que les attaches étrangères n'étaient pas un problème. Ils s'abattirent sur le lit, toute raison envolée. Seule demeurait la passion.

Lorill se réveilla le premier dans une chambre étrangement nue — et au bout d'un moment, il se rappela où il était.

Et ce qu'il venait de faire. Il avait séduit — et été séduit par — une vierge des étoiles, femme aussi étrangère à lui, par sa couleur et ses pensées, qu'aurait pu l'être un *chieri*.

Mais pourquoi ? Il s'était conduit comme... comme une bête en rut ! Ou un pauvre fou pris dans un Vent Fantôme. Et Ysaye également. Pourtant, ils étaient à l'intérieur !

Il fronça les sourcils à ces pensées. Elizabeth avait aussi réagi comme eux.

Avec prudence et circonspection, il ramassa les vêtements d'Ysaye. Et, oui, il y perçut faiblement l'odeur résineuse du *kireseth* !

Il les rejeta vivement loin de lui. Non, il ne se laisserait pas prendre deux fois de suite ! Mais que pouvait-il en faire ?

Les souvenirs d'Ysaye, inconsciemment partagés, lui donnèrent la réponse. Il reprit les vêtements, évitant soigneusement d'en secouer le pollen, et les fourra dans une conduite descendante. Les pensées d'Ysaye lui apprirent qu'elle menait à une sorte de blanchisserie, où ils seraient lavés et stérilisés avant de lui être rendus. Ainsi, ils ne risqueraient pas d'en contaminer d'autres.

Mais les événements de ces dernières heures ? Que feraient les gens des étoiles quand ils apprendraient sa conduite envers Ysaye ? Et l'apprendraient-ils ? Elle était vierge ; avait-elle juré de le rester pour son travail ? A l'évidence, elle n'avait pas subi le conditionnement d'une Gardienne Ténébrane, sinon, il serait mort. Mais la perte de sa virginité pouvait-elle mettre sa santé en danger ? Ses supérieurs s'apercevraient-ils qu'elle n'était plus vierge quand elle reprendrait ses activités ? Et si elle était enceinte ?

Il pensa aux paroles de son père et de Fiora sur son manque de maîtrise de soi et ses affaires avec les femmes, et il grimaça. Il préférait ne pas penser à ce qu'ils en diraient maintenant — *kireseth* ou pas *kireseth* !

Si personne ne le trouvait là et qu'il n'y eût pas de conséquences médicales, Ysaye penserait peut-être que tout cela n'était qu'un rêve. Ce serait sans doute le mieux — même si l'échappatoire n'était pas glorieuse pour lui. Naturellement, si elle était enceinte, son honneur exigerait qu'il reconnaisse l'enfant.

Il s'habilla rapidement, et ouvrit son esprit aux pensées errantes des résidents. S'il parvenait à se glisser dehors sans que personne ne le voie, ce serait l'idéal, pour lui et pour elle. Il ignorait quel était le comportement considéré comme bienséant pour une célibataire chez les gens des étoiles, mais il doutait que celui de la veille justifiât ce qualificatif.

Il attendit qu'il n'y eût personne dans le couloir, puis il sortit discrètement, refermant la porte derrière lui, tout en échafaudant une histoire pour expliquer son absence prolongée à la fête.

Peut-être — une visite à la taverne ? Il devrait y aller, pour que ce ne soit pas tout à fait un mensonge. Et ce n'était pas loin, ce qui était un avantage.

Il arriva sans encombre à la porte du bâtiment et sortit dans la nuit éclairée de neige.

Quand Ysaye se réveilla, elle eut d'autres chats à fouetter que des souvenirs confus de quelque étrange — et plutôt embarrassant — rêve sur Lorill Hastur. Elle avait le ventre noué, les sinus congestionnés, et des vertiges. Elle tituba jusqu'à la douche, ouvrit l'eau chaude en grand et se laissa fouetter par le jet vigoureux. Cela ne fit rien pour sa tête, mais détendit un peu les muscles de son ventre.

Ces crampes expliquaient peut-être la présence de sang sur ses draps. Ses règles avaient toujours été irrégulières, mais elle n'avait jamais eu confiance en la pilule pour les réguler. Elle prenait déjà tant de médicaments qu'elle refusait d'en imposer un de plus à son corps — auquel elle serait sans doute allergique de toute façon. Et elle n'avait sûrement pas besoin de la pilule pour éviter les grossesses ; le célibat présentait moins d'échecs, sans effets secondaires.

Elle sortit un uniforme propre de son placard et l'enfila, écartant résolument de sa pensée ces rêves de Lorill Hastur. Ces horribles hallucinations avaient sans doute quelque chose à voir avec la drogue que Ryan Evans leur avait fait prendre la veille, à elle et Elizabeth. Au moins, elle avait fait en sorte qu'Elizabeth fût avec son mari, et pas avec Evans.

Si elle arrivait à *prouver* ce qu'il avait fait, sa carrière était terminée. Le Service Spatial passait sur beaucoup de choses, mais ne tolérerait pas qu'il ait drogué des femmes appartenant au personnel en vue de les séduire.

Avant tout, il fallait aller voir Aurora pour une piqûre anti-allergique, avant qu'elle ne soit trop malade pour réagir.

Elle enfila son manteau et sortit de sa chambre.

Chambre ? On dirait une cellule de pénitent à Nevarsin !

Elle releva brusquement la tête. D'où lui venait cette idée ? Et d'ailleurs, qu'est-ce que c'était que Nevarsin ?

Puis elle secoua la tête pour écarter ces idées, tout en se dirigeant — ou plutôt en titubant — vers le vaisseau et l'excellente infirmerie d'Aurora. C'était sans doute une phrase entendue la veille. Et pour le moment, étant donné ses vertiges, il valait mieux se méfier de ce que lui suggérait son esprit. Elle n'était pas rationnelle pendant ses crises d'allergie.

Le vaisseau semblait à des millions de kilomètres, et elle avait du mal à mettre un pied devant l'autre. Heureusement, juste comme elle arrivait au bas de la rampe, un technicien la croisa au petit trot, la regarda à deux fois et l'arrêta...

Et elle se retrouva devant le visage d'Aurora, penchée sur elle, et qu'elle voyait vaguement, la vue troublée par la migraine.

— ... pour moi, c'est une de ses crises d'allergie, disait le jeune technicien. J'ai assisté à la dernière.

— Je crois que tu as raison, Tandy, dit Aurora, très affairée. Merci d'avoir appelé l'équipe médicale. Dans l'état où elle est, elle ne serait jamais arrivée jusqu'ici.

Aurora se pencha sur Ysaye, essayant de prendre l'air rassurant.

— Tu devrais être sur pied dans quelques jours, Ysaye, mais pour le moment tu es assez malade.

Ysaye entendit le faible sifflement de la piqûre qu'on lui administrait, mais tout était lointain et cotonneux.

Il fallait qu'elle leur parle d'Evans, mais parler exigeait un trop gros effort.

Elle entendit la voix d'Aurora s'estomper dans la distance.

— ... branchez les moniteurs et démarrez les scanners. Voyez si vous trouvez ce qui l'a mise dans cet état...

— Ysaye ?

De nouveau la voix d'Aurora, assourdie par la distance.

— Ysaye ? Tu m'entends ?

Ysaye ouvrit les yeux et vit le visage d'Aurora à quelques pouces du sien. Elle sentit les tubes à oxygène sur ses joues et dans ses narines. Elle voulut parler, mais elle avait la bouche trop sèche, et elle émit quelque chose tenant le milieu entre le croassement et le grognement. On lui glissa un tube flexible entre les lèvres.

— Tiens, bois un peu — ça ne peut pas te faire de mal, Ysaye, ce n'est que de l'eau. Tu n'as pas bu depuis près de quatre jours, alors tu dois avoir soif.

L'eau lui humecta agréablement la gorge, mais quand elle arriva dans l'estomac, il se révulsa instantanément. Des années d'habitude permirent à Ysaye de rouler sur le flanc et de saisir le bassin posé en permanence près de chaque lit. Aurora l'aida à le tenir, et deux mains secourables ramassèrent le tube qu'elle avait lâché et écartèrent ses nattes. Mais quand elle eut totalement vidé son estomac, la nausée persista quand même. Elle réprima ses haut-le-cœur par un effort de volonté tandis qu'Aurora l'aidait doucement à se rallonger.

— Tu peux nous dire quelque chose, Ysaye, *n'importe quoi* ? Cela ne ressemble pas à tes crises habituelles. Après la première piqûre, il semblait que tu allais dormir et récupérer, mais comme tu n'étais pas réveillée au bout de vingt heures, nous t'en avons fait une deuxième. Tu n'y as pas réagi non plus, alors nous t'avons administré des fluides IV — comme nous l'avons fait souvent — pour éviter la déshydratation qui commençait, mais la substance qui a provoqué cette crise doit encore se trouver dans ton organisme.

Ysaye regarda autour d'elle, et s'aperçut qu'elle était dans la salle stérile. Il n'y avait absolument rien dans cette pièce à quoi elle fût allergique. Ce n'était donc pas la chambre, ni l'air (qui arrivait purifié par des filtres spéciaux), ni les fluides IV, ni l'eau.

— Essaye de te rappeler, Ysaye, dit Aurora d'un ton pressant. Tu étais au banquet du château. As-tu mangé quelque chose qui t'ait paru bizarre ?

Ysaye commença à retrouver la mémoire.

— Elizabeth... comment va Elizabeth ?

Aurora eut l'air stupéfait.

— A ma connaissance, elle va bien. Elle n'a pas eu besoin de venir à l'infirmerie.

Elle ajouta, à l'adresse du technicien debout de l'autre côté du lit.

— Va quand même vérifier les entrées de la semaine dernière, Tandy.

La voix de Tandy résonna une minute plus tard.

— Négatif. Elle n'est pas venue.

L'oxygène clarifiait les idées d'Ysaye, suffisamment pour qu'elle puisse suivre une idée si elle se concentrait intensément.

— Le banquet... la serre d'Evans... le pollen — est-ce que j'ai encore du pollen dans les cheveux ?

— On va voir, dit Aurora. Apporte le casque de succion, Tandy.

Ysaye sentit un vide partiel autour de sa tête, puis elle entendit la voix de Tandy.

— Il me semble qu'il y a des traces d'une sorte de poussière jaune.

— C'était jaune — ou plutôt, doré, murmura Ysaye.

— Envoie ça au labo pour analyse, ordonna Aurora.

Quand Tandy fut parti, elle regarda les tresses d'Ysaye en soupirant.

— Qu'est-ce que tu dirais si on te rasais la tête ?

— Dans ce climat ? rétorqua Ysaye.

— Tu as raison — tu vas rester un moment à l'infirmerie, mais j'espère pas assez longtemps pour que tes cheveux repoussent.

Aurora se mit à sortir des instruments de divers tiroirs.

— Je vais t'appliquer un masque facial et te couvrir la peau jusqu'au cou. Puis je vais passer une ou deux heures à défaire toutes tes petites nattes, et laver ce qu'il y a dedans. Traitement spécialement réservé aux amies !

— Merci, Aurora, dit doucement Ysaye. Excuse-moi de te donner tant de travail.

— Ne t'inquiète pas pour ça, dit Aurora avec insouciance. Je n'ai rien à faire jusqu'à ce soir. Et c'est vraiment un soulagement de te voir réveillée. Je me demande ce que peut bien être cette poudre jaune ?

Ysaye se réveilla le lendemain matin, garantie sans pollen. Aurora lui dit que les dernières traces d'intoxication avaient été évacuées par son organisme pendant la nuit. Mais dès qu'Ysaye tenta de s'asseoir, elle fut terrassée par la nausée.

— Allonge-toi et ne bouge pas, dit Aurora.

Elle se précipita dans la pièce voisine et revint quelques instants après avec un paquet de crackers salés.

— Grignotes-en quelques-uns, on verra bien si tu les gardes.

Curieusement, cela lui fit du bien. Cinq minutes plus tard, Ysaye fut capable de s'asseoir. C'est alors qu'elle remarqua qu'elle avait les seins lourds et douloureux.

— Aurora, tu es sûre que tu n'as pas un peu forcé sur les fluides IV ? Je me sens positivement bouffie.

Aurora éclata de rire.

— Chez toute autre femme, je ferais un test de grossesse avec des symptômes pareils !

Ysaye se figea, l'esprit traversé de scènes où elle se trouvait avec Lorill.

— Fais le test.

Aurora la regarda, stupéfaite, puis referma la bouche sans rien dire, lui fit une prise de sang et quitta la pièce.

Elle revint quelques minutes plus tard.

— Tu avais raison. Tu es enceinte. Tu veux en parler ?

Ysaye secoua la tête, posant, d'un geste protecteur, ses deux mains sur son ventre encore plat. Elle était incapable de réfléchir, et encore moins de parler.

Aurora soupira.

— Enfin, si tu décides de te confier, je suis là. Mais en attendant que ça te plaise ou non, je suis obligée de mettre le Capitaine au courant.

Léonie eut le souffle coupé par les paroles du docteur, et fit vivement son propre test pour confirmation. Et elle avait raison. Cette femme des étoiles nommée Ysaye attendait un enfant, minuscule amas de cellules qui n'existait pas quelques heures plus tôt.

L'enfant de Lorill.

Elle s'était arrangée pour se libérer le temps que Lorill présente ses excuses à Kermiac Aldaran. Elle avait eu un pressentiment de mauvais augure au sujet de cette mission de repentance ; et, craignant que quelque chose n'arrive à son frère aux mains d'Aldaran, elle avait assisté à toute la cérémonie.

Mais rien ne s'était passé, à part l'humiliation de Lorill. C'était dur à accepter, mais au fond, elle reconnaissait qu'il l'avait bien méritée, et que leur père avait eu raison de lui conseiller de faire personnellement ses excuses. Les Domaines ne pouvaient pas prendre le risque d'un conflit avec Aldaran, surtout pas avec ces étrangers parmi son peuple.

De plus, le peuple des étoiles lui inspirait toujours la même curiosité. Les quelques renseignements glanés par ses contacts mentaux étaient effroyablement incomplets. Elle désirait des informations plus spécifiques, et, Lorill étant là-bas, c'était l'occasion de les obtenir sans révéler sa présence.

Elle était donc restée en contact avec lui jusqu'au moment où il avait pris l'étrange femme noire à l'écart pour lui poser des questions — comme elle le lui avait demandé. Puis elle avait transféré son esprit dans celui de la femme des étoiles, observant ses pensées superficielles sans être détectée, tandis qu'elle répondait aux questions de Lorill, questions qu'elle lui avait demandé de poser. Léonie était fascinée par le monde étrange qu'elle apercevait dans ces pensées — un monde qui semblait jouir de tant de luxe, et pourtant où si peu de choses étaient luxueuses. Un monde serré dans le carcan d'une étrange austérité, et où pourtant les individus disposaient de tant de richesses. Ysaye elle-même jouissait d'une grande liberté — et pourtant avait très peu de choix à sa disposition. En ce sens, peut-être, et par leur amour de la musique, elles se ressemblaient.

Cela la troublait, et en même temps l'intriguait.

Léonie perdit le contact avec Ysaye quand elle craignit pour son amie, puis le rétablit plus tard, et se retira devant les images sensuelles qu'elle y perçut, mais elle se retira trop vite, sans réaliser que l'homme avec lequel se trouvait Ysaye était son propre frère.

Jusqu'au moment où son frère l'avait appelée, pour lui raconter l'incident et la supplier de s'assurer qu'il n'était pas compromis, que la subornation d'Ysaye — quoique inspirée et contrôlée par *le kireseth* — n'avait pas été découverte. Il avait l'impression que les gens des étoiles, ignorant les pouvoirs du pollen, n'accepteraient pas cette excuse.

Alarmée par la précarité de la situation en laquelle il s'était mis, elle avait accepté. Quand Ysaye se leva et tituba vers l'astronef et l'infirmerie, Léonie vit que, dans l'esprit d'Ysaye, la rencontre avec Lorill n'était qu'un rêve, inspiré par son malaise.

Elle soupira de soulagement, mais resta docilement dans son esprit jusqu'à ce que la guérisseuse assure à la femme des étoiles qu'elle se remettrait bientôt.

Jusqu'à *ces* paroles !

Elle se retira précipitamment.

L'enfant de Lorill. Le premier Hastur de sa génération, infiniment précieux, et d'autant plus qu'Ysaye était douée d'un puissant *laran*, ce qui augurait bien pour l'enfant. Elle, Léonie, n'aurait sans doute jamais d'enfant ; c'était donc à Lorill de continuer la lignée. Par des enfants *nedesto*, si nécessaire, bien que beaucoup d'enfants légitimes issus d'une épouse *di catenas* des Domaines fussent préférables. Mais tout enfant de sang Hastur devait être choyé et accueilli à bras ouverts ; et encore plus en ces temps où si peu étaient doués de *laran.*

Elle pesa de toute sa volonté sur Lorill, qui, dans sa chambre du château Aldaran, avait sombré dans un lourd sommeil. Il tenta de la repousser, mais le choc de la nouvelle le réveilla complètement.

Ta folie avec la femme des étoiles a un enfant pour résultat, dit-elle avec humeur. *Ça ne peut plus être ignoré, ni par eux, ni par nous. Il faut que tu l'avoues à notre Père, puis que tu ailles trouver Aldaran pour lui confesser le rôle que tu as joué en cette affaire.*

Il essaya de rassembler ses pensées en déroute et d'y mettre un peu d'ordre.

Comment ? Comment peuvent-ils savoir que c'est moi...

Ne fais pas l'idiot, l'interrompit sèchement Léonie, avec l'horrible impression d'être infiniment plus vieille et sage que son jumeau. *Cet enfant est un Hastur, nous ne pouvons pas l'ignorer et prétendre qu'il n'existe pas ! De plus, elle se souvient en partie de ce qui est arrivé. Quand elle retrouvera toute sa tête, elle réalisera qu'il ne s'agissait pas d'un rêve inspiré par le* kireseth, *mais que c'était toi en chair et en os. Et à propos, d'où venait le pollen dont elle était couverte ?*

Je ne sais pas ; de quelque part dans cette bâtisse, je crois. Quand elle est allée chercher son amie, Elizabeth, elle aussi, semblait s'être promenée dans un Vent Fantôme. Que dois-je faire ?

Lorill semblait accablé.

Revendiquer l'enfant, bien entendu ! répliqua Léonie avec impatience. *Comment pourrait-il en être autrement ? C'est un Hastur, et il doit nous être remis pour être élevé correctement — nous pourrions peut-être le mettre en tutelle chez...*

Et si Ysaye veut le garder ? demanda Lorill de façon inattendue.

Elle n'en a pas le droit... commença Léonie.

Ils n'appartiennent pas à notre peuple, lui rappela sèchement Lorill. *Ils ne suivent pas nos lois. Même un Hastur ne pourrait pas enlever sa fille à une Renonçante. Selon leurs lois, la mère pourrait avoir le droit de disposer de son enfant. Si elle veut le garder et l'élever elle-même, nous ne pouvons rien faire. Elle peut même l'emmener dans les étoiles si elle le désire — et c'est sans doute ce qu'elle fera. Elle ne se plaît pas beaucoup ici.*

Cette idée choqua Léonie au-delà de toute expression. Que cette femme puisse *garder* un enfant Hastur, non seulement pour en priver son père, mais pour l'emmener là où il ne pourrait jamais être élevé et éduqué correctement...

Il n'y avait qu'une seule chose à faire. Il fallait se révéler à Ysaye, s'en faire une amie, puis la convaincre de leur laisser son enfant après la naissance. Elle devrait donc établir un contact étroit avec cet esprit étranger. Et serait peut-être obligée d'assister à certaines choses embarrassantes — et même effrayantes. Et à des pensées qui lui étaient aussi étrangères que celles d'une non-humaine. Et elle devrait faire un effort spécial pour aimer Ysaye comme si elle était sa meilleure amie — on ne peut pas mentir d'esprit à esprit, et elle sentait qu'Ysaye ne confierait son enfant qu'à quelqu'un pour qui elle éprouverait confiance et affection.

Mais rien de tout cela ne comptait. Il y avait un enfant Hastur en jeu.

Elle s'arma de courage, rompit le contact avec son frère accablé, et se prépara à recontacter Ysaye.

Le docteur lui avait donné quelque chose qui avait un peu amélioré son état ; Ysaye était encore agitée, mais beaucoup plus cohérente, et beaucoup moins désorientée. Le docteur l'avait quittée temporairement.

C'était le moment ou jamais de se révéler.

Ysaye ? dit Léonie avec circonspection, tandis qu'Ysaye sursautait à sa voix. *Vous ne me connaissez pas, mais je suis la sœur jumelle de Lorill, et nous avons beaucoup de choses à discuter...*

CHAPITRE XX

— Je n'arrive pas à le croire, dit Elizabeth, abasourdie. *Ysaye ?* Enceinte ? Mais comment ? De qui ?

— Tu peux me croire, dit sombrement Aurora. Elle est aussi enceinte que toi ; d'après l'ordinateur vous avez sans doute conçu à quelques heures l'une de l'autre. Quant à savoir comment et avec qui — nous espérions que tu pourrais nous renseigner. Après tout, c'est ta meilleure amie.

Aurora eut au moins le tact de ne pas dire ce qu'Elizabeth pensait ; que si Ysaye n'avait pas refusé l'implant anticonceptionnel pour « raisons religieuses », elle n'en serait pas là.

Le collègue d'Aurora, le Dr Darwin Mestier, ne fut pas si charitable et courtois.

— Cela n'arriverait pas si le Service Spatial rendait les implants anticonceptionnels obligatoires pour les deux sexes jusqu'à ce que les couples soient autorisés à fonder une famille, dit-il froidement. Et si cette femme avait fait passer sa sécurité et son devoir avant ses scrupules religieux...

— Elle ne vous a rien dit ? l'interrompit Elizabeth, toujours déroutée par la nouvelle, et de plus en plus gênée par cette tirade coléreuse.

— Rien de cohérent, reprit Darwin, qui était le spécialiste de médecine interne. Elle n'arrête pas de parler d'une certaine « Léonie », et tout ce que nous savons de sûr, c'est qu'elle refuse absolument une interruption de grossesse.

A l'évidence, il n'approuvait pas.

— C'est très bien pour quelqu'un — comme toi, par exemple — prêt à fonder une famille et à séjourner un certain temps au même endroit. Mais on a besoin d'elle sur ce vaisseau, ici et maintenant. C'est envers nous qu'elle a des devoirs, non envers un caprice passionnel.

— Cette décision ne me surprend pas, étant donné son profil psychologique, dit Aurora. Et son éducation. Franchement, j'avais peur qu'elle nous demande de coudre un grand « A » rouge [1] sur tous ses uniformes.

— Cela ne serait applicable que si elle était mariée, remarqua distraitement Elizabeth, encore tellement sous le choc qu'elle disait n'importe quoi. Je n'arrive pas à y croire. Qu'est-ce qu'elle va faire avec un enfant ? Le Service Spatial n'est pas un endroit favorable pour une mère célibataire.

— Dis plutôt « impossible », dit sèchement Aurora.

Elizabeth se demandait déjà si elle et David devaient adopter le bébé. Elle savait qu'Ysaye détestait autant cet endroit qu'elle l'aimait elle-même ; et un bébé l'obligerait à rester au moins deux ans sur cette planète, sinon plus. A l'évidence, Darwin désapprouvait qu'Ysaye ne reparte pas avec l'astronef... deux bébés ne devaient pas donner beaucoup plus de soucis qu'un seul, non ? Ysaye serait forcée de rester sur la planète pendant les neuf mois de sa grossesse, mais si les négociations et les constructions ralentissaient, le vaisseau serait encore là de toute façon.

— C'est le moindre de nos soucis, répliqua durement Darwin. Je me soucie beaucoup plus de la garder en vie. As-tu seulement idée de la gravité de ses allergies ? Même si nous recevons l'ordre d'interrompre rapidement cette grossesse, il n'est pas certain qu'elle y survive.

Elizabeth pâlit.

— C'est grave à ce point-là ? demanda-t-elle d'une voix tremblante.

Darwin, grand blond musclé qui aurait paru plus à sa place sur un quai de déchargement, haussa les épaules.

— Elle est en pleine crise allergique, et il y a des limites à

1. Un grand « A » rouge : allusion à la coutume puritaine d'autrefois — reprise dans le célèbre roman de Nathaniel Hawthorne, *La Lettre écarlate* — selon laquelle les femmes adultères devaient porter sur leurs vêtements un grand « A » rouge qui les désignait au mépris de la population. *(N.d.T.)*

ce que nous pouvons faire sans tuer l'embryon, ou provoquer chez lui des malformations. Franchement, à mon avis...

Avis qu'Aurora ne partageait pas pour le moment.

— ... je crois qu'elle réagit allergiquement au flot d'hormones nourrissant l'embryon autant qu'à ce qui a déclenché la crise à l'origine.

— Je ne vois pas comment c'est possible, dit Aurora. Cela ne figure dans aucun texte — comment pourrait-elle réagir ainsi à des hormones qui ont toujours existé dans son corps, quoique en quantités moindres ? Voilà des millénaires que les femmes ont des enfants sans réactions allergiques aux produits chimiques naturels qui nous permettent de les porter !

— Aurora, ne vois-tu pas comme elle est malade tous les mois ? Un rapport me semble évident... oh, et puis, laisse tomber.

David haussa les épaules et se tourna vers Elizabeth.

— Tu es sûre que tu ne sais rien ? Le père, qui que ce soit, devrait au moins être prévenu.

Il ne formula pas la suite, mais Elizabeth la lut clairement dans son esprit — et ne put que l'approuver.

On devrait demander des comptes au père. Il partage la responsabilité de cette situation.

— Exactement, répliqua Elizabeth. Mais quant à cette soirée, je n'en garde moi-même qu'un souvenir très confus.

Elle rougit au souvenir de son intoxication et de l'incroyable désir sexuel qui s'était emparé d'elle.

— Il devait y avoir quelque chose dans le vin...

— Il n'y a pas que ça. Tu es allée rejoindre Ryan Evans, non ? demanda Aurora sèchement. Il t'a fait prendre quelque chose ? Il t'a donné à boire ou à manger ?

— Mais non ! s'écria Elizabeth, choquée, et ne comprenant pas pourquoi Aurora posait cette question. Il devait simplement me donner quelques tuyaux sur la façon de se comporter avec les indigènes — nous nous sommes retrouvés à sa serre, il m'a montré des fleurs, et c'est à ce moment-là que son « bip » s'est déclenché. Je n'ai passé que quelques minutes avec lui. Pourquoi ?

Aurora haussa les épaules et ne répondit pas.

— Peu importe. Il s'agissait sans doute d'une hallucination. Il devait y avoir dans les boissons ou les plats quelque chose à quoi vous avez réagi, Ysaye et toi, et pas nous. Avec ses allergies, c'est possible. Quant à toi, la crise aura pris la forme de l'euphorie.

De nouveau, Elizabeth perçut les pensées d'Aurora ; pas aussi clairement cette fois. Ysaye aurait affirmé qu'Evans l'avait droguée — elle, Elizabeth ! Dans l'intention d'abuser d'elle !

Ce ne pouvait être qu'une hallucination. Evans était l'ami de David. Mais Ysaye ne l'aimait pas et se méfiait de lui — c'était sans doute pourquoi elle avait imaginé cette histoire. Quand une personne a des hallucinations, de légers soupçons se transforment souvent en affreuses certitudes.

— Je peux la voir ? demanda timidement Elizabeth.

Aurora était son amie en dehors de l'infirmerie, mais dans son domaine, le médecin retrouvait la préséance. Et Darwin était encore plus strict.

Aurora secoua la tête.

— Je ne sais pas. Ce n'est peut-être pas à conseiller.

Elle regarda Darwin, quêtant son avis du regard.

Il secoua fermement la tête.

— Nous voulons qu'elle reste isolée. Elle a des hallucinations, elle croit qu'elle parle à cette Léonie imaginaire, et qu'elle entend le bébé pleurer de douleur. Et toi, avec tes idioties télépathiques, tu ne pourrais que l'encourager dans cette voie. Il faut calmer ses chimères, non les renforcer.

— Mais si elle...

Elizabeth se tut au milieu de sa phrase. Et si Ysaye parlait télépathiquement avec une « Léonie » ? Lorill Hastur, parti le matin pour les Domaines, n'avait-il pas dit que c'était le nom de sa sœur ? Lorill et Ysaye avaient longuement conversé pendant la fête ; cela avait peut-être créé une sorte de pont qui avait permis à Léonie de contacter directement Ysaye. Il avait dit également à Elizabeth que sa sœur était une télépathe beaucoup plus puissante que lui-même. Il n'était donc pas si extraordinaire de penser que Léonie et Ysaye s'étaient contactées, surtout si Léonie ressentait de la curiosité à l'égard des Terriens. Et ce qu'elle avait commencé par curiosité, elle pouvait l'avoir continué par compassion ; par sympathie pour l'épreuve d'Ysaye, essayant, au sens figuré, de lui « tenir la main », puisque ses médecins l'isolaient de ses amis.

Quant à entendre un embryon — on ne comptait plus les histoires de mères communiquant avec leur enfant encore dans leur ventre. Naturellement, c'étaient des expériences subjectives, encore que bien documentées, et Elizabeth craignait que le si logique Dr Darwin ne les trouvât pas convaincantes. Qu'en penserait un Ténébran ? Elle aurait bien voulu le savoir.

Darwin et Aurora la regardaient, comme attendant qu'elle termine sa question. Alors elle dit la première chose qui lui passa par la tête.

— Et si elle ne va pas mieux ?

— Alors, nous devrons interrompre la grossesse, dit Aurora à regret.

Elizabeth eut un geste de protestation de la main gauche, tandis qu'elle posait la droite sur son ventre comme pour le protéger.

— Nous n'aurons pas le choix, Elizabeth, ajouta Darwin. Il faudra trancher entre un membre productif du Service Spatial, et un petit amas de protoplasme qui n'est pas plus qu'une potentialité pour le moment. Quand tu as signé avec le Service, tu as fait de lui ton plus proche parent *de facto* et ton tuteur légal en des cas semblables ; c'est dans le contrat. Pour le bien du Service et pour celui d'Ysaye, s'il y a une décision à prendre, nous la prendrons, qu'elle plaise ou non à Ysaye. D'ailleurs, elle n'a pas toute sa tête en ce moment.

Par ces paroles, il mettait hors du jeu et Ysaye et ce qu'elle pouvait souhaiter. Elizabeth quitta l'infirmerie avec des sentiments très mitigés. Craintes pour Ysaye, ressentiments à la façon dont on prenait les décisions à sa place...

Frustration de réaliser qu'ils avaient raison. Il n'y avait pas le choix.

Pour personne.

Léonie en aurait pleuré de frustration. Si son entraînement de guérisseuse avait été plus avancé, ou si elle avait eu plus de temps à consacrer au problème, elle aurait peut-être pu faire quelque chose pour Ysaye, dont tout le corps réagissait à la grossesse comme s'il était envahi par une maladie.

Mais les exigences de sa formation de Gardienne occupaient presque tout son temps, et le peu qu'elle passait avec Ysaye lui montrait que l'état de la femme des étoiles se détériorait de plus en plus.

Léonie ne s'était jamais sentie impuissante en face d'une situation ; elle trouvait toujours quelque chose pour l'améliorer — ou au moins, pour la modifier à son goût. Mais maintenant, elle était impuissante. Ysaye était aussi résolue de mener sa grossesse à son terme que Léonie pouvait le souhaiter ; peut-être même davantage. Léonie sentait qu'elle communiquait déjà avec l'enfant, ce qui signifiait qu'il manifestait déjà l'existence d'un puissant *laran*. Mais il y avait de multiples problèmes à affronter, même si cet enfant arrivait à son terme. D'une façon ou d'une autre, elle devait convaincre Ysaye de laisser Lorill — ou au moins un puissant télépathe — assister à l'accouchement, sinon le bébé pourrait tuer sa mère et lui-même dans la peur et la douleur de la naissance. Et il fallait convaincre Ysaye que seuls les Hastur pourraient l'élever correctement.

Mais aucune de ces hypothèses n'avait de grandes chances de se réaliser, car Ysaye sombrait de plus en plus souvent dans des hallucinations. Et ses propres devoirs l'empêchaient de rester en contact avec l'esprit de la femme des étoiles.

Au moins, elle avait convaincu Ysaye qu'elle était réelle, elle, et pas le fruit d'une illusion.

Elle devait consacrer toute son attention à ses professeurs ; premièrement parce qu'ils remarqueraient et puniraient toute inattention, et, deuxièmement, parce qu'ils lui en demanderaient la cause. Et *cela*, ça révélerait ses sondages interdits dans les esprits des gens des étoiles, et ses communications continuelles avec Lorill, elles aussi interdites. Elle devait passer sa première année dans l'isolement total, et *rien* du monde extérieur ne devait la distraire de ses études. Rien du monde extérieur ne devait la toucher de quelque façon que ce soit. Ses études terminées, elle serait Gardienne d'Arilinn, et elle ne pourrait pas être autre chose qu'impartiale, impassible, détachée. Elle aurait trop de pouvoir pour qu'il en soit autrement.

Ses professeurs avaient déjà imprimé ces leçons dans sa chair. Et elle n'avait pas l'intention de les apprendre deux fois.

Elle devait donc ranger Lorill, l'enfant de Lorill et la femme des étoiles dans un petit coin de son esprit, de même que toutes ses inquiétudes à leur sujet. Il fallait rester sereine, extérieurement et intérieurement. Elle ne savait pas ce que lui ferait la Gardienne d'Arilinn si elle découvrait son double jeu, mais elle était certaine que ce ne serait pas agréable, et que cela ajouterait encore d'autres problèmes à ceux qu'elle avait déjà.

Finalement, à la fin de la journée, elle retrouva le sanctuaire de sa chambre (maintenant débarrassée de tous les souvenirs apportés avec elle), et força son esprit épuisé à contacter Ysaye.

Elle ne trouva rien.

Ou plutôt, elle trouva une sorte de stupeur induite par des drogues ; un sommeil si profond qu'Ysaye ne rêvait même pas et n'était pas dans le surmonde. Aucune drogue de son peuple ne pouvait provoquer un pareil anéantissement. Ysaye n'avait même pas conscience de ce qui se passait autour d'elle, état qu'une guérisseuse entraînée avait du mal à provoquer. L'esprit était une entité puissante, qui combattait son annihilation même en de petites choses comme le sommeil.

Léonie chercha vivement un esprit physiquement proche d'Ysaye où elle pourrait s'introduire pour voir ce qui se passait. Elle en trouva un ; pas aussi sensible que celui d'Ysaye, et qui n'acceptait pas son propre *laran*.

Cela le rendait d'autant plus précieux ; il ne remarquerait pas la présence de Léonie dans son esprit, parce qu'il ne le pouvait pas.

Elle saisit le nom du guérisseur de droite ; *Darwin*. Elle reconnut en sa compagne la guérisseuse en qui Ysaye avait confiance, celle qu'on appelait Aurora. La concentration de l'homme était incroyable ; son esprit était fixé sur une chose et une seule : la tâche en cours. Toute Gardienne aurait pu lui envier cette concentration farouche et totale.

Puis elle réalisa ce qu'ils s'apprêtaient à faire ; elle recula d'horreur. Elle ne put que regarder, pétrifiée, tandis qu'ils se préparaient à tuer l'enfant d'Ysaye et à faire d'elle une *emmasca*.

Elle en fut horrifiée, révoltée. C'était trop tôt pour être

furieuse. Elle le serait plus tard — pour le moment, elle était trop choquée.

Ce Darwin, il avait des raisons à revendre pour faire ce qu'il allait faire : qu'Ysaye ne vivrait pas assez longtemps pour mener l'enfant à terme ; que si elle essayait, elle mourrait avec l'enfant ; qu'il en serait de même si elle devait retomber enceinte, et qu'ainsi, il était non seulement charitable mais médicalement recommandé de faire d'elle une *emmasca*.

Il y avait une autre raison à son comportement ; il en avait reçu *l'ordre*, du Capitaine, qui était pour Ysaye à peu près ce que le Roi était pour les Domaines ; et de gens au-dessus du Capitaine, des gens qui étaient ses supérieurs et donnaient des ordres auxquels aucun de ces gens des étoiles n'osait désobéir.

Qu'Ysaye soit d'accord ou non.

Elle aurait fui — mais quelque chose la retint, comme une prémonition qui lui disait : *Regarde. Écoute. Tu auras besoin de cela un jour.*

L'ancienne opération transformant une femme en *emmasca* était à la fois interdite et perdue. Oh, la Gardienne d'Arilinn, certaines prêtresses d'Avarra et quelques autres en avaient peut-être conservé la connaissance et la technique, mais Léonie doutait qu'elles les transmettent à quiconque. Il y avait des raisons à cet interdit — et pourtant, il pouvait aussi y avoir des raisons, des raisons contraignantes, pour dépasser l'interdit. Une fois passées la rage et l'indignation que lui inspiraient cette violation de la volonté d'Ysaye et de la sienne propre, elle verrait peut-être ces raisons.

Un jour peut-être, une femme viendrait trouver Léonie, et Léonie conviendrait qu'il était nécessaire de lui faire ce terrible cadeau. Pour cette femme, ce ne serait peut-être pas une violation de sa volonté, mais la liberté...

Elle resta donc, s'imposant le calme glacé et indifférent de la Gardienne et de ce guérisseur des étoiles.

Et quand ce fut terminé, elle s'enfuit.

Ysaye s'éveilla, la tête claire et le corps douloureux. Elle comprit ce qui lui était arrivé avant qu'on le lui dise. Non seulement par la souffrance de son corps mutilé, mais parce qu'elle était seule.

A l'instant où elle avait appris qu'elle était enceinte, elle avait senti en elle la présence de l'enfant. Pas une personne, mais une présence, une étincelle de vie, pouvant devenir un jour la petite fille qu'elle avait vue dans ses rêves. Fillette ravissante en laquelle ses gènes et ceux de Lorill s'étaient associés pour unir le meilleur de leurs deux peuples. Elle souffrait de la souffrance de sa mère, mais acceptait de subir cette douleur.

Maintenant, elle n'était plus là, et Ysaye se sentit vide et seule, la sensation de cette nouvelle vie totalement disparue, et tourmentée d'une affliction trop neuve et trop violente pour les larmes. *Mon bébé. Elle ne voulait pas mourir — où est-elle maintenant ?*

La porte de la chambre s'ouvrit.

— Ysaye, comment te sens-tu ?

C'était Aurora, bien sûr, avec juste assez de sollicitude, tempérée de professionnalisme, pour qu'Ysaye ne ressente aucune colère.

A supposer qu'elle ait pu éprouver une émotion aussi violente que la colère. Elle essaya, mais elle était trop fatiguée, trop vide.

— Bien, je suppose, répondit-elle, abattue. Vous avez enlevé le bébé, non ?

— Nous avons mis fin à une situation qui menaçait ta vie, rectifia Aurora. Dans le cas contraire, tu serais morte, sans le moindre doute, et le bébé avec toi. Il fallait choisir entre la mort des deux, ou seulement la mort du bébé. J'ai suivi les ordres du Capitaine et du Service.

Elle eut quand même un bref accès de colère, qui, dans sa faiblesse, retomba aussitôt.

— C'est faux, Aurora. Nous savons régénérer les membres. Il n'y aucune raison de ne pas...

— On peut régénérer un membre dans une installation *extra-planétaire* très sophistiquée. Dont nous ne disposons pas ici. Tu n'aurais pas survécu au voyage jusqu'à la plus proche. En supposant que le Capitaine ait bien voulu abandonner une nouvelle colonie et d'importantes négociations pour transporter jusque-là — à frais énormes — une femme illégalement enceinte. Tu es un membre indispensable de l'équipage, et soumise à des ordres auxquels tu dois obéir, et que tu as techniquement violés en tombant enceinte. Il est important pour le Service que tu restes vivante et fonctionnelle.

Ysaye se recroquevilla dans son lit, se sentant à la fois coupable et exploitée. Sa brève colère mourut. Aurora lui avait justement rappelé ses responsabilités, ses devoirs, sa place dans le Service et l'équipage. Elle n'avait pas le droit de discuter les ordres.

— Tu as raison, dit Ysaye d'une voix morne. Je suis désolée, Aurora. Je...

Elle s'interrompit, incapable de continuer, une boule dans la gorge.

Aurora s'adoucit.

— Je suis désolée aussi, Ysaye. Désolée que nous ayons dû en arriver là. Mais nous n'avions pas le choix. Il fallait ou te perdre ou... Ysaye, j'ai autre chose à te dire. J'en suis désolée, mais — tu étais dans un tel état que nous avons dû procéder à une hysterectomie totale. Le facteur qui a provoqué ta crise t'a rendue très allergique aux œstrogènes.

Curieusement, cela ne lui fit rien, comparé à la perte de l'enfant. De toute façon, elle ne s'était jamais beaucoup pensée *femelle* — elle se voyait plutôt comme un prolongement de l'ordinateur. Neutre et asexuée.

En un sens, c'était logique. Sorte de sacrifice à la vie qui maintenant ne serait jamais.

Elle ferma les yeux, pour refouler les larmes qui menaçaient de l'inonder ; elle les combattit, par la seule idée qui lui eût jamais donné le sentiment de sa dignité et de sa valeur. Son identité de femme et de mère lui avait été enlevée avant qu'elle ait eu l'occasion de la vivre. Il lui restait une seule identité, celle qui lui donnait importance et valeur aux yeux du Service, qui donnait et reprenait, qu'elle le voulût ou non.

— Quand pourrai-je reprendre mon travail ? demanda-t-elle, chaque mot lui imposant un effort. Il doit y avoir beaucoup d'arriéré, maintenant.

Aurora haussa les sourcils, étonnée.

— Maintenant que tes allergies sont contrôlées, rien ne

t'empêche de travailler dans ton lit. Mais il faut que tu te lèves pour marcher un peu toutes les deux heures. Sinon, tu garderas le lit environ une semaine, mais ça ne t'empêche pas de travailler. Si tu veux... mais je pensais que tu préférerais te reposer.

Ysaye secoua la tête.

— J'aime mieux reprendre le travail, dit-elle. Je vous ai donné assez de soucis ; à moi d'assumer ma part maintenant.

Aurora l'aida à s'asseoir dans son lit, soutenue par des coussins pneumatiques, ignorant les douleurs sourdes aux alentours de l'incision.

Quand elle fut installée et qu'on eut placé devant elle son terminal sur une tablette mobile, Aurora la laissa seule.

Elle se mit à travailler, oubliant et sa douleur et elle-même dans sa tâche ; pourtant, elle finit par s'impatienter des problèmes mineurs qui lui étaient soumis et que les jeunes techniciens auraient parfaitement pu régler eux-mêmes. Qu'est-ce qui leur prenait ? Elle n'était pas indispensable ! Qu'auraient-ils fait si elle avait été malade et incapable d'assumer ses activités pendant des semaines ou des mois ?

Avant, elle aurait simplement réglé elle-même ces petits problèmes. Maintenant, elle en fut contrariée et les renvoya aux jeunes, les répartissant équitablement entre tous. Puis, ayant résolu ceux qui dépassaient leurs capacités, elle se renversa sur ses coussins, énervée et insatisfaite.

Au bout d'un moment, elle sentit que Léonie la cherchait. Pendant quelques instants, elle eut envie de l'ignorer, comme elle était contente d'être débarrassée d'Aurora. Elle en avait assez d'entendre des « je suis désolée », et elle n'était pas pressée d'expliquer à Léonie pourquoi le précieux enfant de son frère avait dû être détruit. Mais, en dépit de ses propres sentiments, elle sentit que la jeune Ténébrane en était venue à dépendre d'elle ; que, d'une façon ou d'une autre — peut-être à cause de ce bref lien charnel, ou de leur amour commun de la musique — la future Gardienne s'était habituée à contacter Ysaye comme elle ne pouvait contacter personne plus proche d'elle par le sang ou le lieu. Que cette dépendance fût ou non une faute chez Léonie — ou qu'elle fût uniquement due à la solitude — Ysaye ne chercha pas à le démêler.

En soupirant, elle ouvrit son esprit à la jeune fille, avec l'impression d'être vieille et usée par la douleur.

Bonjour Léonie. Qu'est-ce que vous voulez ?

La jeune fille paraissait troublée.

Je sais que c'est inutile de dire que je suis désolée, Ysaye, mais c'est vrai. Et je sais que ce n'est pas votre faute.

Magnanime en plus, pensa Ysaye, ironique — puis elle se tança mentalement ; c'était sans doute vrai. Étant donné sa culture et son orgueil, cette acceptation devait lui coûter. Il était tout à fait possible que la plupart des Ténébrans la considèrent entièrement responsable de ce qu'on lui avait fait contre sa volonté.

Merci, dit-elle à la place. *Moi aussi, je suis désolée.* Inutile de préciser à quel point ; Léonie pouvait juger par elle-même de la blessure béante. *Je peux faire quelque chose pour vous ?*

Courte hésitation, puis : *Je pourrais écouter quelques morceaux de votre musique ? Je n'arrive pas à dormir — vous vous rappelez, au début, j'écoutais votre musique à travers vous ? Et peut-être que la musique vous apaisera aussi.*

C'était une bonne idée, et étonnamment compatissante pour Léonie.

Mais peut-être... avec tous vos problèmes, vous n'avez peut-être pas envie d'écouter de la musique.

De nouveau, Ysaye s'étonna ; c'était pratiquement la première fois que Léonie manifestait de l'intérêt pour une autre personne qu'elle-même. Même l'enfant n'avait d'importance que parce qu'il était de sang Hastur.

Je sais, dit Léonie, répondant à sa pensée. *Vous avez dû me trouver très égoïste.*

Ysaye fut plus touchée de cette contrition que de l'intérêt professionnel d'Aurora. *Si je l'ai pensé*, répondit-elle, *c'est que les jeunes sont toujours un peu égoïstes. Question de survie, je suppose, pour ne pas être écrasés par les adultes. Ils doivent d'abord penser à eux-mêmes et à leurs propres besoins et désirs — qui sont souvent en contradiction avec ceux des adultes.*

Un peu moins accablée maintenant, elle ajouta : *Quant à la musique, je pense que ce sera une bonne chose pour nous changer les idées.*

Léonie parut infiniment reconnaissante.

Vous êtes si bonne pour moi — qui ne suis qu'une sale petite égoïste.

Derrière cette pensée, Ysaye en perçut d'autres ; Léonie était restée *avec* elle à toutes les étapes de son épreuve, avait vécu toutes ses souffrances, et avait réalisé à quel point sa propre vie était privilégiée.

Non, Léonie, je ne crois pas que vous êtes égoïste. Vous êtes jeune, tout simplement.

Léonie se retira du rapport pendant quelques instants, à l'évidence pour réfléchir aux paroles d'Ysaye. Quand elle revint, ses pensées étaient teintées d'une humilité toute nouvelle.

C'est ce que mes professeurs ont tenté de m'enseigner. Et moi, j'étais assez folle pour penser que je pouvais être parfaite et tout savoir d'un seul coup.

Ysaye fut étrangement touchée de cet aveu, et se surprit à penser qu'en des circonstances différentes, elle aurait pu avoir une fille comme Léonie.

Non, c'était le passé, révolu à jamais. Il suffisait que cette jeune femme si arrogante pense enfin à autre chose qu'à ses propres désirs. Il suffisait qu'elle soit devenue une sorte de mentor pour Léonie. Cela ne leur servirait à rien de se flageller par une introspection malsaine.

Quelle musique voudriez-vous entendre, Léonie ? Du Wagner ?

Les pensées de Léonie s'éclairèrent. Elle semblait avoir du goût pour la *heldenmusik*, les orchestres immenses, les choses plus grandes que nature. *J'aimerais beaucoup*, répondit-elle.

Ysaye pouvait contrôler la musique de son terminal. Elle appela le programme musical, sélectionna « La Chevauchée des Walkyries », suivie d'un choix d'extraits classiques.

Qu'est-ce que des « Walkyries », Ysaye ?

Des vierges guerrières.

Ysaye lui projeta une image mentale de Brunnhilde en grand costume, avec tresses, casque ailé et tout.

Elles appartiennent aux légendes germaniques dont est tiré cet opéra.

Léonie répondit par l'image d'une femme solide et musclée aux cheveux courts (première fois qu'Ysaye voyait des cheveux courts dans cette culture) armée d'une courte épée, vêtue d'une sorte de jupe-culotte et d'une tunique rouge.

Comme nos Renonçantes. Braves et indépendantes. Parfois, je les envie.

Moi aussi, répondit Ysaye avec mélancolie. Vierges guerrières, immaculées — anges aux épées flamboyantes intouchés par le monde.

L'ordinateur sélectionna du Berlioz, et Léonie ne dissimula pas son plaisir. Suivirent plusieurs chorals de Bach, comme si l'ordinateur cherchait à la réconforter en choisissant ses morceaux préférés, et enfin, le dernier mouvement de la *Neuvième* de Beethoven, avec son « Hymne à la Joie ». Aiguillonnée par l'ébahissement de Léonie, Ysaye lui traduisit les paroles allemandes qu'elle avait chantées à l'université.

Les paroles étaient un peu ringardes, même pour l'esprit peu poétique d'Ysaye, mais la magie de la musique les parait d'une aura extraordinaire. Avec un pincement de cœur, elle revit la jeune idéaliste qui les chantait autrefois — mais quelle distance sépare la réalité des archétypes ? A la fin du morceau, elle avait le visage inondé de larmes — larmes qu'elle n'avait pas pu ou voulu verser jusque-là.

Peut-être que les techniciens avaient raison ; peut-être que l'ordinateur avait une conscience rudimentaire de ses états d'âme, et cherchait à la réconforter comme il pouvait. Car ces larmes étaient un soulagement qu'elle s'était refusé jusqu'à ce que l'ordinateur choisisse la musique qui l'avait forcée à les verser.

Sans honte et sans crainte, elle pleura doucement sur tout ce qu'elle avait perdu pendant ces derniers jours — tout, en fait, de son innocence à sa féminité. Et perdu sans retour.

Elle parvint enfin à maîtriser son chagrin quand la musique se tut, ne laissant derrière que le silence.

Silence physique et mental.

Léonie ? appela-t-elle. La jeune fille ne pouvait pas l'avoir quittée si brusquement... sans même lui dire au revoir.

Ysaye ?

La voix semblait lointaine et paniquée.

Ysaye ! Je suivais mentalement la musique, je voulais

faire choisir à l'ordinateur des morceaux qui vous égaieraient !

Quoi ? Où diable voulait-elle en venir ?

Puis elle comprit soudain — Léonie, percevant la « personnification » de l'ordinateur dans la pensée d'Ysaye, avait cru qu'il avait un véritable esprit.

D'une façon ou d'une autre, elle avait transféré son esprit dans l'immense machine.

Et maintenant, s'il fallait en croire sa panique, elle était piégée à l'intérieur !

CHAPITRE XXI

D'abord, Léonie n'eut pas la moindre idée de ce qui lui arrivait.

Pour Ysaye, l'ordinateur était une sorte de personne, qui semblait même capable de lire dans son esprit par moments. Léonie voulait faire cesser cette musique qui attristait Ysaye pour lui faire entendre des harmonies plus joyeuses. Alors, plutôt que de s'ingérer dans l'affliction d'Ysaye, Léonie avait cherché à contacter l'ordinateur, d'esprit à esprit.

Elle en avait rapproché son « moi », comme lorsqu'elle entrait dans les relais. Et il l'avait saisie, brusquement et sans avertissement.

C'était effectivement une intelligence, bien que d'une nature inconnue d'elle, et très puissante. En fait, assez puissante pour la terrifier. Elle avait l'impression d'être une fourmi-scorpion levant les yeux sur la semelle de botte qui va l'écraser.

Mais au bout d'un moment, elle parvint à contrôler sa panique, car, bien que l'ayant attirée en son intérieur, l'ordinateur ignorait sa présence. Elle regarda autour d'elle, conservant assez facilement le sens de son identité après ses heures d'entraînement de Gardienne et sa familiarité avec les relais et le surmonde.

Mais même pour Léonie, ce lieu, qui n'en était pas un, était étrange et déconcertant. Elle avait l'impression de se trouver dans un néant vaste et désert, traversé de courants d'énergie qui bourdonnaient autour d'elle, avec des paysages invisibles amoncelés en couches, les uns au-dessus des autres, et hors d'atteinte.

Ce n'était pas du tout comme le surmonde. Comparé à cet endroit, le surmonde était comme un refuge de montagne par rapport au Château Hastur.

Elle tenta de se visualiser en mouvement. Dans le surmonde, elle aurait vu où elle était et où elle allait. Ici, elle eut l'impression de bouger, mais à travers une grisaille sans repères visuels. Et elle n'avait aucun contrôle sur sa vitesse ; elle ralentissait et accélérait sans préavis. Ce qui la désorienta un peu plus et lui donna la nausée. Elle tenta de s'arrêter par un effort de volonté, et elle y réussit, mais elle ne savait pas d'où elle était partie ni où elle était arrivée.

Elle était entourée de ténèbres ; impossible de s'orienter.

Ce n'était pas du tout la même chose qu'être à l'intérieur d'une matrice.

Elle se ressaisit et réprima sa panique ; elle tenta de se concentrer et de projeter une image d'elle-même, Léonie Hastur, de ce qu'elle voulait et de l'endroit où elle désirait se rendre. A l'évidence, *hors d'ici.*

Où que fût cet « ici ».

Elle se dit qu'elle n'avait aucune raison de paniquer, que ce n'était qu'une expérience désagréable. Après tout, elle n'était pas là physiquement ; son corps était en sécurité derrière le Voile d'Arilinn, seule sa conscience se trouvait dans la machine. Ce qu'elle vivait n'était pas drôle, certes, mais elle n'avait qu'à attendre et elle retournerait — ou serait retournée — dans son corps.

Mais était-ce certain ?

Si cet ordinateur était une intelligence, ainsi qu'elle l'avait pensé, elle devait pouvoir communiquer avec elle comme avec tout autre intelligence.

Elle concentra sa volonté, et formula mentalement une question très spécifique.

Qui es-tu ?

Au bout d'un long moment, sortant de la grisaille, une réponse arriva.

Modèle TE S14C, Universel Multi-Tâches.

La réponse n'avait pas de sens, mais au moins, on lui avait répondu. *Aide-moi !* demanda-t-elle.

Énoncez la nature du problème, bourdonna la machine.

La nature du problème ? *Je veux sortir d'ici !* répliqua Léonie.

Requête incorrectement formulée.

Cela ne la menait nulle part ! De nouveau, elle regarda autour d'elle ; dans la pénombre, elle vit des lignes brillantes, et, n'ayant rien d'autre pour la guider, elle décida d'en suivre une.

Peut-être la conduirait-elle hors d'ici ?

A peine l'eut-elle pensé qu'elle se déplaçait à une vitesse vertigineuse le long d'une de ces lignes. Puis elle se sentit catapultée — il n'y avait pas d'autre mot — dans une immense grille.

Cela paraissait métallique, plus ou moins ; c'était froid et chaud en même temps, et cela la dévia de la voie qu'elle suivait jusque-là. Une fois, elle avait reçu une décharge dans les relais, et c'était assez semblable à ce qu'elle ressentait maintenant — étourdissements, et picotements dans tout le corps jusqu'à la pointe des cheveux.

Et la même voix bourdonnante répéta d'un ton impassible : *Énoncez la nature du problème.*

Encore ? Léonie répéta, se sentant de plus en plus impuissante : *J'ai dit que je voulais sortir d'ici. S'il vous plaît, indiquez-moi la sortie !*

Le bourdonnement reprit, et la voix répéta : *Requête incorrectement formulée.* Puis, très loin dans la grisaille, elle eut l'impression que quelqu'un la cherchait. Ysaye !

Paniquée, elle appela son amie, et sa voix lui parvint. *Léonie ? Léonie ? Où êtes-vous ?* La voix était plus proche.

Ysaye tentait de la tirer de là ! Elle concentra sa frustration en un cri.

Ysaye ! Au secours ! Je suis perdue, je veux sortir d'ici !

Elle ne s'était pas adressée à lui, mais le souverain de cet endroit — quel qu'il fût — s'interposa entre Léonie et Ysaye comme un mur.

Énoncez la nature du problème, bourdonna-t-il.

Va-t'en ! cria-t-elle. *Je suis perdue. Je veux sortir d'ici.*

Requête incorrectement formulé, bourdonna la voix.

Rageuse et frustrée, Léonie cria à son amie : *Ysaye ! Je suis dans l'ordinateur, et je ne parviens pas à trouver la sortie !*

De nouveau, elle eut l'impression de se déplacer à grande vitesse le long d'une ligne invisible, et de percuter, avec une force qui l'étourdit, quelque chose qui lui fit l'effet d'un mur. Léonie rebondit dessus, à moitié assommée par l'impact, et sans force pour formuler sa pensée, tandis que la voix bourdonnante, totalement impassible et dénuée d'émotion, s'interposait une fois de plus entre elle et Ysaye.

Énoncez la nature du problème.

A ce stade, Léonie avait perdu tout désir d'aventure et tout vestige de bravoure.

Au secours ! hurla-t-elle, totalement paniquée. *Au secours ! Ysaye ! N'importe qui ! Aidez-moi à sortir d'ici, je suis perdue ! Je vous en supplie ! Sortez-moi d'ici !*

Requête incorrectement formulée.

A travers sa fureur et son désespoir, Léonie entendit quand même la voix mentale d'Ysaye.

Léonie, demandez-lui qui vous êtes.

Ça n'avait pas de sens. *Mais je sais qui je suis*, protesta-t-elle, *et il le sait aussi. Je le lui ai dit au moins une douzaine de fois !*

Léonie, il ne comprend pas, ou plutôt, il vous voit d'une façon différente de la vôtre. Demandez-lui qui vous êtes d'après lui, dit Ysaye d'un ton patient.

C'était absurde, mais Ysaye connaissait cette chose, et cet ordre étrange devait avoir une raison.

Bon, d'accord, pensa Léonie, au bord de l'épuisement. Elle concentra son attention sur la grisaille informe qui l'entourait, essayant de la personnifier pour pouvoir lui parler.

Appelez-le « Ordinateur », l'encouragea Ysaye. *Dites : « Ordinateur », qui suis-je ?*

Ordinateur ? commença Léonie avec hésitation, frustrée et impuissante. *Ordinateur, qui suis-je ?*

La réponse fut prompte, mais pas plus illuminante que l'identité qu'il s'était attribuée. *Application 392397642.*

Léonie ne ressentit que désespoir à cette suite de chiffres sans queue ni tête, mais Ysaye poussa un cri jubilatoire.

Formidable ! On y est ! Tenez bon, Léonie !

Quelque chose fulgura près de la jeune fille ; quelque chose qui véhiculait comme la présence d'Ysaye, mêlée à la pénombre de l'ordinateur.

Annuler application 392397642.

Application 392397642 annulée.

Brusquement, Léonie fut projetée hors de la machine et réintégrée dans son corps à la Tour d'Arilinn.

Elle ouvrit les yeux, terrifiée et moulue de courbatures, l'estomac noué et la tête prête à exploser.

Atténuée par la distance, elle perçut la satisfaction d'Ysaye, et, plus loin encore, elle sentit Lorill — troublé, sachant que quelque chose avait menacé sa jumelle, et se demandant ce que c'était.

Elle frissonna et pleura un peu, avec l'impression que si elle bougeait ou parlait, elle allait se mettre à hurler sans pouvoir s'arrêter. Finalement, la peur et son contrecoup firent place à l'épuisement total ; elle ramena sur elle sa couverture, avec les vestiges de sa dignité et de sa discipline, et se laissa sombrer dans le sommeil — ou l'inconscience.

Mais avant de s'endormir, elle prit une résolution inébranlable.

Plus jamais ça.

Elle ne chercherait plus à explorer les étranges « technologies » de ce peuple des étoiles. Elle conseillerait vivement à tout le monde de l'imiter — et si elle en avait un jour le pouvoir, elle l'interdirait.

Les technologies terriennes doivent être laissées aux Terriens. Ils possèdent peut-être beaucoup de bonnes choses, mais elles sont toutes trop dangereuses pour nous. Personne d'autre ne doit les toucher.

La vie continua, indifférente à leurs souhaits. Ysaye guérit de son opération et s'immergea dans son travail, qui lui apportait peu de réconfort mais au moins lui occupait l'esprit. Le soir, quand elle n'arrivait pas à s'endormir, elle coiffait le corticateur pour apprendre les langues de Ténébreuse. Cela lui donnait la migraine mais l'empêchait de penser. Et tant qu'elle portait le corticateur, aucun rêve ne venait la troubler.

Elle évitait Elizabeth ; son amie rayonnait de bonheur, ravie de sa grossesse, de sa nouvelle maison, de son travail, et Ysaye n'aurait pas supporté d'être le rabat-joie. Elle maigrit, Aurora la gronda et finalement lui prescrivit un régime spécial qui provoqua l'envie de tout l'équipage avec ses fruits rares, ses viandes de choix et ses gâteaux plantureux.

Personne ne mentionnait jamais son interruption de grossesse ; la seule fois où quelqu'un lui parla de son opération, ce fut pour lui présenter ses condoléances à propos de son hystérectomie, ajoutant toutefois avec désinvolture :

— Mais tu n'as jamais été du genre à vouloir des enfants.

Une ou deux femmes de l'équipage lui dirent même qu'elles l'enviaient — de ne plus être sujette à la tyrannie de ses hormones.

La première fois, leur manque de tact la choqua au point de lui couper la parole. Puis d'autres lui firent une remarque similaire, qui aurait été étourdie au mieux, et cruelle au pire, s'ils avaient su qu'elle avait perdu l'enfant. D'abord, Ysaye se dit qu'ils évitaient de parler de sa grossesse en feignant de ne pas être au courant. Puis elle réalisa peu à peu qu'ils l'avaient toujours ignorée. Pour eux, elle avait eu une grosse crise d'allergie qui avait mis sa vie en danger et causé des problèmes imposant l'hystérectomie. Et si quelqu'un savait que c'était très improbable, il ne disait rien. De plus les rares personnes au courant de sa grossesse étaient des Ténébrans, des amis qui n'en parlaient pas si elle n'abordait pas le sujet — ou l'équipe médicale, tenue au secret et qui l'avait scellé dans les archives.

Quand elle eut compris cela, elle fut autant furieuse que soulagée. En un sens, elle se sentait flouée ; elle aurait dû pouvoir pleurer, sans que les autres s'en étonnent. Maintenant, ils allaient tous penser que sa tristesse était une lubie de femelle, regrettant un organe dont elle pouvait parfaitement se passer.

Une opération, même grave, n'exigeait plus les longues convalescences d'autrefois. Au bout d'une semaine, elle fut debout, ne sentant presque plus aucune douleur, et reprit son train-train journalier. Au bout de deux semaines, seule demeurait une mince cicatrice rouge pour lui rappeler ce qu'elle avait vécu.

Cela aussi lui donna l'impression d'être flouée — on lui avait enlevé quelque chose, quelque chose de vital, et il n'en restait plus aucune trace. Elle aurait dû souffrir, en guise de pénitence. Mais elle avait son travail, qui exigeait souvent une grande mobilité, et c'était son devoir de guérir le plus vite possible. Comme c'était le devoir des médecins de veiller à ce qu'elle guérisse rapidement.

Léonie la contacta une seule fois : pour lui dire qu'elle était très fatiguée et qu'elle espérait que tout allait bien. Elle dit qu'elle était très occupée par quelque chose. D'abord, Ysaye pensa qu'elle était toujours furieuse de la perte de l'enfant. Puis elle se dit qu'elle avait peut-être été terrifiée d'être piégée dans l'ordinateur. Mais quand Léonie reparut un soir en lui disant qu'elle était prête à parler, ce fut sans aucune trace de terreur — et le lien qui les unissait était aussi fort, et même plus fort que jamais.

Où vous cachiez-vous ? demanda Ysaye, ajoutant d'un ton léger : *Enfin à part derrière ce « Voile d'Arilinn ».*

Oh, Ysaye, c'est plus vrai que vous ne le pensez, dit la jeune fille avec une lassitude qu'Ysaye ne lui connaissait pas. *J'ai été soumise à un entraînement spécial que seules reçoivent les Gardiennes. Maintenant que c'est terminé, aucun homme ne pourra jamais me ravir ma virginité de force.*

Voilà une technique qui serait très utile à bien des femmes, commenta Ysaye.

Léonie soupira.

Ce n'est pas si facile. Et je doute que beaucoup de femmes voudraient la connaître si elles savaient ce qu'exige son apprentissage. Mais les Gardiennes doivent être capables de se protéger, car elles sont très peu nombreuses.

Ça me rappelle le conte de la sorcière qui devait être vierge pour que sa magie soit efficace.

Elle sentit que Léonie hochait la tête.

C'est à peu près ça. C'est un enseignement qui a une très longue tradition derrière lui — mais très dur à assumer. On doit apprendre à faire transiter l'énergie par le corps physique, et tout doit être en équilibre parfait. C'est pourquoi les Gardiennes doivent être vierges, et le rester. Et pourquoi nous devons être capables de défendre notre virginité. Je ne pouvais pas te rencontrer avant que cette technique ne soit devenue un réflexe.

Ysaye ne voyait pas le rapport entre la transmission de l'énergie par le corps et le fait de rester vierge, mais elle s'abstint de commentaire.

Je crois que je n'aurais pas très envie d'essayer.

J'ai aussi appris à canaliser le Don particulier de ma famille. La plupart des gens ont besoin d'une matrice pour faire ce que les Hastur peuvent faire sans ; nous sommes comme des matrices vivantes. J'ignorais encore que j'avais ce Don jusqu'à la semaine dernière.

D'après les pensées sous-jacentes de Léonie, Ysaye crut comprendre que ces « matrices » étaient des sortes d'amplificateurs des pouvoirs psy. Si elle travaillait sans matrice, Léonie devait effectivement avoir une grande puissance télépathique. Pas étonnant qu'on lui fasse suivre un entraînement si strict !

Léonie semblait beaucoup plus âgée que seulement quelques semaines auparavant comme si cet enseignement l'avait vieillie et lui avait donné l'expérience d'une femme arrivée à sa maturité.

J'ai l'impression qu'un peu de musique vous ferait du bien.

C'est tout ce qu'Ysaye trouva à lui proposer, et pourtant, elle aurait bien voulu pouvoir lui témoigner sa sympathie autrement. Pauvre petite, à qui on volait son enfance ! Matrices, énergons — tout cela n'avait pas grand sens pour Ysaye, sauf que plus on imposait de responsabilités à Léonie, plus elle perdait sa jeunesse. Elle avait... combien ? Quinze ans ? Et elle s'attaquait à des tâches qui auraient fait reculer un adulte, faisait des sacrifices qui auraient donné à réfléchir à beaucoup d'hommes faits. Cela semblait injuste.

J'aimerais bien écouter de la musique, acquiesça Léonie. *Vous faites toujours de mauvais rêves ?*

Ysaye programma un morceau — de Ralph Vaughan Williams — et réfléchit avant de répondre. Elle pensait que, l'enfant disparu, elle ne rêverait plus de lui — mais elle en rêvait encore plus. Quand elle dormait, Ysaye se retrouvait souvent dans un paysage désert et désolé enveloppé de brume, et l'enfant était là. Non plus bébé, mais petite fille qui commençait à marcher, et qui pleurait au loin. Et quand Ysaye essayait de s'approcher d'elle, elle reculait de plus en plus et finissait par disparaître, ne laissant derrière elle que le son déchirant de ses sanglots. Et Ysaye se réveillait en pleurant, le cœur déchiré elle aussi.

Oui, dit-elle enfin. *Sauf sous le corticateur.* Elle révéla à Léonie la teneur de ses rêves, et ajouta, ironique : *Je risque d'avoir appris beaucoup de langues avant d'en avoir fini avec ces cauchemars.*

Léonie garda le silence, et Ysaye sentit qu'elle réfléchissait. *Je ne peux faire que des suppositions*, dit-elle enfin. *Mais je crois qu'il y a une raison à ces rêves. Vous désiriez cette enfant ; vous aviez envie de la mettre au monde, alors, elle est encore liée à vous.*

Enfantillage mystique ? Ysaye ne le pensait pas. Trop de choses dédaigneusement écartées comme « enfantillages mystiques » sur Terre se révélaient bien réelles sur ce monde.

Et si je renonce à elle, émotionnellement, cessera-t-elle de me hanter ?

Léonie lui fit une réponse hésitante.

Je ne sais pas, Ysaye. Vous êtes peut-être si intimement liées qu'elle ne vous quittera pas tant que vous ne la rejoindrez pas.

Pensée peu séduisante, mais — à sa façon — réconfortante. Ysaye avait désiré cette enfant, d'un désir irrationnel qu'elle ne comprenait toujours pas.

Sa mère l'aurait blâmée de ce qui était arrivé — et elle la déshériterait sans aucun doute si elle l'apprenait jamais. Ysaye s'interrogeait toujours sur ce qui l'avait fait agir ainsi. Cela n'avait pas de sens. On aurait dit que quelque chose avait tout annihilé en elle, sauf ses instincts les plus bas, et que ce même quelque chose avait enflammé ces instincts.

La situation comportait encore une inconnue : la substance qui l'avait intoxiquée — et Elizabeth aussi, bien que cela ne se soit pas terminé tragiquement pour elle. Ryan Evans avait joué un rôle dans cette histoire, et un rôle important. Ysaye était certaine qu'il s'était arrangé pour droguer Elizabeth, et sans doute elle aussi. Si elle parvenait à le prouver, elle connaîtrait la raison de ces événements. Une raison qui n'expliquerait pas totalement pourquoi elle avait perdu conscience de ses agissements. Elle espérait trouver le moyen de faire payer à Evans toutes les souffrances qu'il avait causées — et de le faire payer, physiquement, de préférence.

Peut-être qu'alors, elle retrouverait le sommeil.

Et peut-être qu'alors sa fille cesserait de pleurer.

Quelques jours plus tard, elle descendait aux niveaux inférieurs du vaisseau quand elle aperçut un dos familier.

— Kadarin ! s'écria-t-elle, étonnée, reconnaissant sa silhouette dégingandée. Que faites-vous là ?

Elle était fière de pouvoir lui parler en *casta* ; dans ce domaine au moins, les longues heures passées sous le corticateur portaient leurs fruits. Et de pouvoir communiquer avec lui sans entrer en contact intime avec son esprit lui permit de le trouver plus sympathique.

Kadarin s'immobilisa, se retourna et sourit en voyant qui s'adressait à lui dans sa langue. Puis son sourire s'évanouit. Il s'inclina devant elle.

— *S'dia shaya, domna*, dit-il.

Il fit une pause.

— Je suis désolé pour votre bébé, reprit-il doucement. Les enfants sont précieux pour nous. Très précieux.

— Merci, murmura machinalement Ysaye. Mais où avez-vous entendu parler de mon enfant ? ajouta-t-elle, stupéfaite.

Kadarin eut l'air embarrassé, mais Ysaye devina la réponse avant qu'il la formule. Les seules personnes au courant, en dehors des Lorne et des médecins, c'étaient les indigènes. Et un indigène en particulier.

— Ne venez pas me dire que Lorill a répandu la nouvelle dans tout Caer Donn.

Elle soupira.

— C'en est fait de ma réputation.

— Pas du tout, *domna*, protesta Kadarin. Il ne l'a dit qu'à Felicia et Kermiac, parce qu'ils s'inquiétaient de votre maladie, et que les Terriens ne voulaient pas leur dire ce que vous aviez. Felicia me l'a appris, et m'a demandé de vous exprimer sa sympathie. C'est tout.

Il branla du chef.

— Et vous devez savoir que chez nous, ce n'est pas honteux de porter un enfant dont la parenté est connue. La honte ne s'attache qu'à une femme incapable de dire qui a engendré son enfant — ou dont l'amant nie sa responsabilité.

Ysaye se mordit la langue pour retenir une remarque acerbe, mais elle ne put s'empêcher de dire avec amertume :

— Je suppose que Lorill pense que toute femme doit se sentir honorée de porter un enfant de lui, et qu'il croit me rendre heureuse en répandant la nouvelle.

— Toute femme de Ténébreuse serait honorée de porter un enfant Hastur, dit Kadarin. Et la mère et l'enfant se verraient accorder soins et privilèges jusqu'à la fin de leur vie. Vous auriez pu demander à Lorill n'importe quoi qu'il fût en son pouvoir de vous donner. Vous le pouvez toujours ; vous avez risqué votre vie.

Il n'y avait rien à répondre. Mais c'était leur coutume, pas la sienne, et il ne comprenait manifestement pas pourquoi elle était gênée qu'on parle d'elle.

— Dans le pays d'où je viens, dit Ysaye avec tristesse, tentant de s'expliquer, une femme n'est pas censée... euh... comment dire... *accandir* avec un homme autre que son mari.

Kadarin battit des paupières, stupéfait.

— Votre langue n'a donc pas de mot pour exprimer le fait qu'un homme s'unit avec une femme que vous soyez obligée d'employer le nôtre ? Vous vous accouplez donc avec des machines ?

Ysaye secoua la tête.

— Les mots que je connais sont soit de vagues euphémismes qui se traduiraient mal, ou des termes inconvenants en compagnie, dit-elle, ce qui vous donne une idée de la façon dont nous jugeons ce genre de comportement.

Elle haussa les épaules, l'air impuissant.

— Et c'est ainsi que je me juge moi-même, Kadarin. Je me juge comme une femme... une femme qui ne sait pas qui a engendré son enfant. Ou une femme qui a attiré un enfant dans son lit. Car pour les gens de l'Empire, Lorill n'est qu'un enfant.

Il la considéra avec attention, et soudain, elle comprit que ce qui lui avait manqué jusque-là, c'était une oreille *adulte*. Aurora l'encourageait à « mettre tout cela derrière elle ». Elizabeth ne comprenait pas, et Léonie, la jumelle de Lorill, était une enfant comme lui.

— Je ne me rappelle même pas pourquoi j'ai agi ainsi, avoua-t-elle. C'était un comportement démentiel ; je n'ai pas l'habitude de me jeter sur des hommes bien plus jeunes que moi comme... comme une femelle en rut. Mais ma mémoire devient brumeuse quand j'essaye de me rappeler ce qui s'est passé et ce que je pensais alors.

Elle frissonna.

— Parfois, je me dis que j'ai peut-être quelque chose de détraqué dans l'esprit — et que mon comportement avec Lorill n'en est qu'un symptôme.

— Je doute qu'il y ait quoi que ce soit à redire à votre esprit, dit Kadarin, rassurant. Une fois, j'ai été surpris par un Vent Fantôme, et mes souvenirs de ce moment sont également très flous. Lorill a dit qu'il y avait du pollen de *kireseth* sur vos vêtements, et c'est sans doute cela la cause de tout.

Ysaye le regarda, comme si c'était lui qui était devenu fou.

— Un Vent Fantôme ? Du pollen ?

— Ah ! j'oubliais, dit-il secouant la tête. J'en ai parlé à quelques personnes, mais pas à vous. Seulement à ceux qui devaient venir avec moi dans les Villes Sèches. Parfois, quand il fait chaud — enfin, relativement parlant — hors saison, le vent emporte le pollen de la fleur nommée *kireseth*. Cela se produit plus souvent dans les basses terres et les vallées que dans nos montagnes autour de Caer Donn, bien sûr. Ce pollen agit comme une drogue — provoque des hallucinations et... euh... stimule l'activité sexuelle. Quiconque pris dans un Vent Fantôme devient comme fou — et beaucoup de bébés naissent sept mois plus tard.

— Oh, dit-elle, comprenant soudain beaucoup de choses restées mystérieuses jusque-là.

— Personne n'a envie d'être surpris dans un Vent Fantôme. Parce que les visions peuvent faire faire des choses qu'on ne ferait jamais quand on a toute sa tête. Et c'est pour ça qu'il y a sur les manipulations de cette fleur des interdits que personne ne transgresse.

— Jamais ? demanda-t-elle, sarcastique.

— Jamais. Seules les *leroni* peuvent manipuler ces fleurs sans danger ; c'est la règle édictée par les Tours. Vraiment, *domna*, ajouta-t-il avec sincérité, si vous avez respiré ce pollen, ce qui vous est arrivé n'est pas une honte, personne ne vous en blâmera car cela n'a rien à voir avec le comportement normal de la personne.

— *Kireseth.*

Immobile, Ysaye revit la scène. Elle ferma les yeux pour contrôler la rage qui montait en elle, et se força à parler posément.

— N'est-ce pas ces fleurs qu'Evans cultive dans sa serre ? Des clochettes bleues ?

— Oui, c'est bien ça, confirma Kadarin. Je l'ai averti des dangers du pollen, et, la dernière fois que je l'ai vu, il les avait mises sous cloche ; c'est peut-être là que vous avez été exposée au pollen, si elles ont fleuri plus tôt qu'il ne s'y attendait. Il en a une quantité impressionnante. C'est étonnant comme elles prospèrent dans un environnement artificiel.

— Bien sûr, dit Ysaye, aussi naturellement qu'elle le put, mais si la température s'élevait trop, elles mourraient sans doute.

Tous les feux de l'enfer ne seraient pas assez brûlants pour Evans, pensa-t-elle sombrement.

Kadarin haussa les épaules.

— Je ne sais pas, je ne m'y connais pas en culture. Sans doute. Mais c'est une éventualité peu probable sur notre monde.

— En effet, répondit distraitement Ysaye. En effet.

— Kadarin ?

Zeb Scott parut au bout de la coursive.

— Ah, vous voilà ! Venez, la navette est par là. Si vous voulez avoir une chance d'aller sur la lune avant d'emmener Elizabeth et David en expédition, vous feriez bien de ne pas la rater.

Il prit Kadarin par le bras, et l'entraîna. Ysaye les suivit des yeux un moment, puis sortit du vaisseau et se dirigea vers le bâtiment des sciences et le laboratoire de xénobotanique.

•

Immobile, Ysaye admirait les ravissantes fleurs bleues sous leur dôme scellé — dôme qui était ouvert la dernière fois qu'elle l'avait vu, Elizabeth prostrée sur le sol à côté. Seule une empreinte digitale pouvait débloquer la serrure. Kadarin avait dit vrai : il y en avait une quantité impressionnante.

Ces fleurs monstrueuses poussaient avec exubérance.

Mais plus pour longtemps.

Elle pouvait contrôler — ou bloquer — tous les ordinateurs de ce complexe. Toutes les plates-bandes et la serre elle-même étaient sous le contrôle de l'ordinateur du laboratoire. Elle redescendit donc au labo et ordonna à l'ordinateur de sceller la serre. Au-dessus d'elle, la porte se referma avec un bruit mat, et le sifflement des sceaux se calant à leur place la fit sourire.

Que faites-vous, Ysaye ? demanda Léonie dans son esprit. *Votre colère m'a touchée à travers le Voile !*

Ysaye lui expliqua rapidement, et sentit en retour la stupéfaction et la fureur de Léonie.

C'est un sacrilège ! Seuls les techniciens des Tours peuvent manipuler sans danger la fleur du kireseth ! Alors, c'est ça qui vous est arrivé, à vous et à Lorill ? Le misérable ! s'écria Léonie.

Le Capitaine va le remettre au pas dès que j'en aurai terminé ici, répondit sombrement Ysaye. Le parfum des fleurs lui parvenait encore jusqu'au laboratoire, même après le scellement de la serre, alors Ysaye ordonna à l'ordinateur d'isoler le labo du reste du complexe et de recycler l'air à la vitesse maximum avec procédures d'épuration totale.

Cela devrait éviter la contamination de tout le bâtiment, et d'autres grossesses indésirables parmi l'équipage, dit-elle à Léonie.

Elle entra un dernier ordre — élever la température régnant dans la serre bien au-dessus de celle des zones les plus arides de Terra, et déshumidifier totalement l'air. Cela devrait tuer toutes les fleurs, tout en conservant les preuves qu'il lui fallait pour porter des accusations spécifiques contre Ryan Evans. Intoxication sans consentement, culture d'une substance contrôlée, usage d'une drogue inconnue sans autorisation préalable, voies de fait à l'aide de produits pharmaceutiques, tentative de viol. Il ne pouvait pas s'en tirer. Pour mettre tous les atouts de son côté, elle régla les caméras du labo de façon à ce qu'elles enregistrent tout ce qui s'y passerait. Quand Evans découvrirait ce qu'elle avait fait, il pourrait peut-être dire ou faire quelque chose qui l'incriminerait encore davantage.

Terminant ces opérations, elle sentit l'approbation de Léonie. Maintenant, les seules personnes ayant accès à la serre, c'étaient le Capitaine et elle-même. Et elle était la seule à pouvoir débloquer l'ordinateur du labo. Elle se retourna, dans l'intention d'aller trouver le Capitaine, avec l'impression d'être une Walkyrie de la légende.

A cet instant, la porte s'ouvrit et Evans entra.

Il parut étonné.

— Qu'est-ce que tu fais là ?

Elle ne montra pas les dents — pas tout à fait.

— Je stérilise ton expérience non autorisée, rétorqua-t-elle, les dents serrées.

— Non !

Traversant la pièce d'un bond, il l'écarta brutalement du terminal, la catapultant contre le mur. Il se mit à enfoncer des touches, frénétique.

— Tu ne peux pas me faire ça ! Tu as idée de la valeur de ces fleurs ? Elles ont des propriétés que tu n'imagines même pas !

Il ne sait pas que vous étiez là l'autre soir ? demanda Léonie, étonnée.

A l'évidence, non, dit-elle à Léonie, puis, répondant à Evans :

— J'en ai une petite idée.

Elle se frictionna l'épaule, contusionnée par le choc contre le mur. Puis, se rappelant les caméras, elle demanda :

— Qu'est-ce que tu voulais faire de ces plantes, au juste ?

Elle ne comprenait pas comment il avait pu les cultiver sans être intoxiqué lui-même — ou bien avait-il le cerveau déjà tellement détérioré par toutes ses autres drogues qu'il ne s'était aperçu de rien ?

Evans essayait toujours de révoquer les ordres de l'ordinateur, tout en parlant rapidement des possibilités commerciales du pollen sur Keef — chez les prostituées et les drogués.

— Les patronnes de bordels cracheront pour ça jusqu'à leur dernier sou ! dit-il, au bord de l'hystérie. Ça diminuera la période d'apprentissage des filles et des garçons, allongeant d'autant leur vie utile — Ysaye, qu'est-ce que tu as fait ? Il faut absolument arrêter ça !

Vie utile ? dit Léonie, perplexe. *Que veut-il dire ? Faut-il penser qu'il existe un concept de vie inutile ?*

Ysaye se dit que la vie d'Evans pouvait très bien entrer

dans cette dernière catégorie, mais elle se contenta de répondre :

Croyez-moi, Léonie, il vaut mieux que vous ne sachiez pas ce qu'il veut dire.

Pensant aux caméras, elle poursuivit tout haut :

— Et tu croyais vraiment que le Capitaine Gibbons te laisserait faire ?

Evans renonça à débloquer l'ordinateur, et tourna sur elle un regard moqueur.

— Pourquoi crois-tu que cette expérience ne figure pas dans l'ordinateur ? Sois belle joueuse, poursuivit-il d'un ton enjôleur. Tu n'auras pas à le regretter. Cinq pour cent des bénéfices et huit grammes pour ta propre consommation, ça t'irait ?

Il lui décocha un sourire lubrique.

— Ça doit même pouvoir décoincer une vierge d'acier comme toi, et la rendre capable d'apprécier la vie. Allons, viens ici et annule les ordres de l'ordinateur.

C'est avec ce genre d'argument qu'il pensait la convaincre ? Elle était toujours en rapport avec Léonie, choquée par cette attitude au point d'en rester sans voix.

— Il faudrait me passer sur le corps pour sauver tes maudites drogues. Rien que d'y penser, ça me donne envie de te tuer, dit Ysaye sans ambages, sans savoir si cette fureur venait d'elle ou de Léonie, car toutes les deux étaient outrées.

Evans battit des paupières, stupéfait de cette agressivité, venant d'une source aussi inattendue. Changeant de tactique, il chercha à l'intimider.

— Ne fais pas l'imbécile, Ysaye. Tu ne pourrais pas faire de mal à une mouche. Tu es une tech, pas une tueuse.

— Pas une tueuse ?

Sa rage annihila toute raison.

— Misérable ! Grâce à toi et à tes maudites drogues, c'est exactement ce que je suis ! Tu ne t'es jamais demandé comment Elizabeth avait pu quitter ta serre le soir de la Fête ? C'est moi qui suis venue la chercher, alors que tu l'avais droguée avec l'intention de la violer ! Et je vais veiller à ce que tu passes en prison le reste de ta sale vie !

— Pas question ! hurla Evans.

Il se jeta sur elle et la saisit à la gorge.

Ysaye se débattit vainement, à moitié étranglée.

Comment osez-vous porter la main sur nous ? hurla la voix furieuse de Léonie, tandis que ses réflexes de Gardienne s'emparaient du corps et de l'esprit d'Ysaye.

Le feu crépita le long de leurs nerfs et pénétra dans le corps de l'homme qui les étranglait. Tous les trois, ils s'abattirent sur le sol, avec des convulsions.

Evans hurla, brûlé de l'intérieur ; Ysaye hurla quand la décharge télépathique, fulgurant dans ses nerfs, rencontra une résistance et les brûla. Léonie hurla de la souffrance d'Ysaye. Elles étaient nez à nez avec un corps calciné, et la décharge continuait à griller l'âme d'Ysaye, tandis que toutes les alarmes se déclenchaient et que les filtres de décontamination tournaient à la vitesse maximale.

Les odeurs mêlées des chairs calcinées et du pollen de *kireseth* s'évanouirent quand le moniteur de la Tour se pencha sur leurs corps convulsés, et elles sombrèrent dans des ténèbres miséricordieuses.

CHAPITRE XXII

— Je regrette qu'on ait raté la navette, dit Zeb Scott, talonnant son cheval dans la montée, avec la décontraction d'un cavalier-né.

Elizabeth lui enviait cette aisance, elle qui montait comme un sac de grain.

— Il se passera un bout de temps avant qu'on nous retrouve deux sièges libres pour la lune.

— Chaque chose en son temps, dit Kadarin avec philosophie. Le malheur des uns fait de bonheur des autres — des Lorne en l'occurrence, non ?

Il leur adressa un sourire ironique. David lui sourit en retour, mais Elizabeth aurait préféré être seule avec David. Après tout, ils savaient tous les deux monter à cheval, ils disposaient des meilleures cartes que la Cartographie pouvait fournir, ils étaient aussi bons que Ryan Evans en *casta* et en *cahuenga*, et ils se rendaient simplement dans un village écarté sur les terres d'Aldaran. Ils n'avaient pas vraiment besoin d'un guide.

Étant donné que le Capitaine Gibbons ne leur avait donné aucun congé pour leur lune de miel, l'occasion aurait été bonne de se retrouver seuls tous les deux. Car on ne pouvait jamais être « seul » bien longtemps quand il se trouvait toujours quelqu'un pour activer votre « bip » n'importe quand. On l'avait même « bipée » deux fois le soir de la Fête — c'est du moins ce que David lui avait dit. Elle ne s'en souvenait pas, et comme ses correspondants n'avaient pas laissé de message, elle n'avait aucune preuve de leur appel.

Enfin, ils étaient en excursion, avec seulement deux personnes autour d'eux plutôt au lieu de tout l'équipage. Elle décida de s'en contenter plutôt que de se perdre en vains regrets.

David, percevant ses pensées, lui sourit.

Kadarin les précédait. Il avait si peu parlé jusque-là qu'ils auraient aussi bien pu être seuls. Il avait peut-être senti leur besoin d'intimité et faisait de son mieux pour en donner l'illusion aux jeunes mariés. Kadarin pouvait se montrer étonnamment sensible et perspicace, parfois.

Et Zeb, sans être un ami très proche, était agréable et sympathique. Cette randonnée était donc aussi proche que possible de la lune de miel qu'elle désirait.

Pourtant, malgré l'agréable début du voyage, elle se sentit de plus en plus inquiète à mesure que l'après-midi s'avançait. Ils campèrent sans incident — Zeb et Kadarin plantant leur tente assez loin de la leur pour leur donner une illusion d'intimité. Pourtant, toute la soirée et toute la nuit, une vague appréhension la tourmenta, comme si quelque chose d'horrible les menaçait. Elle fit des cauchemars, et se réveilla une fois, le cœur battant de terreur.

Le matin se leva, clair et relativement chaud, et il sembla que seules des terreurs nocturnes étaient responsables de son agitation. Ils chargèrent leurs bêtes et se remirent en route. Mais au milieu du second jour, un vent bizarre se mit à souffler.

— Ah, voilà qui va nous retarder, dit aussitôt Kadarin, avec, dans les yeux, une étrange lueur qu'Elizabeth ne sut interpréter. Amusement ?

— Floraison hivernale. Il faudra être derrière des murs quand le vent forcera.

— Le vent ? dit Zeb Scott en riant. Kadarin, je suis de l'Arkansas, je connais les tornades et les tempêtes de sable du désert de l'Arizona, et je n'ai encore jamais eu peur du vent !

Kadarin sourit, légèrement dédaigneux.

— Vous feriez bien de craindre celui-là, même étant de ces Terriens qui disposent d'une technologie capable de surmonter toutes les difficultés. Même votre Capitaine devrait apprendre à craindre un vent chargé de pollen hivernal.

Mais le dédain de Kadarin s'adressait à l'attitude de Zeb, non à Zeb lui-même. Cela rappela à Elizabeth quelque chose qui l'étonnait depuis le début de ce voyage. Et curieusement, bien qu'elle ne fît aucun effort pour attirer son attention, il sembla percevoir sa pensée, et arrêtant sa monture, attendit qu'elle arrive à sa hauteur.

— Oui, *domna*, dit-il. Vous avez une question ?

Elle eut un sourire timide.

— Simple curiosité, tout au plus. Je me demandais pourquoi vous aviez toujours tant de déférence envers Zeb — et aussi envers moi. Ryan Evans a un grade bien plus élevé dans le Service, et vous ne lui manifestez qu'une simple politesse.

Kadarin parut déconcerté ; il réfléchit quelques instants, puis lui répondit télépathiquement. Et sa voix mentale était amusée.

Merci d'attirer mon attention là-dessus. Il faut que j'y prenne garde. C'est purement automatique de ma part. Zeb ressemble beaucoup aux Comyn, la puissante caste des Hastur. Les cheveux roux ne sont pas un signe de caste, chez vous ?

Cela l'étonna un peu ; le Service était totalement « aveugle à la couleur » et il ne lui était jamais venu à l'idée qu'un attribut physique pût dénoter le rang. *Non*, dit-elle. *Le seul rang parmi nous est celui qu'on a mérité par son travail. Et le Capitaine Gibbons est le plus haut gradé.*

Kadarin hocha lentement la tête. *C'est un peu comme — comme dans la Garde de Thendara. Ça m'intriguait ; je me demandais pourquoi vous aviez tous tant de déférence pour ce petit vieux bizarre. Ainsi, Zeb n'est pas tenu en grande estime parmi vous ?*

Elle sourit.

Si, mais seulement parce que c'est un homme de bien ; en ce qui concerne le rang, le sien est l'un des plus bas. Même David et moi, nous sommes nettement au-dessus de lui.

Kadarin hocha la tête.

Et Ryan Evans ?

Ysaye a un grade supérieur ; il est à peu près à égalité avec David, et un peu au-dessus de moi.

Il haussa un sourcil étonné.

Bizarre ; il faudra que j'y réfléchisse.

Il talonna son cheval pour rejoindre Zeb Scott.

— Mon ami, lui dit-il, vous ne croyez peut-être pas aux fantômes, mais vous feriez bien de croire à ce que nous appelons le Vent Fantôme. En cette saison, le vent se charge du pollen du *kireseth* — et peu importe que vous l'appeliez drogue, comme certains, ou poison, comme les *cristoforos*. C'est très dangereux, même pour vous, les *Terrranans*.

Était-ce l'imagination d'Elizabeth, ou l'avait-il regardée bizarrement ?

Zeb sembla fasciné.

— Vent Fantôme ? *Kireseth* ? Kadarin, vous ne pouvez pas en rester là. C'est une drogue ou un poison ? C'est mortel oui ou non ?

Kadarin eut une moue pensive.

— Ça dépend des définitions, dit-il. On s'en sert dans les Tours, mais seulement à l'état de résine, après distillation et fractionnement. Sous cette forme, c'est une liqueur nommée *kirian* : très utile pour diminuer la résistance à la télépathie. Le pollen pur et toutes les autres fractions du pollen sont interdits. Les Tours pensent que certains effets secondaires sont trop dangereux, et bien que je ne sois pas totalement d'accord avec elles, je pense que ce n'est pas pour les gens non prévenus. Sous l'influence du pollen et d'autres produits de distillation, les hommes peuvent devenir fous, disent les Tours — et il est certain que les bêtes perdent la tête. Seul le *kirian* paraît sans danger, car il réduit simplement la résistance à la télépathie. Et quant aux non-télépathes, il a simplement sur eux un effet soporifique.

Zeb avait l'air sceptique.

— La télépathie ? Je ne sais pas — je veux dire, je suis un type ordinaire, mais je n'ai jamais rien vu qui me fasse croire que la télépathie est possible.

Il adressa un sourire de regret à David et Elizabeth.

— Désolé mes enfants, je sais que vous êtes censément de puissants lecteurs-de-pensées, tous les deux, mais c'est comme ça. Avant d'y croire, il faudra vraiment que j'aie des preuves solides.

Kadarin haussa les épaules.

— Alors, restez dans le Vent Fantôme, et je vous garantis la fin de votre scepticisme. Felicia sera enchantée.

Zeb hocha la tête, et Elizabeth, le cœur gros, eut l'impression qu'il l'excitait — ou l'aiguillonnait — à faire une chose à laquelle il n'aurait peut-être pas pensé tout seul.

— C'est peut-être ce que je vais faire !

— C'est votre affaire, je dégage ma responsabilité.

Kadarin eut un sourire ironique.

— Il y a d'autres effets secondaires qui vous plairont peut-être moins. Vous pouvez vous retrouver en train de prendre votre plaisir avec un homme-chat, un *cralmac* ou même un mouton !

David et Zeb éclatèrent de rire, et il secoua la tête.

— Riez tant que vous voudrez, dit-il. Je suis plus vieux que j'en ai l'air, et j'ai vu d'étranges choses dans ces montagnes.

Maintenant, il évitait le regard d'Elizabeth, comme s'il savait quelque chose qu'il voulait lui cacher.

— Je prendrai peut-être le risque quand même, dit Zeb. Que diable, je suis un homme de l'espace, et il m'est arrivé de me réveiller avec d'étranges choses dans mon lit après une nuit de bamboche !

Ce fut au tour de Kadarin d'éclater de rire, d'un rire nerveux qui mit Elizabeth mal à l'aise.

— Peut-être, mais je me demande ce que vous direz après ? Et ce que vous penserez si vous entendez des voix dans votre tête ? En tout cas, il faut au moins trouver un abri pour les Lorne.

David protesta.

— Pas si vite. Elizabeth a toujours été meilleure télépathe que moi, et franchement, j'aimerais bien être aussi bon qu'elle. Ça me plaît assez, ce vent qui pourrait m'améliorer dans ce domaine. Qu'en penses-tu, Liz ? Ça te plairait d'augmenter ta puissance ?

Dans l'odeur douceâtre et résineuse de l'air, il y avait quelque chose qui la perturbait profondément, mais avant qu'elle ait pu répondre, Kadarin le fit à sa place.

— Je crois que ce serait une grave erreur, dit-il. Elizabeth, vous êtes enceinte, ce n'est pas un secret...

— Je ne risquerai pas mon bébé pour une drogue inconnue, dit-elle avec fermeté. Et je ne veux pas être seule si les bêtes sauvages se déchaînent sous l'influence de ce vent.

— Bravo ! dit Kadarin en riant.

Elizabeth eut l'impression qu'il l'approuvait en partie, mais qu'en même temps, il se moquait un peu d'elle, pour une raison qui lui échappait.

— Zeb, vous pouvez faire cette expérience si ça vous chante, mais je répète que je ne la recommande pas. Vous devez en prendre l'entière responsabilité.

— Oh, mais vous m'avez défié, et je relève toujours un défi, répliqua Scott.

Comme Elizabeth l'avait craint, il avait relevé le gant sans réfléchir.

— Mais où pouvons-nous trouver un abri pour les autres contre votre Vent Fantôme ?

Kadarin regarda l'horizon, le front plissé de concentration.

— Sur votre carte, celle que vous avez faite avec des photos aériennes, il y a un bâtiment en ruine. Le toit en a été enlevé, par le propriétaire, sans doute, pour éviter de payer les taxes. Si vous montez la tente entre ses murs, Elizabeth sera à l'abri. Si vous voulez faire l'expérience du Vent Fantôme, vous pourrez toujours sortir de la tente, et y rentrer quand vous changerez d'avis.

De nouveau, Elizabeth renifla. Le vent était plus fort, et l'odeur du pollen plus prononcée.

— Si c'est ce qu'on peut trouver de mieux en fait d'abri, on ferait bien d'y aller rapidement, dit-elle. Et, Zeb — je crois que tu ferais mieux de renoncer.

Il rit, d'un rire un peu fou, comme Kadarin.

— Oh non, gente dame, dit-il, moqueur. Ce ne serait pas viril de se dérober à un défi de ce genre.

Elle ne trouva rien de raisonnable à répondre, et sans doute qu'il n'aurait pas écouté. Elle se contenta donc de pousser son cheval derrière Kadarin, qui, quittant la route, s'engagea sur un sentier à peine visible. Au cours de l'heure qui suivit, elle se demanda plusieurs fois comment diable il arrivait à trouver son chemin — cependant que l'odeur se faisait de plus en plus forte et qu'elle commençait à se sentir comme un peu ivre. Elle soupira de soulagement, quand, en haut d'une montée, elle vit enfin les ruines du manoir.

— On va vous quitter ici, dit Kadarin. Zeb et moi, on continue à monter.

Il montra un versant sur leur droite.

— Il y a par-là une prairie où le *kireseth* fleurit souvent. C'est sans doute la source, ou une des sources, de ce Vent Fantôme.

Il sourit et tourna son cheval vers l'autre sentier, suivi de Zeb Scott.

— Alors, on remonte droit à la source ? dit Zeb, les yeux brillants d'anticipation.

— Je préférerais que tu restes... dit une fois de plus Elizabeth.

Mais ils s'éloignaient déjà, en leur faisant au revoir de la main.

— On reviendra, leur lança Kadarin par-dessus son épaule. Ou du moins — je reviendrai, ajouta-t-il en plaisantant.

Puis ils disparurent en haut de la crête, et David et Elizabeth se retrouvèrent seuls. David haussa les épaules sous le regard réprobateur d'Elizabeth.

— C'est un grand garçon, Liz, dit David. Tout ira bien, tu verras.

— Tu as raison, je suppose... soupira-t-elle.

— Et cela nous donne enfin l'occasion d'être seuls, ajouta-t-il d'un ton malicieux. C'est peut-être un peu pour ça qu'ils sont partis !

— Je ne crois pas que ce défi de gosse ait quelque chose à voir avec nous, répliqua-t-elle, acide. Mais tu as raison ; ça nous donne l'occasion d'être seuls. Je ne devrais pas me plaindre, je suppose.

Ils continuèrent sur le sentier menant au manoir en ruine, et Elizabeth remarqua que le temps se réchauffait de minute en minute. Les chevaux avaient déjà de la boue et de la neige fondue jusqu'aux jarrets, et, tout autour d'eux, les bourgeons et les fleurs s'épanouissaient à vue d'œil. Ils ne parlaient pas, trop occupés à contrôler leurs chevaux, de plus en plus nerveux et qui tiraient sur leurs mors. Malgré ça, celui d'Elizabeth manifestait beaucoup d'intérêt pour la jument de David — et pourtant, c'était un *hongre* ! Cela n'empêcha pourtant pas la jeune femme de remarquer que des oiseaux et des bêtes généralement craintives gambadaient et cabriolaient follement, comme s'ils étaient ivres.

Ainsi, Kadarin avait raison au sujet de ce pollen ! Elle espérait seulement atteindre l'abri des murs avant qu'elle et David n'en soient affectés.

Son cheval était de plus en plus rétif, et, castré ou pas, il ne faisait aucun doute qu'il avait en tête quelque chose n'ayant rien à voir avec le souci de se mettre à l'abri. Elle ne fit donc pas vraiment attention où elle allait jusqu'au moment où la bête récalcitrante franchit enfin ce qui restait des grilles.

Alors, elle leva les yeux — et, entre les murs en ruine, elle vit un groupe de tentes.

Quoi ?

Qui pouvait bien camper là, si loin de Caer Donn, en se cachant dans une bâtisse déserte ?

Qui — à part des hors-la-loi et des bandits ?

Elle fut saisie d'effroi en réalisant qu'elle avait déjà vu ces tentes — dans ses cauchemars de la veille. Et des événements terribles avaient suivi cette vision. Elle voulut faire demi-tour, terrifiée, criant à David :

— David ! Fuyons vite !

David arrêta son cheval, les yeux dilatés, mais avant qu'ils aient pu passer à l'action, des silhouettes barbares surgirent de tous les côtés et les entourèrent, prenant leurs montures par la bride. Frappée de stupeur, Elizabeth se recroquevilla sur elle-même, comme un animal craintif, incapable de réfléchir.

Ils étaient humains, mais différents de tous les humains qu'elle avait vus jusque-là : pauvrement vêtus, barbes et cheveux en bataille, crasseux.

Exactement, se dit-elle, comme on se représente des bandits.

L'un d'eux, un peu mieux vêtu que les autres, força son cheval à baisser la tête, criant quelque chose dans une langue qu'elle ne comprit pas. Soudain, elle se demanda si c'était un coup monté de Kadarin. Car il semblait bien amusé en partant.

Mais pourquoi aurait-il fait ça ? Et comment aurait-il pu prévoir que ce « Vent Fantôme » se lèverait ? Car sinon, ils n'auraient eu aucune raison d'approcher de ce manoir. Les conduire dans une embuscade ruinerait sa situation auprès des Terriens — mais peut-être qu'il s'en moquait. Peut-être qu'il pensait à ça depuis le début. Leur rançon devait représenter une fortune pour... pour pratiquement tout le monde.

Jusque-là, elle pensait que les « mauvais penchants » de Kadarin se limitaient à un certain goût pour la moquerie. Jamais son intuition ne l'avait trompée à ce point.

L'homme qui avait saisi sa bride lui répétait quelque chose, d'un ton dur et interrogateur, où elle reconnut plusieurs fois le mot *Comyn* — qui désignait la caste dirigeante de Ténébreuse. A part ça, elle ne comprit rien de ce qu'il dit ; il parlait une langue qu'elle ignorait.

Mais David répondit à l'homme dans la même langue, il avait donc compris.

— Liz, ils ont l'air de penser que nous sommes des parents d'Aldaran. Et apparemment, ce n'est pas un fan de Kermiac. Ils veulent savoir ce que nous faisons là, sans escorte.

— Quoi ? dit-elle, confondue et déconcertée.

Kadarin ignorait donc la présence de ces gens ? Ce n'était donc qu'un stupide accident ?

David répondit laconiquement. L'homme gargouilla autre chose, que David écouta en fronçant les sourcils.

— Je lui ai dit que nous n'étions que des invités du Seigneur Aldaran, alors maintenant, il nous accuse d'être apparentés à Lorill et d'espionner pour son compte.

Au nom de Lorill, l'homme qui tenait sa bride grimaça furieusement et répéta « Hastur » en brandissant le poing. Elizabeth eut un mouvement de recul, car il était grand, un peu moins sale et un peu mieux vêtu que les autres, et avait l'air sauvage et farouche d'un faucon. Il semblait capable de commettre beaucoup de dégâts avec l'immense couteau pendu à sa ceinture, et pire, il semblait capable d'y prendre plaisir.

— Mon Dieu, David — ça n'a pas l'air de lui plaire non plus ! dit-elle, le cœur battant de frayeur. Dis-lui... dis-lui que nous ne connaissons aucun Hastur ! Dis-lui que nous voulions simplement nous abriter du vent ! Essaye de le convaincre de nous relâcher !

— Je vais tâcher, dit David. Mais ça m'étonnerait de le faire changer d'avis.

Elle ferma les yeux, frappée d'une nouvelle bouffée de cette odeur résineuse qui lui fit tourner la tête. Puis, à la suite de ce bref vertige, elle se retrouva dans la tête de David, comme... comme la nuit où elle avait conçu son enfant.

Mais elle n'eut pas le temps d'y réfléchir ; elle se concentra sur les questions de David et les réponses du sauvage.

— Qu'est-ce que vous nous voulez ? demanda David. Nous sommes venus ici pour nous mettre à l'abri du vent. Nous ne voulions pas vous déranger, et si vous voulez, nous pouvons repartir.

— Sûrement pas, répondit l'homme d'un ton bref. Je ne sais pas qui vous êtes, mais vous êtes riches, avec vos chevaux, vos riches vêtements et vos beaux bagages. On va vous rançonner.

David secoua la tête. Sans un mot, Elizabeth comprit ce qu'il pensait, à savoir qu'ils se trouvaient mêlés, sans le vouloir, à la politique ténébrane.

Mais non, se dit-elle, frissonnant tellement de peur qu'elle n'aurait pas pu parler si elle l'avait voulu. Ce n'était pas une question de politique — mais de cupidité. Ces hommes n'étaient que des voleurs ; ils voulaient de l'argent. Et quand ils l'auraient, rien ne garantissait qu'ils leur rendraient leur liberté.

Mais David persista dans son hypothèse.

— Je vous demande pardon, monsieur, mais vous ne comprenez pas. Nous n'avons aucun lien de parenté avec les Aldaran, et nous n'avons aucune relation avec les Hastur. Ma femme et moi, nous n'avons aucune querelle avec vous ni avec vos gens.

L'homme eut un rire dur.

— C'est vrai ou pas, étranger — mais qui que soient vos parents, vos cheveux roux et votre *laran* proclament que vous avez du sang Hastur. La convention est simple : nous demanderons la rançon habituelle. Vos gens ne peuvent pas franchir la rivière — quand vous le faites, vous rompez nos accords, et vous devez verser une juste compensation.

David grimaça.

— Liz, je vais risquer la vérité. Ils doivent sûrement avoir entendu parler de nous, depuis le temps.

Il se retourna vers le chef des bandits.

— Votre attitude n'est pas justifiée, car nous ne sommes apparentés ni aux Aldaran ni aux Hastur. Nous sommes des visiteurs sur cette planète, et vous avez sans doute entendu parler de nous — nous venons d'un monde qui tourne autour d'une étoile du ciel...

L'homme l'interrompit d'un geste écœuré.

— Pour qui tu me prends ? Pour un imbécile ? Tu crois m'impressionner avec un conte de bonne femme ? Tu crois que je vais avaler des idioties pareilles ? Même moi, je sais que les étoiles ne sont que des boules de feu très lointaines !

David voulut répliquer, mais l'homme lui imposa le silence d'un geste impatienté.

— Je perds mon temps avec vous, aboya-t-il. Tu dois me prendre pour un débile à essayer de me faire croire des bobards pareils ! Je vais te conduire devant notre chef, et tu ferais bien de trouver quelque chose de moins dingue à lui dire.

Il eut un sourire cruel.

— Mais n'essaye pas sur lui cette histoire d'habitants d'un autre monde ; il est *laranzu*, et il saura tout de suite si tu cherches à te payer sa tête.

Laranzu ? Grâce à sa formation linguistique, David eut tôt fait d'établir un rapport avec *laran*. Ce qui signifiait que l'homme avait des pouvoirs télépathiques, comme Felicia et Kermiac.

— Il dit que leur chef est télépathe, dit David. C'est toujours ça, vu qu'il n'y a pas moyen de mentir d'esprit à esprit. Il sera bien obligé de croire que nous disons la vérité.

— Espérons non seulement qu'il le croira, mais qu'il nous croira aussi quand nous lui dirons que la politique terrienne est de ne jamais verser de rançon, répondit-elle, frissonnant toujours. S'il comprend qu'il ne gagnera rien à nous retenir, il nous laissera peut-être partir.

David se tut, et, tenant leurs chevaux par la bride, les bandits les conduisirent dans une bâtisse encore partiellement debout à l'intérieur des murailles. Elizabeth suivait en silence, avec l'impression croissante que leurs ennuis ne faisaient que commencer et qu'ils auraient du mal à se sortir de cette situation.

Son intuition ne la trompait pas. Leur guide arrêta leurs

chevaux devant une tente, et leur fit clairement comprendre que, s'ils ne démontaient pas de leur plein gré, on les y « aiderait » sans ménagements. On emmena leurs chevaux et leurs bagages — qu'ils ne reverraient sans doute jamais — et on les « escorta » dans la tente. Ils y trouvèrent un jeune homme, vêtu comme leur guide volubile, assis en tailleur sur un tas de couvertures. Ses cheveux étaient d'un roux presque aussi vif que ceux de David, et son sourire était aussi cruel que celui de leur ravisseur.

— Eh bien, cousin, qu'est-ce que tu m'amènes ? lui demanda-t-il.

— Un plaisantin, répondit-il. Car quand il s'est vu pris, il a essayé de me faire croire qu'il était tombé d'une étoile du ciel. Je lui ai dit d'essayer cette histoire sur toi, et que s'il insistait, tu le remettrais au pas.

— Bon Dieu ! jura David entre ses dents.

Tout haut, il poursuivit :

— Si vous êtes vraiment *laranzu*, vous verrez dans mon esprit que c'est la vérité. Nous sommes des visiteurs d'un autre monde, nous n'avons aucun parent sur cette planète, et nous n'avons aucune valeur pour personne.

L'homme fixa David plusieurs secondes, puis cracha par terre. Ignorant David et Elizabeth, il se tourna vers le premier bandit.

— De deux choses l'une, ou bien c'est un pauvre fou qui croit ce qu'il dit, ou bien Aldaran et ses *laranzu'in* ont trouvé le moyen de barricader l'esprit, et ce *laranzu* en fait partie, avec des pouvoirs si étonnants qu'il pense pouvoir nous faire avaler ses idioties.

— Ou nous faire croire qu'il est fou et sans valeur, dit le premier. Car qui irait payer une rançon pour un fou ? Ils seraient plutôt contents de se débarrasser de lui.

Le chef grogna.

— En tout cas, il ne m'a pas trouvé assez sage ou finaud pour m'épargner ses âneries.

Il eut un geste impérieux.

— Mettez-les dans la tente-prison, et coiffez-la d'un amortisseur télépathique pour qu'ils ne puissent pas prévenir Aldaran. Laissons-les tout seuls à ruminer leur histoire un moment, et ils en trouveront peut-être une meilleure.

Avant qu'ils aient pu faire un geste, plusieurs hommes leur immobilisaient les bras. David se débattit en jurant. mais en vain. Quelques instants plus tard, on le jetait dans une autre tente, tandis qu'on déposait Elizabeth près de lui. Ils sortirent, mais Elizabeth était certaine qu'il y avait plusieurs gardes postés devant l'entrée. Elle sentait une vibration constante et sourde qui lui donnait mal à la tête. Elle se dit que ce devait être l'« amortisseur télépathique » dont avait parlé le chef. Au bout d'un moment, elle réalisa qu'elle en avait la preuve, car elle ne percevait plus rien des pensées de David.

— Eh bien, dit enfin David en s'asseyant. Nous voilà dans un beau pétrin. Quand Kadarin et Zeb sont partis tout seuls, je pensais qu'ils allaient avoir des ennuis, mais c'est nous qui en avons. Tu as une idée ?

Elizabeth secoua la tête avec impuissance et se mit à pleurer. David la prit dans ses bras, dans l'espoir de la réconforter un peu. Depuis qu'ils avaient atterri sur ce monde, elle était toujours partie du principe qu'en cas de problème, elle pourrait toujours appeler Ysaye — ou un indigène — par télépathie. Maintenant, elle ne le pouvait plus. Ils étaient livrés à eux-mêmes, au pouvoir de bandits sans doute tellement pétris de violence et de haine qu'ils s'abaisseraient à n'importe quoi pour arriver à leurs fins — des gens tels qu'elle n'en avait rencontré que dans les livres et les archives, jamais en chair et en os. Elle n'avait aucune idée de ce qu'elle pourrait faire pour les toucher — si toutefois c'était possible. David non plus ; sa vie privilégiée et protégée, et études littéraires et scientifiques l'avaient laissé aussi incapable qu'elle de traiter avec des criminels.

Et elle était terrifiée.

CHAPITRE XXIII

Léonie flottait sur une obscurité tiède et réconfortante comme sur un lit de plume. Pourtant, des voix troublaient le silence. Elle entendit dans le lointain : *Je ne peux pas les sauver toutes les deux. Je ne crois pas pouvoir faire grand-chose pour l'autre, sauf retarder la mort encore un moment. Et pendant ce temps, elle draine les forces de la plus jeune. Pourtant, si elle meurt, sa mort affectera Léonie. Elle sera traumatisée et affaiblie, incapable de reprendre son entraînement pendant au moins une décade.*

Léonie réfléchit à ces paroles, avec un curieux détachement. Un peu de repos ne pouvait pas faire de mal...

Alors, sauvez Léonie, atténuez le coup le plus possible, et laissez l'autre mourir, déclara une voix tranchante, impatiente et autoritaire. *Le principal est qu'elle puisse reprendre son entraînement un jour. Elle est trop précieuse — et l'autre ne nous est rien.*

Léonie fut troublée ; elle avait l'impression d'entendre les médecins terranans discuter du sort d'Ysaye et de son enfant.

Si son propre peuple ne peut pas sauver sa vie, pourquoi devrions-nous seulement essayer ?

Léonie reconnut cette voix ; c'était Marélie, Gardienne d'Arilinn. Et, l'ayant reconnue, ses autres souvenirs lui revinrent et elle sut qui était l'« autre ».

Ysaye !

Quand l'homme nommé Ryan Evans avait saisi Ysaye à la gorge, elles étaient si étroitement liées que Léonie avait réagi comme si on l'attaquait elle-même. Et les réflexes qu'on lui inculquait depuis plusieurs semaines avaient agi tout seuls.

Car aucune Gardienne ne pouvait continuer à exercer sa charge après avoir perdu sa virginité — ou alors, elle devait passer très longtemps à se re-conditionner et à purifier ses canaux. Aussi les Tours avaient-elles décidé que tout homme qui osait porter la main sur une Gardienne devait servir d'exemple immédiat et terrifiant pour quiconque serait tenté de l'imiter. On enseignait à toutes les Gardiennes les défenses que Léonie avait déchaînées sur Evans, et qui l'avaient littéralement mis en feu et calciné jusqu'aux moelles en quelques instants.

Mais Ysaye n'était plus vierge — et d'ailleurs, elle n'avait jamais été entraînée à laisser circuler les énergies du *laran* dans ses canaux. De sorte que la décharge avait reflué sur Ysaye, et Léonie avait partagé l'intense souffrance éprouvée par son amie en brûlant avec Evans.

Et peut-être qu'Ysaye ne se raccrochait à la vie que par le lien mental qui les unissait.

En même temps que Léonie le réalisa, elle sentit aussi Ysaye qui drainait lentement son énergie, comme une sangsue — et elle sentit aussi la première guérisseuse d'Arilinn et le meilleur moniteur travaillant ensemble à sectionner ce lien.

— Non... murmura-t-elle mentalement.

Mais on ne lui donnait pas plus le choix qu'à Ysaye... Le dernier fil les retenant ensemble cassa, sortant Léonie des étranges ténèbres où elle s'était réveillée, et la catapultant dans le surmonde.

Elle sut immédiatement où elle était ; la brume grise, la vague silhouette de la Tour d'Arilinn où gisait son corps, et, plus loin, les autres Tours — Neskaya, Dalereuth, Corandolis, Thendara. Mais elle n'était pas seule. Une autre femme était debout devant elle, grande, mince, avec la peau noire et des traits jamais vus chez une Ténébrane.

Avec un choc, elle reconnut la femme des étoiles, vaguement aperçue une ou deux fois quand elle se regardait dans la glace. Et debout près d'Ysaye qui la tenait par la main, une toute petite fille, sur le visage de laquelle Léonie reconnut à la fois l'héritage d'Ysaye et des Hastur. Ysaye et l'enfant étaient légèrement transparentes, et elle voyait même la masse lointaine de la Tour de Neskaya à travers le corps insubstanciel d'Ysaye.

Eh bien, Léonie, vous aviez raison, dit l'apparition.

Léonie secoua la tête, encore sous le choc d'avoir été catapultée si violemment dans le surmonde.

Raison à propos de quoi ?

Quand vous disiez que mon enfant cesserait de pleurer le jour où je la rejoindrais.

Ysaye semblait très calme, très détachée — presque inhumaine. Comme si les contingences ordinaires ne comptaient plus pour elle.

Vous avez une dette de sang envers moi, vous le savez. C'est à cause de vous que Lorill est venu à Aldaran, à cause de vous qu'il y est revenu... et c'est avec un membre de la Sécurité que j'aurais dû affronter Ryan Evans.

Léonie frissonna, réalisant qu'Ysaye pouvait lui imposer n'importe quelle épreuve. Ce n'était pas l'Ysaye qu'elle connaissait ; c'était une Ysaye dépouillée de tous ses attributs humains. Impossible de deviner ce qu'elle allait exiger d'elle.

Mes amis David et Elizabeth ont été faits prisonniers par des bandits retranchés dans l'ancien donjon du Pic du Scorpion. Vous devez prévenir quelqu'un, qui à son tour préviendra ceux de mon peuple.

Qui ? s'écria Léonie, soulagée d'en être quitte à si bon compte. *La Gardienne d'Arilinn ? La Gardienne d'Aldaran ?*

Ysaye secoua la tête, mais regardait déjà au loin, comme impatiente de s'en aller.

La plupart des Terriens ne croient pas au laran. *Ils n'ajouteront pas foi à une nouvelle transmise de cette façon. Non — Kadarin et Zeb Scott sont quelque part dans le voisinage de David et Elizabeth, et, avec le Vent Fantôme qui souffle, ils seront aussi sensibles à un message qu'un technicien des relais. Ils sauront que le message est vrai et iront chercher des secours.*

Elle regarda Léonie dans les yeux, et Léonie frissonna sous ce regard glacé. *Assez,* dit Ysaye. *Nous devons partir.*

Sur quoi, elle prit la fillette dans ses bras, et s'éloigna, couvrant une distance incroyable d'une démarche apparemment ordinaire, puis elle s'estompa au loin et disparut dans la brume. Léonie resta où elle était, trop pétrifiée pour la suivre, même si elle en avait eu le courage.

Puis, brusquement, elle sentit une nouvelle secousse, et elle se retrouva dans son corps, le visage maternel d'Ysabet, la meilleure guérisseuse d'Arilinn, penché sur elle.

Elle voulut parler, sans succès ; sa gorge n'émit qu'un râle, et elle était fatiguée, aussi vidée de ses forces que si elle avait tenté de tenir les relais à elle seule pendant toute une décade.

— Ne parle pas, *chiya,* dit doucement Ysabet. Là, bois un peu... Ce qu'il te faut maintenant, c'est du repos et du sommeil.

Léonie détourna la tête de la potion que lui tendait Ysabet, tant et si bien que la guérisseuse finit par la reposer, avec une grimace exaspérée. *Très bien,* lui dit-elle mentalement. *Qu'est-ce qu'il y a donc de si urgent que ça ne puisse pas attendre ?*

J'ai une dette à payer — une obligation. Léonie lui exposa brièvement la situation, sans révéler que ses contacts clandestins avec Ysaye avaient commencé après son arrivée à Arilinn. Sans mentir, puisqu'elle ne le pouvait pas d'esprit à esprit, elle laissa suffisamment de choses dans l'ombre pour qu'Ysabet en conclue que, lors de l'attaque d'Evans, c'était Ysaye, télépathe non entraînée et par conséquent imprévisible, qui s'était emparée de l'esprit de Léonie, et non le contraire ; et que Léonie avait réagi à cette double attaque comme elle avait été entraînée à le faire. L'esprit grand ouvert, Léonie vit Ysabet en arriver à toutes les conclusions qu'elle espérait, et soupira de soulagement. Elle ne dit rien de la dette de sang qu'Ysaye lui imposait ; elle fit seulement celle qui craignait de s'endormir sans avoir rempli une obligation.

Cela, au moins, n'était pas feint ; quand elle s'endormirait, elle rêverait, et ces rêves seraient sûrement des cauchemars. Léonie n'avait pas envie de les affronter pour le moment.

A regret, Ysabet accepta de la laisser se reposer sans prendre sa potion, pourvu qu'elle reste sagement allongée dans son lit. *Je t'apporterai un jus de fruit dans un moment,* dit-elle. *Je vais rapporter cette histoire à la Gardienne, et elle en fera ce qu'elle voudra. Espérons que cette femme des étoiles était la seule à posséder un* laran *si puissant.*

Sur ce, elle reposa Léonie sur ses oreillers, et Léonie, obéissante, du moins en apparence, ferma les yeux.

Mais dès qu'Ysabet eut quitté sa chambre, elle rassembla tout ce qui lui restait d'énergie et projeta son esprit en direction d'Aldaran, cherchant deux esprits dérivant dans le Vent Fantôme.

Dès qu'Elizabeth et David eurent disparu derrière la crête qu'ils venaient de franchir, Zeb se dit qu'il avait agi comme un imbécile en se laissant pousser à cette petite expédition. Il était seul, absolument seul, avec un indigène imprévisible — et sur le point de subir les effets d'une drogue hallucinogène. Ayant grandi en Arizona, il n'était pas de ceux qui pensent qu'un hallucinogène « naturel » est forcément plus faible qu'un synthétique ! Allez donc raconter ça aux mâcheurs de peyotl !

Une fois de plus, comme sentant le malaise de Zeb, Kadarin demanda :

— Vous êtes sûr que vous ne préférez pas vous abriter du Vent Fantôme ?

La voix était moqueuse, et fit resurgir dans toute sa force l'incorrigible macho qui sommeille en tout Terrien.

— Négatif, mon ami, répondit Zeb. Je n'ai peur d'aucun vent, Fantôme ou non, ni d'aucune drogue qui existe.

Tout au fond de lui, il crut entendre son grand-père qui disait souvent : *Y a pas d'cheval qu'on peut pas monter, mais y a pas d'homme qu'il peut pas jeter. Alors quand tu voudras monter un mustang, oublie pas qu' c'est p't-être pas toi qui tiendras d'ssus.*

Enfin, c'était trop tard pour reculer ; au sommet de la crête suivante, ils démontèrent, et attachèrent leurs chevaux, le vent leur soufflant en pleine figure. L'odeur du pollen était si forte que Zeb en fut presque suffoqué.

Il avait fait sa bonne part d'expériences sur Keef et dans les astroports d'une douzaine d'autres mondes ; il reconnut avoir affaire à une drogue puissante, à la fois psychédélique et enivrante, et elle agit presque immédiatement.

D'abord, son effet se limita à une sorte d'euphorie, à un incroyable sentiment de bien-être. Il s'assit dans l'herbe tendre et regarda le ciel exploser en gerbes de lumière au-dessus de sa tête. Kadarin resta debout près de lui, et Zeb sentit sur lui le regard vigilant et amusé de l'indigène.

Kadarin ne semblait pas aussi fortement affecté que Zeb. Et cela lui rappela quelque chose qui lui était venu à l'idée quelques jours plus tôt. Comme c'était bizarre ; Kadarin ressemblait à un humain, et pourtant, tout ce qu'il disait et faisait tendait à prouver qu'il ne l'était pas.

Zeb avait vécu et travaillé avec des non-humains à travers tout l'Empire ; parfois, quand on manquait de personnel, il était le seul humain participant à une expédition. Il avait la réputation d'être aussi dénué de préjugés qu'un humain pouvait l'être, ce qui en faisait le candidat rêvé pour ce genre de mission. Ce qui le frappa en cet instant, c'est que si peu de membres de l'équipage aient remarqué à quel point Kadarin était étrange et étranger.

Ça ne se voyait pas en surface, même si, en général, une espèce indigène était, soit totalement humaine, soit totalement... autre chose. Et il n'y avait qu'à regarder Felicia pour comprendre que ces... quelque chose... pouvaient se croiser avec les humains, ce qui n'était pas censé se produire selon les lois biologiques qu'on lui avait apprises. Et qui plus est, Felicia avait donné le jour à un enfant d'Aldaran ce qui prouvait que les hybrides étaient fertiles.

Même si le bébé avait six doigts à chaque main et des yeux couleur d'ambre clair. Pas exactement le genre de traits qu'on trouve souvent dans les familles humaines.

Cela l'amena à une autre question. Bizarre comme son esprit s'agitait, alors que son corps était paisiblement assis, content de respirer cet étonnant pollen. Kadarin pouvait-il se croiser avec des humaines ?

Je ne sais pas, répondit Kadarin sans ouvrir la bouche. *Je n'ai pas d'enfants — et ce n'est pas faute d'essayer ! Je suis beaucoup plus vieux que j'en ai l'air, crois-moi, comme tous ceux de mon peuple. Sais-tu que je suis beaucoup plus âgé que Kermiac ? Je suis né — croyez-le ou non, comme vous voudrez — la même année que son grand-père. Je suis un peu comme les mules, je suppose ; tous les éleveurs vous diront que les mules sont stériles.*

Zeb opina de la tête ; son grand-père élevait des mules pour promener les touristes.

Mais de temps en temps, dans les zoos, on voit d'autres espèces se croiser. Le lion et le tigre, par exemple. Pas souvent — mais ces espèces sont parfois assez proches pour que leurs petits soient fertiles. Alors, je suis peut-être une mule, et Felicia un tigron. C'est une femelle normale mais beaucoup plus jeune que moi.

Soudain, il lui vint à l'idée que c'était une hallucination, ou une communication télépathique. Mais si c'était une hallucination, d'où Kadarin sortait-il le concept de « tigron » ? C'étaient des animaux terriens ; il ne pouvait les avoir trouvés que dans l'esprit de Zeb. Il porta ses mains à ses yeux pour les abriter de la lumière et réfléchir. Après ça, comment pourrait-il encore ne pas croire à la télépathie ?

Non — toute une vie de scepticisme ne cédait pas si facilement. Et ça n'avait toujours pas de sens. Ce pouvait quand même être une hallucination. Il n'y avait pas besoin de télépathie pour lui faire *penser* que Kadarin lui parlait.

— Comment pouvez-vous encore ne pas y croire ? demanda Kadarin, cette fois en paroles.

Zeb abaissa les mains, pour s'assurer que ses lèvres remuaient.

— Ou y a-t-il un autre moyen de vous le prouver sans l'ombre d'un doute ?

Était-ce là la raison de ce défi machiste ? Le mettre dans une situation où on lui fournirait des preuves qui feraient de lui un croyant ?

— Pas à ma connaissance, dit Zeb.

— Alors, nous devrons attendre jusqu'à ce que les circonstances vous le prouvent, dit Kadarin. Mais je dois vous avouer, Zeb, que ça me contrarie beaucoup d'être considéré comme malhonnête. Je ne mens pas ; les gens de mon peuple ne mentent pas. La plupart d'entre nous sont assez télépathes pour savoir quand on nous ment.

Il se tut, et, une fois de plus, Zeb entendit cette voix dans sa tête.

Je ne devrais pas m'étonner, je suppose, que ces aveugles mentaux ne croient que ce qu'ils peuvent voir et toucher.

L'air était toujours chargé de pollen. Autour d'eux, Zeb regarda les petites créatures vivant dans l'herbe et les arbres, elles aussi affectées par le pollen. Un écureuil — ou plutôt, une petite bête ressemblant à un écureuil — dégringola légèrement d'un arbre et s'arrêta au bord d'un bosquet devant lui. Il se surprit à sentir ce que sentait le petit animal.

Alors ça, c'était vraiment bizarre, car ce n'étaient que sensations, sans véritable pensée, et c'était quelque chose qu'il n'aurait pas été capable d'inventer par lui-même. Il se délectait de la chaleur de l'air et de l'odeur lourde et aphrodisiaque du pollen ; la drogue agissait différemment sur le cerveau de la petite créature que sur le sien. Elle avait perdu toute trace de peur ; l'euphorie et la désorientation qui auraient dû l'inquiéter ne lui faisaient rien du tout, et, pour le moment, il ne pensait qu'à trouver une femelle. Et même cela n'était pas très important ; si aucune femelle de la bonne taille ne se présentait — sans parler de la bonne espèce ! — il se roulerait simplement dans l'herbe et jouerait avec les rayons de soleil comme un chaton...

Ce monde était merveilleux. Au premier abord, Zeb l'avait trouvé rébarbatif — trop venteux, trop froid, trop montagneux. Il y avait en lui une tendance, que son grand-père qualifiait en riant de « fan écolo » — tendance qu'il partageait d'ailleurs avec ce grand-père — et qui ne s'était pas dégelée au contact de cette planète.

Mais maintenant, c'était la planète qui le dégelait, et il réalisa à quel point il l'aimait. Il avait si longtemps voyagé dans l'espace qu'il avait presque oublié cette part de lui-même. Mais ce pollen l'avait réveillé, l'avait remis en contact avec sa nature véritable, avec son moi le plus profond. Et il désirait appartenir à ce monde, comme il ne l'avait jamais désiré d'aucun monde, pas même de la lointaine Terra. Lorsqu'il s'était vu contraint de vendre le ranch de son grand-père pour payer ses arriérés d'impôts, cela lui avait brisé le cœur et, tournant le dos à Terra, il s'était engagé dans le Service Spatial sans espoir de retour. Maintenant, cette planète s'ouvrait à lui, s'offrant à remplacer l'amour de sa jeunesse.

Et il y avait ici des gens qui avaient besoin de lui. Felicia et son bébé, Thyra. Kermiac Aldaran ne vivrait pas éternellement, et sa Dame non plus — de plus, la jeune Thyra avait besoin d'un papa, et Felicia était de ces douces créatures qui ont besoin d'un mari protecteur. Ce n'était pas le cas de toutes les femmes, mais cela ne déplaisait pas à Zeb. Il aimait voir en action une femme forte et indépendante, comme il aimait voir un mustang galoper librement, sans être rompu à la bride et à la selle. Mais pour lui — bon, ça lui plaisait de protéger. Et la douce Felicia avait besoin d'un mari dans son genre.

Est-ce pour ça que Kadarin l'avait incité à faire cette expérience ? Parfois, il agissait en grand frère à l'égard de Felicia, voulait-il faire comprendre à Zeb la nature de ce monde ? Peut-être ; car, dans le cas contraire, Zeb aurait probablement terminé ce qu'il avait à faire sur cette planète, puis serait reparti pour une autre, comme il l'avait toujours fait.

Mais maintenant — cette fois, il avait pris racine, il resterait. Et il lui sembla que la nature autour de lui sentait qu'il l'acceptait et l'acceptait en retour...

Oui, il resterait ; il resterait comme David et Elizabeth, et ses enfants (qui seraient aussi ceux de Felicia) grandiraient avec les leurs, ensemble et tous Ténébrans.

Devant lui, la prairie tremblota soudain et disparut, et à sa place, il vit soudain les murailles du château en ruines où devaient s'abriter les Lorne. Sauf qu'il n'était pas désert. Il grouillait d'hommes, et il sut, aussi sûrement qu'il savait son propre nom, que ces hommes étaient ce même genre de vermine qui avait rendu certaines régions du vieux Far West inhabitables pour les honnêtes gens. Des bandits, voilà ce que c'était...

Puis, horrifié, il vit qu'Elizabeth et David étaient prisonniers.

Il fallait rentrer. Il fallait aller à leur secours ! Avant qu'il soit trop tard !

— Bob, dit-il d'un ton résolu, il faut que je rentre !

Kadarin se leva avec indolence.

— Quand vous voudrez.

Zeb écouta le briefing du Commandant MacAran, et rien dans son attitude n'aurait pu faire penser qu'il souffrait d'une carence de sommeil et d'une surabondance d'adrénaline. Maintenant que les secours s'organisaient, le calme d'avant la mission avait apaisé ses nerfs. Maintenant, cela ne dépendait plus de lui ; tout dépendait de ses supérieurs. Il n'avait plus à prendre de décisions ; il avait à suivre des ordres.

Il faisait nuit ; ils attaqueraient à l'aube.

— Bon ; selon nos informations, on ne peut pas investir l'endroit par-derrière, et il n'y a pas de passages secrets, grommela Ralph MacAran, qui commandait le détachement. Mais pour plus de sûreté — l'avion passera au-dessus des ruines, pour éviter qu'ils nous fassent un coup fourré en évacuant les Lorne par-derrière.

Il était déjà en état de choc — comme tout l'équipage — après les morts horribles d'Ysaye et de Ryan Evans. Et voilà que Zeb et Kadarin étaient arrivés ventre à terre, crevant leurs chevaux sous eux, avec cette nouvelle.

Un désastre suivait l'autre.

Zeb Scott, qui devait piloter, hocha la tête, se dirigea vers l'appareil, et décolla. D'après le plan, il devrait paraître au-dessus de l'horizon, au niveau des arbres, dès que MacAran ordonnerait d'attaquer.

— Tous les autres, vous vous déploierez en éventail pour couvrir l'entrée ; Kelly, vous avez travaillé avec Lorne et c'est vous qui connaissez le mieux leurs langues ; donc, dès que vous aurez pris vos positions, dites-leur au mégaphone qu'ils sont encerclés. Sommez-les de se rendre, donnez-leur le temps de la réflexion, et s'ils ne sortent pas dans les cinq minutes avec un drapeau blanc, reculez. On leur expédiera quelques bombes fumigènes en guise d'avertissement. Si ça ne suffit pas — Zeb et le commando d'élite entreront en action. Et pour les empêcher de sortir par-derrière, on balancera quelques bombes incendiaires dans la forêt.

Il tapota son lance-grenades, et le Commandant Britton fronça les sourcils.

— Croyez-vous que ce soit une bonne idée ? demanda-t-il. Et s'ils tuaient les Lorne ?

MacAran haussa les épaules.

— C'est la politique de l'Empire ; nous ne payons pas de rançons, nous ne négocions pas avec les terroristes et les ravisseurs, et s'ils tuent les otages, nous les tuons.

Britton fit la grimace mais ne discuta pas.

Aurora Lakshman eut un geste de protestation.

— Ralph, on ne devrait pas soumettre à un barrage de grenades ces gens qui ne connaissent pas les explosifs. Dans un lointain passé, c'est ce que les Terriens ont fait trop souvent vis-à-vis de populations sous-développées — nous en avons la réputation. Est-ce qu'on va recommencer ici ?

— Ce sera juste quelques « boum » et beaucoup de fumée pour leur faire peur, et s'ils ont un peu de cervelle, ils se rendront immédiatement, répondit MacAran. Et je ne le ferais pas si j'avais le choix. Mais nous n'avons pas le choix, et j'ai des ordres.

— Et s'ils ne se rendent pas ? demanda Aurora. Et s'ils tuent David et Elizabeth ? Vous les incinérerez du ciel ? Pourquoi ne pas ignorer leurs exigences — feindre l'indifférence ? S'ils n'obtiennent rien, sûrement qu'ils relâcheront les Lorne tôt ou tard !

— Si vous les abandonnez, dit Kadarin, il est presque certain que les bandits les tueront quand ils auront compris qu'ils n'en tireront pas de rançon. Ils n'ont pas intérêt à relâcher des prisonniers qui savent où ils se cachent.

MacAran fronça les sourcils à ce commentaire intempestif ; s'il avait été le maître, Kadarin ne serait pas venu. Il n'était toujours pas certain que Kadarin n'avait pas trempé dans cette affaire — après tout, c'était lui qui avait choisi l'endroit où les Lorne devaient s'abriter du « Vent Fantôme ». Et pourquoi fallait-il qu'ils se mettent à l'abri du vent... enfin, peu importait ; ce qui importait, en revanche, c'est que la présence de Kadarin semblait un peu trop opportune. Il n'arrivait pas à s'ôter de la tête que, derrière son masque impassible, Kadarin se moquait de lui.

Il considéra le reste de ses hommes, très aguerris, et dont la plupart avaient appartenu à des organisations policières ou militaires sur d'autres mondes avant de s'engager dans le Service Spatial.

— C'est bon, les gars, dit-il enfin, allez rejoindre vos postes. Avec un peu de chance, ils nous croiront et relâcheront les Lorne, et cela fera comprendre aux indigènes qu'on ne transige pas avec les terroristes, dit-il, pensant à part lui : *Et si la chance n'est pas avec nous ? Espérons qu'ils ne relèveront pas notre bluff. Et espérons que les Lorne sont encore vivants.*

Elizabeth était gelée sans son duvet terrien que les bandits avaient confisqué ; tous les soirs, elle mettait longtemps à s'endormir, et dormait d'un sommeil agité. Toutes les nuits, elle avait des cauchemars. Et tous les matins, quand le soleil rouge paraissait au-dessus des sommets dans une mer de gros nuages gris rose, elle se réveillait avec la nausée.

Ce matin-là, le quatrième de leur captivité, ne fut pas différent.

Elle ouvrit la portière de la tente, et, passant devant le garde endormi, se dirigea vers les toilettes rudimentaires installées dans le bâtiment à ciel ouvert qui servait de salle de bains tout aussi rudimentaire. Penchée au-dessus du seau, secouée de vomissements, elle se dit que c'était injuste que ces premières nausées la prennent juste maintenant. A une lointaine époque obscurantiste, une théorie médicale prétendait que ces nausées matinales étaient la simple manifestation d'un problème psychologique — que les femmes qui en souffraient refusaient inconsciemment leur grossesse.

Théorie inventée par des mâles, pensa-t-elle. Comme celle qui prétendait que les douleurs pré-menstruelles et autres problèmes similaires indiquaient que les femmes refusaient leur féminité. Ou qu'elles voulaient qu'on s'occupe d'elles.

Eh bien, c'était la pire façon imaginable d'attirer l'attention.

C'était leur quatrième jour de captivité, et elle espérait que Zeb et Kadarin n'étaient pas devenus fous, n'étaient pas tombés du haut d'une falaise, ou n'avaient pas été capturés par une autre bande de hors-la-loi. Car elle était certaine que, si ce groupe s'était emparé des deux autres, leur chef n'aurait pas manqué de s'en vanter.

L'estomac enfin vide, elle s'essuya la bouche, remit sa jaquette, et, frissonnante, retourna à sa tente d'un pas mal assuré, sous le sourire goguenard du garde.

Les bandits les nourrissaient, si l'on peut dire, mais elle avait perpétuellement froid et faim. Et elle se sentait sale, avec l'impression que ses cheveux raides de crasse allaient lui tomber du crâne. Elle aurait donné n'importe quoi pour un bon bain chaud.

David s'était réveillé au moment où elle sortait en chancelant des toilettes primitives.

— Ça ne va pas, ma chérie ? demanda-t-il, inquiet, quand elle souleva la portière de leur tente.

— Ça passera tout seul d'ici quelques mois, dit-elle, prenant la tasse d'eau qu'il lui tendait pour se rincer la bouche. C'est ce qu'il y a de bien avec la grossesse : ça s'arrête de soi-même au moment voulu.

— Ça pourrait être pire, dit-il, cherchant à l'égayer. Imagine des nausées matinales en gravité-zéro.

Elle frissonna.

— Imagine-le toi-même ; moi, j'aime mieux pas.

Il la prit dans ses bras, et elle se blottit contre lui, essayant de se réchauffer.

— Tu es sûre que ça va ? insista-t-il. Ça m'embête de te voir malade, sans possibilité de soins médicaux. Ça fait trois jours de suite que tu vomis ton petit déjeuner.

— Non, c'est faux, répliqua-t-elle. Aujourd'hui, je n'ai pas encore déjeuné. Et les femmes ont eu des bébés et des nausées matinales sans soins médicaux pendant des millénaires. Tout ira bien, tu verras.

Il resserra son étreinte.

— J'espère qu'ils vont nous relâcher — ou qu'on nous secourra. Mais comme tu ne peux plus contacter Ysaye... il vaut mieux ne pas trop y compter.

— Pourtant, à l'heure qu'il est, Ysaye doit remuer ciel et terre. C'est la première fois que je ne suis pas en contact avec elle pendant si longtemps.

David secoua la tête.

— Nous nous sommes habitués à ce contact mental constant, mais avant d'arriver ici, ce lien télépathique était passablement aléatoire. Et nous ne savons pas à quelle distance il porte, alors, elle craint sans doute que tu sois trop loin pour qu'elle te contacte. Ou trop occupée.

Elizabeth se mordit les lèvres, bien forcée de reconnaître la vérité de son raisonnement.

— Mais il y a aussi Zeb et Kadarin...

— Et Kadarin aurait pu monter ce coup, l'interrompit David. Et même si ce n'est pas le cas, je n'ai pas trop confiance en lui. Il a un sens de l'humour un peu trop bizarre pour mon goût. Il pourrait trouver cette situation très amusante.

C'était si vrai qu'Elizabeth ne se donna même pas la peine d'opiner. Elle s'enferma dans un morne silence. Au bout d'un moment — d'un long moment — l'un de leurs ravisseurs leur apporta ce qui passait pour le déjeuner — du pain dur, de la viande séchée, et deux tasses tièdes de l'équivalent local du café.

C'était aussi peu appétissant que tous leurs autres repas, et Elizabeth se mit à grignoter une croûte de pain.

— Je voudrais qu'ils nous disent au moins quelque chose, dit-elle enfin, rompant son long silence.

— Comme quoi ? demanda David, bataillant avec un bout de viande.

— N'importe quoi, dit-elle avec véhémence. S'ils sont au moins entrés en contact avec le Seigneur Aldaran. Mais s'ils vont le trouver, qu'il compte son monde et répond simplement qu'il ne lui manque personne ? Ça nous laisse où ?

— Peut-être qu'ils finiront par comprendre que nous disons la vérité, dit David. Mais Dieu seul sait combien de temps ça leur prendra.

Quelque chose avait attiré l'attention d'Elizabeth — un bruit insolite. Elle pencha la tête, fronçant les sourcils.

— David, tu as entendu ?

Il s'arrêta de mastiquer et prêta l'oreille.

— Est-ce que c'est... non, ça n'est pas le vent ? dit-il, dubitatif. On dirait un avion ! Et sur cette planète, un avion ne peut être qu'à nous. Liz, ils viennent nous chercher !

Sa voix fut couverte par le vrombissement d'un avion passant au-dessus des ruines à basse altitude avant de faire demi-tour.

Ici le Capitaine Gibbons de l'astronef Minnesota ! rugit une voix amplifiée quelque part hors les murs.

— Ce n'est pas lui, c'est Grant Kelly... commença David, mais Elizabeth le fit taire.

Vous êtes encerclés. Vous retenez captifs deux membres de l'équipage du Minnesota. Vous avez cinq minutes pour les libérer. Nous ne négocions pas, nous ne payons pas de rançons. Si vous les relâchez, nous nous retirerons. Si vous les gardez, nous attaquerons par les armes. Si vous les blessez ou tuez, vous serez exterminés. Les cinq minutes commencent maintenant !

— Oui ! hurla David, se levant d'un bond. Ça leur apprendra !

Elizabeth était terrifiée.

— Non ! cria-t-elle. Ils ne peuvent pas comprendre ! Ils ne savent pas qu'il parle sérieusement !

— Alors, ils apprendront, dit David, impitoyable. Pour ce qu'en savent les nôtres, nous sommes déjà morts !

Les minutes se traînèrent ; puis retentit le bruit reconnaissable d'un lance-grenades entrant en action, suivi d'une odeur de fumée, et du vrombissement assourdissant de l'avion rasant le sommet des arbres, et du crépitement d'une fusillade.

La fumée envahit la tente, ils ne voyaient plus rien. Elizabeth se mit à tousser, et David devint livide. Des cris retentissaient partout alentour, et les murs de la tente tremblaient.

Elizabeth se jeta à plat ventre par terre ; David s'allongea sur elle pour la protéger. Quelques instants plus tard, le chaos se déchaîna, plein de hurlements d'hommes et de bêtes, de fumée grasse et étouffante. Quelqu'un cria :

— Au feu ! Les bois sont en feu !

Puis l'un de leurs ravisseurs, le visage convulsé de terreur, arracha la portière de leur tente et les traîna dehors. Il les poussa devant lui, à travers les tourbillons de fumée, dans ce qui avait été le grand hall du château.

Et, au-dessus des hautes murailles branlantes, Elizabeth vit le mur de flammes qui dévoraient les arbres centenaires.

Toussant et suffoquant dans la fumée, les bandits l'entraînèrent et la poussèrent dehors. David à son côté, elle tituba de l'avant, sans rien voir à travers l'épaisse fumée qui lui piquait les yeux et lui brûlait les poumons. Un instant plus tard, elle était dans les bras d'Aurora.

Le bandit retint David par le bras quelques instants de plus. Le linguiste fut stupéfait par la violence de la colère qu'il vit sur son visage.

— Vous nous prenez pour des barbares, dit-il, mais c'est vous qui ne respectez pas le Pacte ! Vous ne pouvez pas être civilisés. Une bête a plus de morale que vous !

Puis il poussa David vers sa femme et disparut dans la fumée.

Il s'en va combattre le feu, entendit David dans sa tête, et, se retournant, il vit Kadarin qui l'attendait pour l'escorter jusqu'à l'avion. *Même les bandits combattent les incendies dans ces forêts. Et seuls les fous en provoquent.*

Kadarin hocha la tête devant l'air étonné de David, et il se retourna, le visage sévère, pour le guider à travers la fumée.

ÉPILOGUE

Lorill Hastur affrontait le Conseil sans ressentir autre chose qu'une immense lassitude. Il aurait sans doute dû trembler de peur devant tant d'hommes importants, mais il n'était que fatigué. Il ne comprenait toujours pas comment la situation avait pu se détériorer à ce point, et n'avait aucune idée sur la façon de la rétablir. Peut-être que ce serait à jamais impossible. Il n'avait passé que quelques jours à combattre l'incendie, mais il avait l'impression d'avoir vieilli tout d'un coup.

— Pour résumer, conclut-il, bien que je ne sois ni très vieux ni très sage, et bien que la volonté des Hastur ne fasse pas plus la loi dans le pays que celle de tout autre seigneur Comyn, si vous me le demandiez, je vous dirais que nous devrions avoir aussi peu de contacts que possible avec ces Terriens. Ils se trouvent toujours sur la concession d'Aldaran, et nous savons que les désirs d'Aldaran sont souvent violemment opposés aux intérêts légitimes des Domaines. Ils ne sont pas intrinsèquement mauvais, mais ils ne connaissent qu'Aldaran — et ce qu'Aldaran leur a dit de nous. Leurs coutumes sont si éloignées des nôtres qu'il m'a souvent semblé qu'on pouvait à peine les considérer comme humains. Mais ce n'est pas le pire. Le pire, ce sont les armes qu'ils possèdent.

Il ferma les yeux un instant, s'efforçant d'oublier ce qu'il avait vu. Il avait aidé à combattre le feu, comme tous les hommes, femmes et enfants de la région. Cauchemar dont le souvenir le hanterait longtemps.

— Ils ont des armes terribles, reprit-il. Des armes qui agissent à distance, en violation du Pacte. Et ils semblent prêts à s'en servir à la moindre provocation, même si d'autres choix sont disponibles. Et je ne vois pas comment nous pourrions les faire renoncer à ces armes.

Aux murmures d'incrédulité qui s'élevèrent, il rouvrit les yeux et foudroya l'assistance.

— Je vous le dis, j'ai vu ces armes en action ! J'ai vu comment elles ont accidentellement provoqué un incendie de forêt, incendie que nous avons mis trois jours et trois nuits à éteindre, et qui a détruit deux douzaines de lieues de bois ! J'ai combattu ce feu moi-même — puis je suis revenu directement ici. Bien que les Terriens aient amené des machines et des liquides spéciaux pour éteindre l'incendie qu'ils avaient allumé eux-mêmes, et sans lesquels nous ne l'aurions pas éteint avant des semaines, je vous le dis, nous devons cantonner ces gens à l'écart, car il serait trop dangereux de les avoir parmi nous.

— Et ta sœur Léonie ? cria quelqu'un. Elle avait recommandé que nous contactions ces étrangers — qu'est-ce qu'elle dit de tout ça ?

— Rien, répondit Lorill d'un ton bref. Elle est entrée en réclusion ; elle a commencé son entraînement de Gardienne à Arilinn, et elle n'est pas autorisée à communiquer avec sa famille. Et d'ailleurs, il me semble, Seigneurs, que les conseils d'une jeune fille ne feraient pas le poids face à la violence d'un peuple capable de violer le Pacte.

Il s'assit, et le débat commença. Et il savait déjà comment il se terminerait. Son avis prévaudrait — pour le moment. Mais pas éternellement.

Léonie avait raison ; toute la volonté des Comyn ne parviendrait pas à isoler éternellement ces Terriens. Et il avait un désir ardent et presque douloureux de communiquer avec sa sœur. Quelques jours plus tôt, il croyait encore que rien au monde ne pourrait l'empêcher de contacter Léonie — pas même la volonté de toutes les Gardiennes du monde.

Il lui avait parlé constamment jusqu'au moment où il avait quitté Aldaran pour rentrer à Thendara ; deux jours plus tard, il avait été retardé par une tempête et obligé de s'abriter dans un refuge. Il avait alors essayé de communiquer avec elle, et s'était heurté à une barrière impénétrable.

Puis des hommes étaient arrivés, cherchant de l'aide pour combattre un violent incendie, et, avant de partir, il les avait entendus dire que c'étaient les Terriens qui l'avaient provoqué. Il avait entendu des ses propres oreilles ce qu'ils disaient des armes à longue portée dont s'étaient servis ces Terriens. Et devant son incrédulité, ils lui en avaient fait courtoisement la démonstration.

Il sut alors qu'il devait consulter Léonie, pour savoir comment ces *Terranans* pouvaient faire de telles choses. Il s'était obstiné désespérément dans sa tentative de contact, pensant que la barrière qui s'élevait entre eux était quelque construction des Gardiennes et que Léonie parviendrait bientôt à la contourner. Mais au bout d'une journée, il avait compris que ce n'était pas un mur dressé contre lui par la Gardienne d'Arilinn, mais une barrière provoquée par la mort ou une catastrophe terrible subie par sa sœur.

A son arrivée, un message l'attendait chez lui — pour la durée de son entraînement de Gardienne à Arilinn, elle ne serait pas autorisée à communiquer avec sa famille. Il aurait juré que seule la mort ou une catastrophe pouvait interrompre toute communication entre lui et Léonie. Et maintenant, il espérait que c'était une catastrophe.

Il releva la tête en frottant ses yeux fatigués, et vit les derniers Seigneurs Comyn déposer leur vote.

Il avait gagné. L'homme le plus jeune du Conseil, et sa volonté, avait prévalu. Il n'y aurait pas de contacts avec les *Terranans*. Ils resteraient dans les Heller, en isolement involontaire. Il aurait dû exulter que tant d'hommes plus âgés et plus puissants se soient inclinés devant sa volonté, sans que son père ait eu besoin d'intervenir.

Mais sa victoire lui laissait un goût de cendres dans la bouche.

FIN

Achevé d'imprimer en juin 1996
sur les presses de l'Imprimerie Bussière
à Saint-Amand (Cher)

POCKET - 12, avenue d'Italie - 75627 Paris Cedex 13
Tél. : 44-16-05-00

— N° d'imp. 1263. —
Dépôt légal : septembre 1994.

Imprimé en France